항우가 분봉한 19 제후국 지형도(BC 206년)

진나라를 멸망시킨 항우는 스스로 서초패왕을 자처하고 휘하 장수들과 연합 세력에게 영토를 분할하여 왕으로 봉했다. 이때부터 천하를 차지하려는 항우와 유방의 5년간의 초한전쟁의 서막이 오른다.

초한전쟁 중기 형세도(BC 204년)

한나라의 유방이 한신의 활약에 힘입어 위나라와 조나라를 비롯한 주변의 제후국들을
점령하면서 세를 확산시키고 있으나 아직도 서초패왕 항우의 기세도 여전하다.

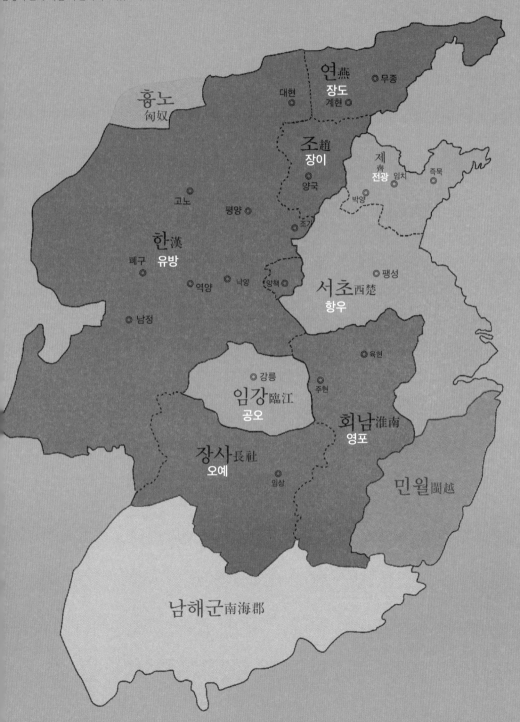

김팔봉 초한지 2

영웅호걸

김팔봉 초한지 2
영웅호걸

초판 1쇄 발행   2020년 3월 15일

지 은 이   견위
평   역   김팔봉
펴 낸 이   한승수
펴 낸 곳   문예춘추사

편   집   이상실
디 자 인   이유진
마 케 팅   박건원

등록번호   제300-1994-16호
등록일자   1994년 1월 24일
주   소   서울특별시 마포구 동교로27길 53 지남빌딩 309호
전   화   02 338 0084
팩   스   02 338 0087
메   일   moonchusa@naver.com

I S B N   978-89-7604-403-7 04820
             978-89-7604-401-3 (세트)

楚漢志

초한지

김팔봉

2

영웅호걸

전위 지음 ─ 김팔봉 평역

문예춘추사

김팔봉 초한지 2
차례

일러두기

1. 이 책은 팔봉 김기진 선생이 '통일천하(統一天下)'라는 제목으로 1954년 3월부터 〈동아일보〉에 연재한 중국의 『서한연의(西漢演義)』 평역본과, 1984년 어문각에서 『초한지(楚漢志)』라는 제목으로 바꿔 출간한 초판본을 36년 만에 재출간한 작품이다.

2. 가능한 한 원본에 맞게 편집했으나 최신 표준어 맞춤법에 맞게 고쳤고, 지명이나 인명은 일부 수정하여 독자들이 읽기 편하게 했다.

3. 한자 표기는 정오正誤에 상관없이 원본을 따랐으나 동일 인물이나 지명의 상반된 표기가 있는 경우에는 올바른 한자를 찾아 표기했다.

4. 이 책의 지도는 내용에 맞게 새로 제작한 것이다.

파초 대원수

한왕은 한신에게 초(楚)나라를 멸할 대책을 물어보겠다고 소하에게 말했다.

"그러하오나 그다지 조급하게 분부하실 일이 아닌 줄로 아뢰오."

소하는 반대하는 뜻으로 이같이 아뢰었다.

"그것은 또 무슨 뜻이오?"

한왕은 이상한 듯이 물었다.

"지금 그 같은 심정으로 한신을 대원수에 임명하신다면 한신은 오래 있지 않을 것입니다."

"어째서 그렇단 말이오?"

"대왕께서 한신을 대원수로 임명하시려면 대원수로 맞이하는 예를 베푸셔야 합니다."

"짐이 한신을 불러 친히 대원수로 봉하겠소."

"황송하오나 그 같은 법은 무례한 법이옵니다. 대왕께서는 대원수를 맞이하는 일을 마치 어린아이를 불러오는 것처럼 가볍게 하시고자 하니, 이렇게 하면 한신은 절대 이곳에 오래 머물지 않습니다."

"그러면 어떤 예로써 맞아야 하오?"

"대왕께서 한신을 참으로 중용하시려면, 목욕재계하시고 단(壇)을 높이 쌓아 천지신명께 고하시어 주무왕(周武王)이 여망(呂望)을 배(拜)하듯이 예를 갖추어 거행하셔야 합니다.”

“만사를 경이 마련하여 거행하도록 해주오. 짐은 다만 경의 말대로 하겠소.”

한왕은 소하가 시키는 대로 따라가겠다고 승낙했다.

소하는 즉시 대궐에서 집으로 돌아오기 무섭게 한신을 청하여 한왕과 문답하던 경과를 이야기하고 대장단(大將壇)을 축조하는 법을 부탁했다.

한신은 소하에게 감사의 말을 표하고 대장단의 도면(圖面)을 그려서 보내주마 하고 여관으로 돌아갔다. 사오 일 후에 소하는 한신에게서 대장단의 도면을 받아 대궐로 들어갔다.

한왕은 소하의 이야기를 듣고 도면을 펼쳐보았다.

단의 높이가 삼장(三丈), 이것은 삼재(三才)를 형상함이요, 넓이는 이십사 장, 이것은 이십사 기(氣)를 형상함이요, 단의 중앙에서 누른 옷을 입고 누른 기를 손에 들고 이십오 명이 서 있게 하니, 이것은 동서남북과 중앙을 형상함이요, 동쪽에는 푸른 기를 들고 정복을 입은 사람 이십오 명, 서쪽에는 흰 기를 들고 흰 옷을 입은 사람 이십오 명, 남쪽에는 붉은 기를 들고 붉은 옷을 입은 사람 이십오 명, 북쪽에는 검은 기를 들고 검은 옷을 입은 사람 이십오 명, 그리고 단에는 삼층(三層)이 있는데 각 층마다 제기(祭器)를 갖추어놓고 단의 주위에는 각색 기를 들고 삼백육십오 명이 둘러서 있게 했으니, 이것은 삼백육십오 도(度)를 형상함이요, 각색 기의 둘레 밖에 키 큰 장사 칠십이 명이 창과 칼을 들고 배치되었으니 이것은 칠십이 후(侯)를 형상함이다. 그리고 대장단의 전면에서 남북 좌우로는 문무의 중신들이 도열하고, 중문에서 대장단 아래층 층계에 이르기까지는 황토를 깔고, 사면에 패를 네 개 세우고, 패 아래에는 한 사람의 장수가 이십 명씩 사졸을 거느리고 있으면서 장내의 질서를 감독하게 하여 위반하는 자는 목을 베게 했다. 그리고 장수 한 사람은 수레를 가지고 서쪽문 밖에 나가서 왕의 거동 행차를 맞아들이게 되어 있었다.

그림이 이상과 같이 자세하게 되어 있음을 보고 한왕은 매우 크게 기뻐했다.

"과연 훌륭하오!"

한왕은 즉시 관영(灌嬰)을 불러, 이대로 모든 절차를 거행케 하는 책임을 맡겼다.

그 후로 한 달도 못 되어 관영은 한왕에게 대장단의 축조 공사가 완성되었다고 보고했다.

한왕은 즉시 소하를 불러 분부했다.

"단이 완성되었다 하니 택일하여 집례하도록 하오."

"이미 택일해두었사오니 대왕께서는 삼 일 재계하시고 친히 승상부에 나오셔서 한신을 맞이하여 단에 오르시어 대원수에 봉하시옵소서."

소하가 아뢰는 말에 한왕은 좋다고 승낙했다.

드디어 택일한 날이 되었다.

한왕은 문무백관을 인솔하고 승상부로 나와 한신을 맞아 대문을 나왔다. 문관은 관을 쓰고 무관은 투구를 쓰고 갑옷을 입고 큰길 좌우에 도열해 서 있고, 집집마다 꽂혀 있는 깃발은 오색구름이 어린 것 같고, 쇠북을 둥둥 울리는 소리는 천지를 진동하는 것 같으니, 과연 그전에 없었던 성대한 행사였다.

한왕이 대장단을 축조케 하고 대원수를 봉한다는 소식이 처음에 소문났을 때 여러 장수들은 각기 누가 대원수로 될 것인가 궁금해서 저희들끼리 수군거리기를, '번쾌다! 번쾌일 게다. 번쾌야말로 패현에서부터 오늘날까지 대왕께 공로가 제일 많지!', '그러나 승상이 천거한 사람은 우리가 모를 사람이라더라!', '모를 사람이라면 생각 안 되지만, 공훈 많은 구신들 중에서 고른다면 번쾌·주발·조참… 그 밖에는 인물이 없지!', 이 같은 비평이 돌고 있었는데, 이날 급기야 한왕이 승상부에서 영접하여 나오는 인물은 다른 사람이 아닌 한신이라, 모든 사람이 그만 대경실색하고야 말았다. 의외라 해도 이 같은 의외는 또다시 없었다.

이때 번쾌는 한왕의 행차를 모시고 뒤따르다가 왕의 수레 앞으로 나가 아뢰었다.

"대왕께서는 잠시 신의 말씀을 들어주시옵소서. 한신은 회음 땅의 겁쟁이, 가랑이 밑으로 기어나가고, 표모에게서 빌어먹고 하다가 겨우 초패왕의 집극랑으로 있었는데, 이제 우리나라에 와서 교묘한 말로 사람을 속여 아무런 공훈도 없이 대장군이 된다면 초패왕은 박장대소할 것이요, 제후는 모두 우리나라를 업신여길 것이옵니다. 하물며 우리나라 군사들은 벌써부터 실망낙담하고 있사오니 인심이 이같이 변하면 어떻게 삼진을 평정하고 초를 멸할 수 있겠습니까? 대왕께서는 깊이 생각하시옵소서."

한왕은 번쾌의 말을 들으니 그 말도 일리가 있다고 생각되었다. 그러나 이미 예식을 거행하러 가는 행차인지라 어떻게 했으면 좋을지 몰라 수레를 멈춘 채 아무 대답도 못하고 주저하고 있었다.

이런 광경을 보고 소하가 쫓아왔다.

"번쾌는 무슨 망언을 함부로 토하는가! 창으로 적을 찔러서 그 적을 죽이는 일은 너 같은 것이 잘할는지 몰라도, 계교를 꾸며 승리를 결정하는 마당에 이르러서는, 귀신도 따르지 못하게 할 사람은 한장군 외에는 없다. 너희들은 한장군의 명령에 복종만 하면 되는 것이야! 되지 못하게 혓바닥을 함부로 놀려 인심을 현란하게 하고 대왕의 어전에서 무례하였으니, 승상 된 나로서는 그 죄를 용서하지 못하겠다."

소하는 번쾌를 꾸짖은 다음 한왕 앞에 머리를 숙이고 아뢰었다.

"황송하옵니다. 번쾌를 속히 옥에 가두시고, 오늘 예식이 끝난 후에 목을 베어 국법(國法)을 바르게 하소서."

이때 등공도 한왕 앞으로 가까이 와서 공손히 머리를 수그리며 아뢰었다.

"대왕께옵서 이미 칙령을 내리셨고 예식을 친히 거행하는 중에 번쾌가 법을 범했으니, 이 같은 죄를 바로잡지 않으면 다른 장수들도 번쾌의 무례한 행동을 본뜨게 될 것이며, 이같이 되면 무엇을 가지고 초를 멸하겠습니까? 번쾌 한 사람을 아끼다가 국가의 대사를 그르칠까 두렵습니다."

한왕은 두 사람의 아뢰는 말을 듣고서야 비로소 번쾌의 행동이 국법에 어긋남을 깨닫고 크게 노했다.

"무감을 시켜 번쾌를 옥에 가두어라!"

왕은 드디어 이같이 분부했다. 그리고 행차는 그대로 대장단으로 향했다.

한왕과 한신이 대장단 앞에 내려서자 세 발의 철포 소리가 하늘을 흔들었다. 이에 따라 문무백관이 정렬해 서 있는 가운데로 인례관(引禮官)이 나와 한신을 인도하여 대장단 제일층으로 올라갔다.

등공 하후영은 서쪽으로 향하고, 한신은 북쪽으로 향하여 직립부동의 자세를 취했다. 태사관(太史官)은 축문을 크게 읽었다.

> 대한 원년 중추 무인삭(戊寅朔) 병자일(丙子日) 포중 한왕은 여음후(汝陰侯) 하후영을 보내어 오악사독(五岳四瀆) 명산대천의 신께 감히 고하노니, 슬프다 하늘이 중생을 내시고 기르는 자로 하여금 중생을 다스리게 했거늘, 여정(呂政)이 포악한 뒤에 항적(項籍)이 또한 그 같은 종류인지라, 임금을 죽이고 항졸을 파묻고 하늘 뜻에 크게 어긋나게 하므로 이제 신, 유방은 이것을 참지 못하여 의로운 깃발을 세우고 한신을 대원수로 봉하여 백성을 구하고 천하를 편안히 하고자 하오니 바라옵건대 신명은 도

와주시옵고 살펴주시옵소서.

축문 낭독이 끝나자 하후영이 활과 화살을 한신에게 건네주면서 말했다.

"한왕의 명하심이니 이것을 가지고 정벌을 잘할지어다."

한신은 무릎을 꿇고 그것을 받아 좌우에서 부축하는 사람에게 주었다. 인례관이 또 한신을 인도하여 이층으로 올라갔다. 승상 소하가 서쪽을 향하고, 한신은 북쪽을 향해 서 있자 태사관은 또 축문을 읽었다.

축문 낭독이 끝나자, 소하는 도끼와 큰 칼을 한신에게 건네주었다.

"한왕이 명하심이니 장군은 이것으로써 오늘 이후 천하에서 무도한 것을 제거하고, 백성의 해를 없애고, 만민에게 복이 오게 할지어다."

한신은 꿇어앉아 그것을 받아 다시 좌우에서 부축하는 사람에게 주었다. 인례관이 다시 한신을 삼층으로 인도했다.

한왕은 북쪽을 향하여 용장봉전(龍章鳳篆)을 쳐들고 있으며, 악대가 주악하는 중화곡(中和曲)의 음률이 그치자, 태사관은 축문을 낭독했다.

축문 낭독이 끝나자, 한왕은 서쪽을 향하고 한신은 북쪽을 향하여 섰다. 한왕은 친히 호부옥절(虎符玉節)과 금인보검(金印寶劍)을 집어 한신에게 건네주며 말했다.

"지금 장군을 파초 대원수로 봉하노라. 위로는 하늘, 아래로는 물속에 이르기까지 모조리 장군에게 맡기노니, 허한 것을 보고 나아가고, 실한 것을 보고 그치고, 다수한 것을 믿고 경거하지 말지며, 명령을 중히 알고 죽음을 가볍게 알지 말고, 스스로 높은 체, 꾀 있는 체, 강한 체하지 말고, 사졸들과 감고한서(甘苦寒暑)를 한가지로 할지어다."

하고 한왕은 남쪽을 향해 자리에 앉았다.

한신은 한왕에게 두 번 절하고 그 앞에 꿇어앉아 아뢰었다.

"대왕께서 내리시는 중임, 중책을 폐부에 새겨 목숨이 다할 때까지 충성을 바치겠나이다."

한왕은 희색이 만면했다.

"소하로부터 누차 장군의 큰 재주를 찬양하는 소리를 들었는데 장군은 어떠한 계책으로써 과인(寡人)에게 보답하려 하오?"

"대왕께서는 지금 곧 동쪽으로 향하시어 항왕과 전쟁하시고자 하시나이까?"

한신은 도리어 이같이 되물었다.

"과인은 오래전부터 그 같은 욕망을 가지고 있었소."

"그러하오면, 대왕의 용맹하심이 항왕과 비교하여 어떠하다고 생각하십니까?"

"과인이 어찌 항왕과 비교가 되겠소! 비교가 안 되오."

"소신도 또한 대왕께서 항왕을 못 당하실 줄로 알고 있나이다. 그러하오나 신이 전일에 항왕을 모신 일이 있으므로 그 인물됨을 아옵니다. 항왕이 큰소리로 호령을 하면 수백 명이 넘겨져버리는 형편이오나 훌륭한 인물을 쓸 줄 모르니 이 같은 용맹은 필부(匹夫)의 용맹입니다. 항왕이 어느 때는 다정하고 동정하는 태도를 부하에게 보이나 공(功)을 상(賞) 줄 때는 인장 찍기를 아까워하니, 이 같은 인정은 부인들의 인정입니다. 관중에 있지 못하고 팽성으로 옮기고 의제를 죽이고, 이름은 자칭 패왕이라 하였으나 기실은 천하의 마음을 상실했습니다. 지금 대왕께서 항왕을 정벌하시려 한다면 장한·사마흔·동예 등이 삼진의 왕이라 하지만, 삼진의 백성들은 마음으로 복종하고 있는 것이 아니므로 삼진은 격문 한 장으로써 평정할 수 있습니다. 그 후에 동정하면 항왕은 대왕을 못 당하고 천하는 대왕께 복종할 줄로 압니다."

한신은 꿇어앉은 채 이같이 아뢰었다.

한왕은 만족한 미소를 얼굴에 가득 머금더니,

"모두 장군만 믿겠소."

하고 자리에서 일어섰다. 한신도 따라서 일어섰다.

한왕이 단 위에서 내려가자 식은 끝났다. 문무백관도 왕의 뒤를 따라 조정으로 돌아왔다.

이튿날 한왕은 조정에서 신하들이 모두 모인 뒤에 번쾌를 처형하라고 분부했다. 왕은 번쾌와 동서간이지만, 법을 바르게 하고 삼군을 경계하기 위해서는 이 같은 인척 관계를 살필 여지가 없다고 말했다.

이때 소하가 왕에게 번쾌는 공로가 있는 신하이므로 죽이기는 아까우나 번쾌가 한신에게 진심으로 복종하지 않으면 한신의 위령이 세워질 수 없으니, 국법을 세우면서 한신의 위령도 세워지도록 조칙을 내려 달라고 아뢰었다.

한왕은 즉시 조칙을 내렸다.

집이 한신을 대원수로 봉한 것은 소하의 세 번 천거가 있은 후 장량의 업표를 맞추어보고 결정했을 뿐 아니라, 그 사람의 포부를 시험하고 또 그 의논을 들은 다음 진실로 큰 재주가 있음을 인정한 후에 단행한 것인데도 번쾌는 예식을 거행하는 도중에 국법을 어겼다. 한 개인의 거동이 삼군을 어지럽게 하는 일이 있으면 안 될 것이므로 상국 소하에게 부탁하노니, 경들은 회의하여 번쾌의 죄를 다스리고 기강을 세우게 할지어다.

소하는 한왕의 조칙을 받아 승상부로 돌아왔다. 옥에 갇힌 번쾌는 이 소식을 듣고 크게 놀랐다.

번쾌가 어찌하면 죄를 용서받을 것인가, 근심 걱정하고 있을 때 주발이 번쾌를 위문 왔다. 번쾌는 반가웠다.

"여보, 나를 살려주오! 내가 죄를 지은 것은 사실이지만 또 홍문연 잔치에서 주상을 구해내온 공로도 크지 않소!"

번쾌는 주발에게 간곡히 청했다.

"글쎄, 나도 번장군의 일이 근심되어 찾아온 것입니다. 승상께서도 번장군의 공로를 모르지 않을 터이니 우리 여러 장수가 일제히 승상부에 나가서 번장군의 죄를 용서하도록 대왕께 아뢰어달라고 간청해볼 것이니 장군은 과히 근심 마시오."

주발은 번쾌를 위로해주고 승상부로 나와 소하에게 간청했다.

"번쾌는 개국 공신입니다. 그의 목숨을 구해주시기 바랍니다."

주발은 여러 장수들과 함께 소하를 찾아와 탄원하려다가 도리어 일이 늦어질까 두려워 옥에서 나오기가 무섭게 곧바로 승상부로 왔던 것이다.

"조칙이 이미 내려져 번쾌의 참형은 면키 어려운 터이나, 큰 공이 있는 사람인 만큼 힘을 다해 구해보겠소이다."

소하가 이같이 대답하자 주발은 재삼 번쾌를 위해서 특별한 조치가 내려지기를 탄원하고 돌아갔다.

소하는 이날 역이기 노인으로 하여금 한왕에게 올리는 상소문을 쓰게 했다. 그 상소문에는 '번쾌의 죄는 당연히 국법에 따라 처단할 것이로되 개국 공신이오니 특별히 하촉하심을 모든 신하들은 소원하옵니다'라고 적었다.

한왕은 소하의 상소를 받고 곰곰이 생각하더니 분부를 내렸다.

"여러 신하들의 뜻이 이러하다니 잠시 번쾌의 죄를 용서하고 대원수의 막하에서 일을 보게 하라."

근신들은 처분을 받들고 즉시 옥에 갇힌 번쾌를 석방했다. 한신의 위엄을 빛나게 하기 위해 소하가 이같이 절차를 밟아서 번쾌를 석방하도록 꾸몄던 것이다. 번쾌는 석방되는 즉시 대장군의 막사로 한신을 찾아가 사죄했다.

"너는 중죄를 범했지만 다행히 대왕께서 은혜를 베푸시어 면하게 되었으니 앞으로 진충보국하여 기공을 세우도록 하기를 바란다."

한신은 번쾌를 가까이 세우고 이같이 타일렀다. 번쾌는 한신에게 사례하고 그 앞을 물러나온 후 즉시 대궐로 들어가 한왕에게 은혜를 배사하고 다시 승상부로 와서 소하에게 사례했다.

"승상께서 저를 구해주시지 않았으면 제가 어찌 살아났겠습니까? 감사합니다."

소하는 점잖게 번쾌를 타일렀다.

"장군은 한나라의 개국 공신, 어찌해서 소인의 행동을 본따 경거망동하시었소? 앞으로는 진충보국하시오."

번쾌는 소하에게서 열 마디의 꾸지람을 들은 것보다도 더 무겁게 이 말을 받아들였다.

이렇게 해서 번쾌는 이날부터 한신의 막하에 있게 되었다.

이튿날 한신은 왕에게 상소문을 올리고 군사를 일으켜 항우를 정벌하자고 아뢰었다. 한왕은 한신의 글을 보고 자기가 친히 정벌할 것을 결심하고 조참을 군정사(軍政司)로, 은개를 감군(監軍)으로, 번쾌를 선봉으로 한 후, 한신으로 하여금 삼군을 통솔하고 지휘하라고 분부했다. 한신은 명령을 받들고 교군장(敎軍場)으로 나왔다.

사졸들이 대오(隊伍)를 짓고 행진하는 모양이나, 말을 타고 나아가고 물러가는 모양이나, 창을 겨누면서 돌격하는 모양이나 한 가지도 한신의 눈에 드는 것이 없었다. 한신은 함께 교군장에 와서 서 있는 역이기 노인을 돌아다보며 부탁했다.

"이거야 어디 쓰겠습니까! 국가가 무사할 때 성을 지키게 하는 데는 쓸 수 있지만, 적을 만나 자웅을 겨루는 마당에서는 소용이 못 되는 것들입니다. 내게 책이 세 권 있는데『대오의 수(數)』『조도(調度)의 법』『군중기율(軍中紀律)』입니다. 대인께서 이것을 베끼시어 군사들에게 가르치도록 마련해주십시오."

역이기는 한신이 시키는 대로 했다.

이튿날부터 한신은 군사들을 다시 편성하여 법제 있게 훈련을 시켰다. 명령을 어기는 자는 즉시 목을 베어버리는지라 각 부대가 엄숙해지고 사기는 늠름해졌다. 이같이 매일 훈련하기를 사십여 일, 하루는 한왕의 거동을 청했다. 이만큼 새롭게 되었으니 군사들의 모양을 어람하시기 바란다는 뜻이었다.

한왕은 중신들을 인솔하고 교군장으로 나왔다. 한신은 마중 나가 왕에게 절을 하지 않고,

"신이 갑옷을 입었기 때문에 절을 하지 못하옵니다."

하고 책 한 권을 두 손으로 받들어 왕에게 바치며 말을 계속했다.

"성람하신 후 삼군에게 이같이 반포하시옵기를 비옵니다."

한왕은 한신에게서 받은 책을 근신으로 하여금 모든 군사들이 알아듣도록 큰소리로 읽으라 했다.

서초패왕이 천명을 어기고 백성들에게 포악하며 의제를 살해하여 그 죄악이 하늘에 사무치는 터이므로 짐이 이것을 정벌하기 위하여 한신을 파초 대원수로 하고 너희들 장수와 사졸들로 하여금 그 지휘에 복종케 하며 짐의 명령 없이도 참형을 행하게 하는 바이니 그의 명령에 복종하는 자에게 영광이 있을 것이요, 복종치 않는 자에게는 죽음이 있을 것이다. 너희들은 이를 알고 짐의 뜻을 어기지 말지어다.

낭독이 끝나자 전 군사가 엄숙해졌다. 왕의 전권을 한신이 군중에서 대행하는 것임을 알고 그들에게 두려운 마음이 생겼던 것이다.

한왕은 사열을 끝내고 대궐로 돌아갔다.

한신은 본영에 앉아 대장들을 모아놓고 군중의 법령을 작성했다.

1. 북소리를 듣고도 나아가지 않는 자는 패군(悖軍).

2. 이름을 불러도 대답하지 않는 자는 만군(慢軍).

3. 사고가 있어도 보고를 아니한 자는 해군(懈軍).

4. 원망하는 말을 많이 하는 자는 횡군(橫軍).

5. 웃음소리가 크고 군문 안에서 달음질하는 자는 경군(輕軍).

6. 병기를 허술히 취급하는 자는 기군(欺軍).

7. 유언비어를 퍼뜨리는 자는 요군(妖軍).

8. 간사스런 말을 전하여 이간하는 자는 방군(謗軍).

9. 백성을 업신여기고 부녀자를 겁탈하는 자는 간군(奸軍).

10. 남의 재물을 훔치는 자는 도군(盜軍).

11. 계획을 누설하는 자는 배군(背軍).

12. 군중에서 엿듣는 자는 탐군(探軍).

13. 시키는 일을 싫어하며 고개를 숙이고 이맛살을 짓는 자는 한군(恨軍).

14. 행렬에서 벗어나고 말소리가 시끄러운 자는 난군(亂軍).

15. 꾀병을 앓는 자는 사군(詐軍).

16. 돈과 양식을 사용(私用)에 쓰는 자는 폐군(弊軍).

17. 적을 탐정하기를 정확하게 하지 못하는 자는 오군(悞軍).

이상 십칠 개조에 해당하는 자는 목을 벤다.

한신은 십칠 개조의 군법을 제정한 후 이것을 깨끗하게 베껴서 책을 만들어오게 하여 자신이 친히 원수의 인장을 찍고 이 책을 왕에게 올렸다.

그리고 군정사 조참은 십칠 개조의 군법을 수십 매씩 베끼게 하여 이것을 각 문에 붙이도록 부하들에게 지시했다.

이튿날 한신은 오경(五更) 무렵에 일어나 교군장으로 나와 중군에 좌정한 후 모든 장수들을 집합시켰다. 아침 시각을 보고하는 직책을 맡은 군사가 한신의 앞에 나와 시각을 보고했다.

한신은 집합하고 있는 장수들을 일일이 점검했다. 감군의 직책에 있는 은개가 보이지 않았다.

한신은 점검을 마친 후 군사 조련을 시작했다.

점심때가 조금 지나 은개는 교군장으로 들어오려고 원문에 이르러 안으로 들어가려다 파수 보는 사졸에게 제지당했다.

"못 들어가십니다. 원수의 분부이십니다. 들어가시려면 원문을 지키는 아장(牙將)께 보고하여 아장께서 군정사께 보고한 후 군정사께서 허락하신 다음에야 들어가실 수 있습니다."

보초병이 이같이 말했다.

"무엇이라고? 되지 못한 것이 함부로… 쓸데없는 까다로운 법을 만들어가지고!"

은개는 한신에 대한 불평을 하면서 그대로 문안으로 들어가려 했다. 그러나 은개는 보초병에게 가로막히고 말았다.

이 보고가 차례차례로 중군에까지 보고된 뒤에 순초관(巡哨官)이 '진(進)'자를 쓴 나무패를 들고 문을 열어주었다.

은개는 눈을 부릅뜨고 성난 얼굴을 보이면서 뚜벅뚜벅 들어갔다.

은개는 한신이 앉아 있는 원수 장막 앞에 가서 예를 하고 섰다.

"왕의 조칙을 받들어 내가 이미 법령을 제정했는데, 너는 감군의 직책에 있으면서 어찌해서 늦게 왔느냐? 지금이 무슨 시각이냐?"

한신은 은개를 꾸짖고 시각을 보고하는 군사에게 이같이 물었다.

"지금은 미시(未時)올습니다."

군사는 그 시각을 말했다.

"묘시(卯時)에 집합하라는 법령을 어기고 오시(午時)도 지나서 나오다니, 말이 아니다!"

"오랜만에 친척이 찾아왔기에 대접을 하느라고 늦어졌습니다. 용서해주십시오."

은개는 뻔뻔스럽게 이렇게 청했다.

한신은 좌우를 보며 호령을 하고 그 자리에서 은개를 결박지어 꿇어 앉혔다.

"은개는 듣거라! 대장 된 자는 임명을 받은 날부터 제 집을 잊어버려야 하며, 군에 나와서 약속하면 제 부모를 잊어버려야 하며, 북소리가 급하게 울리는 때에는 제 목숨을 잊어버려야 하는 것이다. 감군의 직책에 있는 자로서 친척을 대접하느라고 군법을 위반해?"

한신은 이같이 꾸짖고 군정사에게 물었다.

"은개의 죄는 무슨 죄에 해당하는가?"

"만군(慢軍)의 죄입니다. 참형하여 중인에게 보여야 합니다."

조참이 이같이 대답했다.

"그러면 원문에 끌고 나가 은개의 목을 자르고 중인에게 이것을 보여라."

한신은 군정사의 대답을 듣고 즉시 이같이 명령을 내렸다.

이때까지 '설마 어떠하랴' 하고 대수롭지 않게 생각하고 있던 은개는 한신이 이같이 명령하는 소리를 듣고 간담이 서늘해졌다. 한신의 명령이 떨어지자, 무사들은 은개를 일으켜세워 밖으로 끌고 나갔다. 은개는 끌려 나가면서 번쾌를 보고 살려달라고 눈짓을 했다. 그러나 번쾌 또한 어찌해볼 도리가 없는 터라 보고도 못 본 체하고 슬그머니 딴 문으로 나와 은개가 죽게 되었다는 사실을 한왕께 보고케 했다. 왕의 칙명이 내리면 행여나 은개의 목숨을 건질 수 있으려니, 그는 이렇게 생각했던 것이다.

한왕은 이 소식을 듣고 깜짝 놀랐다. 즉시 소하를 불러 의논했으나, 소하는 한신이 군법을 세우기 위해서 하는 일을 막을 수 없다고 고집하므로 시각을 다투는 일에 의논만 하고 있을 수 없어 역이기에게 친필로써 은개의 목숨을 살리라고 적어 이것을 한신에게 갖다주라고 했다.

역이기는 말을 달려 교군장으로 왔다. 원문 밖에서는 이때 은개의 목을 자르려고 하는 순간이었다.

"대왕께서 조칙을 내리셨으니 잠시 형의 집행을 정지해라!"

역이기는 이같이 소리쳤다. 무사들은 그 소리를 듣고 손을 멈추었다.

역이기는 그대로 말을 달려 본진으로 들어가려는 것을 원문의 보초병이 막아섰다.

"원수의 명령이십니다. 군중에서는 말을 달리지 못하는 법입니다."

보초병들은 역이기 노인을 붙들고 원수의 장막 앞에까지 왔다.

"역대인께서 법을 어기고 군중에서 말을 달리므로 저희들이 붙들어 왔습니다."

그들은 이같이 보고했다.

"군중에서 말을 달리지 못하는 법쯤은 병법(兵法)을 잘 아시는 대인으로서 짐작하실 터인데 어찌해서 법을 어기셨습니까? 혹시 대왕의 칙명을 가지고 오시는 길이 아닙니까?"

한신은 역이기에게 이같이 물었다.

"역대인께서는 칙명을 가지고 오셨습니다."

원문의 위관이 곁에서 이같이 보고했다.

한신은 군정사를 불렀다.

"지금 역대인께서 법을 어기셨는데 이것은 몇 조에 해당하는 위법이지요?"

"그것은 경군(輕軍)의 죄항으로서 군법 제5조에 해당하니 목을 베기로 되어 있습니다."

조참이 이같이 대답했다.

"역대인의 죄는 참형에 해당하나 대왕의 칙서를 가지고 오신 몸이므로 그 죄를 용서하고, 대신 타고 온 말의 마부의 목을 잘라 은개의 머리와 함께 원문 밖에 공시하도록 하오."

한신은 이같이 명령했다. 위관은 즉시 원수의 명령대로 집행하여 은개의 머리와 마부의 머리를 원문 밖에 높이 걸었다. 어느 누가 이 광경을 보고 몸이 떨리지 않으랴. 대장도 사졸도 모두 한가지로 엄숙해졌다.

역이기는 죽을 뻔하다가 살아난 몸이 되어 급히 돌아가 한왕에게 경과를 보고했다.

"신이 만일 칙서를 가지지 않았다면 신 역시 살아나지 못했을 것으로 아뢰오."

역이기의 보고를 듣고 한왕은 대로했다.

"한신은 어찌해서 이다지 무례하냐! 짐이 친서로 은개의 목숨을 살려주라 했거늘!"

왕은 한신이 눈앞에 있는 것처럼 호령을 했다.

"아뢰옵니다. 대장 된 자가 군명(君命)이 있을지라도 이를 받지 않는다는 것이, 바로 이것을 이름이옵니다. 이야말로 곤외(閫外)의 권(權)이옵니다. 한신의 처사를 과히 나무라지 마시기 바랍니다."

이때 승상 소하가 한왕에게 한신의 행위는 정당하다고 두둔했다.

"은개의 목을 자른 것은 무슨 까닭이란 말이오?"

한왕은 소하를 보고 이같이 물었다.

"살권귀이 위중심(殺權貴而威衆心)이옵니다. 세력 있고 지체 높은 자를 법으로 처단해버림으로써 더욱 위엄이 떨쳐지는 것이옵니다. 이렇게 해야만 삼군은 저희의 주장(主將) 있음만 알고 적국을 모릅니다. 병법에 말하기를 '주장을 무서워하는 자는 반드시 이기고, 적을 두려워하는 자는 위태롭다'고 일컫지 않았습니까? 대왕께옵서 한신을 얻으셨으니 이제 초패왕의 강한 것을 근심하지 마옵소서."

소하가 이같이 말하자 칙서를 가지고 교군장에 갔다가 살아서 돌아온 역이기도 소하의 말에 동조했다.

"신의 마부가 신 대신 죽었으나 신은 진심으로 한신에게 경복합니다. 앞으로 초를 멸하게 할 사람은 한신뿐입니다. 이럴 때 대왕께서는 칙서를 내려 한신을 칭찬하시면 모든 장수가 경거망동을 삼갈 것이며 군법은 더욱 엄정해질 것이요, 한신의 위신은 더욱 떨쳐질 것입니다."

한왕은 두 신하의 말에 고개를 끄덕였다.

"옳은 말이오!"

그리고 즉시 근시를 불러 양과 술을 내리면서 한신을 칭찬하는 글을 내렸다. 한신은 수많은 장수들을 집합시키고 향불을 피워 한왕의 칙사를 맞았다.

이튿날 한신은 번쾌를 불러 대군의 출동을 알렸다.

"그동안 사십여 일 인마의 조련이 끝났으므로 불일간 택일하여 어가(御駕)의 출동하심을 모시고 동정(東征)할 것이니, 그대는 일만 명의 군사를 이끌고 불태워 없어진 잔도를 수축하기 바라네."

번쾌는 눈이 휘둥그레졌다.

"저 혼자서 감독하라는 겁니까? 언제까지 잔도를 완성하는 것입니까?"

"주발과 진무(陳武) 두 사람을 데리고 한 달 동안에 잔도를 완성해놓아야지!"

한신의 대답이었다.

"저는 어렵습니다! 잔도는 천하에 제일 험한 곳이며 길이가 삼백 리나 되는데 일만 명을 가지고 한 달 동안에는 수축하지 못합니다. 십만 명을 가지고도 한 달 동안에는 못할 것입니다. 원수께서 그냥 저를 죽이신다면 저는 조용히 죽었지 그 일은 못하겠습니다."

번쾌는 진정 어려운 표정으로 이같이 말했다.

"어려운 일을 당해가지고 이것을 피하려는 것은 불충(不忠)이란 말이야! 그대는 충성된 마음을 가진 사람이니 족히 이 일을 감당할 수 있을 거야."

한신은 웃는 얼굴로 이같이 말했다. 번쾌는 더 할 말이 없었다. 못하겠다고 계속 고집만 하다가는 또 어떤 군법 위반을 범하게 될는지 알 수 없는지라 번쾌는 어쩔 수 없다는 듯이,

"그렇게 해보겠습니다!"

하고 한신의 앞을 물러나왔다.

이틀 후에 번쾌는 일만 명을 거느리고 고운산을 향해 떠났다. 고운산 너머서부터 금우령(金牛嶺)까지 삼백 리의 잔도를 다시 수축해야 할 일을 걱정하면서 그는 산을 넘기 시작했다.

며칠 후 번쾌는 장정 오십 명씩 한 대(隊)를 편성시켜 나무를 베고, 켜고, 운반하여 잔도의 길을 닦기 시작했다.

그럭저럭 열흘이 지났다. 산은 높고 골은 깊고 이대로 하다가는 십 년을 해도 잔도를 완성하기가 힘들 것 같았다.

'어찌할까? 군법은 엄하고, 잔도는 삼백 리나 되고….'

번쾌가 번민하고 있을 때 포중에서 대중대부(大中大夫) 육가(陸賈)가 수행원 오륙 명을 데리고 찾아왔다.

"어려운 길에 잘 오셨습니다. 어서 오십시오."

번쾌는 반가웠다.

"일이 얼마나 성취되었는가 보고 오라는 대원수의 명령으로 찾아온 터이외다. 기한 전에 완성되겠소?"

육가가 묻는 말에 번쾌는 기가 막혔다.

"말씀 마십시오! 바위를 쪼개고, 돌을 쌓아올리고, 다리를 놓고…. 대부는 돌아가셔서 기한을 훨씬 늘려달라고 말씀을 잘해주십시오."

"안 됩니다. 군법이 엄합니다. 한 달 기한 내에 완성해야 합니다."

가까이 서서 일하고 있던 사졸들도 육가의 이 소리를 듣고 낙심하는 표정이었다. 번쾌는 머리를 폭 수그렸다.

"너희들은 저리로 물러가거라!"

육가는 사졸들과 자신의 수행원을 물리치고 번쾌에게 가까이 가서 귀에 입을 대고 무엇인가 수군수군했다. 한참 동안 귓속말을 듣던 번쾌의 낯빛이 금세 명랑해졌다.

"그러면 나는 돌아갑니다."

육가는 조금 떨어져서 큰소리로 이같이 인사의 말을 했다.

"평안히 가십시오."

번쾌는 웃는 낯으로 작별했다.

육가가 돌아간 뒤에 번쾌는 한왕에게 상소문을 썼다. 공사가 너무 힘들고 인부가 부족하니 인부를 더 보내달라는 상소문이었다.

그 후 열흘 만에 어사(御史) 주가(周苛)는 인부 일천 명을 인솔하여 번쾌에게 왔다. 번쾌는 기뻐했다.

이튿날 밤에 번쾌는 주발·진무 두 사람을 불러 가만히 꾀를 일러주었다. 번쾌가 이르는 말을 자세히 듣고 두 사람은 즉시 밖으로 나왔다.

그날 밤이 깊어서 주발·진무 두 사람은 인부 백여 명을 추려 소리없이 도망해버렸다.

이때 한나라와의 국경 대산관(大散關)을 지키는 장수는, 삼진의 옹왕 장한의 부하 장평(章平)이었다. 초패왕 항우가 도읍을 팽성으로 옮기고 천하가 태평하건만 범증에게서 삼진의 왕에게 한왕을 엄중 경계하라는 공문이 자주 내려왔다.

장평은 한왕이 한신을 대원수로 봉하고 번쾌를 시켜 잔도를 다시 수축하는 중이라고 두 차례나 장한왕에게 보고했었다.

그러나 장한은 코웃음만 쳤다.

"한신 따위를 대원수로 임명하다니! 삼백 리 잔도를 일만 명의 인부로 수축시키다니!"

장한은 이렇게 비웃으며 베개를 높이 하고 대산관의 장평에게 엄중

한 명령도 내리지 않았다.

그럴 때 하루는 대산관의 경계선을 파수 보는 사졸이 장평에게 번쾌의 인부가 도망해왔음을 보고했다.

"몇 명이나 도망왔다더냐?"

장평이 보초병에게 물었다.

"백여 명가량이랍니다."

장평은 보초병의 대답을 듣고 잠깐 생각해보더니 분부를 했다.

"한나라의 허실(虛實)을 알아두어야겠다. 그놈들을 이리로 데려오너라."

보초병은 공손히 대답하고 물러가더니 잠시 후 항복해온 인부들을 데리고 들어왔다.

"너희들은 무엇하는 놈들이냐? 그리고 무슨 까닭으로 한나라를 배반하고 항복해왔느냐? 조금이라도 거짓말을 했다가는 목을 잘라버리겠으니 바른대로 말해라!"

장평의 추상 같은 호령에 인부들 가운데 한 사람이 나서 공손하게 대답했다.

"저희들은 한나라 보안군(普安郡)에 사는 백성들입니다. 한왕이 잔도를 수축하는 공사에 나가라고 해서 왔습니다. 그런데 와서 보니 밥도 조금씩 주고, 일만 죽도록 시키고, 기한이 한 달 동안이라고 재촉만 성화같이 하는데, 산길은 험해서 일은 안 됩니다. 한왕이 한신을 대원수로 임명하여 초패왕을 꺾겠다고 큰소리치고 있지만 군사들은 원망하고 미워할 뿐 한 사람도 복종하려 하지 않습니다. 저희들은 농사짓던 백성들이지만 본시 무술(武術)을 좋아했기 때문에 장군께 항복하고 부하로서 일을 하고 싶어서 왔습니다."

장평은 고개를 끄덕이고 물었다.

"너희들 가운데 대장 될 사람이 있느냐?"

인부들 가운데서 두 사람이 앞으로 나와 그 중 한 명이 허리를 굽히며 대답했다.

"제 이름은 요룡(姚龍)이고 이 사람의 이름은 근무(靳武)라고 합니다. 보안군에서 저희 두 사람은 사냥꾼으로 이름 있는 터이온데, 이번에 잔도 수축 공사에 인부를 백 명 인솔하여 다녀오라 해서 왔습니다. 이 인부들에게서는 대장 노릇을 할 수 있습니다."

장평은 요룡의 말을 듣고 그에게 한왕이 한신을 채용하게 된 경위를 물었다.

"그래, 한왕은 어떻게 해서 한신을 대원수로 임명했느냐?"

"한신이라는 사람이 초를 배반하고 한왕을 찾아와서 병법을 이야기하는 것만 듣고 소하가 여러 번 한왕에게 천거했답니다. 한신은 구변이 대단히 좋은 모양이지요. 그렇지만 오래전부터 한왕을 따라다니던 대장들과 사졸들은 한신을 우습게 알고 있는지라 부하들이 심복하지 않습니다. 번쾌 같은 사람이 그중 제일이지요. 그리고 도망해버리는 장졸이 부쩍 늘어나 한왕은 지금 후회하고 있답니다."

요룡의 말을 듣고 장평은 내심 크게 기뻐했다.

"잔도는 얼마나 수축되었느냐?"

"저희 두 사람이 도망해올 때까지 그동안 수축된 것은 약 사오십 리가량 됩니다. 그러나 인부와 사졸들 가운데 도망가는 놈이 계속 늘어나므로 일이 점점 더디어질 것입니다."

장평은 그 말이 옳다고 생각했다.

"너희들은 오늘부터 소원대로 내게 있으면서 일을 하도록 해라."

장평은 마침내 이같이 허락하고 요룡과 근무 두 사람을 도망해온 인부의 두목으로 삼고 심부름을 시켰다.

두 사람은 그날부터 열심히 일을 했다.

장평은 사오 일 후에 두 사람을 대기패관(大旗牌官)에 임명했다. 이를

테면 대산관 수비대의 본부중대 내무반장쯤 된 셈이다.

이즈음 파초 대원수 한신은 한왕에게 택일한 날이 내일이므로 대군을 약정한 날에 출동할 수 있도록 허락해달라는 상소문을 올렸다. 한왕은 놀랐다. 번쾌를 시켜 잔도를 수축하면서 대군은 내일 출동한다는 것이 도무지 알 수 없는 노릇이라고 생각되었기 때문이었다.

한왕은 즉시 소하를 불러들였다.

"한신이 상소하기를 대군을 내일 출동시키자 하니 대체 어느 길로 나아간단 말이오? 경이 한신을 만나서 물어보고 짐에게 일러주오."

소하는 칙명을 받들고 그날 밤에 본진영으로 한신을 찾아갔다.

"대왕께서는 원수가 내일 동정(東征)하자고 올린 상소문을 보시고 지금 근심하고 계십니다. 우리의 대군이 어느 길로 행군한단 말이오? 잔도가 아직도 완성되지 못하지 않았습니까?"

소하는 이렇게 물었다.

"승상께서는 왜 그런 말씀을 하십니까? 장자방 선생과 함께 의논하시고 잔도를 불살라버릴 때, 딴 길이 있는 것을 잘 아시고 하신 일이 아닙니까?"

한신은 도리어 이같이 대답했다.

"그러나 그때 딴 길이 있다는 말만 들었지 자세한 것을 모르고 있을 뿐 아니라, 원수가 지금 번쾌를 시켜 잔도를 수축하고 있기 때문에 더욱 의심하는 것이외다."

"그거야 삼진으로 하여금 잔도의 수축 공사를 한다고 믿게 함으로써 삼진의 방비를 허술하게 함이지요. 우리는 저들이 모르게 진창(陳倉)으로 빠지는 좁은 길로 나아가서 불과 오 일이면 대산관에 도착할 수 있습니다. 대산관에서는 한왕의 군사가 하늘에서 나왔는가 의심할 것이요, 삼진은 놀라서 허둥댈 것이 아닙니까? 그 뒤에는 저들을 공략하기가 아주 쉽습니다. 승상께서는 비밀히 이 말을 대왕께 아뢰어 착오가 없도록 해주십시오."

소하는 이 말을 듣고 크게 기뻐하며 돌아갔다.

한편, 밤이 상당히 깊었건만 한왕은 잠도 자지 않고 기다리고 있었다. 자정이 훨씬 지나 소하가 들어와 한신이 했던 말을 듣고서야 한왕도 무한히 기뻐했다.

이튿날 마침내 한왕의 대군에는 출동 명령이 내려졌다.

한왕은 문무백관을 거느리고 교군장에 나왔다.

한신은 그동안 맹훈련을 시킨 사십오만 명의 군사를 사대(四隊)로 나누었다. 장수 손흥(孫興)을 잔도로 보내어 번쾌를 대신하여 수축 공사를 계속하게 하는 동시에 번쾌를 제일대의 선봉으로 삼았다. 번쾌의 부하에는 맹장 여덟 명을 배치하고 선봉부대는 좁은 길을 넓게 만들고 냇물에는 다리를 놓고 하여 후속부대를 인도하는 책임을 맡겼다. 제이대는 하후영을 부대장으로 하고 그 아래에 맹장 열 명을 배치했다. 제삼대는 대원수 한신이 부대장이 되어 맹장 사십여 명을 거느리고 전후좌우로 군사를 인솔하여 나오도록 하고, 제사대는 한왕이 친히 인솔하여 부관(傅寬)·주창(周昌) 두 사람을 감군으로 삼아 부대의 군정을 감찰케 했다.

한왕은 동문을 통해 교군장에 들어와 높은 단 위에 올라서서 군사들의 규율 엄정한 대오를 보고 감탄해 마지않았다.

'한신의 능력이 이렇게 대단하니 초패왕을 무찌르기 어렵지 않겠구나!'

한왕은 이렇게 생각하면서 내려다보고 있었다.

이때 한신이 한왕 앞으로 나와 아뢰었다.

"신은 대왕보다 이틀 앞서 행군하겠습니다. 대왕께서는 후진을 거느리시고 이틀 후에 서서히 행군하십시오. 그러면 신이 먼저 대산관에 들어가 그곳에서 대왕을 영접하겠습니다."

"그리하오."

한왕은 만면에 희색을 띠우고 한신의 행군을 전송했다. 한량없이 많아 보이는 군사가 끝없이 이어 나갔다.

제일대, 제이대, 제삼대의 각 부대가 차례로 출동하는 것을 보고 한왕은 마음이 든든하기 짝이 없었다.

"한신을 얻으신 것은 대왕의 홍복이옵니다."

소하도 이 광경을 전망하면서 감탄하는 어조로 이같이 말했다.

"경들이 극력 주선하지 않았으면 어찌 오늘이 있었겠소! 고마운 일이오. 그러하나 모레 짐이 포중을 떠나면 또 언제 포중의 부로들을 만나게 될지 모르니 백성들 가운데 어른 되는 사람들을 내일 짐과 만나게 해주오. 그리고 짐이 출동한 이후 포중의 정사를 경이 전담하고, 군량을 보급해주는 일을 전심전력하여, 생명을 바치고 나아가는 군사들로 하여금 굶주림이 없게 하기 바라오."

한왕은 소하에게 후방의 일 일체를 일임했다. 그런 다음 왕은 승상 이하 여러 신하들을 거느리고 조정으로 돌아갔다.

이튿날 소하는 왕이 부탁한 대로 포중의 노인들을 모았다. 대궐 안으로 들어온 백 명가량의 노인들 가운데는 한왕이 포중을 떠나는 데 대해 눈물을 흘리는 사람도 있었다. 한왕은 그들을 위로했다.

"상국 소하가 짐을 대신하여 이곳을 다스릴 터이니 너희들은 안심하라."

한왕은 이렇게 이르고 소하로 하여금 자신의 유시(諭示)를 발표하게 했다.

사방 십 리를 일 정(亭)으로 하고, 정마다 정장(亭長)을 두고 십 정을 일 향(一鄕)으로 하고, 일 향에는 세 사람의 향로(鄕老)를 두어 한 사람은 민간의 법령을 맡아보고, 한 사람은 농사짓는 일을 맡아보고, 한 사람은 소송(訴訟)하는 일을 맡아서 보게 하는데 모든 것이 백성을 편안하게 하는 것이 주장이므로 서로서로 힘써서 교화(敎化)시키기에 주력하고, 상하가 화목해서 아름다운 풍속을 계승하게 하라.

정(情)과 성(誠)과 열(熱)로써 엉긴 간곡한 유시문의 낭독이 끝난 후에 대궐에서 부로들에게 주식을 내렸다. 백성들은 한없이 감격했다.

한왕은 이같이 포중의 백성들과 작별 인사를 하고 이튿날 제사대(第四隊)의 남은 군사를 거느리고 후방의 일은 소하에게 위촉한 후 백성들이 도열하여 전송하는 가운데 초패왕을 정벌하는 대군의 출동을 정식으로 선포했다. 때는 한고조(漢高祖) 이년, 서력기원전 이백오년 삼월이었다.

이때 한왕보다 이틀 앞서 행군한 한신은 잔도로 들어서는 길로 향하지 않고, 진창으로 나오는 좁은 길로 들어서서 고운산·양각산에 이르러 여기서부터 선봉부대가 길을 열어주는 대로 전후의 사졸들이 모두 합심전력하여 행진했다. 고향으로 돌아간다는 뜨거운 정신이 모든 사졸들의 사기를 돋우어 산길이 험준한 것도 문제가 되지 않았다.

한신의 부대는 어느덧 태백령 가까이 도착했다. 한신은 여기서 오륙 개월 전에 포중으로 넘어오다가 주막에서 만나 형제의 약속을 한 신기 생각이 문득 머릿속에 떠올랐다. 그는 부하장수 노관을 불러 태백령 고개 밑의 주막집으로 찾아가 신기를 불러오라고 일렀다.

얼마 후 노관은 돌아와서 지난해 초가을에 큰 장마로 인해 산이 무너지는 통에 주막집은 이사를 가고 없어졌다는 소식을 전했다. 한신은 섭섭히 생각하면서 그대로 행군을 계속했다. 조금 가다가 난석탄(亂石灘)에 이르렀다. 산골물이 급히 흐르는데 넓은 개울이 가로막고 큰 바윗돌이 여기저기 흩어져 있는 곳이었다. 이때 난데없이 큰 호랑이 한 마리가 무엇에 쫓기어 나와 이리 뛰고 저리 뛰고 으르렁대는 바람에 부대의 행진이 멈추어졌다.

호랑이가 큰 바윗돌 위에 올라앉아 사방을 휘둘러보고 있을 때 저 아래 산모퉁이에서 장사 한 사람이 뛰어오는 모습이 보였다. 이것을 보고 한신의 부대 사졸들은 수십 명이 일제히 창을 겨누면서 호랑이가 앉아 있는 바위 뒤로 둘러섰다. 달려오던 그 장사는 호랑이 앞에 가까이 와서 창을 겨누었다. 호랑이는 갈데없이 되었다.

그러자 호랑이는 큰소리를 치면서 앞에 있는 장사에게로 뛰어들었다. 그 장사도 몸을 날려 호랑이를 피하면서 창으로 호랑이의 머리를 찔렀다. 그러나 억센 호랑이는 앞발을 쳐들고 장사에게로 덤비려 했다. 장사는 또다시 창을 호랑이의 모가지에 꽂았다. 호랑이는 더 이상 버티지 못하고 쓰러졌다. 한신의 부대 사졸들은 그제야 달려들어 호랑이를 찔러 죽여버렸다.

한신은 멀찍이서 이 광경을 보고 말을 달려 앞으로 나와보았다. 가까이 보니 장사는 딴 사람이 아닌 신기였다.

신기는 한신의 얼굴을 쳐다보고 그 자리에 엎드렸다.

"장군께서 잔도를 수축시킨다고 하기에 어느 때나 포중에서 행군하시는가 했더니 뜻밖에 오늘 이같이 뵈오니 저는 평생소원을 이룬 것 같습니다."

한신은 말에서 내려 신기의 등을 도닥거려주었다.

"자네를 이같이 만날 줄은 몰랐네. 오늘 아침때 태백령 아래에서 자네 집을 찾아보았더니 이사해버리고 없기에 궁금해했는데 참으로 반갑네. 이사한 집이 어딘가? 자네 집에 가서 모친께 문안 인사 올려야겠네."

신기는 땅에 꿇어앉은 채 황송해서 어쩔 줄 몰라했다.

"과분한 말씀입니다. 장군은 지금 일국의 원수. 귀중하신 몸으로 어찌 오막살이를 찾아오실 수 있습니까?"

"이 사람아, 그게 무슨 말인가. 나는 지난날 이곳으로 오다가 자네 집에서 신세를 졌네. 그때 자네와 형제의 약속을 했으니 자네 모친이 나의 모친이 아닌가. 잔말 말고 같이 가세."

한신의 말을 듣고 신기는 얼른 땅에서 일어섰다. 한신은 군사들에게 행군을 계속시키고 자신은 부하 열 명만 데리고 신기를 따라 그의 집으로 찾아갔다.

신기의 집은 산모퉁이를 돌아 이 마장쯤 더 가서 높은 산 밑에 있는 십여 호 되어 보이는 조그만 마을에 있었다. 한신은 신기의 모친에게 절하고 은전 백 냥을 내놓았다.

"약소하지만 이것을 노친의 봉양에 보태어 쓰십시오. 신기는 이제부터 나를 따라 대공을 세우고 이름을 천추만세에 남겨야 합니다."

신기의 모친은 은전 백 냥을 사양하고 받지 않았다. 그러나 한신은 기어코 도로 주면서 말했다.

"이 돈은 한왕이 주시는 것입니다. 받으셔야 합니다. 그리고 늙으신 몸으로 이 산골에서 생활하기 불편할 테니 내가 승상부로 통보해서 마련해놓을 터이니 남정(南鄭)으로 이사를 하십시오."

옆에서 이 말을 들은 신기는 입이 벌어지도록 기뻐했다.

한신은 신기의 모친에게 인사를 하고 신기를 데리고 부대의 행군으로 돌아와 군정사로 하여금 신기의 집을 남정으로 이사시키고 관록을 주어 생활시키도록 절차를 밟게 한 후, 신기는 제일대 번쾌의 부대에 가서 길을 인도하는 일을 보도록 명령했다.

그리고 행군을 계속하여 한신은 삼분산에 가까이 왔다. 여기가 그에게는 또한 잊히지 못하는 곳이었다. 초나라를 배반하고 도망해올 때, 길을 묻고 그 길을 가르쳐준 나무꾼을 죽인 곳이 바로 이 산 너머가 아니더냐.

한신은 부하 장수들을 돌아보면서 자신이 혼자 이 산을 넘어오다가 경계선을 파수 보던 검문소의 보사관과 사졸 다섯 명을 죽이고 그 뒤에 또다시 자기를 추격하는 세력을 두려워한 나머지 자신에게 길을 알려준 나무꾼을 죽인 이야기를 해주었다. 부하 장수들은 감개무량하게 이야기를 들었다.

한신은 산을 넘어온 후 자신이 표시해둔 높은 바윗돌 밑을 파헤치라 명령하고 한편으로는 관을 만들게 하여 나무꾼의 시체를 관에 옮겨 넣고, 삼분산의 솔밭 속에다 분묘를 커다랗게 짓게 하였다. 그리고 분묘 앞에 비석을 세우고 그 돌 위에 '파초 대원수 한신 위의사초부립(爲義士樵夫立)'이라고 새기게 했다. 그런 다음 부하 장수들과 함께 나무꾼의 영혼에 제사를 지냈다. 제문을 장수 주기(周奇)가 읽었다.

파초 대원수 한신은 이제 공손히 삼분산 나무꾼의 영혼에 고하노니, 슬프다! 그대 세상에 나와서 신세 구차하여 산에 들어와 나무를 하다가 길을 묻는 자에게 길을 알려주었으나 혹시나 초나라 군사가 뒤를 쫓을까 하여 행방을 숨기고자 하는 나의 칼에 그대 참혹하게 죽음을 당했으니, 이 어찌 있을 수 있는 일인가. 내 이미 군사를 거느리고 초나라를 치려고 삼분산을 넘어오니 이제 그대의 몸을 다시 거두어 개장하지 않을 수 없도다. 그대는 이것을 아는가 모르는가, 오직 나의 참마음만 굽어살피라!

제문을 읽은 뒤에 한신은 술을 잔에 따라 산소 앞에 올렸다. 한신은 제사를 끝내고 행군을 계속했다.

한편, 대산관을 수비하는 장평은 모든 일을 요룡·근무 두 사람에게만 맡기고 한신의 부대가 대규모로 진격해오는 줄을 모르고 있었다. 그는 가끔 요룡과 근무 두 사람을 불러 건성으로 묻기만 했다.

"이즈음 한나라의 정황은 어떠하다느냐?"

그러면 요룡과 근무는 정색을 하고 대답했다.

"걱정 없습니다. 잔도를 수축하는 것이 늦어진다고 번쾌를 불러들이고 그 대신 손흥을 대장으로 잔도에 보냈는데, 인부들은 점점 줄어들어서 지금은 몇 천 명밖에 남지 않았다고 합니다."

장평은 이 말을 듣고 태평했다. 매일 술만 마셨다.

그런데 하루는 뜻밖에 한나라 군사가 오십 리 밖에서 개미떼같이 몰려온다고 부하가 허겁지겁 달려와 보고했다. 장평은 눈이 휘둥그레졌다.

"아니, 한나라 군사가 어디로 나왔단 말이냐?"

그는 이같이 물었다. 그도 그럴 것이 손흥이 대장으로 새로 와서 잔도의 수축 공사는 아직도 완성될 날이 까마득하다고 장평은 믿고 있기 때문이었다.

"아마 오보(誤報)일 것입니다. 혹시 잔도 공사를 하기 싫어서 한나라를 배반하고 초나라에 항복하러 오는 인부들일지도 모르니 좀 더 기다렸다가 허실을 완전히 파악한 다음에 대적해도 늦지 않을 것입니다."

요룡과 근무가 곁에서 이같이 말했다. 장평은 그 말에 동감하고 내버려두었다. 이튿날 아침에 '번쾌'라고 쓴 기를 선두에 나부끼면서 한왕의 선봉대가 대산관 관문 앞까지 진격해왔다. 장평은 그만 깜짝 놀랐다.

"이거 큰일 났구나! 삼진왕에게 급히 보고를 올려라! 요룡·근무 너희들 두 사람은 사문(四門)을 꼭 닫고 엄중히 방비하게 해라. 나는 저놈들과 일전(一戰)을 하고 돌아오겠다."

장평은 요룡·근무에게 이같이 이르고 사졸 삼천 명을 거느리고 관문을 열고 번쾌를 향해 출동했다.

번쾌는 장평이 관문 밖으로 군사를 거느리고 나오자 앞으로 뛰어나가 큰소리로 외쳤다.

"장평아, 내 말을 듣거라. 장한·사마흔·동예 세 놈이 진나라 항졸 이십만 명을 죽이고 뻔뻔스럽게 세 놈만 삼진의 왕노릇을 하고 부귀를 누리고 있으니, 하늘이 그대로 내버려둘 리가 있냐? 지금 천병(天兵)이 내려왔으니 빨리 항복해라! 그렇지 않으면 모조리 죽여버리겠다!"

장평은 번쾌의 말을 듣더니 껄걸 웃으며 대꾸했다.

"야 이놈아! 한왕이 포중에 들어가서 한왕이 되었거든, 왕으로 가만히 앉아 있을 것이지 함부로 기어오르다니 모가지가 달아나고 싶은 모양이구나!"

번쾌는 그 소리에 화가 났다. 즉시 칼을 휘두르며 장평에게로 달려들었다. 장평은 창을 휘저으면서 번쾌에게로 달려들었다. 칼이 내리치면 창이 이를 받아넘기고, 창이 들어오면 칼이 이를 막아버리고, 칼날과 창끝이 서로 부딪쳐 공중에서는 때 아닌 번갯불이 번쩍번쩍했다. 서로 만나 맞서기를 이십여 차례 하다가 장평은 번쾌의 재주와 힘을 당할 수 없는지라 말머리를 돌려 도망하기 시작했다. 이놈을 놓칠까 보냐고 번쾌는 장평의 뒤를 쫓았다. 번쾌의 뒤에서는 신기가 사졸들을 데리고 소리를 지르면서 뒤따라 덤볐다. 장평의 군사들은 이 통에 수없이 죽어 넘어지고, 얼마 남지 않은 군사를 이끌고 장평은 간신히 관문 안으로 도망해 들어갔다. 그러고는 사방의 문을 단단히 닫고 방비만 했다.

번쾌는 이 꼴을 보고 즉시 철포와 불화살을 쏘라고 명령했다. 사졸들은 철포를 장치하고 또 불화살을 꺼내어 일제히 쏘았다. 하루종일 대산관 공격 전쟁이 벌어졌다.

이럴 즈음에 후속 부대로 하후영의 제이대, 한신 원수의 제삼대도 대산관에 도착했다. 번쾌와 신기는 한신에게 전투 상황을 보고했다.

한신은 보고를 듣고 친히 높은 고지에 올라서서 적의 모양을 관찰하고 내려와 마음속으로 기뻐했다. 그는 이미 가슴속으로 결정한 것이 있었다. 그는 군사들에게 일제히 불화살을 쏘라고 명령하고, 십여 개의 풍화포(風火砲)를 사방에 배치케 한 다음 일제히 사격 명령을 내렸다.

대산관의 성벽 한 모퉁이가 무너졌다. 산에서도 바위와 언덕이 무너져 떨어지기도 했다. 성중에 있는 장평의 부하들은 무서워서 벌벌 떨고만 있었다.

이때 한신이 관문 앞으로 다가와 큰소리로 외쳤다.

"대산관을 지키는 장수에게 한마디 할 말이 있다."

관문 안에서 이 소리를 듣고 장평이 누각 위로 몸을 나타냈다. 그의 뒤로는 요룡과 근무 두 사람이 사졸을 백 명가량 거느리고 장평을 호위했다.

"무슨 말이냐?"

장평은 한신을 내려다보면서 고함을 질렀다.

"항우가 무도해서 공약을 배반하고 의제를 죽여, 천하 백성이 절치부심하므로 한왕이 천하를 건지려고 군사를 보내는 것이니, 속히 두 손을 들고 항복해라!"

"이놈아, 나는 옹왕의 일족이다! 너 같은 겁쟁이, 가랑이 밑으로 기어다니는 놈과는 다르다."

장평이 이같이 대답하고 있을 때 이때까지 그의 뒤에 서서 그를 호위하고 있던 요룡·근무 두 사람이 별안간 장평의 덜미를 잡아채면서 순식간에 장평을 결박지어버렸다.

이와 동시에 뒤에 섰던 백여 명의 사졸들이 일제히 허리에서 칼을 뽑아들었다.

요룡과 근무가 큰소리로 선포했다.

"한왕은 인자하신 분이다. 천하가 한왕을 따르고 있으니 항복하면 목숨을 보전할 것이다."

모든 사람이 일제히 꿇어앉아 두 손을 들었다. 이 모양을 보고 요룡과 근무는 관문을 활짝 열어젖히고 한신의 군사를 맞아들였다. 원래 이 두 사람, 요룡·근무는 한신의 부하 장수 주발·진무 두 사람이었다. 그들은 수십 일 전에 잔도를 수축하고 있는 번쾌에게 한신이 육가를 보내어 계교를 꾸미게 하여 인부 백 명을 데리고 탈주시킨 두 사람이었다.

이것을 모르고 장평은 그들을 자기 부하로 채용하여 이런 비참한 결과를 초래하게 된 것이다.

한신의 대부대는 성안으로 들어왔다. 그는 오천 명의 대산관 수비병의 항복을 받고 장평을 끌어내어 꿇어앉혔다.

"너는 장한의 친척으로 초나라를 섬기면서 감히 천병에 항거했으니 당연히 목을 잘라야 할 것이로되, 너같이 개새끼 같은 놈의 피로써 칼을 더럽히기가 싫다! 그래서 죽이지 않는 것이니 옥에 들어가 있거라."

한신은 군정사에게 장평을 가두어두라고 명령을 내렸다.

이튿날 한왕이 친히 거느리고 행군해오는 제사대가 가까이 도착했다는 보고가 들어왔다. 한신은 모든 장수들을 인솔하고 나아가 한왕을 맞아들였다.

한왕은 무한히 기뻐했다. 왕은 성안에 들어와 당상에 좌정한 후 한신을 침이 마르도록 칭찬했다.

"대산관은 삼진의 요해지(要害地)인데 장군이 힘들이지 않고 빼앗았으니 삼진이 이 소식을 들으면 간담이 서늘해질 거요."

"대산관은 이미 공략했으나 삼진이 아직은 방비를 엄중히 하지 않고 있을 터이니 이 틈에 신이 속히 폐구(廢丘)로 진격하여 먼저 장한을 사로잡은 후 짧은 시일 내에 삼진을 평정하겠습니다. 폐하께서는 그동안만 이곳에 머물러 계십시오."

"그렇게 속히 삼진이 평정되겠소?"

"신이 생각하기에는 앞으로 열흘 안에 삼진을 거두어 가질 것으로 압니다. 다만 그동안에 소하로 하여금 군량을 계속해서 많이 수송케 하시고 인부를 더욱 많이 잔도에 보내어 수축 공사를 더욱 시급히 완성하도록 해주십시오."

"좋소!"

한왕은 한신의 말에 쾌히 승낙했다. 이로써 왕은 한신을 완전히 믿게 되었다.

한신은 한왕 앞에서 물러나와 자기 처소로 돌아온 후, 장평을 옥에서 데려오라고 명령했다.

결박되어 죄수가 된 장평은 한신 앞에 꿇어앉혀졌다.

"너를 죽여버리려 했으나 너 같은 것을 죽일 필요도 없어서 살려보낸다. 빨리 장한에게로 달아나거라."

한신은 장평에게 이같이 호령하고 부하 사졸들로 하여금 장평의 귀를 베어버리라고 했다. 사졸이 가위로 장평의 귀를 베어버렸다. 그러고는 결박지었던 포승을 끌러주고 내쫓아버렸다. 장평은 두 귀에서 볼따구니로 철철 흐르는 피를 뿌리면서 달음질하다시피 폐구로 향해 달아났다. 이것은 두 귀가 없어진 장평의 꼴을 통해 장한을 격분시키기 위한 한신의 술책이었다. 포중에서 한신이 진군한 후 지금 대산관을 점령하기까지 불과 열흘밖에 걸리지 않았다. 동정(東征) 제일차는 한신의 대성공이었다.

동정북진(東征北進)

이 무렵, 대산관이 이같이 쉽사리 한신에게 점령된 줄은 모르고 한신의 군사가 대산관을 공격해왔다는 사실만 부하로부터 보고받은 옹왕 장한은 대경실색했다.

"아니, 잔도가 아직 완성이 안 되었는데 한신의 군사가 어디로 나왔단 말이냐?"

장한은 이 사실을 사마흔·동예 두 사람에게 황급히 통고하고, 대책을 강구하기 시작했다. 이럴 때에 두 쪽 귀가 떨어진 장평이 들어왔다. 장평은 장한 앞에 와서 엎디어 엉엉 울었다. 장한은 기가 막혔다.

"아니, 대산관을 빼앗겼다구? 한신의 군사가 어느 길로 나왔단 말이냐?"

장평은 한신의 부하 주발과 진무 두 사람이 인부 백 명을 데리고 와서 자신에게 거짓 항복을 하고, 한신은 진창으로 빠지는 좁은 길로 행군하여 대산관으로 쳐들어왔다는 그간의 경과를 상세히 보고했다.

"그거 참! 범증 선생이 한신은 아직 때를 못 만나서 말단 직책으로 지내지만, 만일 중용하는 날이면 큰 화근덩어리가 될 것이라 하시더니 그 말이 맞았구나! 너는 당분간 귀를 치료하고 앉아 있거라, 내가 한신이란 놈을 죽이고 이 원수를 갚겠다."

장한은 탁자를 주먹으로 치면서 이같이 부르짖었다. 그는 그의 친척 조카 되는 장평의 귀가 없어진 모양을 들여다보면서 이를 갈았다.

이것을 보고 장한의 부하 장수 여마통(呂馬通)·손안(孫安) 두 사람이 간했다.

"너무 화를 내지 마십시오. 한신은 술책이 많은 사람입니다. 경솔하게 상대하실 일이 아닙니다."

이 말을 듣고 장한은 또 탁자를 두드리면서 분개했다.

"나는 용병과 작전을 하기를 삼십여 년, 지금 와서 가랑이 밑으로 기어다니던 한신 따위를 무서워하겠느냐?"

장한이 즉시 군사를 거느리고 출동하려는데, 한왕의 대군이 하후영을 제일대로 하여 폐구를 향해 진격해온다는 보고가 들어왔다.

사실 폐구성에서 이십 리 떨어져 있는 곳에서 하후영은 진을 치고 있었다.

장한은 군사를 거느리고 쫓아나갔다.

그러자 한신은 하후영을 부르더니,

"장한은 진나라 때부터 유명한 장수, 힘만 가지고 싸우기 어려운 적이니, 이렇게 하란 말이오."

하고 가만가만히 계책을 일러주었다.

이튿날 하후영은 군사를 거느리고 폐구성을 향해 가다가 도중에서 장한의 군사와 만났다.

장한은 하후영의 군사와 만나자 큰소리로 호령했다.

"한왕은 포중에서 분수를 지키고 있으면 그만이지, 어찌해서 한신 따위의 말을 듣고 나온단 말이냐? 빨리 포중으로 다시 들어가거라. 그렇지 않으면 한 놈도 살아나지 못할 것이다."

하후영은 이 소리를 듣고 웃으면서 대답했다.

"의제께서 처음에 약속하시기를 먼저 함양에 들어가는 자가 천하의 임금이 되라 하셨는데도 항우는 강포해서 제 맘대로 제가 천하의 임금이 되고 의제를 죽이는 등 대역무도했기 때문에 지금 인의의 군사를 일으킨 것이다. 너 같은 것은 모가지를 깨끗이 닦고 와서 내 칼을 받을 준비나 하지 않고 감히 혓바닥을 함부로 놀리느냐?"

장한은 이 말을 듣더니 화가 머리끝까지 치밀어 창을 겨누면서 하후영에게 덤볐다. 하후영은 칼을 휘두르면서 창을 막았다. 두 장수는 십여 합 접전을 하다가 하후영은 장한을 못 당하는 듯이 말을 돌려 달아나기 시작했다. 장한은 군사를 휘동하여 그 뒤를 추격했다.

하후영은 산모퉁이를 돌아 언덕 위로 말을 몰고 올라가더니 그곳에서 아래를 내려다보면서 고함을 쳤다.

"장한아, 너는 여기서 나와 승부를 겨뤄볼 용기가 있느냐?"

장한은 언덕 위를 바라보며 껄껄 웃었다.

"이놈아, 너는 패군(敗軍)의 장수다! 승부를 하자고 말할 자격이 없다!"

"늙은 자식아! 너는 이제 늙어서 껍질만 남은 놈이 큰소리는 무슨 큰소리냐!"

하후영은 또 이같이 약을 올렸다. 장한은 이 소리를 듣고 왈칵 성을 냈다. 즉시 말을 달려 언덕 위로 올라가 창으로 하후영을 찌르려 했다. 하후영은 칼을 휘두르며 장한과 십여 합 접전하더니 또 달아나기 시작하여 솔밭 속 좁은 길로 들어가버렸다. 장한은 쫓아갔다.

한참 동안 쫓아가자니 맞은편에서 먼지가 뽀얗게 일면서 한신의 군사가 나타났다. 앞에서 말을 달려오던 한신이 장한을 바라보며 고함을 질렀다.

"나는 여기서 너를 오래전부터 기다렸다. 속히 항복하거라!"

"가랑이 밑으로 기어다니는 겁쟁이가 오늘 여기 와서 죽게 되었으니 가련하구나!"

장한은 이같이 대꾸하고 신속히 창을 한신의 가슴에 꽂으려 했다. 한신은 교묘하게 그 창을 자신의 창으로 막았다. 두 사람은 여기서 오륙합 접전하더니, 한신이 장한을 당하지 못하고 달아나기 시작했다. 장한은 놓치지 않으려고 뒤를 쫓았다.

이때 계량·계항 두 장수가 군사 삼천 명을 데리고 쫓아와 장한에게 간했다.

"한신이 일부러 지는 체하면서 대왕을 이끄는 것 같으니 깊이 중지(重地)에 들어가지 마십시오."

장한은 껄껄 웃었다.

"나는 오늘 한왕의 군사를 한 놈도 남기지 않고 모두 죽여버리겠다! 그대들도 진력하기 바라네."

장한은 부하에게 이같이 당부하고 계속 추격했다.

잠시 후, 사졸들로부터 한신은 쫓기어 달아나다가 굴속으로 들어가버리고 하후영도 도망가다가 말이 걸음을 잘 걷지 못하여 뒤처져 가고 있으므로 조금만 더 힘을 내어 쫓아가기만 하면 모두 사로잡을 수 있다는 보고가 들어왔다. 장한은 기뻤다.

"한신이란 놈의 모가지를 잘라야겠다. 전군 총진격해라!"

장한은 명령을 내리고 굴이 있다는 산골짜기로 쳐들어갔다. 해는 이미 서산에 넘어가고, 날은 점차 어두워지기 시작했다. 그리고 한왕의 군사는 어디로 갔는지 보이지 않았다.

'아뿔싸, 속았구나!'

장한은 그제야 깨닫고 군졸들에게 퇴각 명령을 내렸다. 그러나 원체 많은 대군을 이끌고 들어왔는지라 속히 후퇴 행군이 되지 않았다. 이럴 즈음에 저 너머 산꼭대기에서 꽝 하고 철포 소리가 터지더니 사방에서 불이 일어났다.

장한은 크게 놀랐다. 인마를 휘동해서 속히 후퇴하는 통에 장한의 군사는 서로 떠밀고 넘어지고 밟혀 수없이 많은 사졸이 죽었다. 적은 산 위에서 햇불덩어리를 빗방울처럼 내리던졌다. 좌우의 초목은 불이 붙어서 활활 타올랐다. 장한의 군사는 골짜기 속에 갇히고 말았다. 뒤로 물러갈래야 빠져나갈 길이 없었다. 앞과 뒤가 불이요, 좌우의 산골짜기도 불이었다.

"큰일이다! 어찌하면 좋지?"

장한은 길게 탄식했다.

이때 계량·계항 두 장수가 가까이 와서, 산중턱에 좁은 길이 있어 그 길로 가면 봉령(鳳嶺)으로 넘어가게 된다고 말했다. 장한은 두 장수의 말을 듣고 그렇게 하자 한 후 말을 버리고 걸어서 칡덩굴을 붙들고 바위 위로 기어넘어 산꼭대기에 올랐다. 아래를 내려다보니 불바다가 되었다.

장한·계량·계항 세 사람이 다리를 쉬고 있을 때 한신의 군사의 함성이 들려왔다.

"안 되겠다! 말도 없고 우리 세 사람이 여기 이대로 있다가는 사로잡히고 말겠다. 빨리 길을 찾아 내려가자!"

장한과 두 장수는 도망갈 곳을 찾기 위해 사방을 살펴보았다. 산 아래에서 불빛이 반짝이는 것이 보였다. 사람이 사는 촌락 같았다.

"저기 불빛이 보이는 곳으로 내려가보시지요."

두 장수와 장한이 한참 가노라니까 멀리서 인마의 떠들썩하는 소리가 들렸다. 그들은 길가의 숲속에 몸을 감추고 무엇이 오는가 유심히 귀를 기울였다.

발자국 소리가 점점 요란하게 들리더니, 지껄여대는 소리가 들렸다.

"산골짜기는 온통 불바다가 되었으니 저걸 어떻게 하나!"

"그러게 말이야! 우리가 찾아서 들어갈 수도 없지 않은가!"

"옹왕께서는 필시 난중에 작고하셨을 게야!"

지껄이며 오는 사람들 가운데서 이런 소리가 들리는 것을 보니 이는 장한의 부하임이 틀림없는 것 같았다. 계량·계항 두 장수는 길가로 쫓아나가며 소리를 질렀다.

"거기 가는 게 누군가?"

횃불을 든 사졸들 앞으로 장한의 부하 대장 여마통의 모습이 나타났다. 여마통은 계량·계항 두 장수를 보더니 얼른 말에서 내려 인사를 하고 두 사람과 함께 옹왕 앞에 나갔다. 장한은 그를 보고 무척 기뻐했다.

"그래 잘 왔다. 어떻게 알고 여기까지 찾아왔느냐?"

"대왕께서 승전하신 후 추격전을 벌이시는 것을 장평이 보고 한신은 꾀가 많은 놈이니까 네가 군사를 거느리고 뒤따라가다가 만일 위태한 경우를 당하거든 구원해드리라고 하기에 사졸 천 명을 데리고 성에서 나왔습니다. 반쯤 오다가 불이 일어나는 것을 보았습니다. 그때 벌써 대왕께서는 그놈의 계책에 떨어지신 줄 알았습니다. 그러나 불바다가 된 산골짜기로 들어갈 수가 있어야지요. 그래서 서남쪽으로 돌아서 쌍분 쪽으로 들어가보려고 하던 차에 마침 다행히 여기서 뵈옵게 되었습니다."

장한은 무한히 기뻤다.

"가자! 속히 성으로 가자!"

장한은 그들을 데리고 폐구로 돌아가기 시작했다. 장한의 군사는 죽고 불에 데고 칼과 창에 상해서, 살아서 남은 것이 이천 명가량에 불과했다.

장한은 군사를 거두어 성으로 돌아와 사대문을 단단히 닫고 엄중히 수비하도록 한 후 자신은 홀로 이를 갈면서 후회했다. 그는 분했다. 사마흔과 동예 두 왕에게 급히 이 실정을 통지하고, 한왕의 군사를 격퇴하는 데 후원을 청했다.

이때 벌써 한신의 대군은 폐구성을 포위했다. 그리고 한신의 군사들은 갖은 모양으로 폐구성 안에서 보이도록 성안의 군사들을 모욕하고 조롱하는 흉내를 냈다.

장한은 한신의 부하들이 자신을 모욕하는 것이라고 생각하고 견딜 수 없었다. 그는 자신이 오랫동안 진나라의 명장으로 그 위엄을 육국에 떨쳤고 지금은 옹왕으로서 삼진에 으뜸가는 왕위에 있으면서 일찍이 회음 땅에서 저자바닥의 싸움패 가랑이 밑으로 기어다닌 한신 따위에게 이 같은 모욕을 당하고도 가만히 앉아 성문을 닫고 내다보지도 못한다는 것이 도대체 있을 수 없는 일이라고 생각했다. 그로서는 일생을 통해서 처음 당하는 수치였다.

"내가 저놈들한테서 이같이 모욕을 당하면서도 문 닫고 앉아 있는다면 무슨 면목으로 천하 사람들을 보겠느냐! 성 밖으로 나가 자웅을 겨루겠다!"

장한이 울분을 금치 못하자 계량이 간곡히 만류했다.

"대왕께선 노하시지 마십시오. 이것이 한신의 술책입니다. 사문을 꼭 닫고 구원병이 올 때까지 기다리셔야 합니다."

계량은 사마흔·동예로부터 구원병이 도착할 때까지 은인자중하자고 주장했다. 그러나 철포 소리는 쉬지 않고 우렁차게 들리고 성 밖에서 한나라 군사의 고함 소리는 요란했다. 장한이 분함을 참지 못해 어쩔 줄 모르고 있을 때 부하들이 들어와 보고했다.

"한왕의 군사들이 땅바닥에 드러누워 있는가 하면 어떤 놈은 벌거벗고 말 위에 일어서서 있고… 별의별 꼴을 다 보이고 있습니다."

장한은 그 소리를 듣고 자기 눈으로 그 모양을 보고자 성루 위로 올라갔다.

과연 한신의 부하들은 아무도 보는 사람이 없는 것처럼 해괴망측한 여러 가지 모양을 하고 있었다.

장한은 이 꼴을 보고 분통이 터져 당장 부하들을 불러모았다.

"한신이 어제 접전에서 승리했다고 지금 대단히 교만해져 있다. 병법에 이것을 엄금하고 있는데 적이 저러하니 오늘밤에는 불시에 야습을 해서 일망타진해버리자!"

"그렇게 하는 것이 도리어 한신의 꾀에 빠지는 것이 안 될는지요?"

장수 손안이 이같이 의견을 말했다.

"아니, 어제 싸움에서는 내가 처음에 이기고 너무 방심했기 때문에 도리어 한신의 꾀에 빠진 것이지, 한신이 능한 것이 아니었다. 내 이미 한신의 능력을 간파했다."

장한은 손안의 의견을 물리치고 이날 밤의 야습 계획을 배정했다.— 계량·계항 두 사람은 삼천 명을 인솔하고 북문으로 나가 적의 좌측을 돌격하고, 여마통·손안 두 사람은 삼천 명을 인솔하고 남문으로 나가 적의 우측을 돌격하고, 장한 자신은 일만 명을 거느리고 서문으로 나가서 적의 중군을 돌격하기로 작전을 세웠다. 장평은 귀를 치료하는 중이므로 성안에서 성을 수비하기로 했다.

이날, 날이 저물어서 한신은 부하 장수들을 불러모았다.

"오늘밤에는 적의 야습이 있을 거야. 내가 이르는 대로 하란 말이다."

이같이 말하고 각각 대책을 세워주었다. 번쾌·시무 두 사람은 삼천 명을 데리고 북진을 수비하고, 하후영과 주발은 삼천 명을 데리고 남진을 수비하며, 중군의 사졸들은 모두 후방에 숨어버리고, 신기·근흡 두 사람은 오천 명을 데리고 중군의 좌측에 매복하고, 관영과 노관 두 사람은 오천 명을 데리고 중군의 우측에 매복해 있다가 적이 퇴각할 때에 각각 급히 나와 적을 반격한다. 이같이 각각 부서가 배정되었다.

이런 줄도 모르고 이날 밤 이경(二更)에 장한은 군사를 거느리고 성문을 나왔다. 각각 입에는 헝겊 조각을 물었다. 소리 없이 야습을 나온 것이다.

장한은 한신의 진을 중앙 돌파하려고 중군에 쳐들어갔다. 그런데 급기야 중군에 들어와보니 사람의 새끼는 한 놈도 없었다. 장한은 아뿔싸! 하고 한신의 꾀에 빠진 것을 깨달았다.

그는 퇴각을 명령했다. 이때 난데없이 철포 소리가 꽝 터지더니, 후방에 있던 한신의 군사가 조수같이 밀려나오면서 화살이 빗발처럼 쏟아졌다. 장한의 부대는 순식간에 엎치락뒤치락 야단법석이 생겼다. 설상가상으로 또 중군의 좌우에서는 매복되어 있던 한신의 군사가 나타나 장한의 군사를 쳤다. 이 통에 장한은 오른쪽 어깨에 화살을 맞았다. 하마터면 그는 말 위에서 떨어질 뻔했다.

한편 계량과 계항은 한신의 진에 가까이 가지도 못하고 번쾌와 시무 두 사람의 군사와 만나게 되어 도리어 역습을 당했다.

여마통과 손안은 남문으로 나와 조금 오다가 손안이 먼저 여마통에게 의견을 말했다.

"우리는 대왕의 지시대로 작전하지 말고 잠깐 여기서 기다려보다가 실제로 한군이 방비가 없어서 우리편이 우세하다 하고 판단될 때 우리도 진격하고 그렇지 않고 우리편이 패해 쫓겨온다면 우리가 폐구의 본길로 나아가 추격해오는 적을 방어해야 하지 않겠소?"

여마통은 손안의 의견에 반대했다.

"그러나 그것은 군령을 위반하는 것이 아닌가?"

"그렇지만 대장 된 사람은 계책을 교묘히 하며, 적을 알고 또한 저를 알아야 할 줄로 나는 생각하오. 한신의 용병작전하는 법이 보통이 아니므로 하는 말이오."

"그렇다면 그렇게 합시다."

여마통은 드디어 손안의 의견에 따랐다. 그리고 그 자리에서 진격을 정지하고 연락병을 급히 보냈다.

조금 있다가 연락병의 보고가 들어왔다. 한신의 군사가 튼튼히 방비하고 있었던 까닭으로 장한은 도리어 싸움에 대패하여 쫓겨오는 실정이었다.

　여마통·손안은 즉시 군사를 거느리고 폐구성의 본길로 돌아왔다. 그들은 장한을 구원하려 했다.

　이 무렵 장한은 추격해오는 한신의 군사에게 거의 포위당하게 되었다. 그럴 때에 여마통·손안 두 사람의 부대가 구원을 왔던 것이다. 장한은 한신의 군사에게 포위당하지 않고 무사히 벗어나고 새로 나타난 장한의 군사는 한신의 군사를 대적하여 싸웠다.

　이것을 보고 한신은 급하게 쇠를 울려 군사를 거두고 추격을 멈추게 했다.

　"궁구막추(窮寇莫追)라는 것이다."

　한신은 부하들에게 이렇게 가르쳤다. 더욱 깊숙이 쫓아들어갔다가 장한의 복병(伏兵)이 있으면 도리어 적의 함정에 빠지는 것이요, 더구나 밤이 삼경이 지났고 지리에 어두우므로 이만 정지한다고 그는 작전을 설명했다.

　날이 밝은 후 한신은 사졸들에게 철포와 불화살을 맹렬히 쏘게 했다. 그러나 원체 폐구성은 사방이 산으로 에워싸여 있고 백수(白水)라는 큰 강이 성에서 북으로부터 동남으로 산 밑을 감돌고 있는 요해지인지라 언제 함락될지 알 수 없었다. 화살에 상처를 입은 장한은 사마흔과 동예 두 사람의 응원을 기다리는 모양이요, 응원병이 도착하면 더욱 성을 공략하기 어려울 것이다. 이 같은 걱정이 한신의 부하 장수들 간에 생기기 시작했다.

　한신은 말을 달려 산꼭대기에 올라가 지형을 살펴보고 내려와서 군정사 조참을 불러 명령했다.

　"장군은 오늘밤부터 군사 일천 명을 데리고 나아가 백수의 강물을 성 밖에서 흘러내리지 못하도록 서방의 어귀에서 막아버리는 공사를 하시오."

"갑자기 무엇을 가지고 강을 막는 공사를 하라는 것입니까?"

한신의 명령을 듣고 조참이 물었다.

"헝겊으로 전대를 짓고 전대 속에 모래를 가득 담아 그것으로 강물을 막아버리는 방죽을 만들면 되지 않소? 그래서 서북에서 동남으로 휘어드는 그 자리를 단단히 막아버린 후 강물이 윗방죽 안에 가득히 찼을 때, 그 방죽을 끊어버리시오. 그러면 요사이 강물이 불어서 가득히 찼던 물이 동남으로 흐르지 못하고, 곧장 성안으로 흘러들어갈 것이오."

한신의 설명을 듣고 조참은,

"알았습니다."

하고 즉시 군사 일천 명을 거느리고 폐구성의 서북방으로 올라갔다. 한신은 본진을 높은 고지 위로 이동시켰다. 이것도 모르고 장한은 성안에서 구원병이 오기만 기다리고 있었다. 이틀 후에 폐구성은 물바다가 되었다. 조참이 동남으로 흘러내리던 백수의 강물을 폐구성 안으로 흘러 들어가도록 공사를 한 까닭이었다. 비는 오지 않고 큰 장마가 졌다.

강물은 성안에 괴기 시작했다. 모든 집이 물속에 잠기게 되고, 사람과 가축이 물에 빠져서 죽게 되었다. 장한은 크게 놀라 부하 장수들과 사졸을 겨우 일천 명가량 거느리고 북문으로 헤엄쳐서 물바다가 된 폐구성을 탈출하여 도림(桃林)으로 들어갔다.

한신은 고지의 본진에서 장한이 성안에서 도망하는 것을 보고 즉시 위관을 조참에게 연락시켰다. 백수의 강물을 동남으로 흐르지 못하게 막았던 방죽을 헐어버리니 강물은 전과 같이 성 밖으로 순조롭게 감돌아 흐르기 시작하고 성안에 들어찼던 강물도 반나절 동안에 빠져버렸다.

한신은 즉시 군사를 휘동하여 성안으로 들어가 백성들을 위로했다.

이튿날 한신은 대산관에 주둔하고 있는 한왕에게 폐구성의 점령을 보고하고 한왕으로 하여금 폐구성으로 이동하도록 아뢰었다. 그리고 그는 휴식할 겨를도 없이 역양(礫陽)으로 진군했다. 역양은 탁왕 동예가 도읍하고 있는 수부였다.

이즈음 동예는 한신이 대산관을 점령하고 사흘 만에 폐구성을 함락 시키고 승승장구하며 온다는 소식을 듣고 한편으로 새왕 사마흔에게 구원병을 청하고 한편으로는 초패왕 항우에게 급히 보고를 올리는 동 시에 탐창(耽昌)·오륜(吳倫) 두 장수로 하여금 군사 일만 명을 거느리고 성 밖 오십 리 밖으로 나가 진을 치고 있게 한 후 자신은 일만 명을 인솔 하여 삼십 리 밖으로 나가 후진을 지키고 있었다.

이럴 때에 한신의 대군이 역양 가까이 도착했다. 한신의 군사는 점점 가까이 와서 쌍방이 마주보게 되었다.

"한왕의 군사는 천하무적이다! 너희들은 빨리 항복해라!"

한신의 부하 장수들은 이같이 고함을 쳤다. 이 소리를 듣고 탐창·오 륜 두 장수가 돌격해나왔다. 한신의 등 뒤에서는 번쾌·주발 두 장수가 쫓아나갔다. 네 장수는 칼날과 창끝에서 불똥이 떨어지도록 격렬하게 접전을 했는데, 접전 이십여 합 만에 번쾌의 한 칼에 탐창의 목이 말 위 에서 떨어졌다. 오륜은 이 광경을 보고 혼비백산하여 달아나기 시작했 다. 한신은 대군을 휘몰아 급히 추격 작전을 했다.

이때 후진을 지키고 있던 동예가 일만 명을 거느리고 나와 오륜을 구 원했다. 한신은 징을 쳐서 추격을 정지시켰다.

이때 동예는 한신을 보고 호령을 했다.

"옹왕이 실수해서 폐구성을 너한테 빼앗겼다마는 너 같은 졸장부가 함부로 기어오르느냐? 너는 나한테 사로잡히고 말 것이다."

한신은 이 소리를 듣고 껄껄 웃었다.

"너는 장한의 부하가 아니냐. 장한도 나와 더불어 한번 싸워보다가 대패했으니 너 같은 거야 문제도 안 된다."

동예는 더 이상 대꾸하지 않고 즉시 창을 겨누고 한신에게 달려들었 다. 한신은 창으로써 동예의 창을 막았다.

두 사람이 오륙 합 접전을 하고 있을 때 번쾌·주발 두 장수가 한신의 뒤에서 쫓아나와 동예를 쳤다. 동예는 당할 수 없어서 말을 돌려 달아났다. 그런데 뜻밖에 한신의 부하 신기·관영 두 장수가 역양성 동쪽 길로 해서 동예의 후방을 휩쓸면서 몰려왔다. 동예는 포위된 형편이 되어 버렸다.

동예는 사선을 넘어 홀로 포위망을 벗어나 역양성 밑에까지 왔다.

이때 한신의 군사가 또다시 조수같이 몰려와 동예를 이중으로 포위하고 말았다.

"속히 항복해라! 속히 항복해라!"

동예는 생각해보았다. 옴치고 뛸 재간이 없었다.

그는 말 위에서 뛰어내려 두 손을 들었다.

"세궁역진했으니 항복하겠다!"

동예는 드디어 무릎을 꿇었다. 한신의 군사들은 동예를 결박지어 한신 앞에 데려갔다.

한신은 친히 동예의 결박을 풀어주고 상좌로 올라오게 했다. 동예는 황송해서 그 앞에 엎드렸다.

"이 사람은 망국의 포로! 죽이지 않는 것만도 큰 은혜인데 어찌 장군께서 이다지 우대하십니까!"

"천만의 말씀. 그대는 진나라의 맹장, 초패왕을 섬기면서 왕위에 있었고, 지금은 다시 전비(前非)를 뉘우치고 한왕에게 항복하였으니 이미 한왕의 신하가 되지 않았소? 그러니 그대와 나 사이에는 고하(高下)가 있을 수 없소이다."

한신은 동예를 붙들어 일으키며 이렇게 말했다. 동예는 감격했다.

"제 목숨을 바쳐서 한왕과 원수의 은혜를 갚겠습니다."

동예는 진심으로 이같이 사례했다.

"만일 그 같은 결심이시라면 머지않아 봉왕(封王)의 상을 내리실 것이외다. 그런데 새왕 사마흔이 고노성(高奴城)을 지키고 있는데, 우리의 대군이 가기만 하면 사마흔이 나와서 싸울 것 아니오? 이렇게 많은 군사를 움직이는 것은 좋은 일이 아니지요. 그러니 사마흔에게 싸울 것 없이 항복하기를 권고해주시면, 나중에 한왕이 중용하실 것이외다."

한신은 동예에게 이같이 청했다.

"염려 마십시오. 내가 사마흔에게 권고하겠습니다. 원수는 먼저 성에 들어가셔서 백성들을 무마하시기 바랍니다."

"그렇게 합시다."

한신은 즉시 일어나 부하들에게 입성을 명령했다.

역양성 안의 백성들은 동예가 이미 한신에게 항복한 것을 알고 성문 위에 항복하는 기를 꽂고 향을 피웠다.

한신은 성중에 들어가 백성을 위로했다.

동예는 사마흔에게 편지를 써서 부하 장수 이지(李芝)에게 주어 급히 고노성으로 가져가게 했다.

이때 고노성에 있는 사마흔은 삼십 리쯤 성 밖에 나와서 진을 치고 있었다. 한신이 대군을 몰고 삼진을 공략하므로 이것을 미리 방비하기 위함이었다. 그는 동예의 편지를 진중에서 펴보았다.

사마흔은 동예의 편지를 보고 성을 냈다.

"망할 놈! 나더러 한 번도 싸워보지도 않고 한신 따위에게 항복을 하라고! 망측한 놈!"

사마흔은 동예의 편지를 구겨버리고 편지를 가져온 이지를 바라보며 호통쳤다.

"이놈아! 속히 내 눈앞에서 없어져라!"

하고 부하들에게 이지를 결박하여 옥에 가두라 하고, 유림(劉林)·왕수도(王守道) 두 장수에게 일만 명을 주어 선진으로 삼고, 자기는 스스로 사만 명을 거느리고 후진으로 하여 역양을 향해 쳐들어갔다. 그는 번쾌를 사로잡고 한신을 죽이겠다고 결심했다.

동예의 편지를 가지고 사마흔에게 갔던 이지의 부하는 이지가 사마흔의 명령으로 옥에 갇히는 것을 보고 즉시 한신에게 돌아가 이 사실을 보고했다. 동예는 자신의 편지를 구겨버리고 자기 부하를 옥에 가두었다는 사마흔의 처사에 분개했다.

이튿날 사마흔이 오만 명의 군사를 거느리고 오십 리 밖에까지 가까이 와서 진을 치고 있다는 보고가 한신의 부대에 들어왔다. 번쾌가 이 소식을 듣고 한신에게 자신이 선봉대장이 되기를 자원했다.

"제가 선봉으로 나가서 사마흔을 사로잡아 오겠습니다."

그는 사마흔이 자신을 사로잡겠노라고 장담하더란 말을 들었는지라, 이 때문에 더욱 분해서 사마흔과 승부를 결정해보려고 했다.

한신도 번쾌의 뜻을 알고 있었다.

"그래, 번대장이 사마흔과 더불어 승부를 결정해보고 싶다는 것도 이해가 가는 말이야. 그렇다면 내가 꾀를 일러줄 터이니 이렇게 하시오."

한신은 이같이 말하고 번쾌의 귀에 입을 대고 가만가만히 수군거렸다. 번쾌는 한신이 이르는 말을 조용히 듣고 물러나갔다.

이날 밤에 번쾌는 동예를 찾아갔다. 동예는 진영에서 멀찍이 떨어져 있는 골짜기에 있었다. 동예는 번쾌를 맞아들였다.

번쾌는 동예와 마주앉아 울분을 토했다.

"사마흔이 장군의 편지를 찢어버리고 장군의 부하 이지를 옥에 가두었다니, 이렇게 무례한 놈은 한시바삐 사로잡아 여러 사람에게 보여야 하지 않소! 만일 그렇지 못하면 세상 사람들의 조소를 면치 못할 것이외다."

"그래요, 나도 부끄럽게 생각하고 분개하는 터입니다. 그런데 어떻게 하면 사마흔을 빨리 사로잡을 수 있을까요?"

"내 생각에는 장군의 근친(近親)이 진중에 있으면 그 사람들을 결박하여, 내가 나의 부하 백여 명을 데리고 오늘밤에 사마흔의 진으로 가서 항복을 하렵니다. 그렇게 하면 사마흔은 필시 진심으로 알고 의심하지 않을 것입니다. 그런 뒤에 장군이 내일 사마흔과 더불어 접전을 하시면 우리가 사마흔의 뒤에 있다가 불시에 달려들어 사마흔을 사로잡아버리렵니다. 이렇게 된다면 주장이 없는 군사라 격멸시키는 것은 어렵지 않지요."

번쾌는 이같이 계책을 설명했다. 동예는 그의 말을 듣고 무릎을 탁 쳤다.

"되었습니다! 좋습니다. 마침 진중에 내 큰아들 동식(董式)이 있으니 이놈을 묶어 끌고 가시오! 다른 사람을 붙잡아간다면 사마흔이 의심할지 몰라도, 내 큰아들 놈을 붙잡아간다면 의심하지 않을 것입니다."

번쾌는 이 말을 듣고 크게 기뻐했다.

"그럼! 되었습니다."

그날 밤에 번쾌는 시무와 함께 동예의 장자 동식을 묶고, 부하 사졸들 중에서 기운 센 놈으로 백 명을 추려, 오십 리 밖에 있는 사마흔의 진영으로 항복을 하러 갔다.

사마흔의 진영 영문에서는 한신의 부대에서 항졸이 넘어왔다고 중군에 보고했다.

사마흔은 그들을 끌어오라 했다.

번쾌는 사마흔 앞에 끌려나가서 애절한 목소리로 탄원했다.

"저희들은 초나라 백성입니다. 동예의 부하로 있다가 이번에 마음에도 없이 한왕에게 항복하였지요. 그러나 마음은 항상 고향에 가 있습니다. 그런데 어젯밤에 마침 야순(夜巡)을 하고 있는 동예의 큰아들 동식을 붙들었기에 이 작자를 사로잡아 대왕께로 왔습니다. 대왕께서 저희들을 불쌍히 생각하시고 부하로 두어주시면 감사하겠습니다."

사마흔은 번쾌의 말을 듣고 매우 기뻐했다.

"먼저 그놈 동식을 이리로 끌고 오너라."

번쾌의 부하들이 결박해온 동식을 그 앞으로 끌고 왔다.

"너 이놈, 네 아비가 나와 함께 항왕을 섬기고 왕작(王爵)을 받았거늘, 어찌해서 한왕에게 항복하고 초를 배반한단 말이냐? 옥에 들어 있는 이지와 함께 너를 가두어두었다가 네 아비를 내가 사로잡아, 이놈들을 모두 함께 팽성으로 보내어 항왕께 헌상할 터이니 그런 줄 알아라!"

사마흔은 동식을 옥에 가두게 하고 번쾌 이하 항졸들에게는 상을 주게 했다.

이튿날 동예가 한왕의 깃발을 날리면서 사마흔의 진을 공격해왔다. 사마흔의 진에서는 유림·왕수도 두 장수가 뛰어나가 접전하려 했다. 그러자 동예가 진두에서 고함을 쳤다.

"나는 너희들을 상대할 사람이 아니다. 사마흔이 나오너라!"

이 소리를 듣고 사마흔이 진두로 달려나갔다. 동예는 사마흔의 얼굴을 보더니 호통을 쳤다.

"너 이놈, 내 말을 듣거라. 너는 천시(天時)와 존망(存亡)을 모르는 놈이다. 항우가 진나라의 항졸 이십만 명을 죽이고, 또 자영까지 죽였으니 우리들의 원수가 아니냐? 그래서 나는 한왕에게 항복하고 너도 나를 따라 항복하라고 편지를 보냈더니 그래, 내 편지를 찢어버리고 편지를 가지고 간 이지를 옥에 가두고, 어젯밤에는 내 아들 동식을 붙들어가다니. 이런 법이 있느냐? 네가 한신을 죽이고 번쾌를 사로잡겠다고 장담하더라는 말을 들었다마는, 너 같은 것이 번쾌와 단 한 번만 접전을 할 상대가 된다 해도 나는 말 위에서 내려 너한테 무릎을 꿇겠다!"

동예가 꾸짖는 소리를 듣고 사마흔은 큰소리로 웃었다.

"이놈아, 멍청한 소리 그만하고 속히 번쾌를 내보내라!"

사마흔이 동예를 보고 이같이 대답할 때, 갑자기 사마흔의 말 허리

아래에서 기다란 팔뚝이 쑥 나오더니 사마흔의 옆구리를 움켜쥐고 그를 땅바닥으로 끌어내렸다. 사마흔이 땅바닥에 넘어지자 그를 밟고 섰는 사람이 큰소리로 외쳤다.

"내가 한왕의 대장 번쾌라는 사람이다! 항복하는 놈은 살려주마!"

가까이 있던 사람들은 이 모양을 보고 모두 꿇어앉아 두 손을 들었다. 사마흔도, 사졸들도 천만 뜻밖에 삽시간에 당하는 일이라, 어찌해보지 못하고 이 모양이 되었다.

유림, 왕수도가 이 광경을 보고 사마흔을 구하려고 쫓아나가는 것을 동예가 가로막았다. 번쾌가 데리고 넘어온 항졸들이 사마흔을 결박하는 동안에 번쾌는 말을 타고 유림을 상대하여 두어 번 접전 끝에 유림의 목을 베어버렸다. 왕수도는 시무에게 사로잡혔다. 동예와 번쾌는 사마흔을 결박하여 역양으로 돌아가 한신 앞에 나아가 보고를 올렸다.

한신은 보고를 받고 즉시 사마흔을 꿇어앉히고 꾸짖었다.

"항왕은 진나라 백성들과는 불공대천의 원수요, 한왕께서는 진나라의 은인이 아니시냐? 너는 진나라의 대장이었으니 한왕을 모시고 초패왕을 치는 것이 당연하지 않느냐? 그런데 너는 어찌해서 동예가 간곡하게 권유하는 편지를 보냈건만 도리어 편지를 가져간 이지를 옥에 가두고 감히 항거한단 말이냐?"

한신의 꾸짖음에 사마흔은 머리를 푹 수그리고 아무 말도 못했다. 번쾌가 이 모양을 보고 한신의 앞으로 나가 간청했다.

"사마공(公)이 크게 후회하는 모양입니다. 어쩌다 초패왕을 섬기게 되었지만 아마 본심이 아니었을 것입니다. 이제는 한왕께 항복했으니, 원수께서는 그 죄를 용서하시고 풀어주시기 바랍니다. 그러면 앞으로 한왕께 충성을 다하겠지요!"

한신은 번쾌의 말을 듣는 체하면서 군사들에게 명령했다.

"그래! 여봐라! 이 사람을 풀어주어라."

한신을 모시고 섰던 무사들은 즉시 사마흔의 결박을 풀어주었다. 사마흔은 한신에게 두 번 절하고 은혜에 감사했다.

한신은 즉시 군사를 인솔하여 고노성에 들어가 백성들을 위로하고, 급히 이 사실을 한왕에게 보고하기 위해 부하를 역양으로 보냈다. 한왕은 이미 폐구성을 떠나 역양성에 들어와 사흘 동안이나 소식을 기다리고 있던 중이었다.

한왕은 한신의 보고를 받고 고노성으로 들어왔다. 한신은 성 밖에까지 나가 한왕을 맞아들였다.

한왕은 기쁘기 한량없었다.

"소하가 여러 번이나 장군을 큰인물이라 말하면서 천거하더니 과연 장군이 이같이 속히 삼진을 평정하여 참으로 놀랍소!"

한왕은 당상에 좌정한 후 한신에게 이같이 말했다.

"황송합니다. 신이 능함이 아니오라, 대왕의 천위(天威)가 크시므로 삼진이 평정된 것으로 아뢰오."

한신은 겸손해 마지않았다.

"장군이 이미 삼진을 평정했으니, 함양성은 손바닥 안에 있는 거나 다름이 없지 않소? 어느 때쯤 군사를 함양으로 데리고 들어가려오?"

한왕은 또 이같이 물었다.

"신이 생각하옵기는 함양을 공략하기는 어렵지 않으나, 장한이 폐구성을 버리고 도림에 들어가 진을 치고 있으니 우리의 군사가 함양으로 향해 나아간 뒤에 장한이 우리의 뒷길을 끊어버리고, 폐구성의 지세 험준한 것을 이용하여 우리의 군량을 수송하지 못하게 한다면 큰 우환덩어리입니다. 그러므로 대왕께서 잠시 이곳에 주둔하셔서 군현(郡縣)을 무마하시면, 신이 군사를 거느리고 도림에 들어가 장한을 죽여 후환을 없앤 후, 그 뒤에 함양성을 공격, 어가(御駕)를 봉영하겠습니다."

한왕은 한신의 대답에 만족해했다.

"오직 경만 믿겠소."

한신은 즉시 한왕 앞에서 물러나와 부하들을 소집하여 장한을 토벌할 계획을 세웠다.

이튿날 한신은 조참·주발·시무·신기 네 사람의 장수를 대장으로 하고 사졸 일만 명만 거느리고 도림으로 향했다.

이때 장한은 도림에서 화살맞은 어깨의 상처를 치료하고 있다가 한신이 도림을 공격해온다는 보고를 받고 놀랐다. 그의 상처는 거의 쾌차되었지만, 항우에게서 아직 구원병이 오지 않았고, 잃어버린 폐구성을 탈환하려는 마음은 조급한 때였다. 장한의 심정은 이 때문에 무척 초조했다.

'이놈이, 걸식표모(乞食漂母)하던 이놈이…!'

장한은 입속으로 이같이 부르짖으면서 분을 참지 못하고 즉시 부하들을 소집했다.

"한신이 쳐들어오고 있다니, 너희들은 힘을 다해서 이번에는 지난번의 패배를 설욕해야겠다."

이때 손안이 장한에게 의견을 제시했다.

"제가 생각하건대 도림성을 견고히 지키면서 팽성으로부터 보내주는 구원병이 오기를 기다리는 것이 좋을 것 같습니다. 지금 경솔하게 한신을 대적하다가는 또 그놈의 꾀에 떨어지기 쉽습니다."

그러나 장한은 이 말에 반대했다.

"아니다! 내가 두 번이나 급히 구원병을 청했건만, 팽성까지는 길이 멀고 또 왕의 군사가 언제 도착할지 알 수 없다. 만일 이대로 가만히 있다가 한신의 군사에게 완전히 포위당해버린다면 우리의 힘은 작고, 군량은 떨어지고, 모조리 한신에게 사로잡히고 말 것이다. 우리에게는 지금 싸우는 것이 이롭고, 시일을 천연하는 것은 해롭다."

부하들은 이 말을 듣고 아무 말도 않았다. 장한은 즉시 여마통·계량·계항·손안 네 사람의 장수를 데리고 그동안 거두어모은 사졸 오천 명을 인솔하여 성 밖으로 한신을 맞아 나갔다.

한신은 장한이 나오자 조롱하는 어조로 말했다.

"장한아, 너는 폐구성을 빼앗기고도 나와 더불어 싸워볼 용기가 남았느냐? 속히 항복해라! 그러면 목숨만은 살려주마!"

장한은 이 말을 듣고 분통이 터져 고함을 지르며 말을 달려 한신에게 덤벼들었다.

한신의 등 뒤에서 조참과 주발이 얼른 뛰어나와서 양편의 군사가 번갯불을 날려가며 한참 동안 싸웠다. 북소리와 꽹과리 소리가 천지를 진동했다.

장한의 군사는 기운이 점점 떨어졌다. 이 같은 기색을 보고 한신은 더욱 급하게 진격 명령을 내렸다. 장한은 도저히 당하기 어려운 것을 깨닫고 도림의 성안으로 도망해 들어가려고 말머리를 돌렸다.

그러나 벌써 신기·시무 두 장수는 그가 후퇴하는 길을 막고 군사를 몰아왔다. 앞길에서는 조참과 주발이 군사를 몰아오고 뒷길은 이같이 막혔는지라 장한은 여마통·손안 들과 힘을 합쳐 겨우 십여 명이 포위망을 뚫고 나오려고 죽을힘을 다해보았으나 한신의 군사가 워낙 겹겹이 에워싸고 있는지라 벗어날 구멍이 없었다. 장한은 상처로 인해 더욱 고통스러웠다.

'사로잡혀 욕을 당하느니 차라리 죽어버리자!'

어깨가 쑤시고 저리고 하는 바람에 장한은 마침내 이같이 결심하고 한 손에 들었던 칼로 자신의 목을 끊어버렸다. 진나라의 명장, 항우와 대적해서 아홉 번 싸워 아홉 번 지기는 했으나 그 용명을 날렸던 장한은 마침내 여기서 이같이 자살하고야 말았던 것이다.

이 통에 계량과 계항도 정신이 흐려지고 기운이 떨어져서 한신의 부하들이 휘두른 칼에 맞아 죽었다.

여마통·손안 두 사람은 이 광경을 보고, 말 위에서 내려 두 손을 들고 항복했다.

한신은 멀찍이 이 광경을 바라보고 있다가 징을 치게 하여 군사들을 집결시켰다. 그리고 항복한 여마통·손안을 앞에 불러세웠다.

"너희들은 항복을 하니, 가히 천명(天命)을 아는 자이다. 그런데 도림 성내를 수비하는 병정은 몇 명이나 되느냐?"

"성을 지키는 사졸은 오백 명에 불과하고 그 외는 모두 백성들입니다."

여마통이 이같이 대답했다.

"그러면 너희 두 사람이 인도해라. 내가 성내에 들어가 직접 확인해 보겠다."

한신은 여마통을 앞세우고 도림 성중에 들어가 백성들을 위로하고, 이튿날 항복한 사졸들을 이끌고 고노성으로 돌아갔다.

한왕은 한신으로부터 도림을 공략한 경과 보고를 듣고 대단히 기뻐했다.

"장군의 신속한 작전에는 탄복할 뿐이오."

왕은 이같이 감탄했다.

"장한이 죽어 후환이 없게 되었으니 이제는 속히 함양을 진공해야 할 줄로 생각하옵니다."

한신은 한왕에게 이 같은 의견을 아뢰었다.

"장군의 계획대로 진행하시오."

왕의 허락을 듣고 한신은 즉시 대군에 출동 명령을 내렸다. 함양으로! 함양으로! 한나라의 삼군은 이같이 삼진을 평정하고 쉴 사이도 없이 함양을 향해 지금 총진격을 개시했다.

이 무렵 함양에서는 야단법석이 났다. 한왕의 군사가 삼진을 빼앗은 후 진격해온다는 정보를 받고, 성을 지키는 사마이(司馬移), 여신(呂臣)

두 장수는 급한 형세를 팽성에 보고하고, 속히 구원병을 보내달라는 구조 요청을 하고, 사방의 문을 단단히 닫고 방어하기에 바빴다. 그와 반대로 함양 성중의 백성들은 한왕의 군사가 하루바삐 함양에 들어와주었으면 하고, 목을 길게 빼고 기다렸다. 그들은 한패공이 처음에 진 삼세 자영의 항복을 받고 조금도 백성을 해하지 않고 도리어 '약법 삼장'으로 그들의 마음을 안심시켜준 것을 그리워하고 있었다.

한신의 대군이 부풍(扶風)을 지나 함양성에 점점 가까이 접근함에 따라, 한신은 성중의 동향을 정탐했다. 성중의 실정을 파악한 한신은 장한의 부하였던 여마통을 불렀다.

"네가 한왕께 항복하고 지금까지 날짜로는 며칠 되지 않았다마는, 공을 세운 것이 없지 않느냐? 그래서 지금 공을 세울 기회를 주겠다. 네가 항복할 때 넘어온 항졸들을 데리고 초나라 군복을 입혀 팽성으로부터 구원병이 오는 것처럼 꾸미고 그전에 항왕에게서 받은 부찰(符札)을 보여 함양 성문을 열게 한 후, 우리의 군사가 일제히 돌격해 들어가도록 해라. 이렇게 해서 싸우지 않고 함양성을 빼앗기만 하면 이것은 너의 공훈이 될 것이다."

"알겠습니다. 원수께서 내리시는 명령이온데 제가 어찌 복종하지 않겠습니까마는, 항왕이 내린 부찰을 제가 가지고는 있지만 연월일(年月日)이 지금 것이 아니오니 어찌하겠습니까?"

여마통이 이같이 대답했다.

"그런 것쯤은 어렵지 않다! 역대인의 진영에 이병(李柄)이라는 자가 있는데, 이 사람이 그러한 증서·문서를 고쳐 쓰기를 잘한다. 이 사람에게 그 부찰을 개작시킬 터이니, 부찰을 내게로 가져오너라."

한신의 명령을 받고 여마통은 부찰을 가져왔다. 한신은 이병을 불러 그 부찰을 주고 연월일을 고쳐 쓰게 했다. 이병은 그것을 받아 원래 적혀 있던 글자를 감쪽같이 지워버리고, 새 날짜를 적어 한신에게 바쳤다.

한신은 여마통에게 이것을 주어, 항졸 일천 명을 인솔하고 위수의 강물을 건너 동남으로 돌아 패릉(霸陵)을 지나서 함양에 도착하게 했다. 번쾌·주발·시무·근흡 네 장수는 일만 명의 정병을 인솔하고 여마통의 뒤를 따라 천천히 행군했다.

여마통은 함양 성문 앞에 도착했다. 팽성에서 항왕이 보내는 응원 부대임을 알아보도록 초나라의 기치를 앞세우고 대오 정숙하게 행진했다.

함양성 척후병은 이 사실을 즉시 사마이, 여신에게 보고했다. 두 장수가 문루 위에 올라가 내려다보니 초나라의 깃발을 날리면서 응원병의 일부대가 문 아래에 도착해 있었다.

"항왕의 명령을 받들고 범아부께서 계책을 내리시어 함양성을 구하려고 지금 우리들이 왔으니 속히 문을 열어주시오."

성 밑에서 이렇게 고함치는 소리가 들렸다. 문루 위에서 사마이는 이 소리를 듣고 팽성에서 온 응원 부대라면 항왕이 내려주신 부찰이 있을 터이니 그 부찰을 내어 보이라고 말했다. 여마통은 부찰을 올려보냈다. 사마이와 여신이 자세히 살펴보니 틀림없는 항왕의 인(印)이었다.

사마이와 여신은 문루에서 내려와 성문을 열어주었다.

여마통은 성문이 열렸건만 사졸들을 인솔하고 들어가지 않았다.

"후진(後陣)이 아직 도착하지 않았으니 조금 기다렸다 함께 들어가렵니다."

사마이와 여신은 그럴 성싶어 문안에서 한참 동안 기다렸다.

한동안 기다리는 사이에 해는 넘어가고 땅거미가 지기 시작했다. 그제야 후진의 대부대가 짙은 먼지를 연기같이 일으키며 몰려왔다. 어마어마하게 많은 수효의 군사인 것 같았다.

이것을 보고 사마이와 여신은 다소 의심쩍은 생각이 났다.

"후진이 너무 많아 오늘밤에는 전부 입성하기 곤란할 것이오. 내일 아침에 입성하도록 하시오."

사마이는 여마통을 내다보면서 이같이 말했다.

"그럴 수 있나요. 잠깐만 기다리시오."

여마통은 듣지 않았다. 이럴 즈음에 맨 앞에서 뛰어오던 장수가 사졸 오륙 명과 함께 말을 달려 문안으로 뛰어들더니 파수 보고 있는 사졸들의 목을 베어버리고 눈 깜짝하는 사이에 사마이와 여신까지 죽여버렸다.

"우리는 한왕의 대장 번쾌·주발 두 사람이다. 항복하는 놈은 목숨을 살려주마!"

별안간 뛰어들어와 자기들의 대장을 죽여버린 사람이 이같이 외쳤다. 함양성을 지키던 모든 사졸들이 땅바닥에 주저앉아,

"어서 오십시오! 저희들은 한왕의 인자하신 덕을 사모하고 있었습니다!"

하고 부르짖었다. 번쾌는 말할 수 없이 기뻤다. 그립던 함양! 보고 싶던 내 고향에 들어가는 관문! 더구나 함양을 지키고 있던 군사가 이같이 반가이 환영해주다니!

번쾌는 신이 나서 문루에 올라가 한왕의 큰 기를 꽂아놓고 내려왔다. 그리고 성중의 시가로 들어갔다. 함양의 시민들은 늙은이나 젊은이나 어른이나 아이나 모두들 길에 나와 밤기운이 쌀쌀하건만 추운 줄도 모르고 한나라 군사의 입성을 환영했다.

함양성이 점령된 것을 급하게 보고받은 한왕은 그 이튿날 입성했다. 함양 주민들은 이때에도 모두 길에 나와 어가를 환영했다.

한왕은 그전에 들어와본 일이 있는 함양궁으로 들어갔다. 감개무량했다. 정전(正殿)을 소제시킨 후 용상에 앉아 한신을 비롯해서 문무백관들의 배례(拜禮)를 받았다.

다음날 한왕은 함양궁에서 잔치를 베풀었다. 모든 장수들을 위로함

이었다.

한왕이 기쁜 얼굴로 술잔을 기울이고 있을 때 한신이 그 앞에 나아가더니,

"지금 함양을 도로 빼앗았다 하오나 아직 위왕 위표가 평양(平陽)에 있고, 하남왕 신양이 낙양(洛陽)에 도읍하고 있으므로 만일 항왕이 군사를 거느리고 내려와 위표와 신양과 일시에 공격해온다면 우리는 삼방으로 적을 대항하게 됩니다. 지금 함양이 떨어졌으므로 항왕이 급히 우리를 공격하러 올지도 모릅니다. 그러니 속히 기모(奇謀) 있는 사람을 보내어 항왕으로 하여금 먼저 제(齊)국을 치게 해야 합니다. 지금 육국이 모두 초를 배반하고 있으나 그 중에서 제국이 가장 기세가 왕성하니 항왕의 마음을 그리로 쏠리게 설득하도록 하면 그 사이에 신이 평양과 낙양을 공략하여 위표·신양의 항복을 받아놓겠습니다. 이렇게 하면 관동(關東)이 모두 한나라의 판도 안에 들어오게 되며, 그런 후에는 항왕과 더불어 족히 천하를 쟁탈하여 근심됨이 조금도 없을 줄로 믿습니다."

이같이 당면한 정세에 대해 의견을 아뢰었다.

"그럴 것이오. 그같이 하면 좋을 줄로 생각되나 과연 누가 적임자가 될 것인가?"

한왕은 한신의 의견에 찬성하면서, 이 같은 계책을 가지고 항우를 설득시킬 사람이 누구냐고 물었다. 이때 대중대부 육가가 한왕 앞으로 나왔다.

"폐하께옵서 지난날 진나라를 정벌하실 때 낙양에서 신이 처음으로 폐하를 뵈었습니다. 낙양은 신의 고향이므로 부모처자가 모두 낙양에 있습니다. 폐하를 모시고 오늘날까지 이래 삼 년 동안 고향 소식을 모르는 처지인지라 신이 고향에 가서 부모도 찾아볼 겸 하남왕 신양을 설복시키고 다음으로는 그길로 평양에 가서 위표를 설득하여 모두 폐하

께 복종하도록 해보겠습니다."

한왕은 잠시 생각에 잠기더니 고개를 끄덕여 찬성했다.

"그것도 좋은 계책이다!"

신양과 위표를 싸우지 않고 항복받아둔다면 한신의 계책이 저절로 이루어지는 것이라고 판단한 것이다.

잔치가 끝난 후 한왕은 육가에게 황금 열 근(斤)을 주어 노자로 쓰라 하고, 신양과 위표의 설득을 당부했다. 이리하여 육가는 고향으로 돌아 갔다.

그러나 삼 년 만에 고향에 돌아간 육가는 자기 집에 들어가서 하남왕 신양이 그동안 자기 집을 극진히 보호해준 사실에 감복했고 또 왕을 찾 아보고 사례하러 갔을 때에 신양이 육가를 친절하게 대접하는 바람에 신양을 설득하여 한왕에게 복종시키겠다는 생각이 약해졌다. 신양이 자기와 함께 일을 하자고 붙들고 권하기도 하고, 또 삼 년 동안이나 자 기 집 생활을 보호해준 은혜도 크고 하여 육가는 마침내 하루 이틀 열 흘 보름 날이 가고 달이 바뀌도록 한왕에게 돌아갈 것을 잊어버리고 있 었다.

이런 줄도 모르고 함양에서는 한왕은 물론 모든 사람이 궁금히 생각 하고 기다렸다. 하남왕과 위왕이 한왕에게 복종하게 되느냐 안 되느냐 함은, 장차 본격적으로 전개되어야 할 초패왕 항우와의 천하 쟁탈전에 서 세력 균형에 중대한 결과를 가져오는 선결 문제인 까닭이었다.

하루는 조정에서 한왕이 한신 이하 모든 신하들을 데리고 육가의 일 을 걱정하고 있을 때 근시가 들어와 아뢰었다.

"장량이 요사이 남전(藍田)에서 신풍(新豊)으로 왔다가 지금 들어오 는 길이라 합니다."

한왕의 얼굴에는 금세 희색이 만면해졌다.

"장량이 돌아온다면 내 무엇을 근심하랴!"

그리고 한왕은 무릎을 치면서 반가워했다.

"속히 나가 장량을 맞아들이도록 하라!"

한왕은 또 이같이 말하고 조참·관영 두 사람을 지명하여 성 밖에까지 나가 장량을 환영하게 했다. 한신도 설구(薛歐)·진패(陳沛) 두 사람에게 주안상을 차리고 나가 장량 선생을 모셔오라 명령했다.

한식경이 지나자 근시가 들어와 한왕에게 보고했다.

"장량이 벌써 조문(朝門)에 당도했다고 아뢰오."

한왕은 즉시 용상에서 일어나 정전을 내려와 걸어서 승덕문(承德門)까지 나왔다. 자신이 존경하는 장량을 대접하는 예를 갖추기 위함이었다. 왕은 승덕문에 서서 기다렸다. 잠시 후 장량이 승덕문을 향해 걸어 들어왔다.

한왕의 얼굴은 기쁨을 참지 못하여 웃음이 가득 찼다.

"선생과 작별한 지도 벌써 오래되었소! 그동안 낮이나 밤이나 선생 생각이 얼마나 간절했던지!"

한왕은 이같이 말하고 장량의 손을 덥석 쥐었다.

장량은 땅에 무릎을 꿇고 엎드리더니,

"신이 대왕의 어전을 사퇴하온 지도 벌써 일 년, 그러나 그동안 마음은 항상 대왕의 어전에 있었습니다. 대왕이 포중에 들어가실 때 잔도에서 신이 하직하면서 세 가지 큰일을 대왕께 약속했습니다. 항왕으로 하여금 도읍을 팽성으로 옮기게 하고, 육국을 설득시켜 항왕을 배반하게 하고, 파초 대원수의 인물을 구해 대왕께 보내드린 후에 함양에서 대왕을 모시어 뵈옵겠다 하였더니, 오늘 과연 그같이 되었습니다."

하고 감개무량해했다.

"일어나시오! 들어갑시다. 이것이 모두 선생의 힘이외다! 선생의 공훈은 금석(金石)에 새겨 천추만세에 전해야 할 것이외다."

한왕은 장량의 손을 붙들어 일으켜 정전으로 들어갔다.

장량은 조금 뒤에 한왕 앞에서 물러나와 한신과 모든 대장들이 기다리고 있는 곳에 가서 반갑게 인사를 나누었다.

한신은 장량 앞에 가까이 다가왔다.

"선생이 나를 천거해주신 덕분으로 대왕께서 나를 중용해주시고, 오늘날 마침내 소원을 이루었으니, 선생의 공덕을 평생 두고 잊지 않겠습니다!"

"공덕이라니, 천만의 말씀이외다. 원수가 누차 대공을 세우고 위엄이 천하에 진동해 있으니 과연 이 사람이 천거해올린 보람이 있을 뿐 아니라, 이것은 참으로 한왕의 홍복입니다!"

장량은 이렇게 대답했다. 그리고 모든 장수들과 각각 인사를 마치고 다시 한왕 옆으로 나아갔다.

한왕은 그 사이에 벌써 장량을 환영하는 잔치를 마련하게 하고 장량의 손을 이끌고 별실로 들어가 중요한 신하들을 불러들였다.

한왕은 신하들이 모두 모인 후 먼저 친히 술잔을 장량에게 집어주면서 한잔을 권했다. 장량은 공손히 받았다. 생황의 노랫소리가 은은히 울려퍼지는 가운데 임금과 신하의 화기애애한 연회는 시작되었다.

이날 하루는 장량 환영연으로 흥겹게 지내고, 이튿날은 한왕이 군사평정(軍事評定) 회의를 주재했다. 모든 신하가 착석한 가운데 한왕은 입을 열었다.

"하남왕 신양과 위왕 위표가 아직 복종하지 않았고, 육가는 간 지 오래이건만 돌아오지 않고 있으니, 이를 어찌하면 좋은고?"

한왕이 묻는 말은 육가의 사건이었다. 이에 대해 장량이 먼저 의견을 말했다.

"육가가 낙양으로 간 것은 저의 부모의 고향이니까 핑계를 대고 돌아간 것일 뿐이옵니다. 신양에게 한왕께 항복할 것을 설득시키려고 간 것이 아닙니다. 더구나 위왕 위표는 위인이 거만하고 제 스스로 존대하는 인물인데, 육가로서는 도저히 설득하지 못할 상대이옵니다. 신이 친히 신양과 위표를 만나보고 임기응변하여 저들의 마음을 움직여 기어코 한왕께 항복하도록 설득하겠습니다. 그런 뒤에 한신 원수가 군사를 거느리고 동정북진(東征北進)하면 천하는 평정될 것입니다."

한신도 장량의 의견에 찬성했다.

"그렇습니다. 장선생의 묘계(妙計)가 아니고서는 신양, 위표를 설득하지 못합니다. 육가 따위는 핑계가 좋으니 고향에 돌아간 것일 뿐입니다."

한왕은 장량과 한신이 이같이 주장하자 잠시 주저했다.

"그러나 선생이 오랜만에 오셨는데 내일 또 떠나신다면 짐의 마음이 어찌 편안할 수 있겠소."

이같이 말하며 장량의 얼굴을 바라보았다. 왕의 얼굴에는 미안하고 섭섭해하는 기색이 역력했다.

"천하가 아직 결정되지 않았고, 간과(干戈)를 아직 거두지 않았는데 어찌 육신이 편안하게 앉아 있을 수 있겠습니까! 이제 신에게 두 가지 계책이 있는데 하나는 항왕에게 상소문을 올려 항왕으로 하여금 제국(齊國)을 정벌하도록 하는 것이요, 하나는 신양과 위표로 하여금 한왕께 굴복케 하는 것입니다. 두 가지 일을 신에게 일임하시기 바랍니다."

장량은 서운해하는 한왕을 바라보면서 이같이 자원했다. 한왕은 잠시 묵묵히 생각하더니 드디어 승낙했다.

"선생의 계교에 의지할 뿐이니 모든 일을 선생의 뜻대로 진행하시오."

잠시 후에 군사평정회의를 끝마치고 장량은 홀로 자신의 처소에 돌아와 항우에게 보내는 상소문을 지으려고 책상 앞에 앉았다. 지나간 날의 자기 행적이 회상되었다. 과연 자신은 지금 잘하는 일인가? 스스로 이같이 물어보고, 그는 자신이 지금 하고자 하는 일이 때에 맞추어서 잘하는 일이라고 대답했다.

돌이켜보건대 십삼 년 전에 진시황이 동순(東巡)할 때 하남 지방 양무 땅의 박랑사에서 철퇴를 가지고 시황을 때려죽이려다 실패하고, 그후에 만나뵈온 황석공(皇石公)의 가르침과 그분한테서 받은 『황제 소서』 『육도』 『삼략』이 세 권의 책을 읽어보지 않았다면 오늘날까지 그는 자기가 자신 있게 행동하지 못했으리라고 생각했다.

지금 천하를 안정하게 할 사람이 누구냐? 초패왕이냐? 한패공이냐? 이미 자신이 삼 년 전에 한패공을 만나보고 그 같은 문제를 결정했던 바이다. 패공 한왕이 천하를 안정하게 할 사람인 바에야 이 사람을 도와 자신의 육신이 편안하지 못할지라도 끝까지 일을 도모해주는 것이 사내자식의 할 일이다!

그는 이렇게 생각하고 붓을 들어 항우에게 올리는 상소문을 지었다. 그리고 제왕(齊王)이 육국에 전달한 격문(檄文)을 만들어 자신의 상소문과 함께 동봉하여, 심복 하인을 불러 이것을 팽성으로 가져가 항왕에게 올리라 했다.

"그리고 항왕이 이 편지를 보고 어떻게 결정을 하는가 결과를 보고 이곳으로 오지 말고 위(魏)나라 서울로 가거라. 네가 그곳 평양(平陽)으로 올 때쯤 해서 나도 평양에 들어가는 도중에 너를 만나게 될 것이다."

장량은 하인에게 이같이 부탁하고 이튿날 아침 일찍이 함양을 출발했다.

설득 공작

한편, 팽성에 도읍하고 있는 초패왕 항우는 천하에 근심이 없는 듯이 즐겁게 매일매일을 보내고 있었다.

"한패공이 포중에서 군사를 일으켜 진격해오고 있습니다."

하고 아뢰는 말을 듣고도 항우는,

"잔도가 타버리고 없어졌는데 한왕이 어떻게 나온단 말이냐!"

하고, 그까짓 소리는 들으려고도 하지 않았다.

그런데 어느 날 벌써 삼진을 정복하고 한왕의 군사는 함양에 입성했고, 한신이 한왕 군사의 대원수로서 동쪽을 향해 진격해 올라오는데, 이미 한왕에게 정복된 지방의 면적은 수천 리에 달한다는 놀라운 보고가 올라왔다. 항우는 큰 눈을 더 크게 뜨고 이를 갈며 분해했다.

"한신이란 놈이 무슨 힘으로 삼진을 빼앗고 함양을 공략하여 한패공의 위엄을 세운단 말이냐! 내 이놈을 당장 싸워 죽여버리고 이 치욕을 씻어야겠다!"

항우는 이렇게 큰소리쳤다.

"대왕께 지난날 한신을 중용하지 않으시려면 죽여 없애시라고 신이 여러 번 아뢰었건만 듣지 않으시더니, 오늘날 이 같은 화근이 되었습니다."

범증이 곁에서 이같이 말했다. 분해서 성난 얼굴을 하고 있던 항우는 범증의 말을 듣더니 비웃는 웃음을 웃었다.

"삼진의 왕이 모두 늙어빠진 쥐새끼 같은 것들이니, 그리고 함양에는 대장이 지키고 있지 않았으니 오늘날 한신 따위에게 격파당했지, 만일 짐의 대군이 진격한다면 한왕·한신이 모두 부스러져 가루가 되고 말 것이오!"

그는 눈앞에서 한왕과 한신을 금세 가루가 되도록 부숴버리는 듯한 통쾌한 느낌을 느끼는 듯했다.

이때 군사가 들어와 한(韓)나라의 장량이 상소문과 함께 제(齊)나라에서 각국에 띄운 격문을 보내왔다고 보고를 했다.

"장량의 사자(使者)를 이리 불러들여라."

항우는 그 사람을 불러들여 장량의 상소문을 펴보았다.

한나라 사도 신 장량은 머리를 숙여 초패왕 황제폐하께 아뢰옵니다. 폐하께서 신을 죽이시지 않은 은혜를 받아온 후 신은 본국에 돌아와 산에 들어가 나물을 캐고, 내에 내려와 물을 보며 세월을 한가히 보내고 있습니다. 비록 이같이 멀리 숲속 샘가에서 지내건만, 하루도 폐하의 성덕(聖德)을 잊은 날이 없습니다.

이즈음 한왕이 사자를 보내어 신을 부르나 신은 신병을 핑계 삼아 나가지 않았으며, 앞으로 백 번을 부른다 할지라도 듣지 않을 것입니다. 또한 제(齊)·양(梁) 두 나라에서도 신을 불렀으나 신은 듣지 않았습니다. 그 후로 제·양 두 나라에서는 신이 공명에 뜻하지 않음을 알고 다시 부름이 없더니 격문을 보내왔는데 그 말이 광망(狂妄)하고 의도하는 바가 천하를 도모하고자 함에 있으므로, 신이 폐하의 성은(聖恩)을 입고 어찌 이웃 나라에서 난을 일으킴을 알고도 모른 체할 수 있겠습니까? 하여 폐하께 말씀드리는 것입니다. 신의 소견으로는 한왕의 견식(見識)은 관중 지방이나 얻으면 멈출 것이나, 그와 반대로 제·양 두 나라는 격문을 각국에 산포하는 것으로 보아 그 뜻이 결코 작지 않아 폐하께 큰 후환을 일으킬 것이라 생각됩니다. 바라옵건대 대군을 거느리시고 속히 제와 양을 정벌하여 후환이 없게 하소서. 이렇게 하면 대사는 결정될 것이며, 만약 한왕이 딴 짓을 한다 하면 그 후에라도 머리를 돌리면 북소리 한 번으로도 족히 사로잡을 수 있을 것입니다. 신의 어린 소견을 아뢰었사오니 폐하께서는 깊이 살피시기를 바랍니다.

항우는 장량의 상소문을 읽고 나서 한옆으로 밀어치우고, 다시 제나라에서 각처에 산포했다는 격문을 펴보았다.

제왕 전영, 양왕 진승은 각국 왕에게 글을 보내노니, 우리는 일찍이 들어 알기를 대위(大位)는 그 사람에게 덕 있은 연후에 그 자리에 앉게 하는 것이며, 높은 덕은 크게 공명함으로써 이루는 것이어늘, 덕이 없고 부족한 자가 천자의 지위에 있는 것은 공정한 일이 못 되는도다. 항우와 유방은 회왕의 약속으로 먼저 함양에 들어가는 사람이 왕이 될 것임은 천하가 아는 사실이었는데, 유방이 먼저 함양에 들어갔었으므로 회왕의 약속대로 한다면 그가 당연히 천하의 임금이 될 것이건만, 항우가 약속을 어기고 제후를 좌천시키고, 의제를 몰래 죽이니, 그 무도함이 걸주(桀紂)와 같도다. 천하는 무도하고 강포한 놈의 독차지가 아닐지니 모든 백성은 이 사실을 알고 서로 힘을 합쳐서 무도한 놈을 죽여야 할 것이로다. 여기 사람을 시켜 격문을 보내니 속히 군사를 일으켜 제후와 회합하여 함께 항우를 격멸하여 그 죄를 밝히고 덕 있는 사람에게 그 위를 넘겨줌이 천하만민의 행복일 것이로다. 격문을 보고 즉시 시행할지어다.

항우는 격문을 보고 이를 부드득 갈았다.

"이놈, 전영을 제왕에 봉하고 진승을 양왕에 봉하여 짐이 저들에게 은혜를 베풀었건만, 지금 와서 도리어 망자존대하여 짐을 배반하다니! 내 요사이 이놈들이 배반한다는 소문은 들었지만 뜬소문이리라 믿었었는데, 이 같은 격문을 전달한 것으로 보아 분명한 사실이구나. 이놈들을 속히 없애버리지 않았다가는 내 후환이 커질 것이다!"

"아니올시다. 이것이 장량의 계책일 것입니다. 장량은 한왕과 둘도 없는 긴밀한 사이입니다. 함양을 빼앗고는 지금 대왕께서 급히 저들을 정벌할 것이 두려워 대왕으로 하여금 먼저 제·양을 치게 하여 그동안 시일을 지연시키자는 계책이 틀림없습니다."

항우가 노발대발하는 것을 보고 범증이 이같이 간했다.

"아니오. 장량은 짐에게 마음이 있는 사람이오. 다만 신병이 있어 공명을 떠나 살고 있을 뿐이오. 그렇게 말하는 것은 범아부의 억측일 거요. 짐에게 이 사실을 알려준 것은 지난날에 저를 홍문에서 죽이려다가 살려준 은혜를 생각해서 하는 일일 게요. 내 속히 제·양을 토벌하고 다음에 한왕을 격멸하겠소."

"장량을 신용하지 마시기 바랍니다. 그렇지만, 제왕 전영이 모반한 지는 오래되었습니다. 대왕께서 함양으로 진격하신다면 전영은 팽성을 침공할 것이니 이같이 되면 뒤에 후환이 있으니까 한왕을 이기시기 어려울 것입니다. 그렇다면 급히 제를 격멸시키고 또 급히 한왕을 격멸시킬밖에 도리가 없습니다. 한왕은 진실로 우환거리이므로 이번에 꼭 없애버려야 합니다."

"아부의 말대로 하리다. 내 속히 전영을 죽이고 함양으로 들어가 유방을 죽이겠소!"

장량의 사자는 항우와 범증이 이같이 상의하는 것을 모두 듣고 그곳에서 물러나왔다. 팽성의 시가에서는 벌써 패왕의 명령으로 제나라를 향해 군사를 진발시키는 조처가 행해지고 있었다.

장량의 사자는 이런 모든 상황을 살핀 다음 팽성을 떠나 위나라의 서울인 평양으로 급히 치달렸다.

수일 후에 평양성 못 미쳐 노상에서 사자는 장량을 만났다. 그는 초패왕이 격문을 받아보고 장량의 뜻대로 먼저 제나라를 정벌하기로 했다는 경과를 보고했다. 장량은 그 보고를 듣고 만족해했다.

평양은 위표가 왕으로 앉아서 다스리고 있는 위나라의 서울이다. 산천이 수려하고 토지가 비옥한 지방인지라 백성들도 풍족하게 살고 있었다. 장량은 성안으로 들어가기 무섭게 위왕을 찾아갔다.

"한나라의 장량이 위왕을 뵈오러 왔으니 이 뜻을 위왕께 아뢰어라."

이같이 궁문을 파수 보는 무감에게 일렀다.

위왕 위표가 궐내에서 이 소식을 듣고서 그를 모시고 있던 대부 주숙(周叔)에게 물었다.

"장량이 무슨 일로 왔을까?"

"장량은 세객(說客)이옵니다. 옛날의 소진·장의도 장량의 변설을 따르지 못할 것이라는 것이 세상의 정평입니다. 아마도 한왕을 위해 대왕께 뭔가 설득을 하고자 찾아온 것일 겝니다."

"장량이 나를 꾀러 왔다면, 내게 좋은 칼이 있으니 들어서자마자 그자리에서 이따위 미친 선비의 목을 자르겠다!"

"아니올시다. 장량의 이름은 지금 천하에 높습니다. 초패왕도 죽이지를 못했으니 대왕께서도 그 사람을 예로써 만나보시고, 그의 말만 곧이 듣지 마십시오."

"그렇다면, 그렇게 할밖에…."

위표는 주숙의 말을 듣고 장량을 불러들이라고 명령했다.

장량은 전상에 들어와서 위표에게 공손히 인사를 한 다음 왕이 권하는 자리에 앉았다.

"귀하는 한왕의 신하인데 지금 이곳에는 무슨 일로 오셨소?"

위표는 장량과 마주앉아서 이같이 물었다.

"저는 본시 한(韓)나라의 신하였지, 한(漢)왕의 신하는 아닙니다. 삼년 전에 한왕이 저를 차용하여 진나라를 멸망시킨 뒤에 일이 끝났으므로 저는 본국에 돌아가 있었습니다. 이즈음에 한왕이 포중에서 나와 함양을 공략하고 사람을 보내어 저를 청했습니다마는, 저는 오래전부터 이 세상에 뜻이 없어 한왕의 청에 응하기는 싫으나 한왕은 인덕(仁德)한 사람인지라 한번 찾아가서 인사나 하고 오려고 이번에 한왕한테 갔다가 본국으로 돌아가는 길입니다. 마침 돌아가는 길에 이곳을 지나다 대왕의 위명(威名)이 육국 가운데 높으시고, 길 가는 사람들까지 대왕의 성덕을 찬양하는 터이므로, 저 역시 평소에 갈망하던 정을 풀어보려고 이렇게 찾아와 뵙는 것일 뿐입니다."

위표는 장량의 말을 듣고 기쁨을 금할 수 없었다. 그는 장량과 같은 고명한 선비가 진심으로 자신을 존경한다는 말에 그만 감격한 모양이었다. 그는 즉시 술을 내오게 했다.

술상을 벌이고 위표는 장량에게 물었다.

"지금 육국이 종횡(縱橫)하고 한(漢)·초(楚)가 쟁패하는데, 선생이 보시기에는 어느 쪽이 흥할 것 같습니까? 선생은 아는 것이 많으므로 반드시 흥망존폐(興亡存廢)의 앞일을 짐작하실 것입니다. 말씀해주십시오."

"제 생각에는 한왕은 흥하고 초패왕은 망하게 되리라고 봅니다. 이것이 오늘날의 천하의 형세입니다."

장량은 천연스럽게 이같이 대답했다.

"무엇이 어떠하니까 한은 흥하고 초는 망하리라고, 자세하게 이야기해주시기를 바랍니다."

위표는 장량이 천하대세를 어떻게 보고 있는지 그것을 듣고 싶어했다. 그는 장량의 술잔에 술을 가득 부었다. 장량은 그 잔을 비운 후 입을 열었다.

"지금 한왕은 삼진을 평정하고 함양에 들어와 있는데, 포중에서 출동한 지 불과 두 달밖에 안 걸렸습니다. 그런데 그동안에 한왕에게 정복된 토지는 오천여 리나 되지 않습니까? 이것이 무슨 까닭이냐 하면 오직 덕이 있는 때문입니다. 저 역시 한왕의 백성이 아니면서 본국에서 천리 길을 멀다 하지 않고 이번에 함양까지 찾아가서 뵙고 오는 길이 아닙니까? 다른 나라 제후들도 여러 사람이 표(表)를 지어 올리고 한왕께 굴복하기를 청하는 형편이니, 지금 제아무리 제·양 두 나라가 세력이 강하다 하지만 마음속으로는 한왕을 따르고 있습니다. 제가 밤에 하늘을 보고 짐작하건대 천하를 얻을 사람은 한왕밖에 없습니다. 지금 한왕에게 복종하는 사람은 하늘의 이치를 아는 사람이요, 천하의 대세를 아는 사람이겠지요!"

장량의 말을 듣다가 위표가 물었다.

"초패왕은 한왕과 비교해서 어떤 점이 부족하다고 보시오?"

"한왕과 비교하면 초패왕은 회왕의 공약을 무시하고 스스로 패왕이 되어 각국의 제후를 좌천시키고, 의제를 몰래 죽였습니다. 이 때문에 천하 백성들이 원망하고 있습니다. 지금은 초패왕의 세력이 강대하지만, 망할 날이 멀지 않았습니다. 이것은 어리석은 자나 총명한 자나 모두들 알고 있는 사실입니다."

장량은 항우에 대한 자기 소견을 이같이 말했다. 위표는 그의 설명을 듣더니 자신의 술잔을 집어들며 말했다.

"장선생! 내가 항왕으로부터 작(爵)을 받기는 했소마는 항왕은 장구하지 못하고, 한왕은 선생의 말과 같이 천하에 군림할 것 같소이다! 지금부터 한왕에게 항복하고 싶으니, 나를 한왕에게 천거해주시오."

장량은 천연스럽게 그에 응했다.

"좋습니다! 저는 평소에 대왕을 사모해왔는데 오늘 우연히 이 나라에 왔다가 대왕을 뵈옵고 이 같은 말씀을 들으니 어찌 대왕의 말씀대로 하지 않겠습니까? 대왕께서 만일 진심으로 한왕에게 항복하신다면 한왕은 관인대도(寬仁大度)한 사람이므로 대왕을 중하게 여겨 환난상부(患難相扶)하고, 부귀(富貴)를 같이할 것입니다. 제가 주제넘지만 천거해 올리겠습니다."

이때 위왕의 병풍 뒤에 숨어 있던 주숙이 뛰어나오며 말을 가로챘다.

"대왕께서는 장량의 말을 곧이듣지 마십시오! 만일 이 말씀이 초패왕의 귀에 들어간다면 초패왕의 대군이 우리나라로 쏟아져올 것입니다. 그때는 무슨 힘으로 이것을 막겠습니까? 이야말로 먼 데 것을 생각하고 가까운 것을 생각하지 못하는 일이 아니옵니까?"

장량은 주숙의 말을 듣고 너털웃음을 터뜨렸다. 주숙은 자신의 말을 듣고 웃음 짓는 장량의 마음을 몰라 불쾌하다는 표정을 지으며 물었다.

"선생은 내 말에 무엇이 우스꽝스러운 것이 있기에 그다지 유난스럽게 웃으십니까?"

"나는 대부가 강약(强弱)을 모르고, 시세를 모르고, 항왕의 위인(爲人)을 모르고 있는 것을 웃었습니다!"

장량은 천연스럽게 이같이 대답했다.

"강약이란 무엇입니까?"

주숙은 장량의 구변에 자신이 끌려들어가는 줄도 모르고 이같이 물었다.

"진나라의 대장이었던 장한은 옹왕에 봉해져 삼진을 진수(鎭守)하였고, 정병 이십만을 거느리고 있었으니 지금의 위나라와 비교해서 어느 쪽이 강하고 어느 쪽이 약합니까? 그런데도 한신은 폐구성을 빼앗고, 장한을 죽이고, 파죽지세(破竹之勢)로 함양에 입성하지 않았습니까? 연전에 항왕이 아홉 번이나 장한과 접전한 것과는 비교가 되지 않습니다! 이것을 모르니 대부가 강약을 모르는 것이 아닙니까?"

장량이 똑바로 집어내어 하는 말에 주숙은 공박할 말을 찾지 못했다.

"그러면 내가 시세를 모른다는 말씀은 무슨 말씀이신가요?"

그래도 주숙은 장량에게 지지 않으려는 생각이 있어서 이같이 물었다.

"우주(宇宙)와 천하에는 일정한 때가 있습니다. 밝고 어둡고, 따뜻하고 춥고, 꽃피고 열매 맺고, 합쳐지고 흩어지고, 망하고 흥하는 것이 모두 일정한 때와 일정한 형세에 따라 이루어지는 것입니다. 초패왕이 스스로 자신이 강한 것만 믿고 때를 모르고 천하를 도모하지만 초패왕은 때를 얻지 못했습니다. 그 증거로 관중에 도읍하지 못하고 팽성으로 서울을 옮기고, 제후들에게는 주인 노릇을 하지만 백성들의 마음을 얻지 못하고 있습니다. 이것이 때를 못 만난 것입니다. 그런데 한왕은 먼저 함양에 들어올 때 칼날에 피 한 방울 묻히지 않았고, 약법 삼장으로써 백성들의 인심을 얻었으므로 천하가 그에게 복종합니다. 지금 때를 얻고 형세를 얻은 사람은 오직 한왕뿐입니다. 그런데 대부는 지금 위왕께 간하여 한왕에게 항복하려는 것을 못하시게 하니, 이것이 시세를 모르는 것이 아니고 무엇입니까?"

주숙은 또 대꾸할 말을 찾지 못했다.

"그건 그렇다 하고, 초패왕의 위인을 내가 알지 못한다는 말씀은 무엇을 가지고 하시는 말씀입니까?"

그는 이같이 물었다. 장량은 또 서슴지 않고 대답했다.

"초패왕은 다른 사람의 조그만 과실만 알 뿐 큰 은혜는 모르는 사람입니다. 제나라와 양나라는 초패왕에게 은혜는 있을지언정 잘못한 것이 없음에도 불구하고 지금 군사를 일으켜 정벌하고 있으니 사실이 증명하는 바입니다. 내가 오늘 이 나라에 와서 보니 이 나라도 앞으로 무사하지 않겠습니다. 초패왕이 제와 양을 정벌한 뒤에 기세등등하여 이 나라에 쳐들어온다면, 대왕은 누구의 원조를 받아 이것을 방어하겠습니까? 이것이 대부가 초패왕의 인품과 위인을 알지 못한다는 것입니다."

주숙은 더 대꾸할 말을 찾지 못해 묵묵히 앉아 있었다.

이것을 보고 위표는 주숙을 꾸짖었다.

"경은 어찌해서 이다지 무례하단 말인가? 장선생이 나를 위해 장구한 계책을 말씀하시는데 공연히 나타나서 실례의 행동을 하니, 어서 바삐 물러가시오!"

위표는 주숙을 내쫓고 장량과 더불어 술을 마시면서, 만일 초패왕 항우가 자기 나라를 쳐들어온다면 한왕의 원조를 받아 이것을 방어할 수 있을 것이요, 이같이 하는 것이 장구한 계책일 것이라고 이야기했다. 장량은 위표의 의견이 가히 만년대계(萬年大計)라고 칭찬했다.

이튿날 위표는 한왕에게 항복한다는 표문을 가지고 주숙으로 하여금 장량과 함께 함양에 가서 한왕께 올리라고 분부했다. 이렇게 해서 장량은 주숙과 더불어 함양으로 돌아와 한왕에게 위왕과의 경과를 보고했다. 한왕은 크게 기뻐하며 주숙을 불러들여 위왕의 항복 표문과 예물을 받았다.

이어 한왕은 궁중에서 잔치를 베풀고 주숙을 귀한 손님 대접하듯이 음식 그릇도 자신과 똑같은 것으로 사용하게 했다. 주숙은 자신의 음식 그릇과 한왕의 음식 그릇이 조금도 차별되는 것이 없음을 보고 한왕의 인격에 더욱 고개를 숙였다.

'너그럽고 인자하고 위대한 인물이다!'

주숙은 이 같은 인상을 받고 이튿날 위나라로 돌아갔다.

일이 이같이 되어 위왕 위표가 이미 한왕에게 항복했는지라, 장량은 또다시 하남왕 신양의 항복을 받기 위한 설득 공작의 길을 떠났다. 그는 함양을 떠나기 전에 번쾌·관영 두 사람을 불러 두 사람으로 하여금 삼천 명의 군사를 거느리고 먼저 낙양으로 가서 여차여차하라고 이른

후에, 자신은 혼자서 낙양으로 향했다.

이때 하남왕 신양은 육가와 함께 나라의 정사를 의논하고 있었다. 마침 이럴 때에 궁문 밖에 한왕의 신하 장량이 만나뵈려고 찾아왔다는 보고가 들어왔다. 신양은 의심했다.

"아니, 장량이 왜 왔을까?"

그는 육가를 돌아보면서 물었다.

"아마 대왕을 꾀어 한왕에게 항복하게 하려고, 한왕을 위해 세객으로 왔을 것입니다."

육가는 이같이 대답했다.

"그렇다면 어떻게 할까?"

"그거야 대왕께서 생각하시기에 달렸습니다. 대왕께서 한왕에게 마음이 계시면 장량의 말대로 좇아가시는 것이요, 초패왕께 향하는 마음이 계시면 장량의 말을 들어보실 것도 없이 장량을 붙잡아 초패왕께 보내드리십시오. 범증 선생이 항상 장량을 미워하셨으니, 이 사람을 잡아 보내시면 필시 대단히 기뻐할 것입니다. 그리고 초패왕께 말씀해서 대왕을 더욱 중하게 여기게 할 것입니다. 이야말로 한 사람을 해침으로써 큰일을 도모하는 것입니다."

"내 이미 초패왕을 섬기는 터인데 이제 어찌 한왕에게 항복하리요!"

"대왕의 마음이 그러하시다면, 신은 뒤로 들어가 숨어 있을 터이니, 장량이 들어오거든 입도 떼지 못하게 하고 무사들로 하여금 결박짓게 하여 즉시 팽성으로 보내십시오."

"그리합시다!"

신양과 육가는 서로 의논을 결정한 뒤에 장량을 불러들이라 했다.

장량은 궁문 밖에서 오래도록 불러들이지 않는 것으로 보아 필시 신양은 육가와 함께 자신을 해칠 의논을 하는 것이 분명하다고 생각했지만 이 정도는 이미 짐작하고 있었으므로 예정대로 진행하기로 결심했다.

장량은 신양의 부하를 따라 천천히 안으로 들어갔다.

신양은 전상에 앉아서 한손으로 칼을 어루만지면서 장량이 걸어 들어오는 것을 보더니 큰소리로,

"장량은 지금 내게 와서 한왕을 위하여 세객 노릇을 하려 하지만, 초패왕께서 조서를 내리시어 장량이 있는 곳을 아는 자는 속히 사로잡아 올리라 하였으므로, 지금 곧 잡아보내야겠다."

이같이 말하고는 즉시 무사들을 시켜 장량을 결박지어버렸다. 장량은 손과 허리를 결박당하면서 쓴웃음을 웃을 뿐이었다.

신양은 곽미(郭彌)를 불러 사졸 백 명을 호위병으로 인솔하고 장량을 팽성까지 압송하라고 명령했다. 이것을 보고 육가는 자신도 곽미와 함께 팽성에 가서 범증과 교제를 해두고 돌아오는 것이 유리하겠다고 신양에게 말했다. 신양은 그것도 좋은 생각이라 찬동하고 육가도 장량을 압송하는 곽미와 함께 팽성으로 가게 했다.

곽미·육가 두 사람은 즉시 백 명의 사졸을 인솔하여 장량을 수레에 싣고 낙양성을 나와 팽성으로의 압송길에 올랐다.

일행이 약 오십 리쯤 왔을 때 갑자기 꽹과리를 치는 소리 요란하더니 수풀 속에서 수백 명의 군사가 쏟아져나오고 말 탄 장수가 그 앞에서 길을 막았다.

"거기 오는 놈들은 무엇하는 놈들이며, 누구를 붙잡아 어디로 가는 놈들이냐? 재물과 말과 붙들어가는 사람까지 두고 가지 않으면 한 놈도 살아서 돌아가지 못할 것이다!"

길을 막고 섰는 장수가 이렇게 호령했다.

곽미는 내심 놀랐으나 애써 태연을 가장하며 성낸 목소리로 그 사람을 꾸짖었다.

"이놈, 욕심 많은 산적(山賊)들아! 나는 하남에서 유명한 대장 곽미다! 지금 장량을 붙들어 초패왕께 가는 길이다. 초의 강대한 것과 우리

하남왕의 용맹을 귀로 들어서 알거든 속히 물러가거라. 그래야 모가지가 성하게 붙어 있을 것이다!"

"무엇이 어떻다고? 초는 강대하고 하남왕은 용맹하다지만 내 눈에는 어린애들같이 보인다! 먼저 네 모가지부터 내놓아라!"

그 사람은 곽미에게 창을 겨누고 달려들었다. 곽미도 마주 덤벼들어 서너 번 접전을 하더니 창에 목이 찔려 말 위에서 떨어지고 말았다. 대장이 죽자 사졸들은 장량이 타고 있는 수레를 내던지고 모두들 도망질하기 시작했다.

"이놈들아, 나는 한나라의 번쾌다! 도망하는 놈은 한 놈도 남기지 않고 목을 자를 것이니 그리 알아라!"

곽미를 죽인 번쾌는 이같이 호령을 하고 도망가는 놈들을 쫓아가 육가를 먼저 붙들었다.

장량은 언덕 위 나무 밑에 앉아 육가를 그리로 끌어오라고 했다. 사졸들이 육가를 장량 앞에 꿇어앉혔다.

"너는 한왕을 섬기기를 삼 년, 그동안 한왕의 은혜가 무겁건만 지금 신양에게 권하여 나를 붙잡아 초패왕에게 보내게 하니, 이것이 사람으로서 할 수 있는 일이냐? 괘씸한 놈!"

장량은 육가의 얼굴을 바라보면서 이같이 꾸짖었다.

"제가 하남왕을 섬겨온 것이나, 선생이 한왕을 섬겨온 것이 경우가 꼭 같습니다. 선생이 한(韓)나라를 못 잊는 것이나, 제가 위나라를 못 잊는 것이나 마찬가지가 아닙니까? 저도 그래서 하남왕을 도와 은혜를 갚으려고 했을 뿐입니다."

육가는 부끄러워하는 기색도 없이 이같이 대답했다.

"네가 말재간을 부린다마는 한왕은 관인대도(寬仁大度)한 임금이 아니시냐? 당연히 신양을 권해서 항복시킬 것이어늘, 도리어 초패왕을 섬기게 하는 까닭이 무엇이냐?"

"신양은 본시부터 초패왕으로부터 작(爵)을 받았습니다. 그래서 신양의 마음에는 초패왕이 있을 뿐, 한왕은 없습니다. 그 까닭으로 선생을 붙들어 팽성으로 압송하게 하여 신양에게 두 마음이 없음을 알리려던 것입니다."

곁에서 이 소리를 듣던 번쾌가 버럭 고함을 질렀다.

"그래, 말을 잘한다! 신양이 장선생을 붙들어 팽성으로 보내어 충심을 나타내고자 했다면, 나는 육가를 붙들어 한왕께 바치고 공을 세우겠다…. 개 같은 소리 그만 지껄여라!"

하고는 그 자리에서 육가를 결박하여 사졸들로 하여금 데리고 가게 했다.

이때 하남왕 신양은 곽미가 인솔해갔던 사졸들이 도망쳐 돌아와 보고하는 소리를 듣고 깜짝 놀랐다. 그는 육가를 구하고 장량을 도로 찾아 속히 팽성으로 보내야겠다고 생각했다. 그러나 밤이 깊었는지라 이튿날 아침에 그는 군사를 일천 명가량 인솔하여 성을 나왔다. 어젯저녁에 산적들이 나왔다는 솔밭까지 와보았으나 사람의 새끼 하나도 없었다. 지나가는 행인을 붙들고 물었다.

"이 근처에서 인마(人馬)를 못 보았느냐?"

"오늘 아침에 약 일천 명가량 인마가 이 길을 지나 남쪽으로 갔습니다."

행인의 대답을 듣고 신양은 걱정스러웠다.

'육가를 죽이지나 않았을까? 산적들은 어디로 갔을까?'

신양은 낙양의 큰길로 내려왔다. 한참 가다가 장사꾼 같은 사람 오륙 명이 마주 왔다.

"너희들은 이 길로 오다가 수상한 사람들을 못 보았느냐?"

"아무것도 못 보았습니다."

상인들은 모두 이같이 대답했다.

'산적들이 필시 육가를 붙들어 산속으로 들어갔을 것이다.'

신양은 이렇게 생각해보았다. 그러나 어느 산속으로 들어갔는지 그것을 알 길이 없었다. 신양의 마음은 초조해졌다.

오 리쯤 더 왔을 때 해가 저물었다. 눈앞에 큰 산이 보이기는 하나 어두운 밤에 산속으로 들어가는 것도 위태롭고, 그보다도 그 강한 산적들이 이곳으로 역습해오기만 해도 감당하기 어려우니, 밤이 깊기 전에 낙양성으로 돌아가야 할지 어쩔지 판단이 서지 않았다.

신양이 이렇게 주저하며 생각하고 있을 때 어두컴컴한 수풀 속에서 꽝 하는 철포 소리가 울리더니 횃불을 쳐들고 말 탄 장수가 쫓아나오며 외쳤다.

"나는 한나라의 대장 번쾌다! 장자방 선생의 부탁으로 네 모가지만은 자르지 않겠다!"

신양은 그 소리에 간담이 서늘해졌다. 급히 말머리를 돌려 달아나려 했으나 전후좌우에서 복병이 일어나 모조리 사로잡혀버렸다.

장량은 산속에 군막을 치고, 촛불을 켜놓고 홀로 앉아 있다가, 하남왕 신양이 결박되어 들어오는 것을 보고 급히 자리에서 일어나 신양의 팔과 허리에 묶여 있는 포승을 풀어주고는 그 앞에 공손히 절을 했다.

"한왕께서 대왕과 합세하여 초패왕을 격멸시킨 후에 천하의 백성들을 편안하게 하고자 하시와 제가 그 뜻을 전달하려고 찾아와 뵈온 것인데, 대왕이 저를 붙들어 해치시려고 하셨습니다. 그러나 이렇게 될 것을 미리 짐작하고 계책을 세웠던 터입니다. 육가가 대왕의 목숨만은 애걸하므로 번쾌로 하여금 대왕을 죽이지는 말라고 명령해두었더니, 참으로 다행입니다. 대왕은 이제부터 마음을 바꾸어 한왕께 복종하십시오. 그러면 하남왕의 지위를 보전하실 것이요, 부귀를 자손에게 전하실 수 있을 것입니다."

장량은 신양에게 이렇게 권했다.

"대왕께서는 장자방 선생의 말씀대로 하시기 바랍니다. 또 지금 그렇게 안 하시려고 한댔자 벌써 낙양성은 대장 관영에게 빼앗기고 말았으니 어떻게 하시겠습니까? 번쾌가 한사코 대왕을 죽이겠다고 하는 것을 애걸하다시피 해서 대왕의 생명을 구한 것입니다. 한왕은 인자하고 후덕하신 어른이오니 깊이 생각하시기 바랍니다."

장량의 뒤에서 육가도 이같이 말했다. 두 사람의 말을 듣고 신양은 도리어 기뻐했다.

"형세가 벌써 그같이 되었다면 한왕께 항복하지 아니할 이유가 있겠소이까?"

신양은 낙양 서울이 함락되고, 자신이 죽을 것을 살려주고 한 것을 알았는지라, 도리어 기뻐하는 것이 자연스러웠다.

"내가 낙양성으로 돌아가 육가를 한왕께 보내어 아뢰도록 하렵니다."

"대왕은 지금 우리와 함께 낙양성으로 돌아가시지요. 저도 성내의 백성들을 위로하고, 육가와 함께 함양성으로 돌아가겠습니다."

장량도 이같이 말하고 신양·육가와 함께 낙양성을 향해 출발했다. 성문 앞에 와 보니 벌써 성루에는 한왕의 깃발이 펄럭거리고 있었다.

신양이 성문 앞에 도착하자 성루 위에서 큰소리로 외치는 소리가 전해왔다.

"나는 한왕의 대장 관영이다. 장자방 선생의 계책으로 이미 이 성을 빼앗았는데, 거기 오는 사람은 누구냐?"

소리를 듣고 신양은 더욱 놀랐다. 장량은 과연 귀신같은 사람이라 그는 감복하지 않을 수 없었다.

신양이 감복하면서 뒤를 돌아다보니 벌써 장량이 그 뒤에 와 있는지라, 성문 안에서는 즉시 문을 크게 열고 그를 맞아들였다. 신양은 장량을 따라 문안으로 들어갔다.

"잠깐만 기다려주십시오. 갑자기 점령당한 성인지라 인심을 알 수 없습니다. 대왕은 궁 안으로 들어가실 생각을 마시고 장선생과 함께 저의 진중에 잠시 머물러 계시기 바랍니다."

문안에 들어서자 관영이 마주 나와 신양을 보고 이같이 말했다. 신양은 또 감복했다. 이렇게 용의주도하고 신속 치밀한 장수를 많이 가지고 있으니 한왕이 천하를 얻을 것이 분명했다. 신양은 이렇게 생각하고 허리에 차고 있는 화살을 뽑아 그것을 꺾어서 집어던지면서 맹세했다.

"여러분! 나는 이미 한왕께 항복했소! 그러니 의심하지 마시오."

이때 성문 밖에서 한왕의 군사 일진이 와서 진을 치고 있다는 보고가 들어왔다.

장량이 문루 위에 올라가서 내려다보니 한신의 부하 주발·시무 두 사람이 문 아래서 쳐다보면서,

"선생께서 함양을 떠나신 지 이틀이 지났건만 소식이 없으므로 대원수께서 저희 두 사람으로 하여금 삼천 기(騎)를 거느리고 가서 선생을 모시고 돌아오라 하셨습니다. 그래서 함양을 떠나 동관까지 왔을 때 선생께서 이미 낙양을 빼앗고 신양의 항복을 받으셨다는 소식을 듣고, 즉시 역마를 함양으로 보내어 일주야 동안의 보고를 올리도록 하였습니다."

이같이 경과보고를 큰소리로 외쳤다. 신양은 장량의 뒤를 따라 문루 위에 올라가 섰다가 이 소리를 듣고 또 감탄했다. 모든 일을 이같이 예비하고 주선한다면 부족한 일이 있을 이치가 없다고 믿어졌다.

그는 즉시 문루 위에서 내려와 주발·시무를 맞아들였다. 그리고 그날 밤 장량을 비롯하여 번쾌·관영·주발·시무 등 장수들을 초대하여 잔치를 베풀었다.

장량은 이튿날 신양·육가와 함께 함양으로 돌아갔다.

한왕은 장량으로부터 먼저 경과보고를 들은 후에 신양과 육가를 불

러들였다. 신양은 뜰아래서 한왕에게 두 번 절했다.

"현왕(賢王)이 낙양을 다스리고 그 위명을 떨친 바 있으므로 짐이 장량을 보내어 설복하라 하였더니, 다행히 이같이 짐의 뜻을 버리지 않으니 마음이 기쁘오."

한왕은 신양을 보고 이같이 말했다.

"천하의 백성이 모두 폐하의 성덕을 찬양하는 터이오니 신이 어찌 천명에 어김이 있겠나이까?"

신양은 황송해하는 어조로 이같이 말했다. 그 곁에 국궁하고 섰던 육가는,

"신의 죄는 막대하옵니다. 폐하를 모시고 삼 년 동안 천은이 망극하옵건만, 죽을죄를 지었사오니 처분해주옵소서."

이같이 아뢰는 것을 듣고 한왕은 그를 꾸짖기는커녕 도리어 위로해주었다.

"짐이 경의 사정을 깊이 아는 터이니 과히 부끄러워하지 마라!"

육가는 뜰 위의 돌에 이마를 쪼면서 한왕의 은혜에 감사했다.

이튿날 한왕은 잔치를 베푼 뒤, 신양은 낙양으로 돌아가게 하고 육가는 그전대로 한신의 휘하에 있게 했다.

주마등같이

위왕 위표를 설득하고, 하남왕 신양을 사로잡아 그의 항복을 얻고, 육가의 죄를 너그럽게 용서해주고, 삼진과 하남의 모든 백성이 한왕에게 이미 귀순했는지라, 한왕의 세력은 함양에 들어온 이후 점차 강대해졌다.

하루는 대원수 한신이 부하들을 모아놓고 회의를 열었다.

"주상(主上)께서는 항왕을 정벌하시고 싶어하지만 태공(太公)을 비롯해서 모든 가족이 풍패 땅에 계시므로 항상 이 생각으로 인해 어쩔 줄을 모르시는 모양이오. 대군을 거느리고 가서 모셔오려 한다면 팽성에서 먼저 알고 태공을 해칠 것이니 그렇게도 못하겠고, 가만히 소문 없이 풍패에 가서 모셔올 수만 있다면 그렇게 하는 것이 제일 좋겠는데 무슨 꾀가 없을까?"

회의의 목적은 한왕의 고향에 있는 가족들을 어떻게 하면 항우가 모르게 함양으로 이송시키느냐 하는 문제의 해결에 있었다. 한신이 이같이 묻는 말에 대장 왕릉(王陵)이 먼저 의견을 진술했다.

"제가 삼 년 전에 남양(南陽) 땅에서 모반하여 군사를 모으고 있을 때 주길(周吉)·주리(周利)라는 두 형제와 결의형제를 맺은 일이 있습니다. 소문에 따르면 이 형제가 지금도 그곳에서 수천 명의 군사를 거느리고 있으면서 보통때는 농사를 짓고, 일이 있으면 전쟁을 하여 강하기 짝이 없어 그 일대에서는 적수가 없다고 합니다. 제가 가만히 패현에 들어가 태공과 기타 여러분을 모시고 나오다가 만일 초패왕의 군사가 추격해 온다면 주길·주리 두 형제로 하여금 그들을 막도록 하지요. 그리고 원수께서는 미리 군사를 접경까지 보내셨다가 태공을 영접하도록 하시면 좋을 줄로 생각합니다. 이래야 태공을 무사히 함양으로 모셔오지, 군사를 거느리고 풍패 땅에 가려 하다가는 항왕한테 태공을 빼앗기기 쉽습니다.”

“그게 제일 좋은 계책이다! 만일 그대가 성공만 한다면 개국 제일등의 대공훈을 세우는 것이다!”

한신은 왕릉의 의견에 대찬성을 하고 이 뜻을 한왕에게 고했다.

“왕릉이 만일 그같이만 해준다면 짐이 무슨 걱정이 있으랴!”

한왕은 즉시 자기 부친에게 보내는 편지를 써서 왕릉에게 주었다. 왕릉은 그것을 품속에 지니고 장사꾼으로 변장하여, 그날로 함양을 떠나 서주(徐州)로 향했다.

이 무렵, 항우는 제·양 두 나라에 군사를 보내어 정벌을 하고 있었다. 그런데 하루는,

“위왕 위표 · 하남왕 신양이 한왕에게 항복을 하였고, 인근 지방에서는 서로들 다투어가면서 한나라에 귀순하고 있습니다.”

하는 보고가 올라왔다. 항우는 보고를 받고 크게 놀랐다.

“이놈, 한신이란 놈이 포중에서 나온 이후로 짐이 잃어버린 지역이 칠천여 리나 된다! 제·양 두 놈이 짐의 명령을 배반한 지가 오래인지라 이것을 먼저 정벌하려 하던 터이지만, 이제는 이것을 중지하고 먼저 한신을 죽이고 위표·신양을 정벌해야겠다!”

항우는 이를 갈면서 분해했다.

“고정하시기 바랍니다. 지금 우리나라 대장들이 제·양을 정벌하면

서도 아직 승리를 얻지 못하고 있으며, 다른 지방의 제후들도 우리나라를 배반하는 자가 속출하고 있는데, 대왕께서 경솔히 함양을 향해 떠나시면 팽성이 공허해집니다. 차라리 풍패 땅에 있는 한왕의 일족을 사로잡아 인질로 해두고, 제와 양 두 나라의 평정이 끝난 뒤에 한왕을 정벌하심이 좋을까 합니다."

항우가 조급히 서두는 것을 보고 범증은 이같이 의견을 말했다. 항우는 그 의견을 듣고 과연 그러는 것이 좋겠다고 찬성하고 대장 유신(劉信)으로 하여금 사졸 이천 명을 인솔하고 패현에 가서 한왕의 가족들을 모조리 잡아오라고 명령했다.

항우의 명령을 받은 유신은 쏜살같이 풍패에 달려가 한왕의 본가를 포위한 후 태공 이하 한왕의 일가친척 일백이십 명을 붙들어 풍패 땅을 출발했다.

유신이 풍패를 떠나 삼십 리가량 왔을 때 건너편 수림 속에서 별안간 철포 소리가 터지더니 말 탄 장수 세 사람이 뛰어나오면서 고함을 질렀다.

"이놈아! 한왕의 가족들을 우리에게 넘겨주지 않으면 너희 놈들을 모조리 죽여버리겠다!"

세 장수의 뒤에는 무기를 들고 있는 사졸이 삼천 명가량이나 되어 보였다.

"이놈아, 나는 초패왕 폐하의 명령으로 태공을 붙들어가는 중인데, 너희 놈들은 무엇하는 놈들이기에 이따위 무례한 행동을 한단 말이냐!"

유신은 대로하여 도리어 이같이 꾸짖었다. 그러나 세 장수는 껄껄 웃으며 달려들어 유신을 찔렀다. 유신은 몸을 피하면서 세 장수를 상대로 십 합가량 접전을 하다가 그만 창에 찔려 죽었다. 이것을 본 초나라 군사 백 명은 풍비박산이 되었다.

세 장수는 함거(檻車)에서 태공과 그 외 가족들을 밖으로 나오게 하여 자리를 마련하여 앉게 한 후 땅에 꿇어앉았다.

"신이 급히 오기를 잘했습니다. 만일 반나절 동안만 늦었더라도 어찌할 도리가 없을 뻔했습니다. 참으로 한왕의 홍복이옵니다."

그 중의 한 장수가 이같이 말했다.

태공은 칠십여 세의 노인인지라 눈도 어둡고 허리도 꾸부러졌다. 지팡이를 짚고 앉아, 뜻밖에 자기 일족을 구원해준 이 사람들을 보고 무한히 고마워했다.

"대관절 장군들은 누구며 어쩐 연유로 이같이 노부(老夫)를 구원해주는 거요?"

태공은 손수건으로 눈을 씻으면서 이같이 물었다.

"신의 이름은 왕릉이고, 이 두 사람은 주길, 주리 형제이온데 남양 땅에 사는 사람입니다. 한왕의 분부를 받고 몰래 모시고 가려 하던 차인데, 천우신조하여 이같이 되었습니다. 한시라도 속히 밤을 새워서라도 함양으로 가셔야 하겠습니다."

왕릉은 이같이 말하고 땅에서 일어나 한왕의 가족을 편안하게 모시고 길을 재촉했다.

이때 유신의 부하 사졸들은 자기 대장이 죽는 것을 보고 뿔뿔이 도망하여 팽성으로 돌아가 항우에게 사실을 보고했다.

"무슨 말이냐! 팽성 가까운 곳에 그따위 도적놈들이 있을 이치가 없다. 이것은 틀림없이 한왕의 군사일 것이다! 함양으로 달아나는 길일 것이니 속히 추격해서 잡아오너라."

항우는 이같이 말하고 영포·종리매 두 사람에게 삼천 명의 군사를 인솔하여 태공 일행을 추격하게 했다.

왕릉은 태공을 모시고 함양으로 급행하면서, 뒤에서 필시 초패왕의 추격대가 쫓아올 것이라 생각했다. 그래서 그는 주야를 가리지 않고 말을 달렸다.

왕릉이 하남(河南) 땅의 상성(商城)에 이르렀을 때에 아무래도 후방에 추격대가 가까이 온 것 같은 느낌이 들었다. 구름도 안개도 아닌 티끌 같은 연기가 거멓게 후방 하늘에 엉겨보였기 때문이었다.

왕릉은 주길·주리를 돌아보며 부탁했다.

"두 분은 부하들과 함께 여기 머물러 추격대가 오는 것을 막아주시오. 나는 태공을 모시고 먼저 가야겠소."

"염려 마시오!"

주길·주리 형제는 서슴지 않고 승낙하고 부하들과 함께 그곳에 진을 쳤다. 왕릉은 태공 일행을 모시고 그대로 길을 재촉했다.

조금 지나서 왕릉이 예측한 대로 초패왕의 추격대가 상성 가까이 조수같이 밀려왔다. 영포·종리매 두 장수가 맨 앞에서 말을 달려 쫓아오면서 큰소리로,

"역적아! 태공을 이리 보내면 목숨만은 살려주마!"

하고 주길과 주리에게 달려들었다.

"우리는 한왕의 명령을 받들고 태공을 모셔가는데, 주제넘게 이게 무슨 행동이냐?"

주길이 이같이 호령했다. 영포는 도끼를 휘두르면서 주길에게 달려들었다. 주길과 주리가 영포를 상대로 나아가고 물러서고 서로 접전하기를 오십여 합 하고 있을 때, 갑자기 초의 진영에서 징을 울리는 소리가 들렸다. 영포는 자기 진으로 돌아갔다.

"왜 징을 쳐서 접전을 중지시켰소?"

그는 종리매에게 물었다. 싸움을 중단시킨 것을 분하게 생각하는 모양이었다.

"저 멀리 한의 군사들의 후방에서 먼지가 연기같이 일어나고 있으니 필시 한의 복병이 있는 것 같소. 그리고 두 장수가 대단히 용맹하니 싸

움을 그만두고 속히 팽성으로 돌아가 패왕께 고하여 딴 계책을 세우는 것이 좋겠소."

종리매는 싸움을 중단시킨 이유를 이같이 설명했다.

"그게 무슨 말이오? 여기까지 와서 헛되이 돌아가다니 될 말이오? 내가 저놈들을 잡아오겠소….'

영포는 종리매의 말을 배척하고, 다시 말을 달려 돌진했다. 주길·주리는 이것을 보고 달려들었다. 땅바닥에서 먼지가 새까맣게 일어나도록 세 사람은 접전을 계속했다.

그러자 종리매도 후진의 군사를 몰고 영포를 응원하여 달려왔다. 영포는 이에 더욱 용기를 얻어서 주길을 마상에서 찍어 떨어뜨렸다.

주리는 자기 형이 전사하는 것을 보고 기운이 떨어져 머리를 돌려 달아나기 시작했다. 이것을 보고 종리매는 사졸들에게 일제히 활을 쏘게 했다. 화살이 비같이 쏟아지는 속에서 주리는 도망하지 못하고 등에 화살이 꽂힌 채 말 위에서 떨어졌다. 영포는 달려가 주리의 목을 도끼로 끊어버렸다. 주길·주리의 부하 삼천 명도 영포와 종리매의 군사들에게 모조리 죽임을 당하고 말았다.

해가 이미 저물었는지라 영포·종리매는 산 밑에 진을 치고 쉬었다.

한편, 왕릉은 주길·주리와 작별하고 태공 일행을 모시고 쉬지 않고 길을 재촉했다. 이틀 만에 낙양성 가까이 이르렀을 때 갑자기 후방에서 추격대가 쫓아온다는 보고가 들어왔다. 왕릉은 큰일 났다고 걱정을 하면서 태공 일행의 수레를 끄는 말을 달음질하게 했건만 노인과 어린아이들을 실은 수레인지라 무리하게 달릴 수도 없고 하여 마음만 조급했다. 마침 이럴 때에 산모퉁이에서 먼지를 일으키면서 한 떼의 군사가 나타나더니 장수 두 사람이 말을 달려 태공 일행의 후방으로 군사를 이끌고 나가 초패왕의 추격대를 막아주었다. 왕릉은 놀랍고 반가워서 그 군사들이 쳐들고 있는 깃발을 보았다. 한왕의 대장 주발·진무 두 사람이었다. 왕릉은 그제야 안심이 되었다.

영포·종리매는 여기까지 추격해오느라고 상하가 모두 피로해 있는 터라 주발·진무의 군사들에게 포위되고 말았다. 두 사람은 죽을힘을 다해서 좌충우돌 포위망을 헤치고 달아났다.

이날 밤에 영포·종리매는 진영을 꾸미고 화롯불을 피우고 사방에 깃발을 꽂고 하여 많은 군사들이 있는 것처럼 가장을 하고 날이 밝기 전에 살아남은 군사들을 데리고 팽성으로 돌아가고 말았다.

이튿날 식전에 왕릉은 초패왕의 추격대가 퇴각한 것을 정찰대의 보고로 알았다. 왕릉은 주발·진무와 토론한 후 그대로 태공 일행을 모시고 함양으로 직행하기로 결정했다.

그들은 낙양성에 들어가 하남왕 신양으로부터 극진한 대접을 받고, 함양 못 미처 동관까지 왔다. 여기서부터 벌써 백성들은 길거리에 향불을 피우고 땅 위에 자리를 깔고 앉아 태공을 봉영했다.

조금 더 가서 태공 일행은 임동(臨潼)에 도착했다.

한왕은 문무백관을 거느리고 여기까지 마중 나와 있었다.

태공의 수레가 도착하자 한왕은 태공 앞으로 다가와 눈물을 떨어뜨렸다.

"기체 만강하셨습니까? 불효자, 항우의 간계(奸計)로 포중에 좌천되어 오랫동안 아침저녁의 문안을 올리지 못했습니다."

이같이 자식 된 도리를 다하지 못했음을 사죄했다. 태공은 반갑고, 영화롭고, 감격하여 뭐라고 입을 떼지 못하고 눈시울을 적실 뿐이었다.

한왕은 그의 가족들과 인사를 마치고 즉시 태공과 여후와 그 외 모든 권솔들을 준비해온 좋은 수레에 옮겨 타게 하고 많은 사졸들에게 이를 호위하여 함양 성중으로 모시게 했다. 길거리에서는 악대들이 주악(奏樂)을 하고, 크고 작은 깃발은 하늘을 덮었다

함양궁 앞에 이르러 어마어마한 궁성과 찬란히 번쩍이는 건물과 도

열해 섰는 군사들의 위풍을 보고, 태공은 감회가 새로웠다. 삼사 년 전까지도 패현에서 정장(亭長) 노릇을 하던 아들이 오늘날 이같이 될 줄은 꿈에도 생각지 못했기 때문이었다.

한왕은 현덕궁(玄德宮)을 청소시키고 태공을 그리로 모셔들여 수십 명의 내시로 하여금 시중을 받들게 하고, 여후와 태자는 내전에 들게 했다.

이 무렵, 초패왕 항우는 태공의 일행을 추격하여 하남 땅의 낙양성까지 갔다가 한나라 군사에게 쫓겨 돌아온 영포와 종리매에게서 경과보고를 듣고 몹시 분개했다.

"왕릉이란 놈이 어떻게 된 놈이기에 감히 이따위로 무례하단 말이냐?"

항우는 분해서 못 견디는 모양이었다.

"왕릉은 패현 출신입니다. 사오 년 전에 남양 땅에서 군사를 모아 도둑질을 했었는데 무용이 출중해서 한왕에게 채용되었습니다. 주길·주리는 그 잔당인데 이번에 영장군이 없애버렸으니 이야말로 근심을 덜어버린 것입니다. 왕릉의 아우 왕택(王澤)이 노모를 데리고 지금 패현에 있으니 이 노파를 붙들어놓고 노파로 하여금 왕릉에게 편지를 쓰게 하면, 왕릉이 대왕께 항복해올 것입니다."

항우가 분해하는 것을 보고 범증이 이 같은 의견을 말했다. 항우는 금세 성난 얼굴빛이 풀어졌다.

"좋은 말이오. 그리합시다."

항우는 범증의 의견에 찬성하고 무사를 패현으로 보내어 왕릉의 모친을 잡아오게 했다.

이튿날 무사들이 왕릉의 모친을 팽성으로 잡아왔다. 항우는 노파의 몸에 묶여 있는 결박을 손수 풀어주며 말했다.

"남양은 짐이 거처하는 팽성에서 가까운 지방인데도 너의 아들 왕릉이 짐을 섬기지 않고, 멀리 함양에서 역적 노릇을 하고 있는 유방을 섬기고 있으니, 이것은 천도(天道)에 어긋나는 일이다. 짐이 그전부터 네가 현숙한 것을 아는 터이니 속히 너의 아들에게 편지를 해라. 그래서 왕릉으로 하여금 짐을 섬기도록 하면, 너의 아들을 만호후(萬戶侯)에 봉하여 자자손손에 이르기까지 부귀를 누리게 하리라."

왕릉의 모친은 항우가 부드러운 음성으로 이같이 말했지만 고개를 푹 수그리고 앉아서 아무 대답도 하지 않았다.

한참 동안 기다려도 대답이 없자 범증이 참견했다.

"일을 서두르실 필요 없습니다. 왕릉의 모친을 이곳에 두시고, 은혜를 베푸시어 보양하도록 하시면 신이 뒷일을 주선하겠습니다."

"그리합시다."

항우도 그럴 듯싶어서 범증의 말대로 왕릉의 모친을 궁문 밖에 민가를 치우고 그곳에서 보양하도록 명령했다.

이때 한왕은 함양궁에서 군사평정회의를 열고 있었다.

"짐이 그동안 관중에 들어와서 민심도 수습되고, 인근의 제후들도 귀순하였고, 태공도 모셔왔으므로 이 기회를 놓치지 않고 초패왕을 정벌하고자 하는데, 경들은 어찌 생각하시오?"

한왕이 신하들을 모아놓고 이같이 물었다.

"신이 생각하기는 지금 우리가 군사도 강대해지고 위풍을 떨치기는 합니다마는, 동쪽에 은왕(殷王)이 있습니다. 은왕은 가벼운 적이 아닙니다. 먼저 은왕을 정벌한 후에 초패왕과는 명년에 결전을 하십시오."

한신의 의견이었다.

"그도 좋은 말이오. 그에 대한 계책을 말하오."

한왕은 찬성하면서 이같이 물었다.

"은왕을 먼저 정벌하려는 것은 초패왕의 우익(羽翼)을 완전히 제거하기 위함입니다. 그리하여 먼저 은왕 사마앙(司馬仰)을 정벌하여 하내(河

內) 지방을 평정해버리면, 명년에 초패왕은 고립무원하여 한번 싸워 족히 이길 것입니다."

"그럴 것이오!"

한왕은 동감했다. 그리고 그날로 한신으로 하여금 은왕 토벌의 계획을 진행하게 했다.

한신은 명령을 받들어 모든 장수에게 지시를 내렸다.

수일 후, 준비가 다 되자 한신의 대군은 출동하여 하내에서 오십 리 떨어져 있는 곳에 이르러 진을 쳤다.

은왕 사마앙은 이 소식을 듣고, 하내를 수비할 만큼 군사를 남겨두고, 친히 군사를 인솔하여 삼십 리 밖에 나와서 진을 쳤다. 그리고 대장들을 모아놓고 작전 계획을 토의했다.

"한신이 대군을 거느리고 왔고, 또 그는 용병을 잘하는 터이니 그대들에게 무슨 묘계가 없는가?"

사마앙이 여러 장수들을 둘러보면서 이같이 물었다.

"한신은 심상한 인물이 아닙니다. 그러므로 사방을 견수(堅守)하고 속히 팽성으로 구원을 청하여 구원병이 오기를 기다리는 것이 좋겠습니다. 지금 경솔히 대적하다가는 한신의 꾀에 빠지기 쉽습니다."

모사 도만달(都萬達)이 사마앙에게 이같이 의견을 아뢰었다.

"아니올시다. 한신의 군사는 먼 곳에서 달려왔는지라 피로해 있을 것입니다. 속히 접전하는 것이 이롭습니다. 적이 완전히 방비하기 전에 공격해야 할 것이 아닙니까? 그러고도 이기지 못한다면 그때부터 농성(籠城)하고 견고히 방어하면서 구원병이 도착하기를 기다립시다. 지금부터 농성한다는 것은 잘못된 일입니다."

대장 손인(孫寅)은 이같이 도만달의 의견에 반대했다.

"손인의 말이 내 마음에 든다! 속히 준비를 시켜라!"

사마앙은 이같이 말하고 대장 왕유(王儒)에게 편지를 주어 팽성으로 구원병을 청하게 하고, 일변으론 손인과 위형(魏亨)으로 하여금 군사를 거느리고 나가 한신과 접전을 하게 했다.

한신은 사마앙의 군사가 나오는 것을 보고 말을 달려 진두에 나섰다.

"한왕께서 인의(仁義)의 군사를 일으키셨으므로 제후들이 앞을 다투어 항복하건만, 은왕은 감히 천병(天兵)에 항거하니 어쩐 까닭이냐? 속히 항복해라!"

한신은 이같이 호령했다.

"이놈아, 한왕이 포중에서 뛰어나와 함양을 훔쳐가졌거든 가만히 있을 것이지, 감히 여기까지 와서 장난을 한단 말이냐? 너 같은 비렁뱅이, 가랑이 밑으로 기어다니는 놈을 보내다니! 빨리 항복해라!"

손인은 한신을 마주보면서 이같이 욕을 했다. 번쾌가 큰 눈을 부릅뜨고 칼을 휘두르면서 한신의 등 뒤에서 뛰어나왔다.

손인과 번쾌는 오십여 합의 대접전을 했다. 그래도 승부는 나지 않았다.

위형이 손인을 도와서 창을 들고 쫓아나왔다. 한신의 진에서는 설구·진패 두 장수가 쫓아나갔다. 살기는 중천하고, 북소리·피리 소리·꽹과리 소리가 천지를 진동하는데 이 싸움이 어느 때나 끝날지 알 수 없었다.

이때 사마앙이 자신이 인솔하고 있는 군사를 몰고 조수같이 밀어갔다. 한신의 군사는 무수히 상했다. 번쾌·설구·진패도 기운이 떨어져 말머리를 돌려 퇴각하기 시작했다.

한신이 이것을 보고 급히 주발·시무·노관·근흡 네 장수로 하여금 대군을 거느리고 나아가 응원하도록 하는 동시에 한 발자국이라도 뒤로 물러나는 놈은 목을 끊는다고 호령을 내렸다.

한신의 대부대가 다시 몰려오자 사마앙은 이것을 방어할 수가 없어 돌아섰다. 한신의 군사는 돌진하고 또 돌진했다.

사마앙과 손인·위형 등은 대패(大敗)하여 성중으로 들어가 성문을 단단히 닫고 나오지 않았다.

항우에게 편지를 가지고 간 왕유는 팽성으로 갔다가, 항우가 제·양 두 곳에 정벌 나간 군사들을 순시하러 나가고 없으므로 항우가 있는 곳까지 찾아가 표문을 올렸다. 항우는 은왕의 상소를 받고, 범증과 상의하여 항장·계포 두 사람으로 하여금 정병 삼만 명을 인솔하여 왕유와 함께 하내로 가서 한왕의 군사를 방어하도록 했다. 왕유는 항장·계포와 함께 밤을 새워가면서 돌아갔다.

하내의 성을 포위한 한신은 날마다 주야를 가리지 않고 공격했다. 철포와 화살과 사닥다리와 기타 온갖 화기(火器)를 사용하여 공격했지만, 성은 떨어지지 않고 이십 일이 지났다.

한신은 부하들을 불러,

"이 성을 에워싸고 그동안 수십 일이 지났다. 성이 견고하고, 수비하기를 잘하고 있으므로 공격하기 어렵다. 이렇게 날짜만 보내고 있다가 초패왕의 구원병이 닥치는 날이면, 내외에서 협공을 당하여 우리가 목숨을 보전하기 어려울 것이다. 그래서 지금 내가 계책을 일러줄 터이니 그대들은 내가 시키는 대로 해야만 한다. 이렇게만 하면 반드시 이길 것이다."

이렇게 말하고, 그다음부터는 가만가만히 한 사람 한 사람씩 가까이 불러 지시를 했다. 모든 장수들은 지시를 받고 물러갔다.

한신의 군사들은 각 부대에서 이때까지 펄렁거리고 있던 깃발을 내리고, 북소리를 그치고 사방에 둘러쳤던 장막을 거두고, 그 이튿날은 모든 부대가 한 대 한 대씩 차례로 퇴각하기 시작했다.

성중에서 척후병이 이것을 보고 즉시 사마앙에게 보고했다.

사마앙은 높은 성루 위에 올라서서 한신의 진영을 내려다보았다. 과연 막사도 없어지고 사졸 한 명도 보이지 않았다. 완전히 퇴각한 모양이었다.

사마앙은 아래로 내려와 부하들을 모아 회의를 했다.

"그들은 퇴각한 모양이다. 오랫동안 공성을 해보아도 마음대로 되지 않고 항왕으로부터 구원병이 온다는 것을 알고 도망치고 있을 것이야. 그러니 급히 추격하여 한신을 잡아야겠다."

사마앙은 이같이 주장했다.

"아닙니다. 한신은 꾀가 많은 놈이니 거짓 퇴각한 체했다가 우리가 쫓아나가면 복병으로 우리를 치려는 계책일 것입니다. 먼저 적의 허실을 탐지해보고 그 후에 추격하는 것이 옳습니다."

모사 도만달이 이 같은 의견을 말했다.

"그래, 네 말이 옳다!"

사마앙도 찬성하고 즉시 탐색대를 수십 명 성 밖으로 내보냈다. 그들은 모두 변복하고 성을 나왔다.

변복한 탐색대가 십 리쯤 나와보니, 차를 팔고 있는 집이 있고 병기와 양식을 한 짐씩 짊어지고 가던 한신의 병정이 칠팔 명 다리를 쉬고 있었다. 탐색병은 그 집에 들어가 차를 마시면서 말을 건넸다.

"당신들은 보아하니 한왕의 군사들인 것 같은데 하내성을 공격하다 말고 왜 갑자기 돌아가는 거요! 이때까지 애써오던 것이 아깝지 않소?"

"글쎄, 억울하기 짝이 없소! 조금만 더 공격을 하면 성은 떨어지겠지만 초패왕이 하북(河北)에서 대군을 거느리고 함양으로 쳐들어온다오! 그런데 한왕은 군사가 적어 초패왕을 당해낼 수 없어 급히 돌아오라 했다오! 그래서 한신 대원수는 벌써 떠나 육칠십 리 앞에 가고, 우리는 무거운 짐이 있는데다가 발병이 나서 이렇게 처졌다오."

한신의 군사 한 명이 이같이 대답하고 좌우에 있는 동료들을 둘러보며 말을 이었다.

"여보게, 우리가 이렇게 뒤떨어져서 늦게 갔다가 함양에 돌아가서는 한원수에게 문책을 당하지나 않겠는가?"

이 소리를 듣고 다른 사졸 한 명이 대꾸했다.

"한원수는 적을 방비하기에 바쁠 텐데 어떻게 우리를 문책할 수 있겠나."

사마앙의 탐색병은 이런 수작을 듣고 찻집을 나와 하내성으로 급히 돌아갔다.

모든 것이 한신이 꾸며놓은 연극이건만, 이런 줄도 모르는 탐색병들은 사마앙에게 저희들이 눈으로 본 대로, 귀로 들은 대로 보고했다.

사마앙은 기뻐했다.

"그렇다니까, 내 요량에 틀림이 없다!"

그는 즉시 도만달에게 정병 오천 명을 주어 하내의 성을 지키라 하고, 손인·위형 두 장수에게는 각각 일만 명을 주어 선봉부대로 하고, 자신은 이만 오천 명을 거느리고 성문을 열고 쏜살같이 한신을 추격했다. 사마앙의 군사는 단숨에 삼십 리를 쫓아갔으나 한신의 군사는 그림자도 없었다. 그리고 해는 저물었다.

이상하다. 꾀에 빠진 것이 아닌가. 사마앙의 대장 손인이 이같이 생각하고, 이미 해가 저물었으니 너무 멀리 추격하지 말고 후진이 도착하기를 기다려 행동을 같이하라고 명령을 내리고 있을 때 갑자기 꽝 하면서 철포 소리가 터지더니 한신의 복병이 어디서 나왔는지 조수같이 몰려들면서, 주발·시무 두 장수가 창을 겨누고 손인에게 달려들었다. 손인도 창을 휘두르며 십여 합 접전을 하다가 도저히 당할 수가 없는지라 돌아서서 도망하기 시작했다. 한 놈도 남겨두지 말고 모조리 죽여라 하면서 주발과 시무는 손인의 부대를 추격했다. 가을바람에 낙엽이 떨어지듯 손인의 군사는 목이 떨어졌다.

제이대를 인솔하고 오던 위형은, 제일대의 손인이 쫓겨오는 것을 보고 간신히 손인을 구해 도망질을 쳤다.

사마앙은 이런 줄도 모르고 제삼진 대부대를 인솔하고 쫓아오다가 선진에서 도망해오는 이천여 명의 사졸들을 만나 한신의 복병에게 추격되어 손인과 위형이 퇴각하는 것임을 알았다. 그는 선진이 무너져버렸으므로 자신도 퇴각해야 할 것을 알고 급히 후퇴 명령을 내렸다.

그러나 이때 갑자기 사마앙이 서 있는 길거리에서 가까운 언덕 너머로부터 한 명의 장수가 큰 칼을 휘두르며 뛰어나오더니, 단지 한 번 접전 끝에 사마앙을 말 위에서 사로잡아버리고 군사를 사방팔방으로 쫓아내었다. 이 장수는 바로 번쾌였던 것이다.

손인과 위형은 밤이 깊도록 도망해오면서 사마앙의 일을 걱정했다. 그러나 어느 구석에 숨어 있다가 나왔는지 한신의 군사는 점점 수가 불어 손인과 위형을 열 겹, 스무 겹으로 포위했다.

횃불이 낮과 같이 밝은 가운데 높은 언덕 위에서 우렁찬 고함 소리가 들려왔다.

"항복하면 살려주겠다!"

손인과 위형이 쳐다보니 이 사람은 한신이었다.

손인과 위형은 동충서돌 포위망을 뚫으려고 애를 썼다. 그러나 움직이면 움직일수록 손해만 났다. 두 사람의 부하는 모조리 죽어 넘어지고 한 사람도 남지 않았다. 그리고 한신의 군사는 점점 더 많아졌다.

손인·위형은 할 수 없어 말에서 내려 두 손을 들고 항복했다.

하내의 성을 지키고 있던 도만달은 패주하여 돌아오는 사졸들을 통해 일이 이같이 된 것을 알았다. 은왕 사마앙 이하 두 장수가 사로잡혔으니 홀로 외로운 성을 지킬 수 없는지라 그는 성문을 크게 열고 항복하는 깃발을 꽂았다.

날이 밝은 뒤에 한신은 부대를 인솔하고 하내에 입성했다.

"민폐를 끼치는 자는 사형에 처한다."

한신은 이 같은 군령을 내렸다. 그리고 사마앙의 결박을 풀어주고 상좌에 앉힌 후에 좋은 말로, 한왕에게 항복하면 은왕의 지위를 영구히 보장해주겠다고 권했다. 사마앙은 한신의 호의에 진심으로 감사하고 인근의 군현(郡縣)들로 하여금 모두 한왕을 섬기게 했다. 한편, 초패왕 에게서 정병 삼만 명을 얻어 사마앙을 도우려고 출동했던 항장과 계포 의 증원 부대는 이 무렵 하내성 오십 리 밖에 도착했다.

그들은 벌써 은왕이 생포되어 항복을 하고 한신의 대부대가 입성했다는 하내의 소식을 알고 있었다.

"일이 이렇게 된 이상 우리가 섣불리 덤벼드는 것보다 하루라도 속히 돌아가서 패왕께서 친히 대군을 거느리고 나와 한왕을 정벌하게 하는 것이 상책이 아니겠습니까?"

항장은 계포에게 의견을 물었다.

"그렇습니다. 빨리 돌아갑시다."

계포도 항장과 꼭 같이 생각했다. 이리하여 두 사람은 은왕을 구원하려고 데리고 온 병력을 그대로 인솔하고 부랴부랴 항우에게로 돌아갔다.

항우는 이때 제나라에 출정한 진지에 나가 있다가 항장, 계포가 회군하여 돌아와 알리는 보고를 들었다.

"신 등은 밤낮을 쉬지 않고 달려갔습니다만 하내성은 이미 점령되고, 사마앙은 생포되고, 한신의 대군이 들어와 있으므로 할 수 없이 돌아왔습니다."

두 장수의 이 같은 보고를 듣고 항우는 크게 노했다.

"너희가 군사를 거느리고 나간 지가 한 달이 넘었는데 그동안 적군과 일전(一戰)도 못하고 뻔뻔스럽게 그냥 돌아와 짐으로 하여금 하내 지방을 상실케 하니, 그 죄가 마땅히 주륙(誅戮)을 면치 못할 것이다!"

항우는 이같이 호령했다. 항우의 안중에는 일가 되는 항장 같은 사람도 초개같이 보이는 모양이었다.

"폐하께서는 너무 진노하지 마십시오. 구원병이 도착하기 전에 하내

성이 함락되었으므로 그 죄는 항장, 계포 두 장군에게 있지 않습니다. 신이 이제 범아부와 상의하여 일군을 거느리고 나가 하내 지방을 도로 수복하겠습니다. 폐하께서는 그 사이에 제·양을 평정하시고 추후로 진격을 나오시면 한신이 제 어찌 폐하를 대적하겠습니까? 신이 아뢰는 말씀을 들어주시기 바랍니다. 그렇게 하지 않으면 관중의 땅이 모두 한왕의 땅이 되기 쉽습니다."

항장과 계포가 질책받고 있는 곁에서 이같이 항우에게 아뢰는 사람은 진평이었다. 항우는 진평의 말을 듣더니 더 한층 분노를 금치 못하는 것 같았다.

"뭐라고? 전일에 사마앙이 왕유를 시켜 짐에게 구원병을 청해왔을 때, 너는 곁에서 듣기만 할 뿐 말을 한 마디도 않더니 지금 와서 하내 지방을 빼앗긴 뒤에야 새삼스러이 군사를 인솔하여 원정을 하잔 말이냐? 너도 죄를 받아야 한다!"

항우는 진평을 이같이 꾸짖고, 즉시 항장과 계포를 내쫓고, 진평은 그의 관직을 박탈하여 조정에 나오지 못하도록 하라고 명령을 내렸다.

관직에서 추방된 진평은 팽성에 있는 자기 사택으로 돌아왔다.

그는 아무리 생각해도 초패왕의 땅에서 한시바삐 벗어나서 한왕에게로 가는 길밖에 좋은 길이 없다고 생각하고, 아무도 모르게 여행 준비를 했다.

어느 날 새벽에 그는 집을 나와 무양(武陽)으로 해서 낙양으로 빠지는 길로 걸음을 재촉했다. 해는 이미 서쪽으로 기울었고 앞에는 황하(黃河)의 강물이 가로막고 있었다. 사방을 둘러보니 길 가는 나그네 한 사람도 없었다.

'이 강을 어떻게 건너가나?'

진평은 강가에 이르러 걱정을 하면서 아래위를 살펴보았다. 마침 저쪽에 조그만 배 한 척이 보였다. 사공도 타고 있는 모양이었다. 진평은 그 배를 향해 손짓을 하면서 큰소리로 불렀다.

조금 있다가 그 배는 강을 건너왔다. 노를 저으면서 강변에 가까이 오는 뱃사공의 얼굴을 보고 진평의 마음은 섬뜩했다. 이 세상에 이같이 험하고 추한 인물이 또 있을까? 나이는 스물댓 살가량 되어 보이는 도둑놈 같은 젊은 놈 두 놈이 타고 있었다.

'아하… 이들은 필시 황하의 도둑놈들인 모양인데 지금 저놈들을 불러놓고 그대로 달아나다가는 도리어 해를 받을 것이니 이 일을 어찌하면 좋지?'

진평은 이같이 생각하면서 가만히 서 있었다.

뱃놈들은 진평의 얼굴과 의복을 보더니 만족하는 듯이 강변으로 올라와 진평을 배 가운데로 안내했다. 진평은 천연스럽게 배에 탔다.

"어두워지는데 빨리 건네주게. 수고들 하네."

진평은 한복판 자리에 앉으면서 이같이 말을 붙였다.

"어디까지 가십니까?"

그 중의 한 놈이 이같이 물었다.

"나는 급한 볼일이 있어 낙양까지 가는 사람일세."

"그럼, 밤늦게야 들어가시겠군요."

"그렇지, 오늘밤이 깊기 전에 들어가야겠는데."

두 놈은 뱃전에서 힘 있게 노를 저으면서 진평과 수작을 하더니 배가 황하수 중간쯤 건너오자 허리에 차고 있던 칼을 뽑으려고 한 손으로 겉옷을 훔치적거렸다. 진평은 그들이 입고 있는 겉옷 속으로 칼자루가 허리에 붙어 있는 것을 보았다.

'이놈들이 나를 죽이려는 것은 내가 금은을 가진 까닭이렷다! 금은만 내 몸에 없다면 나를 죽여 이로울 게 없을 것이니 죽이지 않으리라….'

진평은 이렇게 생각하고 즉시 옷을 훌훌 벗었다.

"여보게, 자네들 힘이 없어 보이네. 내가 이래 보여도 어려서 강가에 살았기 때문에 사공 노릇을 잘한다네. 내가 노 젓는 것을 보려나?"

이같이 말하고는 전신에 걸쳤던 옷과 옷 속에 들어 있는 금은보화를 둘둘 뭉쳐 강물 속에 풍덩 던져버리고 사공의 노를 빼앗아 쥐었다. 이 모양을 보고 뱃사공 두 놈은 어안이 벙벙해졌다. 진평은 벌거벗은 몸으로 뱃전에 올라서서 힘 있게 노를 저었다.

진평을 죽이고 그의 재물을 뺏을 욕심으로 칼을 뽑으려 하던 황하의 도적들은 가만히 생각하니 일이 글러져버렸다. 재물은 강물 속에 들어가버렸다. 벌거벗고 섰는 놈의 목을 찌른대야 나올 것은 피밖에 없었다. 죽인들 소용없는 것을 죽여서 무엇하랴… 도둑놈들은 이같이 생각하고 뽑았던 칼을 도로 꽂고 말았다. 배는 어느덧 강가에 닿았다.

진평은 배에서 내려 두 놈과 작별하고는 주막집을 찾았다. 큰길로 올라와 얼마를 걸어가니 찻집이 보였다. 진평은 몸도 피곤하고 비록 여름철이지만 밤기운이 쌀쌀하여 벌거벗은 몸이 떨리는 것을 참으면서 그 집의 문을 두드렸다.

"게 누구요? 누구 왔소?"

집안에서 이 같은 소리가 들렸다.

"예, 문을 좀 여시오. 사람이 왔소이다."

진평의 대답을 듣고 주인이 불을 켜들고 나와 문을 열었다.

주인은 문밖에 서 있는 손님이 옷을 안 입은 발가숭이인 것을 보고 놀라는 표정을 지었다.

"이게 웬일이오? 당신은 황하에서 도적을 만났던 모양이군요. 우습지도 않소! 얼른 들어오시오."

주인은 진평을 끌어들이고 문을 닫았다.

"저는 하남(河南)의 상인으로 초나라에 가서 장사를 하다가 이번에 고향에 돌아오는 길에 황하를 건너다가 배 안에서 도둑에게 옷과 재물을 모조리 빼앗겼습니다. 주인장께서 불쌍히 여기시고 옷 한 벌만 주시면 이다음에 은혜를 갚겠습니다."

진평은 쪼그리고 앉아 이같이 애원했다. 찻집 주인은 진평의 얼굴을 유심히 바라보았다.

흰 얼굴, 검은 눈, 붉은 입술, 사내자식의 얼굴로는 드물게 보는 화려한 얼굴이요, 골격도 잘생겼다.

"그렇게 하시오. 어려울 것 없소."

주인은 성큼 일어나 아랫간으로 가더니 옷 한 벌을 가지고 와서 진평에게 입혔다.

옷을 입고 몸을 단정하게 차리는 동안에 주인은 술상을 내왔다.

"시장하실 터인데 한잔 드십시오."

"감사합니다."

주인과 진평은 이리하여 옛날 친구처럼 수작을 해가며 밤이 깊도록 이야기를 나누었다.

날이 밝은 뒤에 진평은 주인에게 작별 인사를 하고 나와 그날 밤은 낙양에서 잤다.

이튿날 그는 함양에 도착했다.

'누구를 찾아야 할까?'

진평은 함양성에 들어서면서 먼저 찾아야 할 사람을 생각해보았다. 허물없이 만나서 털어놓고 이야기할 수 있는 친구라고는 옛날 친구 위무지(魏無知)밖에 없었다. 그는 위무지의 관사로 찾아갔다.

초나라에서 진평이 찾아왔다는 청지기의 말을 듣고 위무지는 그를 반가이 맞아들였다. 두 사람은 여러 해 만에 서로 만나는 기쁨을 금치 못했다.

"참 반갑소! 초나라를 버리고 오셨다니 더욱 좋소이다."

위무지는 이렇게 환영하는 뜻을 표했다.

"초패왕이 간하는 말은 듣지 않고 선비를 업신여기고 나라의 정사는 엉망인지라, 내 그전부터 한왕이 인자하고 결단성이 있고 자기를 굽히면서 선비를 존경할 줄 아는 그런 분임을 알고 있던 터라, 이번에 불원천리하고 찾아왔소이다. 선생이 옛정을 생각하고 나를 친구로 생각하거든 한왕께 나를 천거하여 벼슬을 얻게 해주시오. 그러면 내 평생 은혜를 잊지 않겠습니다."

진평은 자신의 속마음을 숨김없이 허심탄회하게 털어놓았다.

"한왕께서는 천하의 선비를 널리 구하시는 터요, 그전부터 선생의 재능이 출중한 것을 아시는 터이니, 새삼스레 내가 천거할 필요도 없소이다. 반드시 한왕께서는 선생을 중용하실 거외다."

위무지는 이렇게 대답했다.

이튿날 위무지는 조정에 나아가 한왕에게 진평의 이야기를 했다. 한왕은 진평이라는 사람이 그전에 홍문연 잔치에서 항우에게 욕을 당할 때 자신을 보호해준 바로 그 사람이 아니냐고 묻고 속히 진평을 불러들이라고 했다.

위무지는 즉시 진평을 불러들였다. 한왕은 그의 얼굴을 보고 무척 기뻐했다.

"전일 홍문연에서 하마터면 항우에게 해를 당할 뻔했는데, 다행히 그때 경의 주선으로 짐이 호구(虎口)를 면했소. 평소에 짐이 사모하던 터인데 오늘 이같이 만나니 반갑소."

한왕은 이같이 말하고는 그날로 진평을 도위(都尉)로 임관하고 참승전호군(參乘典護軍)을 겸임하게 했다. 이를테면 육군 준장에 시종무관(侍從武官)이 된 셈이다. 이 소식을 알고 오랫동안 한왕을 모셔온 번쾌·주발 등 대장들의 마음에 불평이 생겼다.

조정에서 진평의 임관 발표가 있기도 전에 번쾌·주발은 서로 만나 상의했다.

"소식 들었는가? 진평이 말일세."

"그래, 들어서 알지!"

"이럴 수가 있나? 초패왕에게 추방당해 벌거벗고 황하를 건너온 사람을 그래 단번에 높은 벼슬을 주시니 이래도 좋은가?"

"그러게 말일세. 높은 벼슬일 뿐만 아니라 대왕을 모시고 한시도 떠날 사이가 없이 좌우에 있어야 할 참승전호군을 겸하지 않았나! 일이 잘못되어 혹시나 변괴가 있을까 그것이 걱정되네!"

"허허, 참말 그렇군! 그대로 있을 수 없는데!"

"대왕께 나아가 간하여보세!"

두 사람은 이렇게 수작을 하다가 결국 진평을 중용하는 것은 온당하지 못하다고 한왕께 간하기로 의논하고 함께 대궐로 들어갔다. 그들은 한왕에게 나아가 그들의 의견을 솔직하게 아뢰었다. 한왕은 번쾌·주발이 간하는 말을 듣고 급히 위무지를 불러 경솔하게 조정에 인물을 천거했다고 꾸짖었다.

위무지는 자신이 진평을 천거한 것은 그의 재주 있음을 천거한 것일 뿐이요, 그 사람의 사행(私行)까지 칭찬할 만한 인물이라고 천거한 것은 아니라 했다. 한왕은 번쾌·주발이 진평을 반대하는 뜻과, 위무지가 진평을 천거한 뜻과는 서로 다름이 있는 것을 깨달았다.

한왕은 다시 진평을 불러들였다.

"짐이 들으니, 일찍이 경은 위(魏)나라에 있으면서 아무런 공도 세우지 못하고 초나라로 갔다가 이제 또 초를 배반하고 짐에게 항복해왔으며, 황하를 건너오면서부터 뇌물을 많이 받았다 하니, 이 어찌 충(忠)과 신(信)이 있는 사람의 행동이라 말할 수 있느냐?"

한왕은 진평을 가까이 불러 세우고 이같이 조용히 말했다.

"아뢰옵니다. 무릇 군신(君臣) 간에는 우불우(遇不遇)가 있사옵니다. 위왕이 암둔하여서 신을 사용하지 못하므로 신이 위를 떠나 초를 섬겼습니다. 초패왕은 자신의 강함을 자랑하고 선비를 업신여기므로 신이 다년간 대왕의 성덕을 사모하여 불원천리하고 와서 복종하는 것입니다. 신은 어둠을 버리고 밝은 곳으로 나온 것뿐입니다. 그러하온데 신이 황하수를 건널 때 도둑을 만나 벌거벗은 몸이 되었습니다. 뇌물을 받지 않고서는 벌거벗은 몸을 무엇으로 감추겠습니까? 그러한 형편이오니 대왕께서는 잠시 동안 신을 두고 보아주십시오. 만일 대왕께서 신을 무용지물이라 판단하신다면 신은 지금 수중에 있는 약간의 재물까지 국가에 바치고 고향으로 돌아가겠습니다.”

진평은 꿇어앉아 이같이 아뢰었다. 한왕은 진평의 말을 듣고 후회했다. 진평의 경우에는 그의 말이 당연하다고 생각되었다.

“짐이 잘못하였다면 현인(賢人)을 놓칠 뻔했소! 잘 알아들었으니 물러가오.”

한왕은 이같이 말하고 새삼스레 진평에게 상을 내리고 호군도위에서 호군중위로 승진시켰다. 일이 이같이 되매 이제는 아무도 감히 불평을 말하는 사람이 없었다.

이때 한신으로부터 사자가 도착했다.

한왕은 한신의 사자가 무슨 일로 급히 왔는가 궁금하여 즉시 불러들였다.

“하내 지방이 평정되고 사마앙이 항복했다고 아뢰오.”

한신이 보낸 사자의 보고였다. 한왕은 얼굴에 웃음을 띠고 기뻐했다.

또 이때 근시가 들어와 하후영이 들어왔다고 아뢰었다. 한왕은 즉시 그를 불러들였다.

등공 하후영은 한왕 앞에 나와 새로운 사건을 아뢰었다.

“아뢰옵니다. 상산왕 장이(常山王 張耳)는 본시 함안군 진여(咸安君 陳餘)와 더불어 문경지교(刎頸之交)였는데, 전일 항왕이 장이를 상산왕으로 봉하자 진여는 이것을 원망하고 저 자신은 아무런 봉작(封爵)에 참여

하지 못한 것에 격분하여 제왕 전영(齊王 田榮)을 꾀어 조(趙)의 상산을 침공하여 장이의 일족을 죽여버려 장이는 지금 갈 곳이 없게 되었습니다. 그래서 지금 신을 찾아 이곳으로 왔기에 데리고 왔습니다."

한왕은 하후영의 보고를 듣고 또 기뻐했다.

"불러들이오."

하내 지방이 평정되고 사마앙이 자신에게 항복했다는 보고를 받고 있는 그 시간에 상산왕 장이까지 자신에게 귀순해온 것은 모두가 유쾌한 일이었다. 장이가 들어왔다.

"짐이 평소에 상산왕의 용명을 듣고 한번 만나기를 소망하던 중 이같이 만나니 기쁘오."

한왕은 장이를 보고 이같이 말했다.

"신은 어려서부터 생사를 같이하기로 사귀어오던 진여에게 화를 당하고 폐하께 와서 뵈오니 부끄러워 몸둘 곳을 알지 못하겠습니다. 폐하의 위엄으로써 진여에게 신이 원수를 갚게 되오면 폐하의 성은을 일평생 잊지 않겠습니다."

장이는 한왕 앞에 서서 눈물을 흘리며 이같이 소회를 아뢰었다.

한왕은 무한히 기뻐했다.

이렇게 하여 날이 갈수록 한왕의 위엄은 높아갔다. 함양에 입성한 지불과 이 개월에 위왕 위표, 하남왕 신양, 은왕 사마앙이 귀순하고, 지금 또 상산왕이 귀순했는지라, 한왕의 형세는 크게 팽창되었다. 군사는 사십만 명이 넘었다. 하루는 여러 신하를 모아놓고 의견을 물었다.

"짐의 병력이 사십만이 넘고, 초패왕을 미워하는 백성들은 짐이 오기를 고대하고 있네. 짐이 대군을 통솔하여 한신과 함께 만민을 도탄에서 구하려 하는데 경들의 생각은 어떠한가?"

"지당하옵니다. 폐하의 신문성무(神文聖武) 반드시 소향무적이옵고, 무도한 초패왕은 결국 멸망할 것으로 믿습니다."

모든 신하들이 이같이 대답했다. 그러나 여러 사람이 찬성하는 소리를 듣고 있던 장량은 한왕 앞으로 가까이 나와 그 의견에 반대했다.

"지금 우리의 군위(軍威)가 장대해졌다 할 수 있으나 아직은 때가 아닙니다. 잠시 더 기다리시기 바랍니다."

한왕은 장량이 반대하자 무척 못마땅한 표정을 지었다.

"짐은 낮이나 밤이나 고향 생각을 하고 있소. 이곳에 더 머물러 있기가 싫소."

한왕은 그전에 없던 고집을 부려 장량이 간하는 말을 듣지 않고 모든 대장들에게 출동 명령을 내렸다.

초패왕을 정벌하는 대군의 출동 명령에 모든 장수들은 의기등등하여 기뻐했다.

수일 동안에 모든 준비가 끝났다.

대장이 이백여 명, 군사의 총수가 사십삼만 명.

한왕은 태공을 모시고 여후와 두 아들을 데리고 전군을 인솔하여 낙양으로 향했다.

낙양에는 한신의 군사가 하내 지방을 평정하고 이곳으로 이동해 있는지라 한왕은 한신과 합세하기 위함이었다.

하남왕 신양과 한신은 낙양성 밖까지 멀리 나와 한왕을 봉영했다.

낙양성을 멀리 바라보면서 신양과 한신의 선도로 한왕은 서서히 입성하기 시작했다.

이때 선두에 있던 위관이 어가 앞으로 달려와 아뢰었다.

"낙양의 백성들 가운데 노인들이 나와서 대왕을 봉영하옵겠다고 합니다."

한왕은 어가를 멈추고 백성들의 대표를 가까이 불러오게 했다. 그러자 수십 명의 노인들이 어가 앞으로 나와 땅 위에 꿇어 엎드렸다.

한왕은 그들의 인사를 받았다. 그러자 노인들 가운데서 팔십여 세 되어 보이는 노인 한 사람이 어가 앞으로 기어나와 말했다.

"대왕께옵서 초패왕을 정벌하는 대군을 일으키셨다는 말씀을 듣고 신들이 한 말씀 드리고자 왔습니다."

"할 말이 뭐요? 말해보시오."

"대개 덕이 높은 자는 흥하고 덕이 없는 자는 망하는 법입니다. 항우는 무도하여 의제를 죽였으므로 천하의 적이 되었습니다. 어진 사람은 용맹으로써 다스리지 않고 의로운 사람은 힘으로써 다스리지 않는다고 했는데, 대왕께서는 이름 없는 군사를 일으켰으니 이것은 다만 토지를 쟁탈하는 행동일 뿐인지라 싸움에 이겨 천하를 얻을지라도 백성의 마음은 심복시키지 못합니다. 어느 때든지 군사에는 정당한 이름이 있어야 하오니, 대왕께서는 의제의 상(喪)을 발상하시고 제후에게 이 뜻을 알리시면 누가 감히 대왕의 뜻을 어기겠습니까?"

한왕은 노인의 말을 듣고 마음속으로 탄복했다.

"그대의 말이 과연 옳소. 그대는 이름이 무엇이오?"

"신의 성은 동(董)가이옵니다. 연전에 항우가 대강에서 의제를 죽였을 때 신과 저기 엎드려 있는 신의 일가 두 사람이 의제의 시체를 짐주에 장사지냈더니 그 후로 신 등 세 사람을 동삼로(董三老)라고 사람들이 부릅니다."

"벼슬을 할 생각은 없는가?"

한왕은 동삼로에게 이같이 물었다.

"신 등은 나이 구십이 가까운 터라 뜻이 없습니다."

한왕은 고개를 끄덕이고 즉시 그곳에 있는 수십 명 노인들에게 쌀 한 섬과 명주 한 필씩을 하사하게 하고 낙양으로 들어갔다.

낙양궁에 좌정한 후 한왕은 한신을 불러 동삼로가 간한 말을 이야기하고, 의제의 발상에 대해 의논했다.

한신은 물론 반대 의견이 없었다.

한왕은 즉시 친히 붓을 들고 각국 제후에게 보내는 격문을 썼다.

의제를 받들어 천하가 함께 섬겼건만, 항우는 의제를 시(弑)하였으니 대역무도(大逆無道)함이 이보다 더함이 있을까보냐. 과인(寡人)이 이제 관중의 군사를 일으켜 천하에 의를 바로잡으려 하노니 제후는 한가지로 의제를 죽인 자를 치기 바라노라.

한왕은 격문을 한신에게 주고 이것을 모든 지방에 배포하라 했다.
한 달이 지났다.
초패왕 항우를 못마땅하게 생각하던 여러 지방의 제후들은 한왕의 격문을 보고 앞다투어 찾아왔다. 이 때문에 한왕의 군사는 십삼만이나 증가되어 총계 오십육만에 달했다.
한왕은 의기가 등등했다. 이만하면 항우를 넘어뜨릴 수 있을 것이다. 이 같은 자신이 생겼다.
그는 한신을 불러들였다.
"우리의 병력이 지금 육십만에 가까우니 원수는 하루속히 초패왕을 멸하여 천하의 마음을 안정하게 하오."
한왕의 부탁은 정중했다.
"황송합니다. 무릇 군사는 흉기(兇器)이옵고, 전쟁은 위태로운 일입니다. 삼군의 생사·국가의 안위(安危)가 모두 이에 달렸으므로, 훌륭한 장수는 먼저 하늘의 때를 살피고 그다음엔 땅의 지리(地利)를 밝히고, 그다음엔 그 해의 운기(運氣)를 요량한 다음에 군사를 일으키는 것입니다. 어찌 사졸의 수효가 많다고 해서 경솔히 군사를 일으키겠습니까? 신이 요사이 천문을 보니 대단히 불길합니다. 아직 군사를 움직여서는 안 될 때입니다. 그러니 병량(兵糧)을 저장하고 군마(軍馬)를 훈련했다가 명년에 초패왕을 정벌하십시오."

한신은 한왕에게 이같이 반대 의견을 아뢰었다.

"경이 작년에 포중에 온 뒤에 원수가 되어 두 달도 못 되어 짐을 권하여 동정(東征)케 한 후, 이미 관중을 수복하고 군위(軍威)는 팽창했는데 지금은 도리어 지체하고자 함이 무슨 연유인고?"

한왕의 말소리는 한신을 책망하는 것같이 들렸다.

"지금 초패왕이 제·양을 정벌하는 중 아직도 승리하지 못하고 있는데 연(燕)·조(趙)가 또 초패왕을 배반하여 그 형세가 매우 강대합니다. 초패왕은 필시 병력을 나누어 연·조를 정벌하게 될 것이니 이때 대왕께서 초의 허(虛)한 곳을 치면 되므로 신은 그때를 기다리는 것이 옳다고 생각합니다."

"아니다! 지금 초패왕이 제·양을 정벌 중이므로 공허하다. 이 틈에 대군이 진격하면 반드시 이길 것이니, 경은 본부의 군마를 거느리고 관중을 지켜라! 만일 짐이 패하거든 속히 나와 짐을 구하라."

한왕은 한신의 말을 듣지 않고 이같이 고집했다. 장량이 곁에서 듣다가 참을 수 없는 듯이 한왕 앞으로 가까이 나왔다.

"한원수의 말이 옳은 줄로 신도 생각합니다. 대왕께서는 너무 조급히 처사하시지 마십시오."

장량은 이같이 한신의 편을 들었다.

"짐은 이미 결심했소! 경들은 더 길게 말하지 마시오!"

한왕은 끝까지 자기 고집을 세웠다.

한신은 일이 어긋나는 것을 안타깝게 생각하는 듯이 말을 계속했다.

"초패왕의 무용은 대적할 사람이 없을 만큼 훌륭합니다. 우리 편에서 누가 상대로 나아가서 접전해볼 만한 장수가 있겠습니까?"

한신이 이같이 아뢸 때에,

"원수가 이미 그같이 생각했거든 대왕을 모시고 나아가 싸워 공을 세울 일이지, 본부의 군마를 가지고 관중을 지킬 일이 아니지요."

광야군 역이기 노인이 자기 의견을 말했다.

"아니올시다. 이곳은 우리에게 소속된 지 오래지 않고 민심이 아직 복종하지 않았습니다. 대왕께서 만일 패하신다면 변괴를 일으킬 수도 있습니다. 이 사람이 본부의 군마를 가지고 삼진을 수비하고 관중을 안정하게 하는 것이 근본을 잃지 않는 것이며 또한 만전지책입니다."

한신은 이같이 대답하면서 허리에 차고 있던 대원수의 인장(印章)을 끌러 두 손으로 한왕에게 바쳤다. 그는 자신이 간하는 말을 한왕이 듣지 않는 이상, 그리고 역이기 노인이나 기타 장수들도 한왕의 주장에 찬동하는 이상, 자기 의견을 고집하기 싫었던 것이다.

한신은 이튿날 한왕에게 고별인사를 드리고 함양으로 돌아갔다.

한왕은 대군을 동원하여 낙양을 떠났다. 낙양성을 나와 사흘 만에 진류(陳留) 지방에 가까이 왔을 때, 장량이 한왕의 수레 앞으로 가까이 다가와 아뢰었다.

"신의 고주(故主)가 초패왕에게 멸망을 당하고, 그 후손 희신(姬臣)이 지금 살아남아 있는데 민간에서 명색 없이 살고 있는 형편이오니 대왕께서 측은히 생각하시어 희신을 세워 왕으로 봉하시고 진류 지방을 다스리게 하시면 이 또한 대왕의 신하이니 어떠할지, 이리 되면 신으로서는 고주에 대해 은혜를 갚는 것이 되겠습니다."

수레 속에 앉아 장량의 말을 듣던 한왕은 만족한 얼굴빛을 띠면서 기뻐했다.

"참 좋은 말이오. 잘 생각했소이다. 그렇게 하구말구."

한왕은 즉시 행군을 멈추고 부절(符節)을 장량에게 주었다. 장량의 소망대로 희신을 진류 지방의 왕으로 봉하는 절차를 밟도록 한 것이다.

장량이 한왕에게 작별하고 떠나려 하자,

"선생은 현재(賢才)를 골라 희신을 보좌하도록 마련하시오."

하고, 희신을 보좌할 사람의 걱정까지 했다.

"그렇게 하겠습니다."

장량이 읍하고 돌아서려 할 때 한왕은 또,

"진류에 한왕(韓王)을 봉하는 일을 마치고 속히 짐에게 돌아오시오. 짐은 일시라도 선생이 곁에 있어야 하오."

라고 말했다.

"황송합니다. 신은 일을 속히 받들겠으니 대왕께서는 만사를 신중히 하십시오. 먼저 군사를 지휘하는 총대장을 임명하여 삼군을 지휘하도록 하심이 좋을 것입니다. 그런 연후에라야 규율이 설 것입니다. 신은 진류 지방에 가서 일을 마치고 한 달 안에 팽성으로 가서 그곳에서 대왕을 뵙겠습니다."

"그렇게 되기를 바라오."

한왕은 장량을 떠나보냈다.

이튿날 한왕의 군사는 변하(卞河)의 강물을 건너게 되었다. 큰 배를 모아 사졸들을 수없이 날랐다. 몇 차례를 수백 척의 목선이 왕복하는 동안에 뱃전에서 사졸 한 명이 강물에 떨어져 죽었다. 사졸들은 고함을 지르고 중구난방으로 떠드는 것이 마치 불난 집에서 떠드는 것 같았다.

한왕은 이 광경을 보고 역이기와 육가를 불러 의견을 물었다.

"이거 어디 군사가 이럴 수가 있나! 이렇게도 군중에 기율(紀律)이 없으니 무슨 일이 되겠나. 대장들 가운데서 인망이 높은 사람을 선택하여 총대장을 세워야겠다. 위표는 본시 위왕의 후손으로 모든 사람이 존중하는 터이니, 짐은 위표를 총대장으로 임명하고 이 사람에게 대원수의 인장을 주고 삼군을 지휘하고자 하는데 경들은 어떻게 생각하는가?"

한왕은 진류 지방에서 장량과 작별할 때 장량이 자신에게 권하던 말을 지금 이 자리에서 절실하게 느낀 모양이었다.

"위표는 위왕의 후손으로 언사(言辭)는 교묘하게 잘하나 실행이 부족한 사람이니, 부적당할 것 같습니다."

육가의 의견이었다.

"그리고 장량도 항상 위표에 대해서는 부족하게 생각했습니다. 그 위에 다른 대장들과도 좋은 사이가 아닙니다. 대왕께서는 깊이 생각하십시오."

역이기의 의견이었다.

"위표는 조그마한 재주는 있으나 큰 그릇이 못 되었습니다. 삼군을 그에게 맡기는 것은 불가한 줄로 압니다."

이것은 진평의 의견이었다.

"아니다. 위표는 위왕의 후손으로 인망이 다른 장수들보다 높다. 한신이 저자바닥에서 가랑이 밑으로 기어다니고 표모에게서 밥을 얻어먹고 한 것에 비하면 위표는 비교가 안 될 만큼 훌륭한 편이야! 위표가 대원수가 된다면 누가 감히 복종하지 않는단 말이냐."

한왕은 세 사람의 반대 의견을 물리치고 강 언덕에서 위표를 불러 즉시 총대장에 임명했다.

위표는 기다리던 일인 것처럼 대원수의 인을 한왕에게서 받았다. 그리고 그는 각 부대의 대장을 모아 인마를 점검한 뒤에 팽성을 향해 행군을 계속했다.

한참을 가다가 한왕은 육가를 불러 물었다.

"지금 팽성을 지키는 장수는 누구냐?"

"팽월(彭越)이라고 아뢰오."

육가의 대답을 듣고 한왕은 곧 명령을 내렸다.

"짐의 서간을 가지고 네가 먼저 팽성으로 가서 팽월을 달래어 항복하게 하여라."

한왕은 싸우지 않고 초패왕의 수도 팽성을 빼앗아보려고 생각했다.

"분부대로 하겠습니다."

한왕은 즉시 팽월에게 보내는 편지를 써서 육가에게 주고, 육가는 말

등에 채찍질을 하면서 팽성으로 들어갔다.

팽월은 육가가 전하는 한왕의 편지를 펴보았다.

한왕은 팽장군에게 편지를 부치노니, 항우는 무도하여 의제를 모살하고 천하에 죄를 지었는지라, 이제 내가 천하에 이 뜻을 포고하고 군사들은 의제의 명복을 비는 뜻으로 소복하고 일어났도다. 천하 제후는 이 뜻을 알고 통쾌히 생각하지 않는 자 없도다. 장군은 본시 큰 뜻이 있는 사람으로 또한 용맹이 있거늘 어찌하여 역적 항우와 더불어 일을 같이 하리요. 이는 장군의 수치일 것이로다. 장군은 의를 짚고 한나라와 힘을 합하여 역적을 토벌한 후공을 이루어 이름을 천대 만대에 남기고 자손 만대에 왕작의 복록이 연면하게 할지니, 이야말로 대장부의 할 일이로다. 장군은 깊이 생각하라.

한왕의 이 같은 편지를 보고 팽월은 생각했다. 옳은 말이다. 팽월은 즉시 이같이 깨달았다.

이미 마음으로 항복하기를 결정한 팽월은 성문을 크게 열고 육가와 함께 나가 한왕의 군사를 맞아들였다.

"신은 오랫동안 대왕의 인자하심을 앙모하던 중 이같이 용안을 우러러뵈오니 감회 만만이옵니다."

팽월은 한왕에게 이같이 인사를 드리고 땅 위에 꿇어앉았다.

한왕은 기뻐했다. 그리고 팽월을 일으켜 팽성 시내로 들어갔다.

그는 먼저 위표에게 입성하는 군사들의 각 부대를 지휘하여 안정하게 하라 한 후 초패왕 항우의 후궁에 들어가보았다. 어여쁜 여자가 후궁 속에 꽃같이 가득히 들어 있었다. 한왕은 무한히 기뻤다. 항우가 이같이 아름다운 여자들의 꽃밭 속에서 세월을 보내온 일을 생각하고, 자신이 지금 힘 안 들이고 항우의 꽃밭을 빼앗은 일을 생각하니 입이 저절로 딱 벌어질 지경이었다.

한왕은 즉시 잔치를 베풀게 했다.

항우가 사랑하는 후궁의 미인 가운데 우희가 있었다. 우희는 항우가 회계 땅에서 그의 삼촌 항량과 함께 의병을 일으켰을 때 우왕묘에 가서 오천 근이나 되는 무거운 솥을 들고 우영과 환초의 항복을 받고, 돌아오는 길에 오추마를 잡아타고, 그리고 그 동리 우일공의 딸과 백년가약을 맺었던 바로 그 여자이니, 인물이 천하에 절색이었다. 항우가 이 여자를 사랑하는 것은 보통이 아니어서 지난번에 제·양 두 나라를 정벌하러 나갈 때 항우는 우희의 오라비 우자기를 팽성에 남기고 우희를 보호하도록 했던 터라, 팽월이 한왕에게 항복하고 팽성이 함락되자 우자기는 우희와 항우의 일가족을 모두 데리고 살그머니 팽성을 탈출했다.

우자기가 이와 같이 항우의 일가족을 이끌고 탈출했다는 소식을 듣고 한왕의 장수들은 이들을 쫓아가 잡으려고 했다. 그러나 한왕은 이것을 말렸다.

"그만두어라. 달아나는 그 가족을 붙들어오는 것이 초나라를 멸하는 데 유효한 일이 아니다."

한왕은 이같이 장수들에게 말했다. 그러고는 매일 술을 마시면서 즐거워했다. 총대장이 된 위표도 매일 술타령만 했다.

최초의 일전

우자기는 팽성에서 빠져나와 밤을 새워가며 수레를 채찍질하여 제나라로 가서 항우에게 전후 경과를 보고했다.

항우는 눈을 부릅뜨고 이를 갈면서 분해했다.

"유방이란 놈이, 이놈이 짐의 궁중에 들어오다니!"

그는 두 주먹을 부르르 떨면서 급히 용저와 종리매를 불러 명령했다.

"짐을 대신해서 너희 두 사람이 이곳 일을 맡아 해라. 짐은 한왕을 사로잡아 이 치욕을 씻겠다!"

그러고는 즉시 정병 삼만 명을 인솔하여 풍우같이 팽성으로 몰려갔다.

팽성 삼십 리 밖에 수수(睢水)라는 강물이 흐르고 있었다. 항우는 강변에 진을 치고 먼저 한왕에게 전서(戰書)를 보냈다.

초패왕은 유방에게 글로써 이르노니, 짐이 너를 한왕에 봉하였거든 군사를 십만이나 거느리고 가만히 앉아서 천록(天祿)을 누릴 것이지, 도리어 분수를 지키지 않고 포중에서 뛰쳐나와 관중을 소란하게 하니 그 죄 마땅히 주륙을 면치 못할 것이어늘 다만 그간에 너에게 항복한 제후는 부족한 자들이어서 너의 무장을 해제치 못했을 뿐, 이제 짐이 친히 너와 더불어 회전(會戰)하려 하노니 너는 마땅히 목을 길게 늘이고 짐의 칼을 받아라.

한왕은 항우로부터 보내온 이 같은 전서를 받고 즉시 위표를 불러 출동 준비를 시켰다.

위표는 즉각 각처에서 귀순해온 제후를 모으고 각각 부대를 나누었다. 이리하여 한왕의 오십육만 명의 대군은 제일대에 은왕 사마앙, 제이대에 하남왕 신양, 제삼대에 상산왕 장이, 제사대는 한왕이 친히 수하의 모든 대장과 더불어 인솔하고, 제오대는 총대장 위표가 인솔하여 후진에 대비하고, 사마흔과 동예는 팽성에 있는 태공과 여후와 왕자 두 아들을 보호하기로 각기 책임을 나누었다.

이튿날 식전에 한왕은 팽성에서 십 리 밖까지 나가서 진을 치고, 북과 꽹과리를 치면서 초나라의 진영을 습격하기 시작했다.

그러자 초나라의 진문이 활짝 열리더니, 용과 봉과 달을 그린 깃발이 좌우에서 펄렁거리는 가운데로 새까만 말을 타고 항우가 달려나오면서 고함을 질렀다.

"유방아! 이놈아, 속히 와서 항복을 해라!"

한나라 진영에서는 사마앙이 창을 휘두르며 뛰어나왔다. 항우는 사마앙을 보더니 호령했다.

"짐이 너를 은왕에 봉해주었는데 너는 어찌해서 배은망덕하였느냐?"

"허허, 내가 의제 폐하의 몽상을 입고 대역무도한 항우를 죽여 천하의 공분을 씻으려는데, 네가 나더러 배반했다니 가소롭다!"

사마앙은 웃으면서 이같이 대답했다.

항우는 대로하여 창으로 사마앙을 찔렀다.

사마앙은 간신히 피하면서 두어 번 대항해보았으나 도저히 항우를 당할 수 없는지라, 돌아서서 달아나려 했다. 그러나 항우의 말은 껑충 뛰어 사마앙의 말에 접근하고, 항우의 창끝에 사마앙은 죽었다. 북소리와 꽹과리 소리는 천지를 진동하고, 초나라 군사는 기세를 올리면서 한나라 진영으로 돌진했다. 이때 하남왕 신양이 뛰어나갔다. 항우는 신양을 보더니 또 호통쳤다.

"너는 또 어찌해서 짐을 배반하고 한왕에게 항복했느냐?"

"한왕은 인자해서 천하에 덕이 높아 군사가 가는 곳마다 굴복하지 않는 자 없다. 나 한 사람뿐이 아니다. 너도 얼른 갑옷을 벗고 항복하면 초왕의 지위를 보전하게 될 것이다."

신양은 항우를 보고 어린애 타이르듯이 이같이 대답했다. 항우는 화가 나서 신양에게 쫓아들어갔다. 신양은 깔깔 웃었다.

"내가 너를 불쌍히 생각하여 항복을 권했는데, 너는 도리어 나를 치려느냐?"

하고는 창을 들고 항우를 맞아 이십여 합 싸움을 계속했다. 신양의 팔과 허리의 힘은 점점 풀렸다.

이때 상산왕 장이가 군사를 거느리고 신양의 옆으로 나와 좌우에서 협력하여 항우를 공격했다. 그러나 항우는 신출귀몰하는 특별한 재주가 있었다. 그가 창 쓰는 법은 조금도 어지러움이 없었다. 장이와 합세하여 항우를 공격했으나 신양의 위치는 점점 위태로워졌다.

신양이 견딜 수 없어 말을 돌려 급히 달아나려 할 때, 항우의 말이 껑충 뛰는 것 같더니, 어느새 신양은 항우에게 찔려 말 아래로 떨어져버렸다. 눈 깜짝하는 순간에 이 같은 광경을 본 장이는 용기를 잃고 그만 도망해버렸다.

항우는 군사를 휘몰아 추격을 했다. 수없이 많은 사졸들이 초패왕의 군사에게 죽어 넘어졌다. 제일대장 은왕과 제이대장 하남왕이 항우에게 죽고, 제삼대장 상산왕이 패주하고, 이제는 제사대가 항우의 앞에 나타났다.

붉은 기, 누른 기, 광채 찬란한 깃발을 펄럭이면서 쇠북소리 천지를 진동하는 가운데 좌우에 대장을 거느리고 한왕이 흰 말을 타고 섰다. 항우는 한왕을 바라보고 이를 갈았다.

"이놈 역적아! 너 이놈, 본시 사상의 정장이던 놈이 한왕이 되었거든 서쪽 땅에서 과분히 생각하고 가만있을 것이지, 어찌해서 짐의 강토에 침범해왔느냐? 네가 만일 짐을 상대로 삼 합만 싸울 수 있다면 짐은 너에게 항복하겠다! 그러나 네가 삼 합도 못 싸운다면 네 목을 내놓거라."

초패왕은 한왕에게 이같이 두 사람의 운명을 간단히 결정짓자고 큰소리로 말했다. 그러나 한왕은 초패왕을 상대해서 싸울 엄두가 나지 않았다.

"아서라! 어리석은 놈이나 뚝심이 제일인 줄 알고 함부로 큰소리나 탕탕 하지만 천병을 막을 수는 없다!"

한왕은 조용한 얼굴빛으로 이같이 대답했다. 항우는 이 소리에 격분하여 왼손에 방천극(方天戟)을 쳐들고, 오른손에 용천검(龍泉劍)을 쥐고 오추마를 달려 한왕에게로 쫓아들었다.

이와 동시에 한왕의 등 뒤에서 번쾌·주발·시무·근흡·노관 다섯 사람의 대장이 일시에 뛰어나왔다. 고함 소리는 땅을 흔들고 먼지는 하늘을 덮었고 사방은 보이지 않았다. 다섯 장수를 상대로 자신의 위치를 적에게 포위당하지 않으면서, 항우는 정신 또렷하게 조금도 후퇴하지 않고 싸움을 계속했다.

한참 동안 항우가 다섯 명의 장수를 상대로 격전을 계속하고 있을 때 초나라 진영에서는 항장·계포·환초·우자기 네 장수가 대군을 거느리고 한왕의 군사를 사방으로 헤치면서 돌격해왔다.

한왕의 군사는 풍비박산되다시피 흐트러졌다.

총대장 위표가 이때 후진을 인솔하고 한왕의 부대를 응원하러 달려

나왔다.

항우는 위표를 보더니 눈을 부릅뜨고 이를 갈면서 쫓아갔다.

"이놈 위표야! 배은망덕한 놈이 무슨 면목으로 감히 짐의 눈앞에 나타나느냐?"

항우는 큰소리로 꾸짖었다.

"너야말로 배은망덕한 놈이다. 의제를 죽이고 제후를 좌천시키고, 진시황의 묘를 파고 항졸 이십만을 죽이고, 이 때문에 천하 백성이 이를 갈면서 네 고기를 뜯어먹고 싶어한다. 목숨이 아깝거든 속히 달아나거라!"

위표는 이같이 마주 꾸짖었다. 항우는 분함을 참지 못하여 창을 겨누고 달려들었다. 위표는 도끼를 휘두르며 대항했다.

두 사람이 일진일퇴하면서 이십여 합 싸움을 계속했지만, 승부가 나지 않자 항우는 창을 버리고 철편(鐵鞭)을 꺼내어 위표의 등을 구멍이 뚫어져라 후려갈겼다. 위표는 급히 몸을 피하려다 등가죽을 눈에서 불이 나도록 몹시 얻어맞았다. 그는 말 위에서 쓰러졌다. 이것을 보고 여러 장수가 급히 쫓아나와 보호하고 한편으로는 방어하면서 본진으로 돌아갔다. 항우는 더욱 맹렬히 한 놈도 남기지 않고 모조리 죽이려는 듯 한나라의 군사를 무찌르면서 돌진했다.

한왕은 위표가 부상을 당하는 동안에 간신히 도망하여 초나라의 군사가 보이지 않는 곳으로 피신했다. 그는 나무 그늘 밑에 숨어서 사방을 둘러보며 살폈다. 자신의 군사는 절반이나 죽어버린 것 같았다. 넓은 벌판을 허옇게 덮은 것이 자기 군사의 시체요, 피는 쏟아져 도랑물처럼 흐르고 있었다. 그리고 자기 주위에서 자신을 호위하고 있는 군사는 불과 백여 명뿐이요, 번쾌 이하 여러 사람의 장수도 어떻게 되었는지 알 수가 없었다.

이때 팽성을 지키고 있던 유택이 어떻게 알고 찾아왔는지 한왕이 있는 곳으로 달려와 보고했다.

"죄송합니다. 사마흔과 동예가 초패왕에게 항복을 해버렸습니다. 태공과 왕족이 모두 사로잡혀갔습니다."

한왕은 기가 막혔다. 이 일을 어찌하면 좋지? 그는 한신과 장량이 간하는 말을 듣지 않고 항우를 치려고 대군을 인솔하여 팽성에 들어온 일을 후회했다. 육십만에 가깝던 그의 군사는 절반이나 줄어들었다. 그보다도 그의 마음을 아프게 하는 것은 그의 부친과 모든 가족이 적에게 사로잡혀갔다는 사실이었다.

"짐이 정말 잘못했구나! 한신, 장량의 간언을 들었더라면 좋았을 것을!"

한왕이 혼잣말처럼 이같이 중얼거리고 있을 때, 사방에서 고함 소리와 북소리가 천지를 진동하는 듯이 들리고, 초패왕의 군사가 개미떼같이 몰려들었다. 한왕은 급히 말을 타고 달아나려 했다.

그러나 초의 군사는 철통같이 사방을 에워싸고, 초의 대장들은 선두에서 각각 한왕을 겨누면서 달려왔다.

한왕은 이 형세를 살피고 다시 자기 주위를 보았다. 장수라고는 한 사람도 없고 오직 팽성에서 도망해나온 유택뿐이요, 사졸 백여 명이 있을 뿐이었다. 그리고 해는 이미 서산에 기울었다.

'아하! 만사휴의(萬事休矣)로다! 날개가 있은들 내 어찌 이 속에서 벗어나리요!'

한왕은 길게 탄식했다.

바야흐로 한왕의 신세가 위태롭게 되었을 때, 갑자기 동남방으로부터 미친 바람이 불면서 모래가 눈같이 쏟아져 내려오고, 돌멩이가 풀풀 날아 떨어지고, 안개가 두껍게 내리깔리더니 순식간에 지척을 분별할 수 없을 만큼 사방이 캄캄해졌다. 한왕이 피신해 있는 곳을 탐지하고 몰려들던 초패왕의 군사들은 눈을 뜨지 못하고 모래와 돌멩이에 휩싸여 어쩔 줄을 모르고 이리 비틀 저리 비틀 하다가 사방팔방으로 쥐구멍을 찾다시피 풍비박산해버렸다.

별안간에 발생한 천지조화에 한왕은 정신을 잃지 않고 어느 틈으로든지 빠져 달아나갈 길을 찾았다.

아직도 안개는 몽몽하여 동서와 전후를 분간하기 어려웠다. 어찌하면 좋을꼬? 살아날 길이 없는가?

한왕이 눈을 비비면서 안개 속으로 빠져나갈 길을 찾고 있을 때, 이상하다! 한 줄기 흰 빛이 그의 눈앞을 비추었다.

'이것이 무슨 빛인고?'

한왕은 눈을 씻고 다시 살펴보았다. 분명히 한 가닥 광명이었다. 그는 용기를 얻었다. 이어서 그는 말 등에 채찍을 가하여 그 한 줄기 광명을 향해 돌진하기 시작했다. 초패왕의 군사도, 들판에 서 있는 백년 묵은 고목도, 바윗돌이나 냇물도 아무것도 그의 앞길을 가로막지 못했다. 그는 쉬지 않고 이십 리가량 달렸다.

이때부터 바람이 가라앉고 안개가 걷히기 시작했다.

항우는 그제야 대장들을 모았다. 그리고 한왕을 죽이지 못하고 놓쳐버린 것을 알고 발을 굴렀다.

"이놈을 놓치다니! 유방을 잡아야 한다!"

항우는 소리를 질렀다.

"한왕이 제 비록 중위(重圍)를 탈출하여 도망갔다 할지라도 날이 어두웠고 안개가 깊었으므로 멀리 가지 못했을 것입니다. 속히 추격하여 한왕을 생포(生捕)하십시오."

범증의 이 같은 말에 항우는 그의 말을 좇아 즉시 정공·옹치 두 장수를 불러 명령했다.

"너희 두 사람은 각각 일천 명씩 데리고 즉시 한왕을 추격해라. 사로잡아 와야만 한다!"

정공과 옹치는 명령을 받고 급히 추격을 시작했다.

한왕은 이때까지 쉬지 않고 말을 달리면서 마음속으로 기이하게 생각했다. 얼마 전에 그 무섭게 불던 일진 광풍이 아니었더라면 초나라 군사의 포위망에서 어떻게 벗어날 수 있었을까? 아무리 생각해도 신기한 일이다. 이런 생각을 하면서 달려오고 있을 때, 또 갑자기 뒤에서 자기를 추격하는 군사들의 말발굽 소리가 요란하게 들리기 시작했다.

'나를 잡으러 오는 적병이다!'

한왕은 이렇게 직감했다. 아니나 다를까 북을 두드리며 고함을 지르는 요란한 소리가 점점 가까이 들렸다. 한왕은 간담이 서늘해졌다. 어찌할까, 어찌할까 하면서 채찍질만 했다. 그러나 한왕의 말은 기운이 다했는지 더 속히 달리지 못했다. 그동안에 이미 정공은 한왕의 등 뒤에 가까이 이르렀다.

'이제는 도리 없다!'

한왕은 이렇게 생각하고 쫓아오는 정공을 향해 말머리를 돌렸다.

"한왕 유방은 이에 이르러 피할 길이 없소이다! 귀하의 마음대로 하오마는, 내 들으니 어진 사람은 액운을 당한 사람을 해치지 않고 사랑한다 하니, 그대 만일 나를 불쌍히 생각하거든 나로 하여금 멀리 도망하도록 내버려두시오. 후일 만일 천하를 얻으면 은혜를 갚으리다. 그러나 귀하가 만일 내게 동정하는 마음이 없고 강포한 초패왕에게 나를 잡아주고 싶다면 나 또한 사양하지 않고 결박을 당할 터이니 묶어가시오."

한왕은 자기를 붙들려고 쫓아온 정공에게 이같이 말을 건넸다. 이십 간쯤 떨어져서 한왕의 말을 듣고 있던 정공은,

"알아들었습니다. 신이 평소에 한나라를 사모하던 터이온데 어떻게 대왕을 생포하겠습니까? 오늘 일은 대왕과 신, 두 사람만이 아는 사실로 해두시고 속히 피신하시기 바랍니다. 그러나 여러 사람의 눈을 속이

기 위해 화살을 쏘겠습니다. 얼른 가십시오!"

이렇게 말했다. 한왕은 기뻤다.

그는 정공을 보고 고마운 뜻을 눈으로 표시한 후, 즉시 말머리를 돌려 동남방을 향해 다시 달렸다.

한참 달아나다가 그는 자신의 머리 위로 화살이 날아가는 소리를 서너 번 들었다.

정공은 이같이 하여 한왕을 도망시키고 오던 길을 되돌아 군사를 이끌고 가다가 옹치를 만났다. 옹치는 다른 길로 한왕의 종적을 밟아오다가 여기서 정공을 만났던 것이다.

"한왕을 발견하지 못했는가?"

옹치는 정공을 보고 숨을 헐떡거리면서 말 위에 앉아 이같이 물었다,

"한왕이 달아나는 것을 보았네! 그런데 말이야, 한왕을 향해 여러 번 화살을 쏘았지만 원체 한왕이 빨리 달아나는 바람에 화살이 맞아야지! 그러는 동안에 한왕의 형적이 눈에 보이지 않고 없어졌기에 하는 수 없이 돌아가는 길일세."

정공은 이렇게 대답했다.

"그게 무슨 말인가? 한왕을 보고서도 놓쳐버리다니 될 말인가? 아직은 그다지 멀리 도망가지 못했을 테니 지금 속히 다시 쫓아가세! 반드시 생포해가야만 우리 두 사람의 공이 서지 않는가? 어서 가세!"

옹치는 이같이 주장했다. 정공은 시치미를 떼고 옹치의 말대로 다시 한왕을 추격하기 시작했다.

한왕은 정공의 동정을 얻어 겨우 위태로운 그물을 벗어나 쉴 새 없이 채찍질을 했다. 그러나 벌써 하룻밤 하루 낮 동안을 한왕과 그의 말은 아무것도 먹지 못했다. 사람도 말도 극도로 피로했다. 그래서 한왕은 말 위에서 내려 풀밭에 드러누워 잠시 몸을 쉬었다. 그러나 조금 있다가 멀리서부터 추격대의 말발굽 소리가 들리기 시작했다.

한왕은 깜짝 놀랐다. 정공이 자신을 놓아주고 돌아갔는데 또다시 웬일일까? 가만히 땅 위에 귀를 기울이고 들어보니, 이번에는 아까보다 더 많은 수의 인마(人馬)인 듯싶었다.

'이제는 피할 길이 없다! 차라리 자살해버릴까?'

한왕은 문득 이런 생각을 했다. 그러나 그다음 순간에 그는,

'아니, 아니야! 일이 안 될 때에 죽어버리기란 제일 쉬운 일이다. 우선 몸을 감춰보아야지!'

이렇게 생각하고 사방을 둘러보았다. 풀과 가시덤불이 무성한 벌판 속에 옛날에 쓰던 우물이 있었다. 가시덤불을 헤치고 캄캄한 우물 속을 들여다보니 물은 없는 듯싶었다. 그는 돌멩이를 떨어뜨려보았다. 그래도 풍덩 하는 물소리는 들리지 않았다.

'옳다, 이 속에 들어가 숨어보자!'

한왕은 이같이 생각하면서 타고 왔던 말을 수풀 속 깊숙이 끌어다 감추고 다시 우물가로 와서 가시덤불의 한편 구석을 가만히 헤집고 우물 속의 돌담을 조심스럽게 디디고 내려섰다. 그리고 팔을 뻗어 머리 위에 가시덤불을 다시 덮어놓고 우물 바닥으로 뛰어내렸다.

그 무렵 옹치와 정공은 한왕의 뒤를 추격하여 이 앞으로 풍우같이 군사를 몰고 지나가버렸다. 캄캄한 밤이 되었는지라 이런 벌판 가운데 우물이 있는 것도 보이지 아니할 뿐더러, 밤이 아닐지라도 가시덤불이 쌓여 있는 우물 모양을 발견하기는 어려웠을 것이다.

한동안 우물 속에 앉아 때가 지나가기를 기다리던 한왕은 한식경이 지나서야 돌담을 기어오르듯이 우물 속에서 겨우 기어나왔다.

밖으로 나온 그는 수풀 속에 있는 자신의 말을 찾아 다시 전신의 기운을 쥐어짜면서 달리기 시작했다. 그의 팔과 다리와 허리는 말할 것도 없거니와 전신이 솜같이 풀린 것 같았다. 그렇건만 그는 이삼십 리가량 달려왔다.

이때 건너편에서 개가 컹컹 짖는 소리가 그의 귀에 들렸다. 의외의 일이었다.

'개 짖는 소리가 들린다! 아마 사람 사는 집이 이 근처에 있나보다.'

한왕은 정신만은 또렷또렷했다. 그는 말머리를 개 짖는 소리가 들리는 쪽으로 돌렸다. 사방은 캄캄하여 아무것도 보이지 않았으나 큰 수풀 하나를 오른편으로 돌아서니 희미하게 불빛이 비치는 집 하나가 눈에 띄었다.

한왕은 불빛이 보이는 곳으로 말을 몰았다. 과연 사람이 살고 있는 큰 집인 것이 분명했다. 안채에서 흘러나오는 불빛이 넓은 뜰을 희미하게 비추고 있었다. 한왕은 문을 두드렸다.

한왕이 한 손으로 말고삐를 쥐고 대문 밖에 서 있노라니 조금 있다가 신을 끄는 소리가 들리더니 큰 대문이 열리며 백발 노인이 등불을 들고, 구장(鳩杖)을 짚고, 문밖을 내다보았다.

"누구 오셨소?"

"예, 미안하지만 하룻밤 쉬어가게 해주시오. 그러면 고맙겠소이다."

노인은 등불을 쳐들고 한왕의 모양을 아래위로 살펴보았다.

노인은 한왕이 금포(錦袍) 위에 금갑(金甲)을 걸치고 의젓하게 서 있고 그 곁에 큰 말이 서 있는 것을 보고, 이 사람은 보통 사람이 아니라고 생각한 모양이었다.

"어서 들어오십시오."

노인은 주저하지 않고 한왕을 대문 안으로 안내했다. 그리고 하인을 시켜 말을 마구간에 끌어가게 한 후 한왕을 자기 처소로 안내했다.

한왕이 자리에 좌정한 뒤에 노인은 조심스럽게 나지막한 목소리로 물었다.

"뵈옵건대 왕공(王公)이신 것 같은데, 어느 땅에 계시며 이곳에는 어찌해서 이렇게 홀로 오시게 되었는지…."

"나는 포중에 있던 한왕이오. 초패왕과 팽성에서 대전을 하다 대패(大敗)하여 밤은 되고 길은 알 수 없고, 그리하여 오다보니 이곳이오그려!"

한왕은 자신의 본색을 감추려고 하지 않는 태도로 이같이 대답했다.

이 말을 듣고 주인 영감은 어쩔 줄을 모르는 듯이 땅 위에 내려와 엎드렸다.

"소신이 평소에 대왕의 인덕을 앙모하고 있었습니다. 오늘 뜻밖에 누추하기 짝이 없는 소신의 집에서 대왕을 뵈옵다니, 이렇게 황송할 데가 없습니다."

노주인은 머리를 쳐들지 못하고 이같이 말했다.

"과도한 겸사의 말을 하지 마시오. 일어나서 이리로 오시오."

한왕은 주인을 일으켜 손을 붙들고 자리로 돌아왔다. 뜻밖에 자신이 사모하던 어진 임금이 자기 집에 머무르게 된 영광을 주인은 참을 수 없이 기뻐하는 모양이었다. 그는 즉시 안으로 들어가 술과 음식을 내왔다.

"대왕께서 수라를 받으시지 못했을 터이니 오죽이나 시장하셨겠습니까?"

주인 영감은 하인이 갖다놓는 음식을 한왕 앞으로 가까이 옮기고 은근하게 이같이 권하고는 그 앞에 국궁하고 섰다.

한왕은 사양하지 않고 음식을 받았다.

"노인은 성씨가 어떻게 되시오?"

한참 먹다가 한왕이 물었다.

"신의 성은 척(戚)가입니다."

"이 마을에 일가들이 있소?"

"이 마을은 오륙십 호밖에 안 되는 조그마한 마을인데 거지반 척씨들이 살고 있습니다. 그래서 마을 이름도 척가장(戚家莊)이라 하옵지요. 신의 대에 이르기까지 벌써 오대째 이 마을에 척씨가 살고 있습니다."

한왕은 주인의 말을 들으며 한동안 음식을 먹고 나서는 상을 밀어놓았다.

"그래, 노인은 아들을 몇 형제나 두시었소?"

식사가 끝난 뒤에 한왕은 또 이같이 물었다.

"자식이라고는 오직 딸이 하나 있을 뿐이고, 아들은 없습니다."

"그거 적적하시겠소."

한왕은 동정해 마지않았다.

"신의 여식은 금년 십팔 세인데, 전일 유명한 관상쟁이가 여식을 보고서 이 여아가 장차 대귀(大貴)하리라고 했습니다. 뜻밖에 대왕께서 오늘 신의 집에 오시게 된 것을 생각하고, 신은 여식을 대왕께 드리기로 마음먹고 있습니다."

주인 영감이 뜻밖에 이 같은 말을 했다.

한왕은 약간 놀랐다.

"당치 않은 말을 마오! 짐이 패군(敗軍)하여 우연히 이곳에 왔으니 하룻밤 베개를 베고 잠자기만 바랄 뿐, 결코 그 같은 생각은 없소이다!"

"그러하오나 소신의 여식이 이미 그 같은 팔자를 타고났다 하오면 이는 하늘이 정한 것 아니겠습니까? 원하옵건대 소신의 충정을 받아주십시오."

한왕은 딱 거절해놓고서도 늙은이가 이같이 진심으로 원하는 말에 얼른 대답할 말을 몰랐다. 한왕이 잠시 동안 침묵하고 있는 사이에 노주인은 자기 딸을 불러들였다.

한왕은 뜻밖에 자기 앞에 와서 절을 하고 얌전히 서 있는 꽃 같은 처녀를 바라보았다. 한 송이 복숭아꽃같이 탐스럽고 복스러운 처녀의 얼굴은 푸른 눈썹, 붉은 뺨, 검은 머리에 유난히 빛나는 금과 비취로 만든 장식이 휘황한 촛불 빛에 어여쁘고 찬란하게 보였다.

한왕은 잠시 동안 처녀를 바라보다가 금포(錦袍) 속에 매었던 옥띠

[玉帶]를 끌러 주인에게 주면서 말했다.

"짐이 이것으로 표를 하는 것이니 받아두시오."

노인은 두 손으로 그것을 받아 그릇 속에 소중하게 감추었다. 그리고 기쁨을 참을 수 없는 듯이 다시 한왕 앞으로 가서 술을 권했다.

한왕은 피곤하던 몸도 회복되고 마음이 흡족해져 여러 잔 거듭하여 술을 마셨다. 그는 나이 아직 삼십 미만이다. 척씨의 집을 찾아오기 전까지는 간신히 걸었으나 이제는 피로가 완전히 회복되어 술을 취하도록 마셨다.

그러는 사이에 밤은 깊어졌다.

"이제 밤이 깊었으니 취침하시지요."

노주인은 이같이 말하고 한왕을 부축하여 자신의 딸 척희로 하여금 모셔가도록 했다. 한왕은 그날 밤 척희의 규중에서 지냈다.

이튿날 아침 일찍 한왕은 세수하고 조반을 마친 뒤에 주인에게 작별 인사를 했다. 주인은 깜짝 놀랐다.

"대왕께서 이번에 패군하시지 않았더라면 어찌 소신의 집에 오실 수 있었겠습니까? 신의 나이 이미 칠십이 넘었으니 다시 또 언제 대왕을 뵈올는지, 이렇게 속히 가시면 대단히 섭섭하오니 수일 동안만 체류하십시오."

주인 영감은 진정으로 한왕을 떠나보내기 싫어했다.

한왕은 난처한 듯, 잠시 아무 말이 없더니 주인을 보고서,

"고맙소이다. 그러나 한나라 군사가 사방으로 흩어지고, 문무의 대장들이 어찌되었는지 알 수 없는 이때에 여기 오래 머물러 있을 수 없는 일이오. 우선 패군한 장수들을 다시 모아 진지(陣地)를 정하고, 그런 연후에 불원간 사람을 보내어 척희를 데려가리다."

이같이 분명하게 자신의 방침을 설명했다. 주인 영감도 이에는 더 할 말이 없는지라 한왕을 붙들지 못했다.

한왕은 척씨와 작별하고 말 위에 올라앉아 남쪽을 향해 달음질했다. 그가 태공과 기타 가족들의 안위를 비롯해서 여러 가지 생각을 하며 십리가량 왔을 때, 맞은편에서 한 떼의 인마가 먼지를 일으키면서 이리로 달려오고 있는 것을 보고 놀랐다. 초나라 군사가 아닌가? 한왕은 가슴이 서늘해졌다.

그는 말을 몰아 급히 수풀 속에 들어가 나무 뒤에 숨어서 가만히 내다보았다. 맞은편에서 먼지를 일으키며 달려오는 군사의 한 떼가 점점 가까이 오는 것을 보니 이것은 초나라 군사가 아니었다. 더욱 가까이 오는 것을 보고 한왕은 그 선두에서 등공 하후영을 발견했다. 그는 수풀 속에서 뛰어나왔다.

"어떻게 팽성에서 빠져나왔느냐?"

한왕은 너무도 반가워 이같이 큰소리로 물었다.

하후영은 한왕을 보고 깜짝 놀라서 말에서 내려 그 앞에 엎드렸다.

"무사하시니 만행입니다."

하후영은 이같이 인사를 드렸다.

"대체 어떻게 되었느냐?"

"아뢰옵니다. 사마흔과 동예가 변심하여 태공과 기타 제위(諸位)를 인질로 삼아 초의 군사를 이끌어들여 신이 기를 쓰고 초병과 싸움을 해보았으나 중과부적이라 어쩔 수 없이 서문으로 도망해 나오려니까 이두 분 전하(殿下)를 말에 실어 가지고 초의 진영으로 가려 하는 자들이 있어 신이 그놈들과 싸워서 모조리 죽인 뒤에 패군을 모으니 일천여 명이 되기에 두 분 전하를 수호하면서 동남의 소로(小路)로 해서 여기까지오는 길이었는데, 천행으로 여기서 이같이 용안을 뵈오니 반갑기 짝이없습니다."

한왕은 하후영의 이 같은 보고를 듣고 비로소 두 아들을 제외한 태공과 여후와 가족 전부가 사로잡혀갔다는 사실을 알고 비통한 감정이 북받쳐 느껴 울기 시작했다.

그는 잠시 동안 울음을 금치 못하더니 길게 탄식했다.

"태공과 여후가 강포한 항우에게 붙들려 가셨으니 짐은 이제 어찌하면 좋은고!"

"대왕께서는 비창해하지 마십시오. 태자가 건재하지 않습니까? 태자는 천하의 근본입니다. 대왕께서 천하를 얻으신다 할지라도 만일 태자가 안 계시면 만사가 일장춘몽이 아니겠습니까? 그러하오니 과도히 상심 마십시오."

하후영은 한왕이 슬퍼하는 것을 이같이 위로했다.

한왕은 그제야 자신의 두 아들이 곁에 있는 것을 깨달았다. 그는 어린 두 아들의 머리를 쓰다듬으며 당부했다.

"너희들은 하후영 장군의 은혜를 일평생 잊어버리지 말아야 한다! 이같이 난중에 목숨을 아끼지 않고 너희들을 구원해주신 그 은혜를 뼈에 새겨두어라!"

하후영은 한왕의 그 말에 너무도 감격하여 땅에 엎드렸다.

"황송합니다. 만일 대왕의 홍복이 아니었다면 어찌 수많은 적을 무찌를 수 있었겠습니까? 이것은 신의 공로가 아닙니다."

한왕은 철모르는 두 아들과 하후영을 내려다보며 잠시 침묵하고 있다가 하후영을 재촉하여 군사를 데리고 길을 떠났다.

일행은 변하(汴河)의 강 언덕을 따라 삼십 리가량 내려오다가 날이 저물었는지라 언덕의 동쪽에 진영을 치고 쉬기로 했다. 그런데 진영의 설비가 끝날 때쯤 되어 강 언덕의 아래쪽에서 또 한 부대의 군사가 이쪽을 향해 올라오고 있다는 보초병의 보고가 들어왔다. 이것은 또 어느 쪽의 군사일까? 적이 아닐까? 여러 사람의 마음속에는 이런 의심도 생겼다.

그러나 한왕은 근심하는 빛이 없이 하후영에게 말했다.

"염려할 것 없다. 구원병이 오는 것이리라."

하후영은 한왕이 근심하지 않는 것을 보고 과연 한왕의 군사인가 의심스러워 밖으로 나와 기다려보았다.

얼마 지나지 않아 가까이 오고 있는 부대의 선두에서 펄렁거리는 깃발이 먼저 눈에 띄었다.

'파초 대원수 한신'

이 같은 글자가 뚜렷했다. 그리고 한신의 깃발 뒤에는,

'사도 장량'

이라는 깃발도 보였다. 하후영은 막사 안으로 뛰어들어가 한왕에게 흥분된 어조로 보고했다.

"한신 대원수와 장자방 선생이 지금 오고 있습니다."

한왕은 기쁜 얼굴로 하후영을 따라 밖으로 나갔다. 한왕이 진영의 정문 앞에 가까이 나가자 장량과 진평 두 사람은 땅 위에 꿇어앉아 절을 했다.

"한원수도 같이 왔는가?"

한왕은 두 사람의 인사를 받으며 이같이 물었다.

"대왕께서 크게 패군하신 뒤에 행방불명이 되었다기에 급히 군사를 모아 한원수의 깃발을 일부러 차용해오다가, 진평이 또한 구원병을 데리고 오므로 서로 만나 길을 재촉하여 여기까지 왔습니다. 이렇게 용안을 뵈오니 천행인가 하옵니다."

장량이 이같이 말했다.

"선생이 여러 차례나 짐에게 충간했건만 짐이 우둔하여서 이것을 깨닫지 못하고 불소한 인마를 상실한 위에 일가족이 전부 적에게 생포되었으니, 이 일을 어찌하면 좋겠소! 분하고 원통하고 후회되는 심사를 억제할 길이 없소이다. 위표가 지혜도 없고 용맹도 없고 군의 기율도 없고 하여 오십육만의 대군을 절반이나 상실했으니, 이 또한 어찌하면

좋단 말이오!"

한왕은 장량을 보고 하소연하는 듯 이같이 탄식했다.

"신이 깊이 생각하옵고 계책을 세웠습니다. 대왕께서는 조금도 근심하시지 마십시오. 지금 이곳은 앞으로 큰 강이 흐르고 있으므로 만일 적군이 추격해온다면 갈 곳이 없습니다. 그러니 속히 이곳을 떠나 영양(榮陽)으로 들어가 다시 제후의 군사를 모아 한신으로 하여금 이번 수수(雎水)의 한(恨)을 설욕하도록 하시기 바랍니다."

장량은 이같이 권했다.

"선생의 말대로 따르겠소."

한왕은 즉시 장량의 말에 찬동했다. 그러고는 하후영에게 진영을 거두어 영양성으로 들어가라고 명했다.

그날밤으로 한왕은 장량·진평·하후영 등을 데리고 영양성에 입성했다. 성을 지키는 장수 한일휴(韓日休)는 한왕의 일행을 공손히 받들었다. 하루 이틀 지나는 동안에 번쾌·주발·왕릉·위표 등 각 대장들이 오천·삼천씩 패군을 거느리고 한왕을 찾아왔다. 한왕은 위표를 불러 꾸짖고 그에게 주었던 대원수의 인장을 도로 빼앗았다. 위표는 부끄럽고 두려워 쥐구멍을 찾는 것처럼 제가 있던 곳 평양으로 도망해 돌아갔다.

선후책(善後策)

한왕을 잡으려고 추격해오던 초패왕의 대장 정공과 옹치는 한왕을 잡지 못하고 하릴없이 돌아갔다.

두 장수는 항우 앞에 국궁하고 보고를 올렸다.

"신 등은 명을 받들고 주야를 분간하지 않고 추격했으나 한왕의 행방을 찾지 못해 부득이 회군했습니다. 아마도 한왕은 멀리 도망한 것 같습니다."

항우는 아무 말도 하지 않고 매우 노한 얼굴로 두 신하를 내려다볼 뿐이었다.

"한왕이 이번에 대패했으나 이는 모두 위표 한 사람의 잘못 때문입니다. 위표라는 사람은 본시 재주 없고 계책 없고 실행이 없는 사람인데, 한왕이 잘 알지 못하고 위표를 총대장으로 임명했던 것입니다. 그러나 한신이 아직도 함양에 있으면서 군마를 양성하고 군량도 산같이 저장하고 있다 하니, 이번의 패전을 설욕하려고 불일간 군사를 거느리고 쳐들어올지 모릅니다. 한신은 위표와 같은 인물이 아니니 폐하께서는 신중히 생각하시기 바랍니다."

항우의 곁에서 범증이 이같이 말했다. 항우는 노한 얼굴로 정공과 옹치를 보고 있다가 범증의 이 말을 듣더니 금세 껄껄 웃었다.

"한신은 짐이 데리고 있던 인물이오. 짐이 벌써부터 그 재주를 아는 터이오. 만일 한신이 재주가 있다 할 지경이면 이번에 한왕과 함께 팽성에 왔을 것이오. 수수의 한을 한왕으로 하여금 머금지 않게 했을 것 아니오? 그러므로 한신은 재주 없는 인물이란 말이야!"

항우는 유쾌한 듯이 이같이 말했다.

범증은 달리 더 뭐라고 말하려 하다가 그만 입을 다물었다. 말해야 소용없다고 생각한 모양이었다.

이때 근시가 들어와 아뢰었다.

"사마흔과 동예가 한왕의 일가족을 결박해왔습니다."

"불러들여라!"

사마흔과 동예 두 사람이 들어와 공손히 절을 했다.

"짐이 너희들 두 사람을 삼진의 왕으로 봉해주고 관중에 들어오는 관문을 지키라 했건만 폐구성이 포위당해 위태하게 되었을 때에도 이것을 구원하지 않고 장한을 죽게 하고, 더구나 적국에 항복해 짐으로 하여금 삼진을 잃게 하고는 지금 와서 한왕이 패하니까 의지할 곳 없으므로 다시 어쩔 수 없이 짐에게 항복해왔단 말이냐? 너 같은 반복소인 (反覆小人)을 무엇에 쓴단 말이냐!"

항우는 뜻밖에 이같이 꾸짖고 호령했다.

"여봐라! 이 두 놈을 속히 내다가 죽여버려라!"

좌우에 있던 근시가 달려들어 무사들을 불러 사마흔과 동예를 끌고 나갔다. 두 사람의 목은 대궐 밖에서 떨어져버리고 말았다.

항우는 사마흔과 동예를 죽인 뒤에, 한왕의 가족들을 모조리 뜰아래로 끌어오라고 명령했다. 한왕의 부친을 비롯해서 전 가족이 그 앞으로 붙들려나왔다.

항우는 그들을 내려다보고 있다가 그 중 한왕의 부친을 불러 일으켜 세웠다.

"네 아들 유방은 본시 사상의 정장이 아니었더냐? 그래, 그런 것을 짐이 한왕으로 봉했으면 마땅히 직분을 지키고 짐의 은혜를 감사히 생각해야 하겠거늘, 유방이란 놈이 감히 군사를 일으켜 관중을 빼앗고 짐을 치려 했다. 옛날부터 모반하는 신하는 그 구족(九族)을 멸하는 법이다. 그러므로 너희들은 한 사람도 그 죄를 면치 못할 것이다!"

항우는 태공을 보고 이같이 호령한 뒤 무사들에게 한왕의 가족들을 끌고 나가 사형에 처하라고 명령했다.

범증이 이것을 보고 급히 항우 앞으로 나왔다.

"잠시 고정하시기 바랍니다. 한왕은 지금 패군했으나 한신이 관중에 있고 군사가 아직도 수십만이 되므로 폐하께서는 태공과 여후를 인질로 붙들어두시면 한왕이 재차 침범해온다 할지라도 속히 결정을 못할 것 아닙니까? 지금 만일 태공을 죽여버리면 적은 한사코 원한을 풀려고 침공해올 터이니, 그때에는 폐하께서 후회하셔도 어찌할 도리가 없습니다. 죽이지 마시고 인질로 잡아두시기 바랍니다."

항우는 범증의 이 말을 듣고 일리 있는 말이라 생각했다.

"그렇다면, 범아부의 말대로 하는 것이 좋겠소."

그는 우자기를 불러 한왕의 일가족을 전부 수용한 후 그들을 감시하도록 명령했다.

항우는 이와 같이 한왕과 싸워서 이긴 뒤의 뒷일을 조처하고 다시 제나라를 정벌하는 종리매·용저 두 장수가 있는 진지로 떠났다. 제왕 전광(田廣)은 초패왕이 한왕과 대접전을 한 후 크게 승전하고 대군을 인솔해온다는 소식을 듣고 그만 기운이 떨어졌다. 그래서 제왕은 성문을 크게 열고 항복하고 말았다. 항우는 이리하여 오랫동안 제나라를 정벌하던 일을 마치고 다시 팽성으로 돌아갔다.

한왕은 영양성에 주둔하고 있으면서 계속하여 군사를 모으기에 힘썼다. 항우에게 참패당한 분한 생각도 있으려니와 가족들이 모두 항우에게 붙들려 있는 것이 가슴 아팠다. 하루라도 속히 형세를 만회하여 팽성으로 쳐들어가 가족을 구해와야겠다고 그는 밤낮으로 생각하고 있었다.

어느 날 그는 장량을 불렀다.

"그동안 흩어졌던 군사들이 모두 모이고, 새로 참가해온 사졸들도 많아 형세는 바야흐로 강대해졌으나 이들을 지휘할 인물이 없으니 걱정이외다. 짐이 한신을 다시 대원수로 하여 삼군을 통솔 지휘하도록 하고 싶으나, 전일에 대원수의 인장을 짐에게 바친 뒤로 오늘날까지 짐이 패전했건만 구원도 오지 않고, 또 설사 짐이 부른다 해도 오지 않을 모양 같으니, 선생에게 무슨 묘책이 없소이까? 제가 자진해서 짐에게 찾아오도록 만들어주시오."

지금 한왕의 형편으로는 한신이 다시 나와주어야만 할 사정이었다. 한왕은 자신의 진정을 솔직하게 말한 것이다.

"그야 어렵지 않습니다. 신이 한번 함양으로 가서 한마디 말만 하면 한신이 자진해서 찾아올 것입니다. 그러나 한신 외에 또 두 사람의 명장(名將)이 있는데 대왕께서는 아직 이 사람들을 모르십니다."

장량은 즉시 이같이 대답했다.

"또 두 사람의 명장이 있다니 그 사람이 누구란 말이오? 가르쳐주시오."

"하나는 구강왕 영포(九江王 英布)이고, 하나는 양왕 팽월(梁王 彭越)입니다. 만일 이 두 사람이 한신과 함께 협력해준다면 천하는 바로잡기 쉽지요."

"팽월은 벌써 항복했으니 짐이 부르기만 하면 즉시 오겠지만, 영포는 오랫동안 초패왕을 섬겨왔으므로 용이하게 짐에게 항복할 것 같지 않소."

장량의 대답을 듣고 한왕은 이같이 의견을 말했다.

"그러나 영포는 초패왕에게서 떠나려는 생각을 하고 있습니다. 지난번에 왕릉이 풍패에 가서 태공을 모시고 올 때에 영포가 초패왕의 명령을 받들고 추격해오다가 낙양 근처에서 되돌아갔다고 해서 영포는 초패왕에게 꾸중을 들었습니다. 초패왕은 본시 우락부락한 사람이니까 함부로 욕을 했을는지 모르지요. 그때부터 영포의 마음속에는 모반하고 싶은 생각이 싹트기 시작했을 것이니, 지금 말 잘하는 사람을 한 명 보내어 영포에게 이해관계를 타일러 한나라로 마음을 돌리게 하면, 의심 없이 성취될 것입니다."

한왕은 장량의 이 같은 말에 동의했다. 구강왕 영포가 자기 가족을 추격해오다가 다시 쫓겨간 까닭으로 그 같은 일이 생겼을 것으로 믿어졌다.

"그러면 누구를 세객(說客)으로 보낼까?"

한왕은 이렇게 말하다가,

"응, 수하(隨何)가 본시 육안(六安) 땅 사람이니, 수하를 보내는 것이 좋겠다."

이렇게 말했다. 그리고는 수하를 불러들여 즉시 영포를 만나러 가게 했다. 장량은 수하에게 여러 가지로 꾀를 일러주었다.

수하는 사명을 받아 구강으로 갔다. 그는 곧장 영포의 왕궁으로 찾아갔다.

"육안 땅의 수하가 대왕을 사모하여 뵈러 왔으니 이 뜻을 아뢰어라."

하고 왕궁을 지키는 무사에게 말했다. 무사는 즉시 안으로 들어가 보고했다.

영포는 보고를 받고 급히 비혁(費赫)을 불러들였다. 비혁은 영포가 데리고 있는 모사였다.

"지금 한왕에게 있는 수하가 찾아와 만나자고 하는데 무슨 곡절일까?"

"아마 세객으로 왔을 것입니다. 한왕이 팽성에서 대패하고 나서 혼자서는 초패왕을 당할 수 없으니, 대왕을 꾀어 함께 초패왕을 대적하려고 세객으로 수하를 대왕께 보낸 것입니다."

"그러면 어떻게 할까?"

"만나지 마십시오. 신체가 불편하다고 핑계대고 그대로 돌려보내는 것이 좋을까 합니다."

"그러면 그래야지."

영포는 비혁의 말대로 수하를 따돌렸다.

수하는 궁문 밖에서 면회 거절을 당하고 가만히 생각해보았다. 이것은 필시 영포의 뜻이 아니고, 그의 모사로 있는 비혁의 장난일 것이다. 먼저 비혁을 만나 이 자를 설득하지 않고는 영포를 만나지도 못할 것이다. 그는 이렇게 생각하고 발길을 돌려 객줏집을 찾아갔다.

객줏집에 들어가 날이 저물기를 기다린 뒤에 그는 비혁의 집을 찾아갔다.

비혁은 수하가 자신을 찾아왔다는 말을 듣고 무슨 까닭으로 이 사람이 온 것인지 그 뜻을 알아차렸지만, 그래도 친히 대문에 나가 수하를 맞아들였다. 수하를 데리고 들어와 자리에 좌정하게 한 후 비혁은 인사를 마치고 나서 단도직입적으로 물었다.

"이렇게 멀리 찾아오셔서 나를 만나 무슨 말씀을 하실 작정이신지요?"

수하는 서슴지 않고 대답했다.

"나는 본래 육안 땅 사람으로 고향이 그리웠으나 그동안 겨를이 없어 한 번도 고향에 못 갔었는데, 요즈음 한왕이 영양에 주둔하고 여러 사람이 고향으로 돌아가는 까닭에 이 사람도 고향에 가서 성묘나 하려고 육안 땅으로 돌아가는 길에 구강왕의 위명(威名)을 평소에 사모하고 있던 터라 오늘 찾아가 뵈오려 했더니, 뜻밖에 영왕(英王)께서는 이 사람을 한나라의 세객으로 아시고 꾀병을 핑계삼아 만나주시지 않았습니다그려. 그래서 그대로 육안으로 떠나가려 하다가 다시 생각하니 영왕께서 나를 세객으로 오해하신 것을 풀지 않고 그대로 떠나버린다면 일평생 의심을 풀지 못할 것 같기에, 오늘 저녁에 일부러 선생을 찾아와 자초지종 말씀이나 하고 가려고 온 것입니다. 그러니 이 사람이 떠나간 뒤에 선생께서 영왕께 말씀이나 잘해주십시오. 지금 영왕께서 구강 지방을 진수하시고, 사방의 현사(賢士)를 즐겁게 만나주시고 하므로 진실로 당대의 명주(明主)라고 천하 사람들이 일컫는 터입니다. 더구나 선생이 항상 영왕의 좌우에 계시며 보필의 중임을 밝게 하시는 터인데, 이 사람이 의를 사모하여 뵈오려 왔건만 도리어 의심을 받고 돌아가게 되었으니 이렇게 되면 예(禮)에서 벗어나는 일이 아닙니까? 사방의 현사들이 소문을 듣는다면 앞으로는 아무도 영왕을 뵈러 오지 않을 것이요, 선생 또한 보필의 책임을 다하는 것이 되지 못할 것입니다."

비혁은 수하의 말을 듣고 오늘 낮에 자신이 영포로 하여금 면회를 거절케 한 일은 잘못한 짓이라고 생각했다.

"댁에서 하시는 말씀은 과연 옳습니다. 오늘밤은 제 집에서 주무십시오. 내일 이 사람이 영왕께 나아가 말씀을 드리겠습니다."

이어 비혁은 술상을 내오라 하여 수하를 대접했다.

수하는 몇 잔의 술을 마시고 나서 자리에서 일어섰다.

"이 사람은 본시 술을 잘 못합니다. 내일 영왕을 한번 만나뵈오면 평생 소원을 이루는 것입니다. 그러니 그만 물러가겠습니다."

"내 집에서 하룻밤을 지내시지, 어디로 가시렵니까?"

"아니올시다. 아까 객주를 정했으니 그리로 가겠습니다."

이리하여 수하는 객주로 돌아가 그날 밤을 잤다. 이튿날 비혁은 영포 앞에 나아가 어젯밤에 수하가 자신을 찾아와 수작하던 이야기를 자세히 보고하고 이렇게 말했다.

"세객으로 온 것이 아닌 것을 신이 잘못 알았습니다."

"그렇다면 잘못이지! 나를 사모하고 찾아온 사람을 만나지 않는 것은 누구를 막론하고 무례한 일이야. 속히 그 사람을 찾아가 데리고 오게."

영포는 비혁에게서 보고를 듣고 즉시 이같이 명령했다. 비혁은 밖으로 나와 무사를 수하가 들어 있는 객줏집으로 보냈다.

수하는 영포가 자신을 만나보고 싶다고 사람을 보낸 것을 알고 마음속으로 웃었다. 영포·비혁 두 사람이 자기 꾀에 넘어간 것을 유쾌히 생각하면서 그는 무사를 따라 영포의 궁중으로 들어갔다.

영포는 자리에서 일어나 수하를 맞아들여 인사를 마친 뒤에 넌지시 물었다.

"귀하는 오랫동안 한왕을 모시고 있었으니 그동안의 경과를 잘 아실 것입니다. 이번에 어찌하여 한왕이 한신을 쓰지 않고 위표를 써서 그렇게 무참히 패전하였나요? 지금 한왕은 영양성에 주둔하면서 무슨 계획이 있습니까?"

"한왕께서는 관중에 들어와서 먼저 천하에 선포하기를 의제를 죽인 자는 초패왕이므로 의제의 몽상을 입고 역적을 토벌하겠다고 하여 초패왕을 원망하는 제후들이 한왕을 도와 패왕을 정벌하기로 했습니다. 그래서 한왕은 한신으로 하여금 삼진을 수비하게 하여 근본을 견고히 한 다음 팽성으로 들어갔었는데, 초패왕은 각처로 밀사(密使)를 보내어 의제를 강중에서 죽인 자는 구강왕 영포이니 불공대천의 구강왕을 정벌하는 것이 합당한 일이라는 통문을 돌렸기 때문에 한왕과 협력하려던 제후들이 이때부터 대왕을 의심하고 한왕을 돕지 않아 팽성에서 한왕이 패한 것입니다. 더구나 제·양·조·연 이 네 나라에서는 피차에 굳게 결속하고 대왕을 정벌하여 의제를 죽인 역적의 죄를 밝히기로 했다고 합니다. 불일간 아마 대군이 이곳으로 올 것입니다. 무도한 항우가 자기 죄명을 대왕께 뒤집어씌우고 자신은 죄명을 벗어버리고 있는데 이것을 대왕께서는 전혀 모르고 계시군요.”

수하의 말을 여기까지 듣고 있던 영포는 흥분되었다. 그는 일어서서 북쪽을 향해 손가락질을 하며 이를 갈았다.

“항우는 무도해서 여러 사람이 간하는 말을 듣지 않고 나에게 명령하여 의제를 죽이게 하고서 지금 와서는 도리어 그 죄를 내게 뒤집어씌우니 내 맹세코 이 분함을 복수하고야 말겠다!”

“고정하십시오. 혹시 이 소식이 흘러 대왕이 지금 하신 말씀을 초패왕이 알면 큰일이 아닙니까?”

수하는 얼른 또 이렇게 말했다.

“아니! 나는 원한이 골수에 사무쳤소! 항우의 명령으로 내가 진왕 자영을 죽이고, 의제를 강중에서 방시(放弑)하고, 진시황의 묘를 발굴하고, 이 세 가지 무도한 일을 한 것을 항상 후회하고 있었는데 지금 와서 그 죄를 모두 내게 씌우려 하니 내 어찌 죽어서 눈을 감을 수 있겠소?”

영포는 이같이 탄식했다.

“이미 대왕께서 그같이 생각이 깊으시다면 천하 사람들의 의심을 풀어주시는 것이 상책일 것이며, 또 그 길은 어렵지 않습니다. 한왕을 도와서 초패왕을 쳐버리면 절로 청탁(淸濁)이 분명해질 것 아닙니까? 이대로 가만히 앉아 계시다가 한왕이 사방의 제후들과 함께 이리로 온다면 대왕께서는 초패왕으로부터 봉작(封爵)을 받으신 터이니 대왕은 변명하실 길이 없을 것입니다. 그러므로 이 사람에게 소견을 말하라 한다면 대왕께서는 한왕과 협력하여 초나라를 정벌하는 데 가담하시면 천하 사람들은 자연히 의제를 죽인 사람은 구강왕이 아니라 무도한 항우임을 믿을 것이 아닙니까? 지금 한왕은 영양에 주둔하면서 포중으로부터 군량을 운반해오기를 산같이 하여 비록 지난번에 팽성 싸움에서 패했다 할지라도 군세는 강대해져 있고 관중의 백성들은 끝까지 한왕의 승리를 믿고 있으니 이야말로 민심(民心)은 천심(天心)이라고, 한왕은 만전(萬全)한 지위에 있습니다. 위급한 초패왕을 대왕께서는 언제까지 섬기실 작정입니까?"

수하는 이같이 장광설(長廣說)을 토했다. 영포는 그의 말을 듣더니 자리에서 일어나 수하 앞으로 왔다.

"내 요즈음 초왕과 화목한 처지가 아니오! 전부터 한왕은 관인대도한 줄 알고 있었으니 선생이 잠시 이곳에 머물러 있으면 내 몇몇 신하들과 상의하여 마음을 결정한 후, 선생과 함께 한왕을 찾아가 뵙겠소."

영포는 수하에게 자신의 심정을 이같이 말했다. 이때 좌우의 신하들이 들어와 초패왕에게서 조서(詔書)가 내려왔다고 보고했다.

영포는 사신을 불러들여 조서를 받아 읽어보았다.

상감이 군사를 일으키면 신하는 이를 돕는 것이 합당한 일이건만, 구강왕 영포는 앉아서 구강 땅을 지키면서 홀로 편안히 지내고 있구나. 일찍이 제(齊)나라를 정벌할 때는 짐짓 꾀병하고 드러누웠으며, 이번 팽성대전 때는 앉아서 승부를 구경만 하고, 짐이 오랫동안 군사를 이끌고 남쪽으로 다니기에 피로하건만 한 마디 위로의 말도 없으니 이 어찌 군신(君臣) 간의 의리라 할 수 있느냐? 우정(友情)으로도 이럴 수는 없을 것이다. 너는 다만 너의 무용(武勇)만 믿고 이같이 교만하니 짐은 네게 죄를 묻겠노라. 지금 군사를 모아 한왕을 정벌하려 하는 터이니 밤을 새워 빨리 오라!

영포는 항우의 조서를 읽고 어찌하면 좋을지 몰라 한참 동안 고개를 숙이고 생각에 잠겼다.

이때 수하가 초패왕의 사신을 향해 입을 열었다.

"구강왕께서는 벌써 한왕에게 항복하기로 결심하셨는데, 지금 초패왕을 도우실 이치가 있겠소?"

이 말을 듣고 초패왕의 사신은 깜짝 놀랐다.

"너는 누구냐?"

"나는 한왕의 사신 수하라는 사람이다. 지금 영왕과 약속을 하고 의제를 방시한 항우를 정벌하기로 결정했다. 너는 아무것도 모르느냐?"

수하는 의기양양하게 이렇게 대답했다. 영포는 이때까지도 아무 말을 하지 못하고 침묵하고 있었다.

초패왕의 사신은 영포가 아무 말도 안 하는 것을 보고 수하의 말이 사실인 줄로 알고 급히 뜰아래로 내려갔다. 사신은 얼른 돌아가려는 눈치였다.

그러자 수하가 얼른 영포를 충동질했다.

"대왕께서는 어찌하여 가만히 계십니까? 초패왕의 조서를 제가 보건대, 자기 죄를 모두 대왕께 씌우고 대왕을 살해하려는 심사가 분명합니다. 그러니 대왕께서는 먼저 초패왕의 사신을 죽여버리고 한왕을 도와 초패왕을 정벌하겠다는 증거를 천하에 보여주셔야 하지 않습니까?"

영포는 그제야 분연히 일어나 뜰아래로 쫓아내려가더니 칼을 뽑아 한칼에 사신의 목을 잘라버렸다. 그리고 항우의 조서를 찢어버리고 다시 자리에 돌아와 비혁에게 명령을 내렸다.

"내 이미 한왕에게 항복하기로 결심했다! 그러니 비혁은 내 가족을 수호하고 있다가 후일 영양성으로 오너라."

그러고는 즉시 인마를 점검하여 수하와 함께 영양성으로 갔다.

수하는 먼저 한왕에게 나아가 영포가 항복해온 사실을 아뢰었다.

한왕은 영포를 불러들이라 하고 근시에게 발 씻을 물을 떠오게 했다.

영포는 밖에서 기다리고 있다가 수하의 인도를 받아 한왕의 궁실로 들어갔다.

한왕이 자리에서 일어나 자신을 맞이할 줄로 영포는 예상했다. 그런데 뜻밖에 궁실에 들어가보니 한왕은 마룻바닥에 쪼그리고 앉아 대야에 두 발을 담근 채 발을 씻으면서 영포를 바라보고 있었다.

영포는 그제야 후회했다. 자신은 비록 작은 땅이기는 하지만 일국의 왕인데, 자신을 대접하는 법이 이럴 수가 있는가. 발을 씻고 앉아서 일국의 왕을 대한다는 것은 무례하고 거만한 행동이다. 이렇게 거만한 한왕을 잘못 알고 항복해왔으니 이 일을 어찌할까?

영포는 궁실 방문턱에서 진퇴양난의 경우에 빠졌다. 되돌아갈 수도 없고, 발 씻고 있는 한왕 앞으로 가까이 갈 수도 없고, 한참 주저하다가 돌아서서 수하에게 말했다.

"나도 일국의 왕이오. 한왕은 관인대도하다 하더니 이렇게 사람을 업신여기니, 내가 속았소! 진퇴양난하니 내 차라리 이 자리에서 자결할 밖에 없소!"

하고는 칼을 뽑았다. 수하는 급히 영포의 손을 붙들었다.

"대왕은 고정하십시오! 잠시 동안 분하심을 참으십시오. 한왕께서는 술에 취하신 모양입니다. 잠시 옆방에서 기다리셨다가 나중에 만나뵙는 것이 좋겠습니다."

수하는 이같이 위로하면서 영포를 인도하여 다른 방으로 들어갔다.

영포가 자리에 앉아 잠깐 쉬고 있을 때, 장량과 진평이 들어오더니 공손히 인사를 하고 음식을 내오게 하여 극진히 대접했다.

음식 그릇도 모두 한왕이 사용하는 고귀한 것이었다. 조금 전에 왕실에 들어갔을 때 느낀 분한 생각과 후회했던 마음이 슬며시 풀어졌다. 영포는 기분이 좋아져 음식을 들었다.

잠시 후, 다시 장량·진평 외에 여러 사람이 들어오더니 한왕 앞으로 인도하겠노라고 영포를 일으켰다.

영포는 그들을 따라 한왕 앞으로 갔다.

한왕은 옷을 단정하게 입고 관을 반듯하게 쓰고 자리에 앉아 있다가 일어서서 영포의 인사를 받은 후, 좌우로 벌여져 있는 자리에 영포와 다른 신하들을 착석하게 했다.

"영왕이 이같이 와주시니 흔행(欣幸)하외다."

"대왕께서는 천하의 민심을 깊이 아시고 인덕(仁德)하심을 만민이 앙모하는 터이니, 신이 대왕께 지금 찾아온 것이 오히려 늦었습니다."

영포는 이같이 대답했다.

"한왕께서는 오래전부터 영왕의 무용이 초패왕에게 못지않으며 거기다 겸손하고 검소하심을 찬양하셨습니다. 영왕께서 이제 성명(聖明)하신 한왕을 보좌하시니 이것은 천하를 위하여 다행한 일이외다."

장량은 영포에게 이같이 듣기 좋은 말을 했다. 영포의 마음은 한없이 기뻤다.

술이 나오고 여러 가지 음식이 나왔다. 한왕과 신하들은 웃으며 이야기하며 즐겁게 음식을 먹었다. 영포는 조금 전에 먼저 음식을 먹은 까닭으로 술만 마셨다. 그리고 마음이 흡족해졌다. 한왕과 신하들 사이에 조금도 임금과 신하 사이라는 어려운 기색이 없을 뿐 아니라, 한왕의 얼굴 표정이 온화하고 언사(言辭)가 겸손하고 몸가짐이 공손하고 웃음을 웃을 때는 거짓없이 활발하고 유쾌하게 웃는 것을 보니, 영포의 마음은 자연히 한왕을 존경하고 싶어졌다. 그는 처음에 한왕이 발을 씻으면서 자신을 맞아들이던 불쾌한 인상을 깡그리 잊어버렸다.

영포는 자신이 용맹무쌍한 인물이므로 초면에 자신의 의기를 찍어누르기 위해 한왕이 일부러 교만스러운 태도로 자신을 맞아들이고, 그다음에는 장량·진평 두 사람을 시켜 관대하게 접대하도록 하여 노기를 풀게 하고, 지금은 또 이같이 온화하게 향연을 베푸는 것임을 알지 못했다.

향연이 끝난 뒤에 영포는 한왕이 미리 마련해둔 처소로 돌아갔다. 한왕은 영포를 얻음과 동시에 삼만 명의 군사를 얻은 것이었다.

한왕은 만족했다. 영포가 자신에게 항복했으니 이제는 팽월로 하여금 초패왕의 군량(軍糧)을 수송하는 길만 끊어버리게 하면 된다고 생각했다. 그리하여 그는 양나라로 사신을 보냈다. 팽월에게 초패왕의 수송도로를 단절하라고 부탁하기 위함이었다.

한편, 조서를 가지고 영포에게 갔던 사신이 영포의 칼에 맞아 죽은 뒤, 사신을 따라갔던 하인은 구강 땅에서 급히 돌아와 이 사실을 항우에게 보고했다.

항우는 크게 노했다.

"이놈, 얼굴 검은 영포란 놈이 감히 짐의 사신을 죽이고 한왕에게 항복했단 말이냐! 맹세코 이놈을 죽이고 한신이란 놈을 사로잡아 오겠다!"

항우가 분함을 참지 못해 이같이 말하는 것을 보고 범증이 간했다.

"폐하께서는 생각을 돌리십시오. 양나라의 팽월이 우리의 양도를 끊지 못하게 마련하신 다음에 한신을 무찔러버리시면, 그다음엔 영포 같은 것은 문제도 아닙니다."

항우는 범증의 말을 듣고 주저앉았다.

한편, 한왕은 팽월에게 보냈던 사신으로부터 팽월이 한왕의 부탁대로 초패왕의 수송로를 단절할 것을 약속했다는 보고를 받고 기뻐했다.

'이제는 한신을 불러와야 하겠는데…?'

한왕은 이렇게 생각하고 장량을 불렀다.

"선생이 일전에 한원수로 하여금 스스로 자진해서 짐에게 오도록 할 수 있다 하지 않았소? 무슨 계책이 없소?"

그는 답답한 듯이 장량에게 이같이 물었다.

"알았습니다. 다행히 지금 포중에서 승상 소하가 군량을 운반시키고 함양에 들어와 있사오니, 신이 소하와 상의하여 한신을 데리고 대왕께 돌아오겠습니다."

장량의 대답을 듣고 한왕은 무척 기뻐했다.

이튿날 장량은 영양을 떠났다.

수일 후에 장량은 함양성에 도착하여 먼저 승상부로 갔다.

소하는 장량이 도착했다는 보고를 받고 의복을 단정하게 고쳐 입고 나와 맞아들였다.

두 사람은 일 년 동안 서로 만나지 못하고 지내왔지만, 십 년 만에 만나는 친구처럼 서로 반가워했다. 피차에 인사말을 끝내고 술상을 내오게 한 후 지난 일 년 동안 경과한 일과 정담을 서로 주고받다가 장량이 먼저 한신의 안부를 물었다.

"한신은 잘 있습니까? 요즈음은 소식을 전혀 듣지 못해 궁금한데, 별일은 없겠지요?"

"나도 오륙 일 동안 그 사람을 만나지 못했습니다. 처음에는 낙양에서 돌아와 날마다 불평 있는 것처럼 침울해하다가, 하루는 나를 보더니 하는 말이, 주상(主上)께서 삼진을 공략하고 함양을 점령한 자신의 공훈을 잊어버리고, 충심으로 간하는 말씀을 듣지 않고 원수의 인을 빼앗은 후 아무 계책도 없는 위표를 총대장으로 삼으셨으니, 자기 마음이 좋을 수 없다고 말하더군요. 그러더니 주상께서 팽성에서 대패하시고 영양에 주둔하시게 된 후부터 한신은 문을 닫아걸고 한 사람도 문안에 들이지 않고, 내가 찾아가도 만나주지 않고 있습니다. 주상께서 친히 오셔서 깍듯이 대우하셔야 나오겠다는 속셈인 모양인데, 이래서야 어디 인신(人臣)의 도리이겠습니까? 아마, 선생이 찾아가신다 할지라도 한신은 만나지 않을 것입니다. 제가 스스로 우리를 찾아오도록 만들기 전에는 못 만납니다. 무슨 계책이 없을까요?"

소하는 여기까지 말하고 장량을 바라보았다. 장량은 열려 있는 창문 밖으로 멀리 내다보이는 대문을 바라보면서 입술을 물고 앉아 있었다. 한참 동안 두 사람은 말이 없었다. 장량은 무엇을 신중히 생각하는 모양이었다.

얼마 후, 장량은 소하 곁으로 가까이 다가가 그의 귀에 입을 대고 한 참 동안 수군수군 이야기를 했다. 옆방에서 사무를 보고 있는 직원들이 듣지 못하게 하기 위함이었다.

"어떨까요. 이러면 한신이 자진해서 우리에게 찾아오겠지요?"

장량은 이같이 물었다.

"됐습니다! 정말 기막힌 묘책입니다."

소하는 즉시 찬성했다. 그러고는 심복으로 믿는 교리(校吏) 두 사람을 불러들여 여차여차하라고 자세히 일러주었다.

그날 밤 함양성 사대문에는 크고 높은 공시판(公示板)이 세워졌다.

공시. 주상께서 금차 팽성 대전에 참패하시고, 태공 이하 제위께서 항 왕에게 인질되었으므로 이제 관중의 각 지방을 도로 항왕께 바치고 항 복하기로 했으니, 군민(軍民)은 이 뜻을 알지어다. 승상부.

한편, 한신은 영문 안에 있는 자기 처소에서 문밖에 한 발짝도 내놓지 않고 지내지만, 모든 소식은 다 알고 있었다. 그런데 뜻밖에 사대문에 이 같은 공시가 붙은 것이었다.

"영양성으로부터 장자방 선생이 승상부에 와 계신다는 소식이 있은 지 얼마 지나지 않은 것으로 보아 주상께서 이같이 분부를 내리신 모양이지요?"

이날 한 관원이 한신에게 이같이 물었다.

"그따위 당치도 않는 소리는 하지도 마라. 이것은 장자방 선생의 계책이다. 나를 속여 군사를 데리고 나가 초패왕을 치게 하려는 계책이란 말이야! 너희들은 모른다."

한신은 이같이 단호하게 말했다.

"그렇지도 않은 것 같습니다. 제가 아까 밖에 나갔다 왔는데 사대문에 공시가 크게 걸렸고, 모든 사람들이 그런 줄 알고 걱정하는 소리들을 지껄이고 있더군요. 혹시 사실인지도 모르지요."

또 다른 위관이 한신에게 이같이 보고했다. 이때 대문을 두드리는 소리가 들렸다.

"거기 누구 왔소? 왜 이렇게 시끄럽게 구는 거요?"

위관은 쫓아나가 문을 열고 물었다.

"나는 승상부에 있는 교리요. 지난번 팽성 대전에서 참패하시고 태공 이하 제위께서 인질되어 계시므로 주상께서는 날마다 주야로 노심초사하고 계십니다. 그래서 관중 지방을 항왕께 되돌려주고 항복함으로써 태공과 제위를 모셔오기로 결정하고 장자방 선생이 왕명을 받들어 초패왕의 사신과 함께 오늘 승상부에 와 계십니다. 나는 이 댁의 간수와 사람 수를 적어오라는 명령을 받고 왔습니다. 그러니 속히 남녀노소 전부를 점검하여 적어주십시오."

문간에서 이같이 수작하는 소리를 듣고 한신은 그 교리를 가까이 들어오라 했다. 승상부의 교리는 한신이 서 있는 방문 앞에 와서 예를 했다.

"나는 대원수다! 어찌 백성들과 마찬가지로 적어가겠다는 말이냐?"

한신은 교리를 보고 이같이 꾸짖어 물었다.

"죄송합니다만, 승상께서 관(官)·환(宦)·군(軍)·민(民) 누구를 막론하고 모두 자세하게 적어 제출하라는 엄명을 내리셨습니다. 그런데 초나라의 사신은 성질이 급한 사람이라 재촉을 합니다. 만일 착오된 것이 있고 누락된 것이 있을 시에는 제가 벌을 받게 되니 원수께서는 저를 불쌍히 여겨주십시오."

승상부의 교리는 애걸하는 듯이 이같이 대답했다. 한신은 입을 다물고 한참 동안 생각에 잠기더니 교리에게 이렇게 말했다.

"그렇다면 오늘은 먼저 다른 집으로 다니면서 점검을 하고, 내일 다시 오너라. 내일 오면 네 말대로 적어주마!"

그는 좀 더 생각하여 판단을 내린 후에 조처하겠다고 생각한 모양이었다. 그러나 승상부에서 조사 나온 교리는 쉽게 물러가려 하지 않았다.

"원수께서는 내일 다시 오라 하지만, 그렇게 되면 승상의 명령을 위반하는 것이 되므로 제가 곤란합니다. 원수께서 휘적휘적 붓을 휘두르시면 금세 적어버리실 터이니 저를 불쌍히 생각하시고 얼른 한 장 적어주십시오!"

교리는 이같이 애원하며 가지 않고 서 있었다. 한신은 방으로 들어와버렸다. 점심때가 지나고 황혼이 되도록 교리는 중문간에서 기다리고 있었다.

'이것으로 보건대 사대문에 공시판을 걸고 초패왕에게 항복하기로 했다는 것이 사실인지도 모르겠다. 만일 사실이라면 포중에서 군사를 일으켜 삼진을 공략하고 함양을 수복해나온 나의 공훈이 모두 수포로 돌아가는 것이 아닌가? 한왕이 패했다는 소식을 들은 뒤부터 내가 두문불출하고 있는 까닭은 한왕이 본시 거만한 태도가 있는 인물로 신하를 가볍게 생각하는 때가 있기에 이번에는 한왕으로 하여금 예를 베풀고 나를 맞아가도록 해야지만 앞으로는 나의 인망이 두터워지고 부하 장수들도 심복할 것이라고 생각하여 일부러 이렇게 행동했는데, 사태가 이미 나의 예상과 어긋나 뜻밖에 이와 같이 되었다면 가만히 앉아서 보고만 있을 수 없지. 속히 승상부에 나아가 소하·장량 두 사람을 만나보고 사실의 진부(眞否)를 물어보아야겠다.'

한신은 마침내 이렇게 생각하고 좌우의 부하들에게 출동 준비를 명령했다.

한신의 부하들은 대원수의 행차를 으리으리하게 준비했다. 공식으로 원수가 승상부를 심방하는 것은 이번이 처음인 까닭이었다. 갑옷을 입고, 투구를 쓰고, 호위 행렬의 좌편에는 창을 들고, 우편에는 도끼를 들고, 원수부의 깃발을 수없이 늘여세우고 무사들의 칼과 방패는 석양 빛에 찬란히 번쩍거렸다. 군마 정정하고, 대오정연하며, 위풍늠름하게 원수부에서 한신의 행차가 출동하자 길거리에 있던 함양 백성들은 모두들 기뻐했다.

"대원수께서 출동하신다. 비켜라! 비켜서라!"

"대원수께서 어디로 출동하시는가?"

"승상부로 가신단다!"

"떠들지들 말아라! 대원수께서 승상부로 가시는 것은 이번에 주상께서 항왕에게 관중 지방을 반환하고 항복하시는 일을 바로잡기 위해 나가시는 것이다! 너희들도 생각해보아라! 주상께서 항왕에게 항복을 하면 항왕이 단번에 이리로 와서 여기다 도읍을 정하고 우리를 못살게 달달 볶을 게 아니냐? 그렇게 되면 우리가 어떻게 살겠나? 대원수께서는 우리들을 도탄에서 구해주시려고 나가시는 거다!"

백성들이 길가에서 이렇게 지껄이는 소리가 말 위에 앉아 있는 한신의 귀에 들렸다. 한신은 그런 이야기 소리가 듣기 싫지 않았다. 그와 동시에 한왕이 항우에게 항복하기로 결정한 것이 틀림없는 사실이라고 판단되었다. 그러고 보니 그의 마음속에서는 더욱 분한 생각이 끓어올랐다.

원수부에서 출동하기 조금 전까지도 한신은 의심하는 생각이 없지 않았다. 그러나 길거리에서 백성들이 이렇게 지껄이는 소리를 듣고는 완전히 의심이 풀어졌다. 그는 먼저 군사로 하여금 승상부에 가서 자신이 찾아가는 것을 알리라고 지시했다.

승상부에서 소하는 한신이 자신에게 찾아오는 길이라는 보고를 받았다.

"과연 장선생 뜻대로 되었소이다그려! 한원수가 지금 온답니다!"

소하는 장량을 보고 무릎을 치며 이같이 말했다.

"잘되었지요! 속히 계책을 쓰는 사람들을 좌우에 늘어앉게 마련하십시오! 실제로 항복 준비를 하는 것처럼 한신에게 보여주어야 합니다."

장량도 웃으면서 이같이 말했다. 그러고는 소하가 거처하고 있는 이웃방으로 들어가 숨어버렸다.

소하가 준비를 다 하고 기다리고 있을 때 한신이 마당에 들어와 말에서 내렸다.

소하는 일어나 뜰아래로 내려가 한신을 맞아들였다.

인사를 마치고 나서 소하가 먼저 한신에게 물었다.

"여러 날 전부터 내가 원수를 찾아가 뵈려고 했으나 원수부에서는 나를 들이지 않아 만나뵙지 못했소이다. 오늘은 무슨 일로 갑자기 여기까지 오셨는지요?"

"저는 이미 주상께 버림을 받은 사람이라 뵙기도 부끄러운 생각이 많습니다. 그래서 두문불출하고 아무도 만나지 않고 지내왔습니다."

한신은 이같이 대답했다.

"원수가 여러 번 주상께 간하셨건만 주상께서 원수의 간언을 듣지 않고 원수를 버리고 위표를 대장으로 세워 팽성에서 대패하셨으니, 이는 오로지 주상의 과실이요, 원수의 허물이 아닙니다. 그러니 원수가 부끄러워하실 게 없지 않습니까?"

"아니올시다. 오늘 듣자니 장자방 선생이 여기 와서 관중 지방을 초패왕에게 반환하고 주상께서는 항복하기로 되었다 하니 어찌 부끄럽지 않은 일이겠습니까? 도대체 이게 어찌된 일입니까?"

"팽성 대전에서 주상께서 대패하셨을 때, 태공 이하 제위께서 항왕에게 사로잡힌 까닭에 관중을 항왕에게 반환하고 그 대신 태공 이하 제위를 돌아오게 하시겠다 하므로 모든 대장들은 주상께 이같이 처사하심을 반대했으나, 장자방이 주상께 그렇게 하라고 권하는 까닭에 주상께서도 마침내 이같이 하시기로 결정한 모양입니다. 장자방은 본시 한나라 사람으로서 자기만 부귀를 누리면 만족할 뿐 전쟁하기를 좋아하지 않습니다. 이미 삼진과 함양의 인구수를 점검하여 항복할 서책을 꾸미는 터이니, 나도 이렇게 되는 일에 찬성하지는 않지만 왕명이니 어찌할 도리가 없소이다그려. 지금 이 마당에서 내가 홀로 반대 의견을 제시한댔자 주상께서 내 말을 용납하지 않을 테니 어떻게 해볼 도리가 없지 않소?"

소하의 이 같은 말에 한신은 정색을 하며 앉았던 자리에서 분연히 일어섰다.

"승상께서는 그게 무슨 당치 않은 말씀입니까! 그같이 협량(狹量)하신 말씀을 하실 줄은 몰랐습니다. 제가 포중에서 진군해나와 주상의 위덕(威德)으로 인하여 관중 지방의 십 중 칠팔을 얻었는데, 지금 헛되이 이것을 반환하고 항복할밖에 도리가 없다는 말씀은 당치 않은 말씀입니다. 무릇 승부는 병가상사(兵家常事)입니다. 팽성 대전에서 패하여 태공과 제위께서 항왕에게 생포된 것은 물론 통분할 일이지만 그렇다고 근심할 것은 아닙니다. 항왕이 잔인무도한 인물임에는 틀림없지만 그 대신 범증은 용의주도한 인물이므로 태공 이하 제위를 살해하지는 않을 것입니다. 그러므로 다른 계책으로써 능히 태공을 모셔올 수 있는 일인데, 어찌해서 무도한 역적에게 항복을 하겠다는 말씀입니까! 원컨대 다른 장수들로 하여금 이곳을 수비하게 한 후, 이 사람이 본부의 군마를 인솔하고 나아가 초적(楚賊)을 멸하고 태공 이하 제위를 모셔오겠습니다. 승상께서는 어떻게 생각하십니까?"

한신이 흥분된 어조로 이같이 말하는 소리를 병풍 뒤에 숨어서 듣고 있던 장량이, 이제는 됐다고 생각하고 얼른 그 방으로 들어왔다.

장량은 한신과 수인사를 마친 후 조심스럽게 입을 열었다.

"나는 아까부터 원수의 고론(高論)을 들었습니다. 물론 훌륭한 말씀이외다. 그러나 초패왕의 군세는 몹시 강대하므로 원수께서 그들을 속히 격파할 수 있을지 그것이 걱정입니다. 또다시 참패하는 날에는 천하에 수치를 보이는 것이요, 태공 이하 제위도 환국하시지 못하게 되고, 우리들도 신명을 안전하게 보전하지 못할 것이므로, 장구지책(長久之策)은 항복하는 길밖에 다른 방도가 없다고 의논이 되었던 것입니다. 그렇지 않습니까?"

한신은 다른 사람도 아닌 장량이 이렇게 말하자 격분을 금치 못했다.

"선생께선 무슨 말씀을 그렇게 하십니까? 연전에 선생께서는 이 사람의 재주를 찬양하고 주상께 천거하여 대원수에 임명하도록 하고, 지금 와서는 또 이다지도 이 사람을 경시(輕視)하십니까? 지금 초패왕의 군세가 하늘을 찌를 듯이 강하다 하지만 이 사람의 눈으로 보건대 썩은 고목(枯木)과 같을 뿐입니다. 한번 나가 때리기만 하면 가루가 되고 말 것입니다."

그는 장량에게 경멸을 당했다고 생각하는 모양이었다. 그러나 장량은 조용한 어조로 말을 계속했다.

"원수께서는 그같이 장담하십니다마는 초패왕의 군사는 결코 깔볼 상대가 아닙니다. 내가 범증의 계책하는 것을 체험해보니 그는 흡사 귀신같이 계책을 잘 씁니다. 그리고 초패왕 외에 용저·종리매 두 장수로 말하면 이 세상에 둘도 없는 무서운 장수입니다. 원수가 어떻게 이들과 상대해서 싸울 수 있겠습니까?"

한신은 이 말을 듣고 더욱 흥분했다.

"선생께선 진정으로 나를 그렇게 보십니까? 내 만일 범증을 사로잡고 용저와 종리매를 잡아죽이지 못하거든, 그때에는 선생이 내 목을 잘라버린다 해도 원망하지 않겠습니다. 단연코 두고 보십시오!"

한신이 이같이 맹세하는 소리를 듣고, 장량은 소하를 향해 염려하는 표정을 지으며 말했다.

"원수께서 이렇게까지 반대하시는 이상, 우리가 더 이상 뭐라고 하겠습니까? 우리야 원수의 의사를 반대할 수 없지 않습니까! 그러나 만일 원수의 말씀대로 해서 항복하는 데 소용되는 계책을 꾸미지 않는다면 주상께서는 우리 두 사람을 왕명에 거역했다는 죄로 다스리실 테니, 이 일은 또 어찌하면 좋지요?"

이 말을 듣고 한신이 얼른 대답했다.

"그것은 염려 마십시오! 제가 두 분 선생을 모시고 영양성으로 가서 주상을 뵙고 이 같은 말씀을 드린 다음, 초패왕의 사신을 죽여버리고 이쪽의 위엄을 보이겠습니다. 조금도 걱정하지 마십시오."

"아니 아니, 그럴 것까지는 없지요! 지금 한·초 두 나라가 싸우는 이때, 그까짓 이름 없는 사신을 한 사람 죽이는 것이 무슨 도움이 되겠습니까? 그보다는 먼저 항복하려고 꾸미고 있는 계책을 없었던 것으로 하고 사대문에 걸어붙인 공시판을 걷어치우기나 하지요!"

소하가 한신에게 이렇게 말했다. 한신도 그 말에 찬성했다. 그리하여 세 사람의 의견이 합치되어 승상부의 교리들은 즉시 모든 준비를 취소하고 사대문의 공시판도 치워버렸다.

조금 있다가 한신은 원수부로 돌아갔다. 때는 아직도 어둡기 전이라 거리거리에 모여 섰던 백성들은 한신 대원수의 행차가 지나가는 것을 보고 서로 지껄였다.

"여보게, 사대문에서 공시판을 걷어치웠다지? 아마 원수께서 항복하지 않기로 결심하신 모양이야!"

"그래, 정말이야. 하마터면 우리가 무도한 초패왕의 백성이 될 뻔했는데, 원수의 덕택으로 살아났네그려!"

"그러게 말이야. 원수의 은혜가 크네!"

이같이 지껄여대는 소리를 듣고 한신의 마음은 기뻤다.

그는 원수부로 돌아가 저녁을 마친 뒤에 즉시 군마를 점검하고, 이튿날 영양성으로 출동할 준비를 명령했다.

이튿날 한신은 장량·소하와 함께 함양성을 떠났다.

장량은 도중에서 자신이 일행보다 먼저 영양에 입성하겠다면서 한신보다 앞서서 영양성으로 갔다.

그는 한왕에게 나아가 함양에 가서 소하와 의논하여 한신을 데리고 온 경과를 자세히 보고하고 한왕으로 하여금 한신에게 어떻게 말씀하라는 말까지 자세히 일러주었다. 한왕은 대단히 기뻐했다.

얼마 후 소하와 한신이 들어오고 있다는 보고가 들어왔다. 한왕은 두 사람을 맞아들이게 했다.

소하와 한신이 한왕 앞에 와서 예를 올렸다.

"짐이 포중을 떠난 이후 후방의 정사가 태평하고 짐의 백만 대군 또한 군량의 부족이 없었으니, 이는 오직 승상의 공로외다."

한왕은 먼저 소하를 보고 이같이 말했다.

"황송합니다. 적지 않은 지방을 공략하고 제후가 다수히 항복해온 것은 오로지 대왕께서 인자하고 후덕한 때문입니다."

한왕은 소하와 이같이 인사말을 마친 후 한신에게 시선을 돌렸다.

"짐이 불명(不明)하여 원수의 충간(忠諫)을 듣지 않아 참패했으니, 원수를 대할 면목이 없소이다."

한신은 너무 황송하여 그 자리에 꿇어엎드렸다.

"황송합니다. 신은 대왕의 하명을 받들고 삼진을 진수하여 다행히 무사했으나 그동안에 대왕께서는 수수의 한(恨)을 겪으셨으니 죄송하기 짝이 없습니다. 그런데 뜻밖에 이번에 장자방이 함양성에 이르러, 대왕께서 초패왕에게 항복한다는 뜻을 알리므로 신이 소견을 아뢰고자 합니다. 포중에서 진군하여 관중 지방을 수복한 지 불과 수개월인데, 단 한 번 패했다고 얻은 땅을 모조리 반환하고 항복하신다 함은 너무도 허망한 일이 아닙니까? 대왕께서는 깊이 생각하시기 바랍니다."

한신은 이같이 충정을 말했다.

"짐이 대패했을 뿐 아니라 태공과 일족(一族)이 모두 생포되고, 연·제 두 나라가 초나라에 항복하여 초패왕은 더욱 강대해졌건만 짐이 의뢰하는 힘은 오직 원수 한 사람밖에 없으니, 한 사람의 힘으로 어찌 초패왕을 당하겠소? 그래서 항서(降書)를 패왕에게 보냈더니 패왕이 사신에게 하는 말이, 한신이 늙어빠진 장한을 격파했다고 해서 함부로 무서운 줄 모르고 관중에 들어와 날뛰고 있지만 내가 만나기만 하면 그놈을 단번에 사로잡아버리겠다고 하더라오. 짐이 이 말을 듣고 더욱 겁이 나 속히 항복하기로 결심하고 장량으로 하여금 소하와 함께 호구를 점검하여 책을 만들게 했소. …그런데 원수가 처음 삼진을 공략했을 때는 적의 방비가 없을 때인지라 쉽게 격파했지만 지난번 수수합전(睢水合戰) 때 항우 혼자 우리 장수 육십여 명을 대적하여 싸우는 그 거동은 뭐라고 형용할 수 없이 무서운 거동이었소. 아마 원수도 이 같은 인물과는 대적하지 못할 것이오!"

한왕은 이같이 자신의 경험을 과장해서 말했다. 한신은 꿇어앉아 있다가 이 말을 듣고 벌떡 일어섰다. 그의 얼굴은 홍분되고, 이마 위에는 땀방울이 맺혔다.

"대왕께서는 지금 적의 위풍을 과장하여 신의 예기(銳氣)를 꺾으시지만 신이 지금 당장 본부 군사를 거느리고 나가 일전(一戰)하여 자웅(雌雄)을 결정하고 초패왕을 생포하여 대왕에게 바치겠습니다! 만일 신의 이 말씀에 어김이 있을 때에는 군법으로 신의 죄를 다스려주십시오!"

한신의 말소리는 크고 떨렸다.

한왕은 자리에서 일어나 한신의 손을 쥐었다.

"적에게 항복을 하다니, 이 어찌 짐의 마음이 기뻐서 하는 일이겠소! 부득이하여 이같이 하려던 터였는데 원수가 맹세코 초패왕을 격멸하겠다 하니, 이렇게 되면 오죽 좋겠소! 어떤 묘책이 있는지, 금옥(金玉) 같은 말을 들려주오."

한왕의 이 말에 한신의 흥분된 마음이 다소 풀어졌다.

"신은 함양에 있으면서 초패왕을 격멸하기 위해 수개월 동안 수백 대의 전차(戰車)를 제조했습니다. 병법에서도 말하기를, 평탄한 광야에서는 차전(車戰)하고, 산악 지대에서는 보전(步戰)하고, 추격하며 공격할 때에는 마전(馬戰)을 하라 했습니다. 신이 이 근처의 지세를 관찰한 바에 따르면 영양성을 떠나서 삼십 리 밖에 나가면 광활한 평야가 있는데 그곳에서 전차를 사용하여 적을 대적하면 적은 한 놈도 남김없이 사로잡을 수 있습니다."

"전차를 사용하는 법은 어떠하오? 대강을 설명해보오."

한왕은 이같이 묻고 자리에 앉았다.

"전차에는 좌우 두 줄로 창을 꽂아둡니다. 한가운데에는 시렁을 높이 올려매고 사닥다리를 걸어놓습니다. 찻간의 꽁무니에는 커다란 물통을 설비합니다. 적이 화공(火攻)을 할 때에는 이 물통의 물로써 방비합니다. 시렁 위에는 철포와 활과 화살을 많이 적재해둡니다. 창과 방패를 들고 사졸들이 앞서서 나아가면, 그 뒤에서 소가 이 전차를 끌고 따라가다가 적군이 다가오면 전후에서 사졸이 네 명씩 이 전차에 올라가 북치는 소리를 군호로 하여 철포와 화살을 쏩니다. 전차의 좌우에 창이 꽂혀 있기 때문에 적이 감히 가까이 오지 못합니다. 이리하여 적이 주저하고 쳐들어오지 못할 때에 이쪽에서는 기병(騎兵)을 내보내어 습격하면 적은 부숴져버립니다. 뿐만 아니라 적이 패주(敗走)할 때에는 이 전차로 적이 퇴각하는 길을 막아놓으면 힘 안 들이고 적을 생포할 수 있습니다. 그리고 진군할 때는 많은 군량을 운반할 수 있고, 행군을 정지하고 진을 칠 때는 이 전차를 주위에 둘러 세워두면 적이 비록 야습해온다 할지라도 들어오지 못합니다."

한신의 이 같은 설명에 한왕은 크게 만족해하는 표정을 지었다.

"원수가 그같이 예비하고 있다니 안심이 되오. 그러면 그 같은 전차를 삼천가량 더 만드는 것이 어떻소?"

"그렇게 하겠습니다. 오늘부터 착수하겠습니다."

한신은 이같이 대답하고 물러나왔다.

소하는 한신과 함께 나와 여러 사람과 작별하고 다시 함양성으로 돌아갔다.

한신은 그날부터 영양성 밖에 크게 진영을 가설했다.

그런 뒤에 한신은 대장들을 모아 군사 교련법을 가르치고, 전술의 계책도 빠짐없이 가르쳤다.

함양으로 돌아간 소하는 계속해서 군량을 영양성으로 수송하고 사방에서 군사를 모아 영양성으로 보냈다.

이와 같이 준비하는 동안에 두 달이 지나갔다. 한왕의 군대는 오십만 명에 달했다.

한신은 이제 자신이 생겼다.

이만하면 족히 초패왕과 싸워서 이기겠다는 신념이 튼튼해졌다. 그래서 하루는 한왕 앞에 나아가 아뢰었다.

"신은 그동안 모든 준비를 마쳤습니다. 초패왕에게 전서를 보내어 일전(一戰)하게 해주십시오."

설욕전

한왕은 한신의 말을 듣고 한참 동안 생각하다가 물었다.

"원수는 정말 자신할 수 있소?"

"자신하옵니다!"

한신은 힘 있게 대답했다.

"그러면 이렇게 하오. 지금 초패왕이 왕릉의 인물을 탐내 그 모친을 잡아놓고, 왕릉을 초나라로 데려가고자 사신을 보내 지금 객주에 와 있소. 그러니 원수가 비밀히 초의 사신을 만나 돈을 주고 초패왕에게 전서를 전해달라 해보는 것이 좋을 것 같소."

한왕은 이렇게 가르쳐주었다.

"과연 지당하옵니다. 그렇게 하겠습니다."

한신은 한왕으로부터 초사(楚使)가 와 있다는 사실을 알고 기뻐했다. 그는 즉시 궁중에서 물러나와 객줏집에 사람을 보내어 초패왕의 사신을 자기 처소로 불렀다.

잠시 후 초의 사신이 왔다. 한신은 좌우 사람들을 모두 물리치고 그 사신에게 가만히 말했다.

"나는 본시 초의 신하였는데 불행히 패왕의 신하가 되지 않고 지금 한왕에게 와 있어, 초나라로 돌아가고 싶은 생각이 간절하오. 그래서 지금 비밀히 초패왕 폐하께 상소문을 올리고자 하는데, 그대가 돌아가서 이것을 폐하께 봉정해주셨으면 하오."

그리고 한신이 황금 이십 냥을 건네주자 사신은 대단히 기뻐했다.

"폐하께서 왕릉을 데려가시고자 하시기 때문에 저를 사신으로 보낸 것이 아니고, 실상은 원수의 소식을 알고 오라는 하명이 계셨습니다. 만일 원수께서 폐하께로 돌아가시겠다고만 하신다면, 폐하께서는 참으로 기뻐하실 줄로 압니다."

한신은 그 말을 듣고 초패왕에게 보내는 전서를 상소문인 것처럼 사신에게 주며 비밀히 하라고 부탁까지 했다.

초패왕의 사신은 그 즉시 영양성을 떠나 팽성으로 돌아갔다. 그는 초패왕에게 나아가 한신을 만나보고 부탁까지 받아온 이야기를 자신의 비상한 공로인 것처럼 보고하고, 한신으로부터 받은 글을 공손히 바쳤다. 항우는 그것을 뜯어보았다.

　한나라 대장군 동정 대원수 한신은 초패왕 휘하에 글을 올리오니, 지나간 날 신이 비록 초나라에 있으면서 벼슬은 집극랑밖에 되지 못했으나 그 후에 초회왕을 모시게 되어 모두 함께 의제를 섬겼으니, 신은 의제 폐하의 신하일 뿐 초의 신하는 아닙니다. 그 후 대왕이 자칭 초패왕이 되어 의제를 방시했으므로 천하가 절치하며, 신도 또한 이 같은 역적을 죽여 임금의 원수를 갚고자 했건만, 힘이 부족하여 뜻을 이루지 못하겠으므로 이에 한왕에게 투신하여 그 힘을 얻어 역적의 죄를 밝히려 했나이다. 그리하여 천하에 이 뜻을 선포하고, 신이 함양에 있는 동안 한왕이 잘못하여 팽성에서 참패했으므로 이제 삼군에 소복을 입히고, 신이 친히 통솔하여 영양성 밖에서 대왕과 더불어 용맹을 시험한 후 의제께 원수를 갚아드리고 대왕의 목을 원문에 걸고자 하오니, 대왕은 신의 소원을 살펴주소서.

항우는 한신의 글을 읽고는 기가 막히고 분이 끓어올랐다.

"이놈이, 이 죽일 놈이 이렇게까지 짐을 모욕하다니! 이놈을 죽여버리지 않고서는 단연코 돌아오지 않겠다!"

항우는 한신의 전서를 찢어버리면서 이같이 투덜거리고, 즉시 출동 명령을 내렸다.

범증이 이것을 알고 즉시 항우에게 간했다.

"폐하께서는 고정하시기 바라옵니다. 이것은 한신이 일부러 폐하를 노하게 하여 폐하께서 침공하면 복병을 했다가 폐하를 역습하려고 계책을 꾸민 것이옵니다. 잠시 고정하시고 침착하게 대사를 경륜하시기 바랍니다."

"무슨 소리! 한신이란 놈이 짐의 사신에게 항복하는 상소문이라고 속이고 이따위 전서를 보내왔는데, 이런 치욕을 당하고서도 참으란 말이오? 두 번 다시 그런 말을 마오!"

범증은 하는 수 없이 물러갔다.

한편, 한신은 자신이 보낸 전서를 초패왕이 받아보고 반드시 화가 나서 불일간 공격해올 것으로 짐작하고 매일 군사 조련을 맹렬히 계속하고 있었다. 장량·육가·번쾌가 찾아왔다.

"주상께서 장군을 다시 대원수로 봉하시기로 하여 우리들에게 이 뜻을 전하라 하며 조서와 인을 주셨습니다."

장량이 먼저 이렇게 말하고 원수의 인장과 한왕의 조서를 한신에게 주었다.

한신은 조서를 읽고 나서 인장을 집어넣은 뒤에 말했다.

"감사합니다. 내일 주상께 나아가 사은(謝恩)하겠습니다."

세 사람은 사명을 마치고 돌아갔다.

이튿날 한신은 한왕에게 나아가 자신을 다시 대원수로 임명하여준 데 대해 사례했다.

한편, 항우는 범증으로 하여금 팽성을 수비하도록 하고 친히 삼십만 명의 정병을 인솔하여 영양성 오십 리 밖에 진을 쳤다. 그런 다음 계포와 종리매를 불러 먼저 한나라 군사의 허실(虛實)을 탐지해오라고 명령했다.

이때 한신의 군사는 먼저 이 사실을 알고 한신에게 보고했다.

"초패왕이 우리의 허실을 탐지하려는 중이다. 그대들은 내가 전일에 부탁한 바와 같이 조금도 움직이지 말고 가만히 있다가 어김이 없이 하기 바란다."

한신은 부하 장수들을 불러 이같이 부탁했다.

계포와 종리매는 한나라 진영 가까이 침투해 들어와보았으나 적은 형적도 보이지 않자 급히 돌아가 항우에게 사실을 보고했다.

"그렇다면 짐이 먼저 공격하겠다. 너희들은 뒤에 있다가 사태가 급하거든 구원을 나오너라!"

마침내 항우는 환초·우영·항장·우자기 등 네 명의 장수와 함께 대군을 거느리고 출동했다.

한나라 진영에서는 이것을 보고 진문을 열어젖히고 먼저 한신이 말을 달려 쫓아나왔다.

"대왕을 함양에서 작별한 이래 오랫동안 못 뵈었습니다. 그동안 평안하셨나요? 내가 지금 갑옷을 입은 고로 예를 올리지 못하니 용서하시오."

한신은 항우를 바라보면서 조롱조로 이같이 인사를 했다.

항우는 한신의 얼굴만 보아도 분을 참을 수 없는데 더구나 이같이 조롱하는 말을 들으니 견딜 수 없었다.

"이놈, 짐이 너 때문에 한입골수(恨入骨髓)했다. 맹세코 네 모가지를 잘라버리고야 말겠다!"

항우는 말도 채 끝맺지 않고 쏜살같이 한신을 향해 창을 겨누면서 달려들었다. 하마터면 한신은 그 창끝에 찔릴 뻔했다. 그러나 한신은 슬쩍 피해 항우와 한번 접전하지도 않고 말을 돌려 동쪽을 향해 달아나기 시작했다.

항우는 분했다.

"저놈을 놓치지 말아라!"

그는 이같이 부르짖으면서 군사를 휘동하여 맹렬히 추격하기 시작했다.

계포와 종리매가 이것을 보고 의심스러운 생각이 들어서 항우에게 간했다.

"폐하께서는 잠시 정지하시기 바랍니다. 한신이 한 번도 대전하지 않고 도망하는 것을 보니 수상합니다. 먼저 적의 허실을 판단하신 후에 추격하심이 좋겠습니다. 잘못하여 적의 꾀에 빠지면 어찌하겠습니까?"

"말 말아라! 짐이 회계 땅에서 군사를 일으킨 이후로 그동안 수백 번 합전을 했지만, 아직 한 번도 퇴각해본 일이 없다. 지금 저따위 가랑이 밑으로 기어다닌 자식을 만나서 겁을 먹을 내가 아니다!"

항우는 두 사람의 말을 듣지 않고 말 볼기에 채찍을 치며 급히 추격했다.

항우가 급하게 추격하면 한신도 급히 도망하고, 항우가 조금 천천히 추격하면 한신도 천천히 달아나곤 했다.

이를 보고 항우는 더욱 성이 났다.

'이 죽일 놈이 짐을 모욕하는구나.'

항우는 분통이 터질 것 같았다.

어느덧 경색하(京索河)까지 왔다. 한신은 강 위에 걸친 다리를 천천히 건너갔다.

항우도 뒤를 쫓아 경색하를 건넜다. 항우의 부하 장수들도 사졸들을 인솔하고 다리를 건너 이 리(里)가량 추격을 계속했다.

이때 별안간 후진에서 보고가 올라왔다. 경색하의 다리가 끊어지고 물이 세차게 흘러내리는 까닭에 후속 부대의 사졸들이 강을 건너오지 못하고 있다는 것이다.

'이거 큰일 났구나! 어찌하면 좋은고?'

초패왕의 군대가 제각기 이런 생각에 갈팡질팡하고 있을 때, 한신의 모습은 이미 보이지 않았다. 땅 속으로 숨었는지 하늘 위로 날아갔는지, 항우는 이 사실을 알고 그제야 후회를 했다.

'아뿔싸, 잘못했구나!'

그는 한신의 꾐에 빠졌다는 것을 깨닫고 전군에 후퇴 명령을 내렸다. 그러자 사방에서 철포 소리가 요란하게 터지면서 수천 개의 전차가 에워싸고 들어오며 한신의 복병이 사방에서 쏘아대는 화살이 빗발같이 쏟아졌다.

항우는 크게 놀랐다.

"속히 돌파해라! 포위되기 전에 속히! 속히!"

그는 군사를 두 부대로 나누어 양쪽에서 어느 쪽으로나 돌파하고 나갈 구멍을 뚫으려 했다. 그러나 철포와 화살은 빗발같이 쏟아지고, 전차는 점점 철통같이 사방을 에워쌌다. 초패왕의 군사는 한 사람도 빠져나갈 수 없게 되었다. 죽은 군사의 수효는 셀 수 없이 많았다.

이때 계포와 종리매는 본진에 남아 있으면서 초패왕이 너무나 깊이 한신을 추격해 들어가 잘못하여 적에게 포위되지나 않았나 싶어 군사를 거느리고 경색하까지 쫓아와보았다. 강물은 세차게 흐르고 다리는 이미 끊어진 뒤이므로, 계포와 종리매는 급히 남계(南溪)의 좁은 길로 돌아서 행진했다.

얼마 가지 않아 한신의 부하 조덕(祖德)이 군사를 거느리고 앞길을 막았다. 계포와 종리매는 힘을 합쳐 조덕과 더불어 이십여 합을 싸웠다. 조덕은 대적할 수 없으므로 그만 돌아서서 달아나는 것을 계포가 급히 쫓아가 창으로 찔러 떨어뜨렸다. 대장을 잃어버린 한나라 군사들은 도망하기 시작했다. 계포는 패주하는 군사들을 추격하여 모조리 죽이면서 앞으로 나아가노라니 언덕 아래로 넓은 평야가 보이고 그 속에서 초패왕이 한나라 군사들에게 포위되고 있는 것이 보였다.

"이거 큰일 났구려! 우리 두 사람이 목숨을 버리고 한편 구멍을 뚫지 않고는 우리나라 군사는 한 놈도 살아나지 못하겠소!"

계포는 종리매에게 이같이 말했다.

"어렵게 되었는데! 자아, 그래도 죽을힘을 다해봅시다."

종리매도 이같이 말하고 두 사람은 성난 호랑이같이 초패왕과 그 군사를 둘러싸고 있는 한나라 군사를 향해 고함을 지르면서 돌진했다. 이리 치고, 저리 치고, 두 장수가 번개같이 날뛰면서 한나라 군사를 치는 통에 포위망 속에 들어 있던 초나라의 군사도 힘을 얻고 용기를 얻었는지, 외부와 호응하여 죽을힘을 다해 한편 구석을 뚫었다. 항우는 비로소 포위망을 벗어나게 되었다.

대장 우영은 죽고, 환초는 등에 화살을 맞아 움직이지 못하며, 이 외에도 쓸 만한 장수로서 죽은 사람이 부지기수였다. 그리고 팔과 다리와 얼굴에 부상을 당한 사람은 또 얼마나 많은지 알 수도 없었다.

항우는 계포, 종리매 두 장수의 구원을 받아 간신히 포위망 밖으로 빠져나와 이 꼴을 보고 한탄해 마지아니했다.

"짐이 한신이란 놈의 간계에 빠져 이 모양이 되었다!"

그는 눈을 부릅뜨고 이를 갈았다. 그는 그가 자신했던 것처럼 이삼 년 동안 수백 번 전쟁을 했건만 한 번도 이처럼 무참하게 패전해본 경험이 없었다. 그는 분한 생각에 마음이 괴로웠다.

이때 또다시 철포 소리 요란하게 울리면서 남쪽으로부터 한나라 대장 시무·역상(酈商), 동남방으로부터는 부관·부필, 동쪽으로부터는 이필(李畢)·낙갑(洛甲), 서남쪽으로부터는 근흡·노관, 서쪽으로부터는 주발·주창, 서북으로부터는 설구·진패, 북쪽으로부터는 기신·왕릉, 동북으로부터는 신기·조참, 이상 열여섯 명의 장수가 항우를 향하여 포위하면서 쳐들어왔다.

"초적(楚賊)은 속히 항복해라!"

그들의 입에서는 똑같이 이 같은 고함소리가 터졌다.

항우는 이 소리를 듣고 크게 노했다. 세상없는 어려운 난국일지라도 자기 힘으로 이기지 못할 것이 없다고 믿는 그로서는 참을 수 없는 모욕이었다.

그는 분연히 창을 겨누고 쫓아나가 대번에 신기를 찔러 죽였다. 신기와 함께 쳐들어오던 조참은 혼이 나서 본진으로 돌아갔다.

이 바람에 동북방이 조금 터졌다. 초나라 군사는 이쪽으로 포위망을 빠져나오기 시작했다. 그러자 새로이 한신의 신예(新銳) 부대가 앞길을 막고 포위하기 시작했다.

선두에서 초패왕을 모시고 나오던 계포는 즉시 큰소리로 부하들에게 고함을 질렀다.

"여봐라! 이런 때에 임금님을 위해 목숨을 버리지 아니하면 어느 때 그래볼 수 있느냐? 어떻게든지 목숨은 내버리고 나갈 길을 뚫어라!"

그러면서 자신이 조금 전에 초패왕을 구하기 위해 찾아왔던 남계의 좁은 길로 퇴각하도록 지시했다.

사졸들은 계포의 명령대로 죽을힘을 다해 포위망을 벗어났다. 그리하여 그들은 초패왕을 수호하면서 정신없이 남계까지 도착했다. 이때 해는 이미 저물었고, 사방에서 고함소리는 연속해서 들렸다. 초패왕의 군사는 잠깐 동안 휴식할 수도 없었다.

계속해서 허둥지둥 퇴각하는 이때에 맞은편에서 초나라 군사의 사졸이 달려와 보고했다.

"본진(本陣)을 한나라 군사에게 빼앗겼습니다! 급히 보고하러 왔습니다.”

항우는 이 보고를 받고 완전히 기운이 떨어지고 말았다.

“할 수 없다! 그러면 이 길로 팽성으로 돌아가 다시 군마를 정돈하여 한신이란 놈을 죽여야겠다! 이 한을 풀어야 살겠다!”

그런데 이 말이 떨어지자마자 한나라 군사가 또다시 가까이 추격해 오는 소리가 들렸다.

“죽여라! 죽여라!”

“쫓아가라! 쫓아가라!”

“항복해라! 항복해라!”

이같이 고함지르는 소리가 점점 가까이 들렸다.

달아나던 항우는 분함을 참을 수 없었다.

“짐이 여기서 돌아서서 이놈들과 자웅을 결판내겠다! 너희들은 힘을 다해 짐을 도와라!”

그는 막료들을 보고 이같이 말했다.

“아니올습니다. 폐하께서는 다시 생각하시기 바라옵니다. 한신의 꾀는 귀신 같사옵고, 더구나 우리는 무참하게 패전한 뒤라 장사들이 모두 사기(士氣)가 떨어져 한 놈도 싸우고 싶어하는 놈이 없는데 여기서 접전 하시면 어찌되겠습니까? 병법에도 외적자망(畏敵者亡)이라 하지 않았습 니까?”

종리매는 이같이 항우에게 간했다. 이럴 즈음에 벌써 한나라 군사는 산과 들에 가득 차게 땅을 휩쓸면서 몰려왔다.

초나라 군사는 한나라 군사의 고함소리만 듣고도 혼비백산해서 제 각기 살아날 구멍을 찾아 사방으로 흩어지기 시작했다.

그러나 항우는 조금도 겁내지 않고, 말을 멈추고 한손에 창을 들고 의젓하게 사방을 둘러보았다. 이때 화살이 별똥같이 날아와 항우의 가 슴에 꽉 박혔다.

항우는 간담이 서늘했다. 그는 한손으로 얼른 화살을 뽑아 내던지고 말을 채찍질하여 동쪽으로 달아나기 시작했다. 한나라 군사들이 추격해오면서 철포와 화살을 퍼붓는 까닭에 죽은 초나라의 군사는 부지기수였다. 달아나는 항우를 따라 목숨을 내놓고 수행하는 초나라 군사는 불과 수백 명이었다.

항우는 이날 식전부터 지금까지 하루 낮 하룻밤 동안 이백여 리를 달린 셈이었다. 물 한 모금 마시지 않고 잠시도 쉬지 않았으니 몸은 극도로 피곤했다. 뿐만 아니라 그가 타고 있는 말도 그와 마찬가지로 기운이 없었다. 그런데 비가 쏟아지기 시작하더니 점점 세게 퍼부었고 뒤에서는 여전히 한나라 군사의 추격하는 소리가 들렸다.

항우는 기를 쓰면서 그대로 달렸다. 한참 가노라니까 어두운 밤중에 횃불을 밝히면서 한 떼의 군사가 맞은편 수풀 속에서 항우를 향해 급히 오고 있는 모습이 보였다.

'이제는 그만이다! 도망갈 길도 없구나! 이 꼴이 되어가지고 어디로 달아나리! 차라리 여기 저놈들과 결전을 해서 깨끗하게 죽어버리자!'

항우는 이렇게 결심하고 최후의 힘을 쥐어짜면서 창을 겨누고 마주 갔다. 그러나 가까이 가서 보니 적이 아니요, 초나라의 대장 포(蒲)장군이었다.

"신이 범아부의 명령으로 삼만 명을 거느리고 구원하러 나왔습니다. 폐하께서는 한 걸음이라도 더 속히 이곳을 떠나십시오. 뒤에 오는 적은 신이 맞서 싸우겠습니다."

포장군은 초패왕에게 말 위에 앉아 이같이 말했다. 항우는 쳐들었던 창을 내리고 그제야 마음을 놓았다. 범증이 항우를 심려하여 보내준 구원병이었던 것이다.

"뒷일은 너에게 부탁한다!"

항우는 이같이 한마디 하고 그대로 지나가버렸다. 이제야 겨우 그는 위태한 지경을 넘긴 것이다.

초패왕을 보내고 나서 포장군은 칼을 휘저으면서 한나라 군사의 추격병을 향하여 돌격했다.

한나라의 대장 이필(李必)·낙인(洛印) 두 장수가 포장군과 만났다.

"이놈들아, 세상에서 유명한 포장군을 모르느냐?"

포장군은 먼저 이같이 호령하고 칼을 휘두르며 달려들었다.

"네까짓 것이 무엇인데, 내가 잡으려 하던 적을 구원해주고 덤벼드느냐?"

이필과 낙인은 이같이 말하고 포장군과 더불어 싸우기 시작했다.

세 장수가 한데 어우러져 칼날에서 번갯불이 튀도록 맹렬히 접전하기를 이십여 합 계속할 때 포장군의 칼날에 이필의 목이 뎅겅 잘라지면서 몸뚱이가 말 위에서 떨어져버렸다. 이같이 이필이 전사하는 것을 보고 낙인은 혼비백산하여 도망쳤다.

낙인이 달아나는 것을 보고 포장군은 급히 등 뒤에 메고 있던 화살통에서 화살을 뽑아 활을 힘껏 당긴 다음에 탕 쏘았다. 화살은 겨냥대로 낙인의 등허리를 꿰뚫었다. 낙인이 이같이 말 위에서 굴러떨어져 죽어버리자 두 사람의 대장을 잃어버린 한나라 군사는 제각기 서로 살아나려고 본진으로 도망하였다. 포장군은 이를 추격하여 막대한 손해를 끼치고 그 이상 추격하지 않고 그대로 군사를 거두어 돌아갔다.

이필과 낙인이 전사한 뒤에 본진으로 돌아온 사졸들의 보고를 받고 한신은 깊이 후회했다.

'나의 잘못이다! 옛날부터, 붙들리지 않으려고 달아나는 도둑놈은 쫓아가지 말라 하였건만 내가 이것을 생각하지 않고 너무 멀리 추격시키다가 이필·낙인 두 장수를 죽였구나. 과연 잘못했다.'

그는 이같이 생각하고 군사를 거두어 각 부대에 집합시킨 다음 움직이지 말라고 명령을 내렸다.

한나라 군사에게 큰 손해를 입히고 회군(回軍)하는 포장군은 협하(夾河)의 강변에서 벌써 초패왕이 진을 치고 패잔군(敗殘軍)을 수합하고 있는 것을 발견하고 즉시 말에서 내려 항우 앞으로 갔다.

"폐하께오서 한신을 너무 업신여기신다고, 범아부께서 걱정하시며 신에게 삼만 명을 주시기에 신이 구원병을 이끌고 나왔던 것입니다. 다행히 폐하의 홍복으로 신이 한나라 대장 두 명을 죽였습니다. 범아부는 신에게 말씀하시기를, 한신은 보통 심상한 인물이 아니니 경멸하지 말라 하시기에 신도 적이 패주하는 것을 더 깊이 추격하지 않고 회군했습니다."

포장군은 이같이 아뢰었다.

"짐이 이삼 년 동안 전장에 나가서 싸우면 이기고 공격해서는 빼앗고 한 번도 져본 일이 없는데, 이번에는 참으로 형언할 수 없이 참패하였다! 만일 범아부가 너를 보내주지 않았다면 짐은 한신에게 생포되었을는지도 모른다!"

항우는 이같이 말하며 기뻐했다. 이때 계포가 항우 앞으로 나와 아뢰었다.

"폐하께서는 한시바삐 이곳을 떠나시기 바랍니다. 이곳은 적진으로부터 그다지 멀지 않으므로 또다시 적군이 공격해오면 어찌하겠습니까?"

"과연 그러하다!"

항우는 즉시 찬성하고 팽성으로 돌아갈 것을 명령했다. 계포와 종리매는 모든 부하들을 인솔하여 항우의 뒤를 따랐다. 항우가 데리고 나온 군사는 삼십만 명이었건만, 팽성으로 살아 돌아온 사졸을 점검해보니 십만 명에 불과했다. 출정 부대의 삼분의 이가 섬멸된 셈이다. 항우는 생전 처음으로 크게 후회했다.

일편단심

항우는 팽성에 돌아와 며칠 동안 침울했다. 가슴에 화살을 맞은 일은 있으나 상처는 없으므로 육신이 괴로운 것은 아니었다.

하루는 범증을 불렀다.

"짐이 수일 동안 곰곰 생각해보니 모두 아부의 간언을 듣지 않은 까닭으로 이같이 된 것 같소이다. 아부에게 지금 무슨 묘계(妙計)가 없소이까?"

항우가 이같이 묻는 것을 보니 군사를 이십만 명이나 죽이고 참패한 사실을 대단히 후회하는 모양이었다.

"묘책될 것은 없사오나, 먼저 한신을 먼 곳으로 보내게 하여 영양성에 한왕이 남아 있게 한 후 폐하께서 성을 공략하시면 한왕을 단번에 멸망시킬 수 있을까 합니다. 그러므로 먼저 사신을 위왕 위표에게 보내 이해를 설명하여 위표로 하여금 한왕으로부터 모반하도록 꾀면, 위표는 반드시 모반할 것입니다. 지난번 한왕이 위표를 총대장으로 하였다가 폐하께 참패당한 죄를 저지르고, 위표는 지금 평양에 돌아가서 한왕으로부터 그 죄에 대한 무슨 조치가 내릴는지 몰라 근심 중이니 기회는 좋다고 생각됩니다. 그리하여 위표가 한왕을 배반하면 한신은 반드시 위표를 정벌하기 위해 원정할 것입니다. 이렇게 되면 영양성은 공허해

집니다."

범증은 항우에게 이같이 계책을 바쳤다. 항우는 손뼉을 치면서 기뻐했다.

"아주 좋은 묘책이다. 이야말로 일거양득이로군. 위왕을 얻고, 한왕을 멸하고…. 그런데 이 같은 일을 꾀하자면 누구를 위표에게 보내야 하겠소?"

항우는 기분이 좋아져서 좌우의 신하들을 둘러보았다.

상서령(尙書令) 항백이 항우 앞으로 나왔다.

"신의 친구 중에 상을 잘 보는 사람으로 허부(許負)라는 사람이 있습니다. 전부터 위표와는 친한 터요, 또 지금 평양에 있는 터이니, 신이 이 친구에게 편지로 부탁을 해서 위표를 꾀도록 하면 어떠할까 하옵니다."

항백의 말을 듣고 범증이 먼저 찬성했다.

"좋습니다. 허부로 하여금 위표를 달래면 틀림없지요."

항백은 범증의 찬성과 항우의 분부로 즉시 밖으로 나와 허부에게 편지를 써서 하인을 급히 평양으로 보냈다.

수일 후에 평양에서 허부는 항백의 편지를 받아보았다. 위표를 설복하여 한왕으로부터 배반하도록 해달라는 청탁을 받고 허부는 오랫동안 생각해보았다. 마음 내키는 일은 아니나 절친한 항백의 소청이며, 더구나 초패왕의 명령이나 다름없는 일이니 거역하면 좋지 못할 것이 분명했다. 허부는 마침내 항백의 청을 들어주기로 결심했다.

이튿날 허부는 위표를 찾아갔다.

위표는 그를 맞아들이고 인사를 마친 뒤에,

"그런데 참 오래간만이오. 어찌해서 한 번도 찾아오지 않았소? 요사이 나는 생각하는 일도 있고, 물어보고 싶은 말도 있고 해서 기다리던 중이었는데, 마침 잘 왔소. 내 상(相)을 좀 보아주시오. 무슨 기쁜 일이나 생기지 않겠는가, 길흉(吉凶)을 보아주시구려."

이같이 청했다. 위표는 허부가 목적하고 온 함정에 자기가 스스로 먼저 빠져들어간 셈이었다.

허부는 마음속으로 기뻐하며 위표의 관상을 한참 동안 보다가 이렇게 물었다.

"대왕께서 오늘은 아직 술을 안 드셨습니까?"

"아직 술을 안 했소이다. 아침 일찍 일어나 지금까지 정신이 상쾌한데요."

"저쪽 더 밝은 곳으로 옮겨 앉으시지요."

허부는 유심히 들여다보다가 위표를 창문 앞으로 끌고 갔다. 햇빛이 밝게 비치는 문 앞으로 위표를 앉게 한 후 자세히 살펴보니 이마로부터 미간으로, 아래턱으로 가슴 아래까지 붉고 누른 기운이 가득한데, 그 기운 가운데서 한 줄기 흰 빛이 머리 위로 뻗쳐 하늘 끝에 닿았으며 해와 달이 빛이 없어지고 물이 거꾸로 뒤집히는 격이 있어 대단히 불길해 보였다.

허부는 사실대로 말을 하려다 다시 생각하니 그렇게 말하면 위표가 초패왕에게 항복하지 않을 것이고, 그같이 되면 자신은 항백의 소청을 배반하는 것이 되겠으므로 거짓말을 하기로 작정했다.

"대왕께서는 참으로 귀하신 상이올시다. 지금 홍기(紅氣)·황기(黃氣)가 온 얼굴에 가득하고 희색(喜色)이 뻗쳤습니다. 앞으로 백 일을 경과하지 않고 사방으로부터 대왕께 복종하여 오겠습니다."

허부는 당세에 유명한 관상가이니 이 사람의 이 말은 위표의 마음을 즐겁게 하지 않을 수 없었다.

"과연 선생의 말대로 된다면 후일 상금을 많이 보내오리다."

위표는 이같이 말했다.

"그런데 이 사람이 여기서 바라보니, 후궁(後宮)에서는 왕기가 대단히 뻗치는데요."

허부는 또 창밖을 내다보면서 이같이 말했다.

"그러면 나와 함께 들어가서 자세히 보아주시오."

위표는 허부를 데리고 후궁으로 들어갔다. 후궁에서는 위표의 아내가 홀로 앉아 있다가 위표가 들어오는 것을 보고 자리에서 일어섰다.

허부는 부인의 자태를 한번 바라보고는 얼른 그 앞에 엎드려 절하면서,

"부인의 존귀하심은 이루 형언하여 말씀드릴 수 없습니다. 반드시 천하 만민의 국모(國母)가 되실 것입니다."

이같이 말했다. 이 말을 듣고 위표는 너무도 기뻤다.

"선생의 말씀을 들으니 가슴속이 시원하외다!"

위표는 이같이 말하고 허부와 함께 밖으로 나와 채단과 황금을 두둑이 싸주고 그에게 사례했다. 허부는 그것을 받아가지고 물러갔다.

허부가 돌아간 뒤에 위표는 대부 주숙(周叔)을 불렀다.

"근간 천하 형세를 보아하니 내가 한왕을 배반하고 초패왕에게 항복한 후 한왕을 함양성에서 몰아내고, 도읍을 그곳으로 옮겨 천하를 삼분(三分)하는 것이 옳다고 깨달았다. 대부는 속히 그 일에 착수하도록 하라."

그는 이같이 명령했다.

"불가(不可)하옵니다. 한왕은 관인대도하여 천하 민심이 따르고 있으며, 한신은 용병작전(用兵作戰)을 귀신같이 하므로 초패왕의 용맹으로도 당하지 못하는데, 하물며 대왕께서는 세력도 크지 않고 부하 장수도 많지 않으니 결코 대항할 수 없습니다. 한나라를 섬기는 것이 차라리 좋습니다. 가만히 위왕의 지위에 앉아 계시는 것이 하늘이 정해주신 복인가 하옵니다."

주숙은 위표가 한왕을 배반하고 초패왕을 섬겨 천하를 세 쪽으로 나누어 갖겠다는 의견에 이같이 맹렬하게 반대했다.

"아니다! 무릇 매사(每事)에는 천명(天命)이 있는 법이야! 반드시 강약(强弱)에 의해서만 이루어지는 것이 아니란 말이다! 허부가 관상을 잘 보기로는 지금 천하에서 제일이다. 대부는 쓸데없는 말을 그만둬라."

위표는 도리어 주숙을 나무랐다. 그러나 주숙은 충심으로 위표를 간하지 않을 수 없는 듯이 계속해서 반대했다.

"대왕께서 그같이 말씀하시오나, 먼저 인사(人事)를 다하고 뒤에 천명(天命)을 기다리는 것이옵니다. 함부로 관상쟁이의 말만 믿고 경솔하게 군사를 일으키는 것이 아닙니다. 망신(亡身)·패가(敗家)·실국(失國)하는 것이 경거망동하는 데서 오는 것입니다."

위표는 이 말을 듣고 성난 소리로 꾸짖었다.

"뭐라고 지껄이느냐! 내가 지금 천하를 경륜하려고 하는데 함부로 불길한 소리를 지껄인단 말이냐! 너는 혹시 한나라와 내통하면서 나를 망치려고 하는 놈이 아니냐?"

"천만 의외의 말씀이십니다! 신이 오랫동안 대왕을 모셔왔는데 무슨 딴 마음이 있겠습니까? 지금 충심으로 간하는 말씀을 올리는데 듣지 않으면 후일에 반드시 후회할 날이 있을 것입니다!"

위표는 이 소리에 와락 성을 내며 좌우를 보고 호령했다.

"여봐라! 주숙을 잡아 가두어라!"

무사들이 달려들어 주숙을 끌고 나간 뒤에 위표는 즉시 백장(柏長)을 군사(軍師)로 하고, 백직(柏直)을 대장으로 하고, 풍경(馮敬)을 기장(騎將)으로 하고, 항택(項宅)을 보장(步將)으로 하여 십만 명의 군사를 점검시킨 후 먼저 평양성 주위에 배치하게 하고, 항우에게 항복하는 상소를 올렸다.

한왕은 영양성에서 이 소식을 들었지만 위표가 배반한다 해도 겁날 것이 없었다. 그는 즉시 군사를 보내어 위표를 격멸하려 하다가 광야군 역이기 노인의 말을 듣고 역이기를 위표에게 보냈다.

그러나 위표는 역이기의 권고를 듣지 않았다. 하는 수 없이 역이기는 그대로 돌아와 한왕에게 사실을 보고했다.

한왕은 마침내 위표를 토벌하기로 결심하고 한신을 불러들였다.

"위표가 배반하여 군사를 일으키고 있으니 원수는 십만 명을 인솔하고 나아가 위표를 격멸하기 바라오."

"황송하옵니다. 신도 이 말씀을 아뢰옵고자 하던 참이옵니다. 다행히 분부를 내리시니 속히 위표를 토벌하겠습니다. 그러하오나 신이 위왕을 정벌한다는 소식을 알면 초패왕이 반드시 침공해올 것입니다."

한신이 이같이 아뢰자, 한왕이 물었다.

"참으로 그럴 것이오. 원수가 영양에 없는 줄 알면 초패왕이 쳐들어올 것이니 그때는 어찌하면 좋겠소?"

한신은 말을 계속했다.

"초패왕이 영양성이 공허한 것을 알고 그 틈을 타 침공해올 것은 명약관화(明若觀火)합니다. 이때에 대사를 위촉할 만한 인물은 모든 장수들 가운데서 왕릉이 제일입니다. 대왕께서는 왕릉에게 명령하시어 적을 방비하도록 하시기 바랍니다."

"그렇지만 왕릉의 노모(老母)가 지금 초패왕에게 생포되어 초의 진영에 인질(人質)로 있으니 왕릉이 진심갈력하여 적을 격파할 수 있을지 모르겠소."

한왕은 한신이 자기 대신 왕릉을 천거하는 말을 듣고 이같이 걱정스러운 듯이 말했다.

"심려 마시기 바라옵니다. 왕릉의 모친은 본시 현정(賢貞)하여 그 아들 가르치기를 매우 엄하게 하였습니다. 그러므로 왕릉의 심지(心志)는 금석(金石)과 같습니다. 결코 변심함이 없을 것이니 대왕께서는 이 사람을 총대장으로 하시고 진평을 군사(軍師)로 하여 왕릉을 보좌하게 하시고, 만일 위급한 경우에는 장량을 불러 꾀를 마련하라 하시면 무사하실 것입니다."

한신이 이같이 말하는 것을 듣고서야 한왕은 마음을 놓았다.

"알아들었소. 그만하면 안심되오. 하루바삐 원수는 위표를 평정하고 개선해주기 바라오."

"그렇게 하겠습니다."

한신은 이같이 아뢰고 즉시 물러나와 조참·관영 두 장수와 더불어 십만 명의 군사를 인솔하여 출동했다.

한신은 포판(蒲坂)까지 왔다. 언덕 위에서 내려다보니 건너편 언덕에 위표가 벌써부터 진을 치고 있었다. 강물을 건너 진격하기 위해서는 상당히 많은 배가 필요했다. 그렇건만 한신은 불과 백여 척의 배밖에 준비해오지 않았다. 백여 척의 배를 가지고 어떻게 십만 명의 군사를 건너게 할 수 있겠는가.

한신은 관영을 불러 수백 명의 사졸들로 하여금 뗏목을 짓게 하였다.

이틀 후에 뗏목이 완성되자 한신은 다시 관영을 불러 명령을 내렸다.

"그대는 여기서 백 척의 배를 타고 일만 명의 군사를 데리고 깃발을 날리면서 될 수 있는 대로 많은 군사가 쳐들어가는 것처럼 보이다가 위표의 군사가 동요되거든 즉시 건너가서 공격하라!"

그런 다음 조참에게도 명령을 내렸다.

"그대는 이만 명의 군사를 거느리고 뗏목을 타고 하류(下流)로 내려가 하양(下陽)으로부터 강을 건너가 안읍(安邑)을 공략하여 적의 후방을 침공하라. 나는 후진에서 관영과 함께 적의 정면을 공격하겠다. 이리해서 전후 협공(挾攻)하면 위표는 사로잡힐 것이다."

두 장수는 곧바로 출동했다.

한편, 위표는 한신의 군사가 자기를 공격하기 위해 온다는 소식을 듣고 미리부터 강가에 진을 치고 적이 오기를 기다리고 있었다. 이같이 날마다 적이 오기를 고대하던 차에 하루는 강 건너편에서 고함소리와 북소리, 꽹과리 소리가 요란스럽게 들려, 막사에서 뛰어나와 바라보았다. 과연 백여 척의 배가 깃발을 날리는데 한나라 군사가 구름같이 강 건너편에 집결되어 있었다.

위표는 즉시 부하에게 사방을 견고히 방어하라 하고 주야로 진중을 순찰했다. 그는 한신을 방비하기 위해 조금도 게을리하지 않았다.

이삼 일이 지났다.

이때 별안간 안읍에서 파발이 도착하여,

"한신의 부하 장수 조참이 뗏목을 타고 하양으로부터 강을 건너와서 안읍을 빼앗고, 위왕의 가족들을 사로잡고 내친걸음에 이리로 향해 쳐들어오고 있습니다."

라고 했다. 위표는 대경실색했다.

"안 되겠다! 속히 뒤로 물러가자!"

위표는 즉시 백직·항택·풍경 등 부하 장수들에게 명령하고 후퇴하려 했으나 벌써 조참의 대부대가 후퇴하는 길을 휩쓸면서 공격해 들어왔다. 위표의 군사는 저절로 어지러워졌다. 엎치락뒤치락하는 동안에 강 건너로부터는 한신·관영 두 사람이 정예 부대를 거느리고 건너오면서 철포와 화살을 빗발같이 쏘아댔다.

위표의 군사는 한 사람도 싸우고 싶은 생각이 있는 것 같지 않았다. 백직·풍경·항택 등도 서로 제가 먼저 도망가려고 할 뿐이었다. 그러나 조참·관영 두 장수는 이것을 놓치지 않고 모조리 쏘아 죽이고, 베어 죽였다.

위표가 무섭고 떨려 어찌할 바 모르고 갈팡질팡하는 동안에 관영·조참 두 장수가 좌우에서 달려들어 그를 말 위에서 사로잡아버렸다.

두 장수는 위표를 붙잡아 한신에게로 갔다.

한신은 위표를 꾸짖었다.

"주상께서 너를 총대장으로 하여 초패왕을 치게 하셨을 때, 너는 주색에 빠져 군무를 열심히 안 보고 삼십만의 군사를 망쳐버렸다. 그러나 주상께서는 다만 원수의 인장만 빼앗았을 뿐 그 죄를 용서하시고, 너로 하여금 평양을 지키고 위왕의 작(爵)을 그대로 지니게 하셨으니 이 얼마나 감사한 일이냐? 너는 마땅히 은혜를 깊이 깨닫고 충심을 다하여 전죄(前罪)를 보상하여야 하겠건만, 도리어 경솔하게 관상쟁이의 허망한 소리를 믿고 모반을 하였으니 그 죄는 마땅히 내가 네 목을 자를 것이로되, 네가 그래도 일국의 왕이었던 까닭으로 주상의 명령을 받든 연후에 네 죄를 다스리고자 한다. 그런 줄 알고 함거(檻車)에 들어가 있거라!"

한신은 무사들로 하여금 위표를 결박하여 함거 속에 가두게 했다.

위표의 토벌이 쉽사리 끝났으므로 한신은 관영·조참 두 장수를 데리고 즉시 평양 성중으로 들어가 백성들을 위로해주고, 옥에 갇혔던 대부 주숙을 옥중에서 나오게 하여 그로 하여금 국가의 일을 맡아보게 하였다.

이때 항우는 한신이 위표를 정벌하기 위해 떠나고 영양에는 한왕이 홀로 있다는 소식을 들었다.

항우는 기뻤다.

"범아부의 말이 꼭 맞았다!"

그는 손뼉을 치고 웃으면서 즉시 한왕을 공격하기 위한 출동 준비를 했다. 그는 이봉선(李奉仙)으로 하여금 정병 삼천 명을 인솔하여 선봉 부대를 이끌게 하고, 자신은 후진을 거느리고 영양을 향해 출발했다.

한왕은 초패왕의 대군이 영양을 향해 쳐들어온다는 정보를 받고 놀랐다. 아직 평양에서 한신이 돌아오지 않고 있는 때인지라 한왕은 대책을 세울 수 없다고 생각했던 까닭이었다.

"어찌하면 좋겠소? 초패왕의 대군을 어떻게 방비할 것인가?"

그는 장량·진평 두 사람을 불러 이같이 물었다.

"너무 심려 마옵소서. 한신이 떠날 때에 아뢴 바와 같이 왕릉을 부르시어 그에게 책임을 맡기면 좋을까 합니다."

장량과 진평은 이같이 한왕에게 말했다.

한왕은 그들의 말대로 왕릉을 불러들여 명령을 내렸다.

"초패왕이 지금 친히 대군을 인솔하여 이리로 오고 있다. 네가 속히 계책을 세워 이를 방비해야겠다."

"황송하옵니다. 초패왕의 군세(軍勢)는 강대하므로 무력으로 대항하기는 어려울 것입니다. 신이 요량하옵건대, 성(城) 밖에 해자를 깊이 파고 성 위에 돌을 높이 쌓고, 깃발을 모두 감춰버린 다음 북소리를 내지 말고 한 사람도 나가 접전하지 않는 것이 좋을 것 같습니다. 이리하면 초나라 군사는 맥이 풀리고 게으름이 생기게 될 것이오니, 이때 한 가지 꾀를 쓰면 반드시 초나라 군사는 모조리 도망가고 말 것입니다."

왕릉은 이같이 대책을 아뢰었다.

"무슨 꾀를 쓴다는 말이냐?"

한왕이 이렇게 묻자, 왕릉은 한왕 앞으로 가까이 다가가 가만히 무어라고 소곤소곤 자신의 묘계를 말했다.

가만히 귀를 기울이고 왕릉의 꾀를 듣고 있던 한왕은 그의 말을 다 듣고,

"그렇지! 벌써 그 같은 묘책이 서 있으니 짐은 염려하지 않겠다!"

이렇게 칭찬하고 즉시 총대장의 인장을 왕릉에게 주고, 진평을 군사(軍師)로 임명했다.

초패왕의 선봉부대장 이봉선은 이때 삼천 명을 인솔하여 영양성 밖에 도착했다.

그는 한나라 군사의 진영을 살펴보았다. 그러나 아무것도 보이지 않았다. 성의 사대문은 꽉 닫혀 있고, 적의 그림자는 한 사람도 눈에 띄지 않았다. 그는 즉시 후진으로 달려가 항우에게 이 사실을 보고했다. 모든

장수들은 이봉선의 보고를 듣고,

"폐하께서 친정(親征) 오신다는 소식을 듣고 한왕이 영양성을 버리고 도망갔든지, 혹은 한신이 돌아오지 못하고 있으니까 어쩔 줄을 몰라 나오지 못하고 성안에 숨어 있나봅니다. 속히 공격하십시오."

그들은 모두 이 같은 의견을 주장했다.

"아니다! 어찌해서 그렇게도 급하게 서두른단 말이냐. 모두들 혈기가 왕성해서 일을 그르치기 쉽겠다. 그러지 말고, 오늘은 우리가 먼 길을 행군해왔으니 밤에 편안히 휴식하고 내일 적의 허실을 탐지한 연후에 공격을 시작하자."

항우는 부하들을 이렇게 나무랐다. 그리고 나서 말 등에서 안장을 내리고 사졸들은 갑옷을 풀고, 모두들 편히 그 밤을 휴식하게 했다.

왕릉은 초나라 군사가 자신의 작전 계획에 빠져버렸으리라고 짐작하고, 먼저 정병(精兵) 오백 명을 추려 그들로 하여금 가시덤불 나뭇단을 수없이 많이 성벽 위에 쌓아두게 한 후 명령을 내렸다.

"내가 오늘 밤중에 초의 진영을 습격하겠다. 적이 만일 내가 공격하는 사이에 성을 공격해오거든, 그때 너희들은 미리부터 횃불을 예비해 가지고 있다가 일제히 나뭇단에 불을 질러 적이 성벽으로 가까이 접근하지 못하도록 방비해라. 본진(本陣)을 견수(堅守)하는 것이 너희들의 임무다!"

그리고 하후영은 삼만 명의 군사를 거느리고 뒤를 따라오며 자신을 지원하도록 지시한 후에, 그는 스스로 오천 명의 정병을 추려 모두 붉은 헝겊으로 머리를 싸매게 했다. 그리고 오백 명의 정병을 별개로 선발하여 이들에게는 철포를 가지게 했다.

해가 저물었을 때 왕릉은 모든 준비를 끝내고 출동했다. 그는 먼저 탐색병으로 하여금 초의 진영 내부 동정을 비밀히 알아오게 했다.

잠시 후 정보가 들어왔는데, 초패왕의 군사는 먼 길을 달음질해온 까닭으로 모두 피곤하여 곤히 잠들었고 아무 방비가 없다고 했다.

왕릉은 즉시 붉은 헝겊을 머리에 두른 오천 명의 부하 사졸들로 하여금 각기 단도 한 자루씩을 뽑아들게 하고, 입에는 헝겊 쪼가리를 물게 한 다음 소리 없이 초패왕의 진영으로 돌입했다. 진중은 예상하던 것과 같이 고요했다. 그는 바로 들어맞은 자기 계획을 확신하고 즉시 철포 한 방을 탕 하고 쏘게 했다. 이 소리를 암호로 오백 명의 철포 부대는 사방에서 돌격하면서 요란하게 철포를 쏘아댔으며, 오천 명의 붉은 헝겊을 두른 정병들은 일제히 단도를 들고 침입하면서 한 놈도 남기지 않고 모두 찔러 죽인다고 고함을 질렀다. 밤중에 방비하지 않고 휴식하던 초패왕의 군사들에게는 마치 십만 명의 적군이 하늘에서 떨어져내려온 것 같았다.

그들은 놀라 깨어 눈을 비비며 일어나서 갈팡질팡 허둥지둥, 창과 방패를 찾다가 한나라 군사의 칼에 죽어버렸다. 혹은 저희들끼리 먼저 도망가려고 떠밀고 나가는 바람에 밟혀 죽은 놈도 부지기수였다.

왕릉은 기세등등하여 전후좌우로 말을 달리면서 닥치는 대로 적을 죽였다.

그는 마치 무인지경을 달리고 있는 것 같았다.

이때 항우는 중군(中軍)에서 휴식하고 있다가 놀라 깨어 급히 말을 타고 창을 들고 뛰어나왔다. 그는 한나라 군사에게 여지없이 유린당하고 있는 자기 군사를 보고도 침착하게 형세를 살폈다.

쌍방 군사들이 한량없이 어지럽게 혼전(混戰)하는 마당에 한 사람의 한나라 장수가 동에 번쩍, 서에 번쩍 황홀하게 접전하는 거동이 그의 눈에 띄었다.

항우는 그 장수를 향해 벽력같이 소리를 지르며 달려들었다. 항우가 창을 겨누고 달려드는 것을 보더니 그 장수도 피하지 않고 항우를 향해 창을 겨누었다.

그 장수는 항우와 더불어 이십여 합 접전을 하다가 항우를 당해내지 못하겠던지 급히 초의 진영으로부터 한나라 군사를 퇴각시키고 자기도 빠져나갔다.

항우는 달아나는 그 장수를 쫓아가려다가 말을 세우고,

"지금, 저기 달아나는 한나라 장수가 누구냐?"

이같이 사졸들을 내려다보고 물었다.

"대장 왕릉이옵니다."

사졸들로부터 그 장수의 이름을 듣고 항우는 부하들에게 진영을 맡기고 홀로 왕릉을 추격하려 했다.

'이놈의 창법(槍法)은 보통 심상한 법이 아니다. 드물게 보는 창법을 가졌으니, 지금 이놈을 없애버리지 않았다가는 후일 걱정거리가 될 것이다.'

항우는 이같이 생각하고 말을 달리려 하는데, 계포·종리매·용저 세 사람이 급히 항우 앞으로 달려와 길을 막았다.

"폐하께서는 추격하지 마시기 바라옵니다. 한신이 계책을 두고 간 모양입니다. 초저녁부터 영양 성벽에서는 불길이 일어나면서 군사들이 개미떼같이 우글우글한 것을 보았습니다. 지금 왕릉이 전승하고 한나라 군사의 사기가 왕성하니, 폐하께서는 추격하지 마십시오."

그들은 이같이 간했다.

"아니다, 왕릉의 창법은 비상하다! 이놈을 지금 제거하지 않으면 후환이 될 것이다!"

항우는 신하들의 간언을 듣지 않으려 했다.

"그러하오면 신들에게 한 가지 계책이 있습니다. 왕릉의 모친이 지금 팽성에 잡혀와 있지 않습니까? 사람을 보내어 왕릉의 모친을 이리로 잡아오고 비밀히 왕릉을 부르십시오. 왕릉은 본시 효자인지라 반드시 폐하께 항복하고 들어올 것입니다. 그렇게 되면 영양성을 공략하는 것은 쉽기가 여반장(如反掌)이 아니겠습니까…?"

"좋다! 그렇게 하자!"

항우는 즉시 그 말에 찬성하고 진영을 옮겨 삼십 리가량 후퇴할 것을 지시했다.

수없이 많은 자신의 군사가 죽어 넘어진 시체를 그대로 버리고 진영을 옮기지 않을 수 없었던 까닭이다. 이날 밤에 한나라 군사의 야습으로 말미암아 죽어 없어진 그의 군사는 삼만 명이나 되었다.

항우는 진영을 이동시킨 후 즉시 팽성으로 사람을 보내 왕릉의 모친을 데려오게 했다.

한편, 왕릉은 군사를 거두어 영양성으로 돌아가 부하로 하여금 군사를 점검시켜보니, 사졸 백여 명밖에 손해가 없었다. 그는 이 뜻을 한왕에게 보고했다.

한왕은 대단히 기뻐했다.

"그대가 대장이 되어 단 한 번 싸움에서 적을 삼만 명이나 사상(死傷)케 하고, 초패왕으로 하여금 삼십 리나 후퇴케 하였으니 이는 비상한 공로다. 더욱 발분하여 성을 지켜라. 후일 중상(重賞)을 내리겠다."

한왕은 왕릉을 이같이 칭찬했다.

"신이 처음에는 사오 일 동안 초군을 상대하지 않으려 했으나 다시 생각해보니 적이 방비함이 부족할 때에 공격함이 좋을 것 같아 돌연히 야습을 하여 이익을 얻었습니다. 그러하오나 초패왕이 그다지 멀리 퇴각하지 않았으므로 또 어느 때 재차 공격해올지 알 수 없습니다. 지금부터 그 방비를 해야 하겠습니다."

왕릉이 이같이 아뢰는 것을 듣고 있던 장량과 진평은,

"일간 들어온 소식을 보건대, 그동안 한신 원수가 위표를 평정하여 주숙으로 하여금 위국을 다스리게 하고 있다 하니 여기서는 성을 견고히 방어하기만 하고, 한신이 불일간 돌아오거든 그때 방침을 세우도록 하심이 좋을까 합니다."

이같이 아뢰었다.

"과연 그같이 하는 것이 좋을 것 같소."

한왕은 두 사람의 말을 채택했다. 그리하여 삼군에 명령을 내리기를, 활과 철포를 다수 준비하여 사대문과 성벽을 엄중히 수비하고, 한 사람도 나가지 말라 했다.

이렇게 수비하기를 열흘 동안 했다. 그동안 초나라 군사는 한 번도 공격해오지 않았다.

그런데 하루는 성 아래에 초나라 군사 한 명이 말을 타고 와서 큰소리로 고함을 질렀다.

"왕장군을 뵈옵고 큰 사건을 고하려 왔으니 전달해주시오!"

성벽 위에서 적의 동정을 살피고 있던 보초병은 즉시 이 사실을 보고했다.

왕릉은 적병이 자신에게 친히 큰 사건을 보고하기 위해 찾아왔다는 소식을 듣고 즉시 성벽 위에 사다리를 타고 올라가 큰소리로 초군에게 물었다.

"무슨 말이냐?"

"다름이 아니오라 초패왕 폐하께서 지금 왕장군의 모친을 팽성에서 이곳으로 잡아와 사형에 처하려고 합니다. 노부인께서는 죽기 전에 장군을 한 번만 보고 싶다고 저를 보고 장군에게 알려달라 하십니다. 그래서 이 말씀을 전해드리러 왔습니다. 장군께서는 속히 나오셔서 늙으신 모친의 목숨을 구하십시오! 만일 시각이 더디어지면 장군은 대부인 생전에 면대하지 못하실 것입니다! 그래서 제가 숨이 가쁘게 달려왔습니다."

초군의 말을 듣고 왕릉은 정신이 아찔했다. 그는 겨우 정신을 가다듬고,

"어, 알았다! 가거라!"

성 아래 초군에게 이같이 한마디 하고는 급히 사다리를 내려와 엉엉 울었다. 그의 늙은 어머니는 고향에서 여러 달 전에 초패왕에게 붙들려 팽성에 인질로 구금되어 있는 것을 알고 있었던 까닭에 그는 초군 사졸의 말을 믿지 않을 수 없었다.

왕릉은 한참 동안 슬프게 울고 나서 즉시 한왕을 찾아가 뵈었다.

"신의 노모는 금년에 칠순입니다. 신이 그동안 하루도 효양(孝養)을 못하였는데, 여러 달 전에 초패왕이 팽성으로 잡아다두더니, 지금 이곳으로 끌고 와서 죽이려 한다 합니다! 그리하여 노모는 죽음을 당하기 전에 한 번만 신의 얼굴을 보고 싶다고 이제 초군 사졸이 이 소식을 전달하고 갔습니다. 이 일을 알고 신이 어찌 가만히 앉아 있을 수 있겠습니까? 신은 이 몸이 비록 천 토막 만 토막 잘려 죽는다 할지라도 초패왕에게 가서 노모를 구원해야겠습니다. 신이 비록 초나라 진영에 있게 된다 할지라도 충심은 변치 않고 항상 대왕을 모시고 있겠습니다. 결단코 적을 위해 힘을 쓰지 않겠습니다."

왕릉의 목소리는 울음 섞인 어조였다.

한왕은 딱한 사정을 듣고 무어라고 할 말을 몰랐다.

이때 장량이 곁에 있다가 입을 열었다.

"저는 왕장군이 크게 잘못 생각하고 있는 것 같습니다! 왜 그러냐 하면, 십여 일 전에 장군이 하룻밤에 초패왕의 군사를 삼만 명이나 무찔러버렸으니 초패왕은 분해 이를 갈면서 복수하려고 할 것입니다. 어떻게든지 장군을 잡아 죽이려고 하는 이때, 경솔하게 심부름 온 놈의 말만 듣고 초의 진영으로 찾아간다는 것은 안 될 말이지요! 먼저 모친께서 붙들려 와 계신지 안 계신지 그것을 알아보아야 할 것 아닙니까? 그런고로 먼저 심복으로 믿을 만한 사람을 초의 진영에 보내 사실의 진가(眞假)를 알아보고, 사실로 모친이 계시거든 모친께 친필로 편지를 써주십사 해가지고 돌아오게 하십시오. 그리하여 친필을 받아본 연후에 장군이 초패왕에게 가서 모친을 구원하셔야 할 것입니다."

장량의 말을 듣고 한왕은 그제야,

"그래, 그렇지!"

이같이 찬성하면서 즉시 모사(謀士) 숙손통(叔孫通)을 불러 명령을 내렸다.

"너는 지금 초패왕의 진중으로 찾아가서 왕릉의 모친이 붙들려 와 있는가, 사실의 진가를 알아본 다음 모친의 친필을 얻어가지고 돌아와야겠다!"

숙손통은 명령을 받고 초의 진영을 향해 말을 달렸다.

초의 진영에서는 왕릉의 모친 때문에 한왕으로부터 사신이 왔다는 보고를 받고 그를 불러들였다.

항우는 자리에 좌정한 후 숙손통을 가까이 세우고 위엄 있게 말했다.

"왕릉은 본시 패현에 사는 사람으로, 짐을 섬겨야 할 사람인데 도리어 유방을 따라서 짐을 배반했으니 용서할 수 없다. 짐은 벌써부터 왕릉의 노모를 잡아두었다가 지금 이리로 데려왔다. 왕릉이 속히 짐에게 항복해오면 모자(母子)가 무사할 것이요, 만일 항복해오지 않으면 모친을 당장에 죽여 왕릉으로 하여금 만세에 불효자라는 이름을 남기게 하겠다!"

그러나 숙손통은 주저하지 않고,

"알아들었습니다. 그런데 왕릉의 모친을 한번 얼굴이나 보여주면 좋겠습니다."

이렇게 청했다.

"그리해라! 어렵지 않다."

항우는 즉시 이같이 말하고 좌우로 하여금 왕릉의 모친을 그 자리로 끌어오라고 명령했다.

칼을 차고 있는 무사 두 명이 항우의 명령을 받고 밖으로 나가더니 잠시 후에 노파 한 사람을 붙들고 들어와 항우 앞에 꿇어앉혔다. 쪽찐 머리털은 흰 눈같이 덮였고, 손과 얼굴은 주름살이 얽히고설켜 나이는 칠십이나 됨직하건만, 나이에 비해 기운이 정정한 노파였다. 숙손통은 마음속으로 생각했다.

'이 부인이 왕릉의 모친이로구나.'

그는 마음에 측은하고 죄송했으나, 겉으로는 천연스럽게 가만히 앉아 노파를 건너다보고 있었다.

노파는 항우 앞에 붙들려나와 꿇어앉았건만, 그의 태도에는 위엄이 있어 보였다.

"그대가 나를 보자고 한 사람이오? 무슨 일로 나를 보자고 했소?"

노파의 거센 목소리가 숙손통을 향해 이같이 흘러왔다.

"왕릉의 모친이십니까? 고생하십니다. 효자 왕릉이 모친께서 고생하심을 듣고, 그 진가를 알지 못해 와서 구원하지 못하고 있습니다. 그런 까닭으로 지금 이 사람이 한왕의 명령을 받들고 소식을 알기 위해 이같이 찾아온 터입니다. 모친께서 지금 저에게 친필로 편지 한 장을 써주십시오. 제가 가지고 돌아가서 왕릉에게 보여, 속히 초나라에 항복하도록 하여 모친을 구조해드리도록 하겠습니다."

숙손통은 왕릉의 모친에게 이같이 청했다. 노파는 쭈그리고 앉았다가 그 말을 듣더니, 허리를 펴고 어깨를 흔들면서 큰 목소리로 말했다.

"그게 무슨 말이오? 한왕은 인자하고 후덕하여 천하 억만창생의 부모가 될 사람이오. 내 자식이 옳은 주인을 만났지! 제가 충심갈력하여 공을 세워서 천 년 만 년 한나라의 명신이 된다면 내가 죽을지라도 살아 있는 거나 다름없을 터인데, 어쩌려고 늙은 어미를 핑계대고 이심(二心)을 먹고 역적에게 항복한단 말이오! 걸주(桀紂)를 도와 일을 하라고 나는 가르치지 않았소! 그대로 돌아가서 내가 하던 말을 자세히 내 아들에게 전하시오!"

왕릉의 모친은 말끝을 맺자마자, 별안간 곁에 서 있는 무사의 허리에서 칼을 뽑아 자신의 목을 콱 찔러버렸다.

숙손통은 놀라 노파를 붙들려고 덤벼들었으나, 때는 이미 늦었다. 왕릉의 모친은 이미 죽었고, 절반 이상 끊어져버린 목줄기에서는 선지피가 뿜어나왔다.

"오오…."

"어어, 어어…."

"아아, 아아…."

모든 사람들이, 방 안에 있던 사람 전부가 별안간 당한 처참한 광경에 경탄하는 소리를 내었다.

항우는 이에 크게 노했다.

"요사하고 방정맞은 할망구가 감히 이 같은 꼬락서니를 보이다니! 여봐라, 시체를 내어다가 가루가 되도록 찢어발겨 모든 백성들에게 훈계해주어라!"

그는 이같이 명령을 내렸다.

이때 종리매가 항우 앞으로 나와서 간했다.

"폐하께서는 고정하시기 바랍니다. 노파의 죄는 용서할 수 없으나, 그 시체를 거두어두시고 비밀히 소식을 알리면 왕릉이 노모의 시체를 감장하는 예(禮)를 행하기 위해서라도 우리들에게 항복해올 것입니다. 그렇지 않으면 왕릉이 원한을 품고 끝끝내 한왕을 섬기면서 어미의 원수를 갚으려고 한사코 싸울 것이니 신은 그것을 우려합니다."

종리매의 간언을 듣고 항우는 노기를 약간 진정시켰다. 그는 잠시 침묵하고 있다가 명령을 내렸다.

"그래라, 그러면 시체를 관 속에 넣어 패현으로 보내두게 해라."

그러고는 다시 숙손통을 보고,

"너는 영양성으로 돌아가 왕릉을 타일러서 속히 짐에게 항복해오도록 해라. 만일 시일이 경과하여도 오지 않으면 짐이 단번에 성을 깨뜨리고 한왕도 죽이고 죄다 죽여버려 그 죄를 다스리겠다."

이같이 호령하듯 말했다. 숙손통은 공손하게 그 말을 듣고 항우 앞으로 가까이 다가가 가만히 입을 열었다.

"신이 오늘 폐하를 뵈옵는 것은, 진정으로 폐하께 항복해오고 싶어서 왕릉의 모친을 핑계대고 한왕을 속이고 나온 것입니다. 한왕이 인물을 알아주지 못하고, 돼먹지 못한 놈의 말은 잘 듣고, 교만하고, 사람을 천대하므로 신은 폐하께 이 말씀을 사뢰려고 온 것입니다. 왕릉도 역시 오래전부터 신과 마찬가지로 폐하께 항복해오고 싶어하고 있습니다. 오늘 영양성으로 돌아가서 왕릉에게 비밀히 연락하여 불일내로 두 사람이 도망해오겠습니다."

숙손통이 이같이 밀고하는 말을 듣고 항우는 물었다.

"한왕이 지금 성안에 장수를 몇 명이나 데리고 있으며, 군사는 모두 얼마나 되느냐?"

"지금 성중에 있는 군사는 이십만, 대장은 육칠십 명, 열 개나 되는 창고에 좁쌀은 산같이 쌓여 있사온데, 일부러 성문을 굳게 닫고서 나와 접전하지 않는 것은 다른 계책이 있는 까닭입니다. 한신이 요사이 위표를 평정하고, 폐하께서 지금 출정하신 틈을 타서 팽성을 공략하여 태공과 여후를 구원해서 한왕에게 돌아오도록 하고, 또 대주(代州)를 공략하여 연(燕)·제(齊) 두 나라를 항복받아 폐하로 하여금 앞으로 나아갈 길이 없고 뒤로 물러갈 길이 없도록 한 후, 한신의 대군이 폐하의 후방으로부터 공격해오면 영양성에서는 한왕의 이십만 군사가 쫓아나와 협공하려는 계획입니다. 한왕은 이때가 오기를 기다리느라고 천연세월하고 있는 것입니다. 그러니 폐하께서는 이것을 아시고 미리 방비하십시오."

항우는 숙손통의 밀고를 듣고 잠시 침묵하고 있다가 또 물었다.

"네가 지금 성중으로 돌아갔다가 어느 날쯤 왕릉을 데리고 짐에게로 오겠느냐?"

"신은 될 수 있는 대로 하루라도 속히 왕릉과 동반하여 도망해오겠습니다. 다만 폐하께서는 속히 팽성을 견고하게 방비하도록 하십시오."

숙손통은 이같이 아뢰었다. 항우는 감쪽같이 그의 말을 곧이들었다.

"알겠다! 그리해라."

"그러면 신은 물러가겠습니다."

숙손통은 항우의 처소에서 물러나와 초의 진영을 떠나 영양성으로 돌아왔다. 초패왕을 감쪽같이 속인 것은 그의 마음을 유쾌하게 하였지만, 왕릉의 모친이 창졸간에 붙들 겨를도 없이 자살해버린 일은 너무도 비장한 일이어서 그의 마음을 아프게 했다.

숙손통은 궁중에 들어가 한왕에게 경과를 보고했다.

왕릉은 다른 신하들과 함께 한왕을 모시고 서 있다가 자신의 모친이 비장하게도 자결해버렸다는 사실 보고를 숙손통이 마치자마자,

"오오."

이렇게 외마디 소리를 지르더니, 그만 앞으로 거꾸러져버렸다. 기절한 것 같았다.

여러 사람이 달려들어 왕릉을 떠메고 밖으로 나갔다.

한참 후, 왕릉은 여러 사람의 간호를 받아 정신을 차렸다. 그는 눈을 크게 뜨고 이를 부드득 갈면서 벌떡 일어나 앉더니 이같이 부르짖었다.

"이놈! 항우! 항우! 내 원수다! 맹세코 이놈을 내가 씹어먹어도 시원치 않겠다!"

이것을 보고 여러 사람은 안심했다.

숙손통은 경과를 사실대로 모조리 보고하였으나, 초패왕이 왕릉의 모친 시체를 관 속에 넣어서 패현으로 운구하여 안치하도록 마련했다는 이야기는 일부러 감추었다.

'왕릉이 모친의 신세를 생각하고 혹시 마음이 변하지나 아니할까…'

이렇게 염려되었던 까닭이었다.

이삼 일이 지났다. 초(楚)·한(漢) 쌍방에서 군사 행동은 조금도 없이 고요했다.

장량은 이날 진평을 불렀다.

"초패왕이 숙손통에게 속아넘어가 한신 원수가 팽성을 공격할까보아 급히 회군(回軍)하고 싶건만, 왕릉과 숙손통이 항복해올 줄로 믿는 마음도 있어서 차일피일 기다리고 있는 동안에, 초패왕이 우리의 허실을 탐지하고 숙손통에게 속은 것을 깨닫는다면, 그때엔 급히 이 성을 공격할 것 아니오? 그렇다면 큰일이니까, 내게 꾀가 하나 있소!"

장량은 이렇게 말하고 진평에게 자신의 계책을 일러주었다.

진평은 장량의 계책을 듣고,

"과연 그렇습니다. 그같이 하면 초패왕이 실망낙담해서 허둥지둥 퇴각해 떠나버릴 것입니다."

이같이 찬동했다. 두 사람은 한왕에게 나아가 자신들의 계책을 아뢰었다.

한왕은 두 사람의 말을 듣고 나서,

"과연 묘책이오! 속히 그같이 마련하오."

이렇게 허락했다. 두 사람은 왕의 재가를 받아 물러나왔다.

장량은 즉시 처소로 돌아와 전옥관(典獄官)을 불러 명령을 내렸다.

"사죄(死罪)에 해당하는 자가 있을 것이니, 그런 놈을 두 놈만 끌어내다 목을 잘라서 그 머리를 성벽 위에 걸게 하여라."

전옥관은 영문도 모르고 명령을 받아가지고 나갔다.

급기야 두 사람의 죄수가 감옥에서 끌려나와 목이 끊어졌다. 이 보고를 받고 장량은 두 사람의 목에 패를 달아 성 위에 걸게 하도록 명령했다.

'숙손통이 초패왕과 내통하여 왕릉과 함께 모반하려다가 탄로되었으므로 이같이 처형하는 것이니 군·관·민은 볼지어다.'

커다란 나무패에는 이 같은 광고문이 쓰였다. 이 광고문의 목패가 죄수의 목에 매달려 성 위에서 여러 사람의 눈에 띄었다.

성안에 있는 일반 민중도 이에 속았다. 따라서 예상한 바와 같이 초의 진영에서도 탐색병의 보고로 이 소식을 알고 초패왕도 속았다.

항우는 기운이 떨어지는 것을 느꼈다.

'아뿔싸! 내 계획이 틀렸구나! 왕릉과 숙손통이 항복해온다면 되었을 것을… 영양성이 이렇게 견고하고 방비하는 군사가 이십만이나 된다 하니 쉽사리 공략할 수 없을 것이요, 그 사이에 한신이 팽성을 공략한다면 내 어디로 가리요?'

그는 이렇게 생각하고 신하들을 불러놓고 이 말을 했다.

"이렇게 되면 숙손통이 밀고하던 바와 같이 짐이 앞으로도 갈 곳이 없고, 뒤로 돌아갈 곳도 없지 않겠느냐?"

항우가 이렇게 말하자, 용저가 아뢰었다.

"폐하께서 군사를 물리려 하시거든, 서서히 물러나심이 좋을까 합니다. 물러가면 필시 한나라 군사가 급히 추격해올 것입니다."

항우는 용저의 말대로 단행하기로 하고 비밀히, 그리고 서서히 전군의 퇴각을 지시했다.

이리하여 하루 낮 하룻밤 사이에 초나라 군사의 대부대는 모조리 퇴각해버렸다.

한나라의 탐색병은 이 사실을 보고했다.

한왕은 보고를 받고,

"과연! 장자방의 계책대로 초패왕이 물러갔구나! 그러면 속히 추격하여 초나라 군사를 격멸해야 하지 않겠나?"

이같이 서둘렀다. 한왕은 마음이 흡족해진 모양이었다.

"아니올시다! 불가하옵니다! 초나라 군사가 퇴각하오나 조금도 어지럽지 않게 차례로 물러갔사옵니다. 이같이 질서 있게 후퇴하는 것을 보니 필시 범증의 계책이 숨어 있을 것이옵니다. 그런고로 저희들은 더욱 조심하여 이에 대처해야 할 줄로 생각하옵니다."

한왕이 서두르는 것을 장량은 이같이 간했다.

"근사한 말이오! 그러면 주발·주창 두 사람을 내어보낼까?"

한왕은 이렇게 말하고 두 사람을 불러 명령을 내렸다.

"너희 두 사람은 이제부터 나아가 초패왕이 어떻게 물러가는가 그것을 잘 살피고 있거라."

주발과 주창은 명령을 받고 즉시 군사를 거느리고 성 밖으로 나가 오십 리 밖에 진을 쳤다.

항우는 장량과 한왕이 염려하던 것과는 반대로 아무 계책이 없이 곧장 팽성으로 돌아갔다.

그는 궁실로 돌아와 범증을 불러, 영양성을 공격하다가 회군하게 된 경과를 자세히 이야기했다.

범증은 항우의 이야기를 다 듣고 나서 어이가 없는 듯이 길게 한숨을 쉬며 말했다.

"폐하께서는 줄곧 속아오셨습니다! 숙손통은 오래전부터 한왕을 섬겨온 인물이옵니다. 말씀하자면 숙손통은 유방의 심복지인이옵니다. 유방의 심복지인이 저 혼자도 아니고, 총대장으로 임명되어 영양성을 수호하는 왕릉과 함께 항복하여 오겠다는 그 말을 곧이들으시다니, 진실로 한탄하옵니다. 한신이 위나라에서 아직 돌아오지 않고, 성중에 군사 수효가 적고, 폐하를 대적하여 접전하기는 곤란하고 하니까, 숙손통이 폐하께 일부러 그같이 아뢴 것이옵니다. 나중에 숙손통과 왕릉을 참형에 처했다는 것도 모두 거짓이옵니다!"

범증은 이같이 설명했다. 항우는 그의 설명을 듣고서야 비로소 자신이 속은 것을 깨달았다.

"그렇다면, 그 고약한 놈이 이다지도 짐을 속였단 말인가! 저런 죽일 놈이 있나! 이제 짐이 다시 나가 이놈을 잡아 죽이고, 유방도 목을 자르고서야 돌아오지, 그전에는 결단코 돌아오지 않겠다!"

"불가하옵니다. 지금 제거하심이 상책이 아니옵고, 뒷일을 예비하시옵소서. 한신이 아마 지금쯤 위나라에서 영양성으로 돌아가는 중일 겁니다. 그러하오니 잠시 동안 군사들의 예기(銳氣)를 기르시옵고, 시절을 기다리시어 다시 출정하시옵소서. 이같이 하심이 상책일까 하옵니다."

범증은 또 이같이 의견을 아뢰었다.

이 말을 듣고 항우는 조금 가라앉았다.

"그러면 그렇게 합시다!"

한참 후에, 그는 범증의 말대로 군사를 휴양시키고 기회를 보기로 마음을 정했다.

이때에 한신은 위표를 사로잡은 후 평양 성중의 백성들을 무마하고 주숙으로 하여금 위왕을 대신해 지방을 다스리게 한 후 영양성으로 회군했다.

한왕은 무한히 기뻐했다.

"원수가 이미 평양을 안정하게 하였으니, 참으로 국가의 다행이오! 이제 또 어느 곳에 있는 적을 치는 것이 좋을까?"

한왕은 이같이 물었다.

"대주(代州)에 있는 하열(夏悅)과 장동(張同)이 오랫동안 한나라의 왕화(王化)를 열복하지 않고 있사오니, 신이 먼저 이 적을 무찌르고, 계속해서 조나라를 공략하고, 연나라를 격파하고, 제나라를 항복받은 후, 끝으로 초나라를 멸해버려 마침내 천하를 통일하겠사옵니다."

소향무적(所向無敵)

한신은 자신의 포부를 이같이 아뢰었다. 한왕은 만족스럽게 미소지었다.

한신은 사졸들에게 위표와 그의 가족들을 함거(檻車)에서 끌어내오라고 명령하여 그들을 모두 한왕 앞으로 잡아왔다.

한왕은 위표를 보고 크게 꾸짖었다.

"네가 오십육만 명이나 되는 군사를 지휘하여 수수(雎水)의 일진(一陣)에서 삼십여 만을 상실하고, 천우신조함이 아니었다면 짐이 어찌 오늘이 있었겠느냐? 너는 본시 일국의 왕이었던 고로, 그 죄를 징벌하는 것이 차마 인정에 가혹한 것 같기에 관대히 용서해주고 평양으로 돌아가 있게 한 것인데, 너는 이것을 은혜로 생각하지 않고 도리어 원한을 품고 모반을 꾀하다가 붙들려왔다. 이번에는 네 죽을죄를 면하지 못할 것이다. 알아들었느냐?"

위표는 한왕이 이같이 꾸짖건만 고개를 수그리고 아무 말도 하지 못했다. 이럴 때에 위표의 뒤에 꿇어앉았던 팔십 세가량 되어 보이는 위표의 모친이 앞으로 나와 한왕에게 공손히 절하고 슬픈 목소리로 애걸했다.

"황송하옵니다. 위표의 죄는 죽을죄이옵니다. 그러하오나 첩이 아들이라고는 이것밖에 없사옵고, 만일 지금 이 자식이 죽어 없어진다면 서위(西魏)의 혈맥이라고는 아주 끊어져버리고 손이 없어지는 터이오니, 대왕께서는 측은히 생각하시어 죽이지만 말아주시옵소서. 대왕의 성덕을 비옵니다."

한왕은 늙은 부인의 애걸하는 음성에 감동을 받았다.

"위표야, 너는 남자로서 늙은 네 모친의 현명함에 못 미친다! 지금 너를 당연히 죽일 것이로되 노모의 면목을 생각하여 특별히 용서하는 것이니 그리 알아라."

한왕은 이같이 말하고 위표의 관작(官爵)을 벗기고 서인(庶人)을 만들어 그의 가족들과 함께 성 밖으로 내쫓게 하는 동시에 위표의 아내 박(薄)씨와 관(管)씨 두 여자의 얼굴이 아름답기 한량없으므로 한왕은 두 여자만을 후궁에 두게 하였다.

수일 후에 한신은 인마를 점검하여 대주를 향해 출동했다.

한왕은 왕릉을 총대장으로 하여 영양성을 엄중히 방비하게 하고, 일변 함양으로 신하를 파견하여 상국 소하로 하여금 관중 지방을 엄중히 단속하면서 법령(法令)을 명백히 하는 동시에, 무릇 상주(上奏)할 필요도 없는 일이거든 독단(獨斷)으로 만사를 처결하도록 명령했다. 소하는 왕의 명령대로 충심을 다해, 후방에서 모든 군용(軍用)을 조달했다.

이때 대주에 있는 하열과 장동은 성외 삼십 리 밖에 한신 대부대가 도착했다는 보고를 받고 긴장했다. 그러나 하열은 놀라지는 않았다.

"한신이 위표를 격멸시키고 승승장구하여 여기까지 왔구나. 사기는 해이할 것이요, 마음은 교만해졌을 것이다. 내가 오랫동안 예기를 양성해왔으니 원로에 행군해온 적의 방비가 부족한 이때에 급히 공격하는 것이 상책일 것이다. 병법(兵法)에 이른바 이일대로(以逸待勞)라는 것이 이런 것을 말함이다."

하열은 장동에게 이같이 말했다.

"물론 그렇고말고!"

장동은 이렇게 맞장구를 쳤다. 이에 하열은 장동과 함께 부하들에게 합전(合戰)할 준비를 시키기에 분망하였다.

이때 한신은 대주성 삼십 리 밖에 도착하여 진영을 설비하고 부하 장수들을 소집한 후 작전 계획을 지시했다.

"하열과 장동은 병법에 숙달한 사람이다. 그러니 우리가 도착하자마자 갑자기 공격해올 것이다. 제장(諸將)은 원로에 피곤하겠지만 괴로운 것을 이기고 용기를 내어 싸우기를 바란다. 그렇게만 하면 이놈들을 모두 사로잡을 수 있을 것이다."

"피곤하지 않습니다. 물론 힘을 다해 싸우지요!"

여러 장수들은 이구동성으로 이같이 응낙했다. 한신은 말을 이었다.

"조참은 먼저 군사를 거느리고 나아가 여차여차하게 적을 속여라. 그리고 노관·관영 두 사람은 좌우에 매복해 있다가 적이 통과한 뒤에 적이 후퇴할 길을 차단하고, 번쾌는 일군을 거느리고 산등허리에 매복해 있다가 적이 패주(敗走)하거든 한꺼번에 때려잡아라."

"잘 알아들었습니다."

모든 장수에게 자세히 계책을 일러주자 그들은 모두 이같이 대답하고 각각 자기 부대로 물러갔다. 한신은 부하 장수들이 돌아간 뒤에 정병 오백 명을 인솔하고 산골짜기 깊숙이 숨었다.

대주성에서는 하열과 장동이 한신을 돌격하고자 모든 준비를 끝내고 오정 때가 지났는지라 장동은 성을 수비하고 하열은 정병 일만 명을 거느리고 쏜살같이 한신의 진영으로 돌진했다.

"자아 한신이란 놈아, 가랑이 밑으로 기어다닌 놈아, 어서 나오너라!"

하열은 이렇게 고함을 지르면서 돌진했다.

그러자 한 사람의 장수가 말을 달려 쫓아나오는데 '한국대장 조참'이라는 깃발을 높이 쳐들었다. 하열은 어처구니없는 듯이 껄걸 웃었다.

"이게 무어냐? 한신은 용병 작전을 잘한다더니, 진영을 꾸민 것이 돼 먹지 못한 어린애들 소꿉장난 같구나! 한신은 어디로 가고 나오지 못하느냐? 내 이름을 듣고 무서워 숨었느냐? 너 같은 명색 없는 놈이 나오다니! 내 칼맛을 보고 싶어서 왔구나!"

조참은 자기를 건너다보며 이같이 조롱하는 하열에게 분함을 못 참는 듯이 창을 겨누고 달려들었다.

두 사람이 십 합가량 접전을 하더니, 조참은 견딜 수 없는 듯 도망가기 시작했다. 하열은 이놈을 잡아라! 고함을 지르면서 추격했다.

달아나고 추격하기를 이십 리가량 하였다. 이때 별안간 북소리가 요란스럽게 울리면서 좌편에서 관영, 우편에서 노관, 각각 이천 명의 군사를 거느리고 살기등등하게 하열의 뒷길을 차단했다. 이때 도망가던 조참이 다시 돌아서서 공격하기 시작해 한나라 군사는 사방으로부터 하열을 쳤다. 철포와 불화살이 빗발같이 쏟아지는데다 횃불 덩어리까지 사방에서 날아들어와 하열은 많은 군사를 잃었다. 이때 해는 이미 저물었다.

하열은 크게 놀라 겨우 백여 명의 부하를 거느린 채 산등허리의 좁은 길로 도망하였다. 이때 뒤에서 세 사람의 장수가 급히 추격해와 하열은 정신없이 채찍질만 하면서 달아나는데, 별안간 꽹과리 소리가 요란스럽게 일어나면서 한나라 군사의 한 부대가 앞길을 막았다.

"한나라 대장 번쾌가 너 오기를 기다렸다. 속히 모가지를 바쳐라!"

번쾌가 눈이 찢어지도록 크게 뜨고 벽력같이 소리를 지르면서 뛰어나오는 것을 보고, 하열은 벌써 혼비백산했다. 그러나 어떻게든지 살아날 구멍을 뚫으려고 길도 없는 산골짜기로 피해 들어갔다.

"이놈아, 너를 여기서 놓치겠느냐!"

번쾌는 고함을 지르면서 추격했다. 산속의 골짜기는 험하기 짝이 없

었다. 노루·산돼지·너구리 같은 것들이면 몰라도 사람으로는 걸어다
닐 수 없는 층암절벽으로 이루어졌다. 하열은 말을 버리고 칡덩굴을 붙
들고 바위 위를 기어올라 엉금엉금 기었다. 나무뿌리와 돌뿌리, 칡덩굴
이 아니면 몸을 가눌 수 없는 터이지만, 그는 죽을힘을 다해 고개를 넘
어갔다.

고개를 간신히 넘어 아래로 내려가려 할 때, 그 밑 골짜기에서 철포
소리가 탕 울리고 꽹과리 소리가 천지를 진동했다. 하열은 그만 기진맥
진해버렸다. 죽을힘을 다해서 번쾌를 피해 산을 넘어왔는데 여기서 또
한나라 군사를 만나다니. 그는 어찌할 바를 몰랐다. 몸도 극도로 피곤하
고 밤도 이미 깊었으니 어찌하면 좋을꼬? 그는 멍하니 서서 생각하기만
했다. 이 사이에 벌써 한신은 군사들에게 사방에서 하열을 포위하게 했
다. 다람쥐 한 마리도 빠져나갈 수 없이 완전히 포위하고 들어가던 한
신의 군사는 마침내 이곳에서 하열을 사로잡아 본진으로 돌아갔다.

한편, 대주성을 수비하고 있던 장동은 의심스러운 생각이 들었다.
'점심때부터 돌격해나간 하열이 밤이 깊도록 돌아오지 못하는 것은 무
슨 까닭일까? 필시 너무 깊숙이 적진에 들어가 한신의 꾀에 빠진 것이
분명하다.' 그는 이같이 생각하고 오천 명의 군사를 인솔하여 하열을 구
원하려고 횃불을 들고 성 밖으로 나왔다. 이때 맞은편에서 패주해 돌아
오는 자신의 군사 십여 명을 보았다.

"어떻게 된 셈이냐?"

장동은 사졸들을 보고 물었다.

"장군께서 적을 추격하시다가 적의 꾀에 빠져 군사들도 죄다 죽고
말았어요! 장군께서는 단신 도망가셨습니다만 아마 생존하지 못하셨
을 것입니다. 저희들도 간신히 살아왔는데요! 장군께서는 지금 적진
을 향해 가시는 것 같습니다만, 밤도 깊었으니 신중히 하시기 바라옵니
다."

그들은 이같이 보고를 했다. 장동은 그제야 자기가 걱정하던 것과 같이 하열이 여지없이 역습당한 것을 알고, 도로 성중으로 돌아갔다.

한신은 이때 본진에 돌아와서 굉장히 많은 촛불을 켜놓고 칼·창·방패를 늘어세운 후, 충분히 위엄을 갖추어 좌우에 두 줄로 부하 장수들을 도열케 하고 무사들로 하여금 하열을 결박한 채 끌어오게 했다. 그런 다음 한신은 크게 꾸짖었다.

"한왕께서 위명(威名)을 원근에 떨치시고 인덕(仁德)을 천하에 베푸시거늘 너희들은 어찌해서 오랫동안 왕화(王化)에 열복하지 않는단 말이냐? 지금부터라도 전비(前非)를 뉘우치고 충심으로 한나라를 섬기겠다 한다면, 내 너를 죽이지 않고 전과 같이 대주성에 있게 해주겠다. 바른대로 고해라!"

그러나 하열은 한신의 호령을 들으면서 마땅치 않은 기색을 보이더니,

"내가 처음부터 왕위에 오르려고 일을 도모하다가 오늘 실수로 너한테 붙들린 몸이 되었으니, 잔소리 말고 나를 속히 죽여다오! 너 같은 위인, 가랑이 밑으로 기어다닌 놈한테 누가 항복한단 말이냐!"

이같이 완강하게 항거했다.

한신은 노했다.

"이놈, 무례한 놈! 지금 당장 너를 죽일 것이로되, 밤이 깊었으니 내일 장동을 생포해서 일시에 목을 잘라 성 위에 걸겠다."

그는 이렇게 호령하고 즉시 하열을 다시 함거 속에 가두어두고, 사졸들에게 엄중히 간수하라고 명령했다.

다음날 한신은 대군을 인솔하고 대주성 밑으로 쳐들어갔다. 그러나 장동은 성문을 견고히 지킬 뿐 출전하지 않았다.

한신은 사졸들을 시켜 함거에서 하열을 끌어내어 성 밑에 꿇어앉힌 후에, '성 위에 있는 장동은 속히 항복하라!'고 여러 놈으로 하여금 고함

을 지르게 했다.

성 위에서 이 고함소리를 들었다.

장동이 성루 위에 올라가 성 밑을 내려다보니 과연 하열이 결박당해 땅바닥에 꿇어앉아 있었다.

장동은 슬픈 감정이 왈칵 가슴을 찌르는 것 같았다.

'하열 장군이 저 모양이 되어가지고 괴로움을 당하고 있으니 딱하구나!'

장동의 마음은 부서지는 것 같았다.

하열은 이때 성루 위를 쳐다보고 장동이 자신을 굽어보고 있는 모습을 발견하더니 큰소리로 부탁했다.

"여보게, 그대는 사력(死力)을 다해 성을 지키게! 나 때문에 한신 따위에게 항복을 말게!"

이같이 부탁했다.

한신은 이 소리를 듣고 더 참을 수 없었다. 그는 즉시 사졸들에게 하열의 목을 베어버리게 하고, 그 머리를 창끝에 꽂아 높이 쳐들게 했다.

장동은 다락 위에서 이 광경을 내려다보고 그만 느껴 울었다.

'형제같이 모셔오던 하열 장군이 죽었으니, 내 이제 누구를 위해 이 성을 지키겠느냐! 적에게 붙들려 욕을 당함보다 차라리 하열 장군과 함께 저승으로 가자!'

장동에겐 이 같은 생각이 마음속에서 울컥 솟았다. 그는 하열을 내려다보며 칼을 입에 물고 다락 위에서 거꾸로 성 밑으로 떨어져버렸다. 땅바닥에 떨어진 그는 두골이 깨어지고 칼은 목구멍을 뚫고 목덜미로 빠졌다.

성중에 있던 부장(副將) 왕존(王存)과 모사 단충(單忠)은 부하들로부터 하열과 장동이 죽어버린 보고를 받고 서로 의논했다. 성안에는 강한 군사가 없고, 성 밖으로는 구원하러 올 다른 나라 군사도 없으니, 비록 수일 동안 성을 지킨다 할지라도 필경엔 함락당할 것이다. 두 사람은 이같이 앞길이 눈에 보이므로 즉시 성문을 열고 항복해버렸다.

한신은 성중에 들어가 백성을 위로해주고 군사를 점검시켰다. 새로 항복해온 사졸까지 도합 사십만 명에 달했다.

이튿날 한신은 왕존에게 대주 지방을 다스리라 하고, 영양성으로는 승전 보고를 올리고, 십만 명의 군사만 인솔하여 대주성을 떠나 조나라로 향했다.

조나라의 서울 정경(井徑)으로부터 삼십 리 떨어져 있는 곳까지 와서 한신은 금만수(錦蔓水)의 강물을 등지고 진영을 설치한 후, 장이(張耳)를 불러 의논했다.

"조나라에는 모사 광무군 이좌거(廣武君李左車)가 있어 기묘한 계책을 잘 쓴다 하는데, 우리는 어떠한 책략을 쓰는 것이 좋을까?"

그는 조왕 조헐(趙歇)과 함께 있는 함안군 진여(陳餘)가, 제왕 전영(田榮)의 힘을 빌려 조나라 지방의 상산왕(常山王)으로 있던 장이를 공격해 멸망시킨 사실을 잘 알고 있는지라, 장이에게 특별히 의견을 물어본 것이다.

한신의 물음에 대해 장이는 서슴지 않고 대답했다.

"조왕에겐 함안군 진여가 붙어 있습니다. 진여는 재주 없는 놈으로서 이좌거를 매사에 의심만 합니다. 그러니 이좌거가 아무리 좋은 꾀를 낸다 할지라도 조왕이 쓰지 않을 것이니, 원수는 염려 마십시오."

"아니야! 우리가 먼 지방에 깊숙이 들어왔고, 적이 만일 우리의 병량(兵糧)의 길을 끊는다면 이때는 나아가지도 못하고, 물러가지도 못하게 되지! 그대의 말만 믿다가는 안 되겠소. 무릇 적의 허실을 상세히 알고 나아가야만 사기는 강대해지는 법이 아니겠소?"

한신은 장이의 말을 물리치고 즉시 기민한 사졸 오륙 명을 불러 명령했다.

"너희들은 지금부터 성중에 들어가 적의 허실을 탐색해가지고 오너라."

사졸들은 원수의 명령을 받고 제각기 장사꾼처럼 변장을 하고 성안으로 들어갔다.

이때 조왕 조헐은 한신의 대군이 쳐들어왔다는 보고를 받고서 함안군 진여와 광무군 이좌거를 불러 어찌하면 좋은가 대책을 강구하자고 의논을 하는 중이었다.

이좌거가 먼저 의견을 말했다.

"한신이 서하(西河)를 건너 위표를 사로잡고, 대주를 쳐서 하열을 죽이고, 승승장구하여 이곳까지 진격해오는 터이니 사기는 왕성하고, 또 장이가 한신을 돕고 있어 정면으로 대적하기는 어렵습니다. 그러나 천리 밖에서 군량을 운송하므로 군사들은 항상 배고픕니다. 더구나 이곳까지 길은 대단히 좁아 수레바퀴를 굴리기 어렵고 기마(騎馬)로도 행렬하기 곤란하니 군량은 전부 후방에 두었을 것입니다. 신에게 삼만 명의 군사를 맡기시면 소로(小路)로 빠져 적의 후방으로 가서 적의 치중(輜重)을 단절하겠습니다. 그리고 대왕께서 성을 견고히 방어하시오면, 한신은 앞으로도 나오지 못하고 뒤로도 물러가지 못할 것이옵니다. 더구나 지금이 시월 달이라, 전야(田野)에는 적이 훔쳐갈 오곡(五穀)이 없으므로 적은 군량이 떨어져서 앞으로 열흘 이내에 대왕께서는 적을 모조리 사로잡을 수 있을 것입니다. 만일 이같이 아니한다면, 우리는 아마 한신과 장이에게 멸망당할 것입니다."

조왕은 그의 말을 듣고 근심스러운 눈으로 진여를 바라보았다.

"그게 다 사람 속이는 꾀입니다! 정정당당하게 싸워야지, 어찌해서 그따위 사모(詐謀)·기계(奇計)를 쓴단 말이오?"

진여는 이좌거를 보면서 이같이 반대한 후 말을 계속했다.

"그런고로 우리는 정정당당한 접전을 해야 할 것입니다. 한신이 위

(魏)·대(代)를 격파하고 기운이 떨어진 사졸들을 거느리고 거짓말로 십만 명이라고 소문내고 왔으나, 실상인즉 오륙천 명에 불과할 것입니다. 그런데 우리는 오랫동안 인마를 조련해왔고, 강한 군사가 십만이나 되지 않습니까? 병법에도 십즉위지(十則圍之)하고 배즉전지(倍則戰之)라고 하였으니 우리는 나가 싸워야 합니다. 만일 성문을 닫고 앉아 싸우지 못한다면, 천하 제후들의 웃음거리가 될 것입니다. 그리고 불시에 다른 곳에서도 쳐들어오는지 모릅니다. 광무군의 계책은 장구지책이 아닙니다."

진여가 이같이 단호하게 반대 의견을 주장하자 조왕은 드디어 이좌거의 계책을 쓰지 않고 진여의 말대로 한신과 대전하기로 결정했다.

한신이 성중의 비밀을 탐색해오도록 들여보냈던 탐색병들은 두 패로 나뉘어 이틀 동안을 술집으로, 장거리로 돌아다니며 이 같은 정보를 죄다 수집해 급히 성 밖으로 돌아왔다.

그들은 조왕이 이좌거의 계책을 채택하지 않은 전말을 한신에게 보고했다.

한신은 대단히 기뻐하며 탐색병들에게 많은 상금을 주었다. 그리고 밤이 되기를 기다렸다.

밤이 깊어지자 그는 기졸(騎卒) 이천 명을 선발하여,

"너희들은 좁은 길로 돌아서 산속에 숨어 있다가 조나라 군사가 성을 비우고 몰려나오거든, 급히 뒤로 돌아서 쫓아들어가 조나라 깃발을 모조리 우리 한나라 깃발로 바꾸어 꽂아라. 그런 다음 성문을 굳게 닫고 꼼짝 말고 있거라!"

이렇게 지시해 내보냈다.

이천 명을 먼저 내보낸 뒤에 한신은 각 부대장을 불러놓고 이같이 명령했다.

"오늘밤에 합전을 할 것이니 모두들 일심단합하여 용전하기 바란다.

내일 아침밥은 정경의 성안에 들어가서 회식할 터이니, 오늘 밤참은 모두들 주먹밥을 서서 먹게 하여라!"

그리고 취사병(炊事兵)들로 하여금 주먹밥을 일제히 나누어주게 했다.

모든 군사들은 놀랐다.

'주먹밥을 서서 먹어라! 내일 아침은 성안에 들어가서 회식한다! 도대체 이게 웬일일까?'

그들은 모두 이렇게 생각했으나, 명령대로 했다.

새벽때가 되자 한신은 금만수의 강가에 있는 중군에서 나와, 친히 일만 명의 군사를 인솔하여 장이와 함께 대장기(旗)를 쳐들고 선두에 서서 진문을 나왔다. 북소리, 꽹과리 소리를 요란스럽게 울리며 성을 향해 공격을 시작했다.

조왕과 진여는 성문 위에서 이것을 보고 쫓아나갔다.

"한신이란 놈이 용병 작전을 잘한다더니 강물을 등지고 진을 치고 있으니 저놈들을 모조리 몰아 강물 속에 떨어뜨리자!"

진여는 이렇게 부하들에게 이르고 한신에게 달려들었다.

한신은 두어 번 싸우는 체하더니 장이와 함께 깃발도 내던지고 달아나버렸다.

진여는 군사를 휘동하여 추격했다. 한신의 군사는 깃발과 북을 모조리 땅바닥에 함부로 내던지고 도망해버렸다. 가지각색의 크고 작은 깃발과 북이 발에 가로 거리끼어 조나라 군사는 걸음을 걷기 어려울 지경이었다. 그러나 적의 뒤에는 강물이 흐르고 있어 쫓겨가는 적을 모조리 강물 속에 집어넣을 수 있다는 생각에 조나라 군사는 용기를 잃지 않았다. 그들은 정신없이 제각기 앞을 다투어 쫓아가다가 눈 깜짝할 사이에 한신의 그림자를 잃어버렸다.

한신이 어느 쪽으로 도망해버렸을까? 이렇게 의심하고 있을 때, 난데없이 한나라의 대장 조참·번쾌·주발·근흡 네 사람의 장수가 대군을 인솔하고 풍우같이 쏟아져나왔다. 한 놈이라도 뒤로 물러서는 놈은 목을 벤다! 이같이 네 장수가 고함을 지르며 군사를 휘몰고 오는 까닭에 조나라 군사는 당해내지 못하고 무너져버렸다. 앞을 다투어가며 추격하던 놈들이 이제는 돌아서서 제가 먼저 성안으로 피신하려고 도망질쳐 성 아래까지 와서 성문을 열라! 고함을 질렀건만, 성문 안에서는 들은 체하지도 않고 사람의 소리조차 없었다. 한나라 군사에게 쫓겨 도망해온 군사들은 이상하게 생각하고 문루 위를 쳐다보았다. 어느새 한나라 깃발이 성 위에 무수히 꽂혀 있고, 한나라 장정들이 성 위에서 그들을 내려다보고 있지 않는가!

조나라 군사들은 그만 혼이 빠져 서로 먼저 도망가려고 떼밀고, 누르고, 엎치락뒤치락 야단법석이었다.

진여는 그 모양을 보고 성이 나서 그 중 오륙 명의 목을 베었다. 그래도 혼란을 일으킨 군사들을 진정시킬 수는 없었다. 그런데 벌써 한나라의 대군은 사방에서 조수같이 밀려왔다. 그리하여 삽시간에 열 겹 스무 겹 조나라 군사들은 철통같이 포위당하고 말았다.

진여는 죽을힘을 다해 좌충우돌해가며 빠져나갈 구멍을 뚫으려 애써보았으나 도저히 방법이 없어 마상에서 숨을 헐떡거리며 어찌할 바를 모르고 한숨을 쉬고 있을 때, 뒤에서 한나라 장수 관영이 한칼로 그의 목을 썩 베어버렸다. 진여의 머리는 땅바닥에 떨어졌다. 그리고 조왕은 한나라 군사에게 사로잡히는 신세가 되었다.

한신은 징을 쳐서 군사를 거두었다. 조왕이 생포되고 진여가 죽었는지라, 조나라 군사들은 모조리 항복하고 말았다.

그는 군사들을 모은 뒤에 성중으로 들어갔다.

때는 이미 아침밥을 먹을 때였다.

한신은 군사들과 약속한 바와 같이 조나라 서울 정경구의 성중에 들어와서 조반을 회식했다. 부하들은 다만 한신의 귀신 같은 계획이 틀림 없이 들어맞았다는 사실에 놀랄 뿐이었다.

조반을 먹고 난 뒤에 번쾌·조참·주발 등 여러 장수가 모두 한신 앞에 꿇어앉으면서 물었다.

"병법에서 가르치기를, 진을 칠 때엔 '산은 우편으로 등지고, 물은 좌편 앞으로 두라(右背山陵 前左水澤)' 하였는데, 원수께서는 오늘 강물을 등 뒤에 두고 진을 치고 도리어 이같이 대승(大勝)하신 까닭을 모르겠사옵니다. 가르쳐주십시오!"

부하들이 알고 싶어 진심으로 이같이 묻는 것을 보고, 한신은 마음에 기꺼웠다.

"제장(諸將)은 병법에 있는 말을 기억하지 못하는가? '죽을 땅에 떨어뜨린 연후에야 살아나며, 망하는 처지에 그대로 두어야 그 뒤에 일어난다(陷之死地而後生, 置之亡地而後存)'라는 것이, 즉 이 같은 것이란 말일세. 모든 사졸이 후퇴하다가는 강물 귀신이 되겠으니 분투할 것 아닌가? 더구나 지금 우리 군대는 각처에서 항복해온, 통일되지 못하고 교련을 받지 못한 백성들이니, 적군을 상대하다가 도망가기 쉬운 것들이란 말이야! 그런 까닭에 일부러 내가 등 뒤에 강물을 놓고 진을 치게 한 것이야. 이 때문에 죽어도 앞으로 나가다 죽으려고 목숨을 내놓고 싸웠더란 말이지! 그래서 과연 기대하던 바와 같이 승리를 얻은 것일세."

한신의 설명을 듣고 모든 장수들은 탄복했다.

"과연 귀신도 알지 못하는 원수의 묘책이십니다!"

그들은 이렇게 칭송했다.

"이것이 이른바 '배수(背水)의 진(陣)'이란 것일세!"

한신은 자신이 처음으로 그전에 없던 새로운 전법(戰法)을 써서 크게 성공한 것을 스스로 만족해했다.

아침 회식이 끝난 뒤에 한신은 군령을 내렸다.

"광무군 이좌거를 생포해오는 자에게는 황금 천 냥을 내리리라."

한신은 조왕을 도와 모사 노릇을 하고 있던 이좌거를 평소에 경모하고 있었던 까닭이다.

이삼 일 후에 광무군은 군사들에게 붙들려왔다.

한신은 잡아온 군사에게 상금을 주고 급히 이좌거의 몸에서 결박지은 노끈을 풀어주고 좌상으로 모시고 올라가 동쪽을 향한 자리에 앉게 하고, 자신은 서쪽을 향한 자리에 앉았다. 존경하는 선생을 대하는 예절을 깍듯이 지킨 것이다.

"대단히 미안하게 되었습니다. 선생께서는 널리 용서해주시고, 북방의 연나라를 치려 하는데 저를 위해 어떠한 계책을 쓰면 좋을까, 그것을 가르쳐주시기 바랍니다."

한신은 공손히 인사하고 이같이 물었다.

"망국의 대부는 잔명을 보존하고자 도모하는 것이 불가하며, 패군한 장수는 용맹을 말함이 불가하외다(亡國之大夫不可以圖存, 敗軍之將不可以語勇). 그런고로 나는 할 말이 없소이다."

이좌거는 겸손하게 이같이 대답했다.

"아니올시다. 그같이 겸손하게 말씀하지 마십시오. 옛날에 백리해(百里奚)가 우(虞)나라에 있어서는 우나라가 망했건만, 그 후 진나라로 간 뒤에 진나라는 마침내 패업(霸業)을 성취하지 않았습니까? 다만 그 임금이 그 말을 들어주느냐, 안 듣느냐 하는 데 달렸을 뿐이지요. 만일 조왕이 선생이 주장하신 의견대로 말을 들었다면 저는 결국 사로잡히고 말았을 것입니다. 진여같이 못생긴 인물의 말을 들었기 때문에 제가 조나라를 공략함에 성공할 수 있었던 것입니다. 청컨대 계책을 들려주시기 바랍니다."

한신은 이같이 말하고 재삼 이좌거에게 간청했다.

"아는 것이 많은 사람도 천 번 생각하다가 한 가지 빼놓고 생각한 것이 반드시 있고, 어리석은 놈이 천 번 생각한 데서는 반드시 얻는 것이 하나는 있다 하므로 미친놈이 지껄이는 소리에서도 성인은 택하는 말이 있는 것입니다. 그것을 본받아 나도 장군을 위해 간담을 토로해보지요."

이좌거가 자기 의견을 말해주겠다고 얘기를 꺼내자, 한신은 귀를 기울였다.

"장군은 이미 위표를 사로잡고, 하열을 죽이고, 이제 진여를 죽이고 십만의 조나라 군사를 격파하여 용명이 천하에 진동하는 터요, 농부는 호미를 놓고 경탄하고, 젖 먹는 아이들은 장군의 이름만 들어도 울음을 그치는 터이니, 이것은 모두 장군의 성덕이겠습니다. 그러나 사오 처의 전장에서 인마는 피폐해졌으니 앞으로는 소용되지 못할 것입니다. 피곤해지고 쇠약해진 군사를 이끌고 어떻게 연나라를 공략하시겠습니까? 연나라가 아무리 약하다 할지라도 성문을 견고히 지키고 열흘 동안만 완강히 방비한다면 장군의 군사는 군량이 떨어져서 기운을 못 차리고 물러나와야 할 것입니다. 연나라의 항복을 못 받게 되면, 제나라는 더욱 항복받지 못하게 됩니다. 이렇게 되면 장군을 지혜 있다고 사람들이 칭송하지 아니할 것입니다. 그런고로 짧은 것으로는 긴 것을 때리지 못한다고 옛날부터 일러오지 않습니까? 제 생각으론 장군이 연나라를 격파하기 곤란하다고 봅니다."

"그러면 어떠한 계책을 써야 좋을까요?"

한신은 겸손히 물었다.

"장군을 위해 이 사람더러 꾀를 말하라 한다면, 먼저 군사를 휴양시키고, 사졸들의 예기를 기르면서 조나라의 백성을 편안하게 다스리라 하겠습니다. 이같이 하면 연나라에서는 상하가 모두 마음이 불안해서 편안히 잠을 못 잘 것입니다. 그리고 일변 장군은 말을 잘하는 사람을 골라 편지 한 장을 연왕에게 보내어 이해(利害)를 가려 연왕으로 하여금 항복해오도록 시키십시오. 연왕이 항복하게 되면 제왕(齊王)은 자진해서 따라올 것입니다. 그러면 칼에 피 한 방울 묻히지 않고 연·제 두 나라를 얻으실 것이요, 연후에 족히 천하를 도모할 수 있을 것입니다."

"과연 옳은 말씀이십니다. 선생의 고견탁설은 병법에서 이른바 '싸우지 않고 적국의 군사를 눕히는 것(不戰而屈人之兵)'이올시다. 잘 알아들었습니다. 곧 그같이 하겠습니다."

한신은 즉시 이같이 사례하고 수하(隋何)를 불러들여 연왕에게 올리는 편지를 가지고 가 연왕을 설복시키고 오라 명령했다.

이좌거를 공손히 대접하여 돌려보낸 후 한신은 정경구의 성내와 성외에 대군을 주둔시키고 휴양하도록 부하들에게 지시했다.

이때 연나라의 왕은 한신이 조나라를 격파했다는 소식을 듣고 두려운 마음이 생겼다. 조를 격파했으니 그길로 연을 침략해오지 않을까? 연왕은 이같이 근심이 되어 신하들을 모아놓고 회의를 열었다.

"한신의 대군이 치고 들어온다면 이 일을 장차 어찌할 것인고?"

연왕 장도(臧茶)는 이같이 신하들을 둘러보며 입을 열었다. 그러자 신하들 가운데서 한 사람이 앞으로 나왔다.

"한신이 비록 병세(兵勢)를 떨친다 할지라도 그동안 접전을 계속해왔으므로 삼군이 피로할 것입니다. 그런고로 한신은 잠시 조나라에 머물러 있으면서 움직이지 않고, 필시 사람을 대왕께 보내어 항복하기를 권해올 것 같습니다. 이때 대왕께서는 그 사신에게 허락을 주지 마시고, 신에게 그 사신을 따라 한신에게 나가보게 하여 임기응변(臨機應變)하도록 해주시기 바라옵니다."

연왕이 이같이 말하는 신하의 얼굴을 보니, 모사로 있는 괴철(蒯徹)이었다. 그의 자(字)는 문통(文通)이다.

"과연 한신의 대군이 움직이지 않고 정경성에 머물러 있을까?"

연왕은 괴철의 말을 의심하며 혼잣말처럼 이같이 중얼거렸다. 그런데 때마침 근신이 들어와서 아뢰었다.

"지금 궁문 밖에서 한신의 사자 수하가 서간을 가지고 와서 대왕을 뵙고자 합니다."

연왕은 놀랐다. 괴철의 말처럼 한신의 세객이 온 까닭이다.

"불러들여라."

근신이 나가자 잠시 후에 수하가 들어왔다.

연왕은 한신의 서간을 받아 펼쳐보았다.

한나라 대장군 한신은 연왕께 글을 올리나이다. 한신이 듣자오니 천명(天命)은 오직 유덕한 곳으로 돌아간다 하나이다. 진나라가 무도하여 마침내 멸망되고, 이어서 항씨가 그 후를 이어 더욱 포악해져 의제를 방시한 그 죄악은 하늘에 사무쳐서 신인(神人)이 공분하므로, 한왕은 의(義)를 위해 군사를 일으키고 소복한 군사로 하여금 삼진을 순식간에 평정하게 하고, 두 위(魏)의 항복을 받고, 위표를 사로잡았으며, 하열을 죽였으며, 조나라를 격파하고 진여를 죽였으니, 이것이 모두 군사가 강한 까닭이 아니라 덕이 높은 까닭이옵나이다. 이같이 이르는 곳마다 순조로이 복종해오지 않는 곳이 없건만, 연나라만이 한왕께 복종해오지 않으니 이 어찌 천명을 알고 있다 할 수 있겠습니까? 이제 군사를 조나라 성에 머무르게 하고 글을 보내는 것이오니, 칼과 창을 거두고 백성들로 하여금 피비린내를 맛보지 않게 하고, 국왕의 지위를 영구히 보존하심이 어떠할는지, 대왕은 깊이 생각하시기 바라나이다.

한신의 이 같은 편지를 보고 나서 연왕은 수하에게 물었다.

"한왕이 팽성에 올라가서 초패왕 폐하께 여지없이 참패당한 후 간신히 지금 영양성에 몸을 의탁하고 있을 뿐인데, 어찌 천명이 자신에게 있다 한단 말이오?"

한신의 편지 서두에서, 천명은 오직 유덕한 사람에게 있다 하고 지금까지 여러 지방을 공략하여 모조리 성공한 것이 다만 군사가 강했던 까닭이 아니고 오직 한왕의 덕이 높은 까닭이라고 말했음에 대해, 연왕은 먼저 이 같은 의문을 일으켰던 것이다.

"그같이 말씀하시는 것은 대왕이 잘못 생각한 것이옵니다. 우리 한왕께서 비록 팽성 대전에서 참패하셨지만 대풍(大風)이 돌연 일어나고 백광(白光)이 길을 인도하여 천지혼돈한 가운데서 무사히 피신하셨으니, 이것이 하늘이 돕는 까닭이 아니겠습니까? 그렇지 않고서야 어떻게 살아나셨겠습니까? 그러기에 자고로 성왕(聖王)은 백령(百靈)이 돕는다 하는 것이옵니다. 그리고 지금 한왕께서 영양을 지키고 계시면서 사방으로 적을 받으시건만 천하를 제복(制服)하시는 중이니, 이런고로 성왕은 문무겸전한 법이옵니다. 황차 휘하에는 한신 원수가 용병 작전을 잘하고, 장자방 선생은 계교를 잘하며, 소하는 내치(內治)·보급(補給)을 잘하여 군사는 백만, 그리고 용장(勇將)은 구름같이 모여 있으니, 더 말할 것도 없지 않습니까? 초나라는 비록 강대하다 할 수 있으나 초패왕이 포악무도하고 잔인하여 사람이라 할 수 없습니다. 천하 백성들이 원한을 품고 미워하는 터이니, 대세는 이미 결정된 것입니다. 앞으로 수개월, 길어야 일 년을 못 가서 초패왕은 멸망될 것입니다. 그러하건만 대왕께서는 시세를 살피지 못하시고, 성(成)·패(敗)를 모르시고 경솔히 한왕의 기초가 아직 안 섰다고 말씀하시는 것은 잘못이옵니다. 하물며 지금 조나라가 이미 망해 조왕은 생포되고 진여는 전사하고 말았으니 순망치한(脣亡齒寒)이라, 조나라와 연접되어 있는 대왕께서는 고립되어 능히 버티시겠습니까?"

수하의 변설은 실로 청산유수같이 도도히 흘렀다.

연왕은 무어라 할 말을 알지 못하고 탄복했다.

한참 동안 침묵하고 있다가 연왕은 괴철을 가까이 불러 명령을 내렸다.

"지금 이 사람과 함께 한신 장군을 찾아가보고 네가 주선을 잘하기 바란다."

연왕은 항복을 하는 것이 옳겠는가, 항복하지 않고 그대로 있어도 무방하겠는가, 그것을 괴철로 하여금 판단하고 오라는 것이었다.

괴철은 명령을 받들고 물러나왔다.

연왕은 수하를 훌륭히 대접한 후 괴철과 동반하여 한신에게 돌아가게 했다.

한신은 연왕의 사신을 만나보기 전에 부하들을 불러 자리를 위엄 있게 설비하도록 명령했다.

얼마 후 괴철은 무사의 안내를 받아 원수의 본진으로 들어갔다. 깃발은 무수히 나부껴 하늘의 햇빛이 보이지 아니할 지경이요, 좌우에는 무장을 견고히 한 사졸들이 도열하여 서 있었다. 원수가 거처하는 성안에 들어서니, 한신은 중앙에 조용히 앉아 있고, 오른쪽에는 장수들이, 왼쪽에는 모사들이 일렬로 늘어서 있었다. 괴철은 마음속으로 탄복하면서 한신 앞에 가 공손히 예를 했다.

괴철이 예를 마치자마자 한신은 정색을 하고 돌연히,

"대부가 지금 나에게 온 까닭은 나를 설복시켜 합전(合戰)을 그만두게 함일 것이오. 그러나 연나라가 초패왕의 번진(藩鎭)으로 있는 이상, 나는 맹세코 군사를 이끌고 연나라를 치겠소! 대부는 속히 물러가시오!"

이같이 호령하고, 무사들에게 괴철을 밖으로 데리고 나가게 했다. 괴철은 아무 말도 못하고 밀려나오다시피 밖으로 나왔다.

그러나 성 밖에 나와서는 공손하게 괴철을 정결한 객사로 안내했다. 그는 불안한 마음으로 객실에 들어갔다.

방 안에는 비단으로 누벼 만든 좋은 방장이 둘려 있고, 음식 기구와 그 외에 모든 필요한 물건이 빠진 것 없이 설비되어 있었다.

저녁때가 되어 저녁상이 들어왔는데 보니 매우 훌륭한 음식이었다.

그는 방장을 내리고 춥지 않게 그 밤을 지냈다.

이튿날 하루종일 아무도 만나러 오지 않아 그날이 그대로 지나갔다.

이같이 지내며 삼사 일을 보냈다.

괴철은 한신을 만나 이야기를 하다가 틈을 보아 군사 행동을 하지 않는 것이 피차에 유익한 일이라는 것을 설복시키려고 찾아왔던 것이다. 그런데 만나자마자 다짜고짜 서슬이 퍼래서 자기는 연나라를 치고야 말겠다, 너는 물러가 있거라, 이같이 말하고 객사에 들어 있게 한 지 사흘이 지났건만, 도무지 자신을 부르지 않았다.

괴철은 마음이 초조해졌다.

그는 객실에 갇혀 있는 신세였다.

이렇게 초조한 마음으로 하는 일 없이 홀로 앉아 있을 때, 하인이 들어와 광무군 이좌거가 찾아왔다는 소식을 전하자 그는 너무나도 반가웠다.

"어서 들어오시라고 해라."

그리고 그는 일어나 마중 나갔다.

이좌거가 방 안에 들어와 인사를 하고 자리에 앉자마자 괴철은 탄식하듯 호소했다.

"이거 보십시오! 마치 감옥 속에 있는 것과 같이 이렇게 갇혀 있습니다. 본시 연나라와 조나라는 순치(脣齒)와 같은 사이가 아닙니까! 그런데 뜻밖에 조왕께서 생포되시고, 진여는 죽고 조나라는 멸망되었으니, 우리 연나라도 이제는 위태하게 되었습니다. 어찌하면 좋겠습니까?"

이같이 비창한 어조로 호소하는 말을 듣고 이좌거는,

"대부께서는 무얼 그리 슬프게 생각하시오! 순천자(順天者)는 흥(興)하고, 역천자(逆天者)는 망(亡)하는 것이외다. 한왕이 의제를 위해 발상

(發喪)을 하고, 의병을 일으키고, 덕(德)과 사랑이 만 백성에게 미치고, 위령(威令)은 제후들에게 시행되고 있으니 이야말로 천하의 의주(義主)입니다. 더구나 한신은 용병 작전을 귀신같이 하여 천하에 그 적수가 없습니다. 그러니 앞일을 밝게 내다볼 줄 아는 사람은 간과(干戈)를 거두고 항복하는 것입니다. 되지 못하게 한편만 생각하고 강포한 초패왕만 섬기려 하는 것은 그야말로 비렴(飛廉)·비중(飛仲)과 같은 자로서 주(紂)를 도와 악(惡)을 행하는 인물입니다. 어찌 천벌을 받지 않겠소이까! 내가 항상 조왕에게도 천하대세를 설명하고 한왕께 항복하기를 권했건만 듣지 않은 까닭에 조나라는 멸망하고 말았습니다. 내가 아까 순천자는 흥하고, 역천자는 망한다고 한 것은 바로 이것을 가리키는 말입니다. 황차 대부는 연나라에서 유명한 명사이니 마땅히 천하대세를 살피고 흥망성쇠를 짐작해야 할 것이 아니오? 대부는 지금 스스로 요량하기를, 초패왕과 한왕을 비교하건대 어느 쪽이 진정한 임금이 될 인물 같아 보이시오?"

이같이 설명하고 괴철의 의견을 물었다.

"한왕은 인자하며 관대하고 도량이 크고, 초패왕은 강포하며 조급하고 잔인하니, 인물을 가지고 논한다면 한왕이 진정한 임금이라 할 수 있지요. 더구나 망탕산에서 큰 뱀을 죽이고 그 자리에서 밤이면 귀신이 울음 울고 하였다는 풍설이 헛된 것이 아니라면 한왕이야말로 참으로 하늘이 내린 임금이라 생각하오."

괴철은 자신의 견해를 솔직하게 말했다.

"그러면 한신·장량·소하·진평·번쾌 등과 초패왕의 신하 범증·용저·계포·종리매 등과를 비교해서는 그 어느 쪽이 우수하다고 생각하시오?"

이좌거는 또 이같이 물었다.

"그야 두말할 것 없이 장량·한신 등이 초패왕의 신하들보다 훨씬 훌류하지요!"

"지금 대부의 말대로 한다면, 한나라는 흥하고 초나라는 미구에 망할 것이 엄연한 사실이 아니겠소이까? 그런데 무엇 때문에 흥하려는 한나라를 배반하고 망하려는 초나라를 섬기려 하시오? 천명을 아는 사람이라면 이같이 하지 않을 것입니다."

이좌거의 말을 듣고 괴철은 고개를 수그렸다. 생각해보니 과연 이좌거의 말에 대답할 말이 없었다.

"선생의 말씀은 참으로 잘 알아들었습니다! 사실을 말씀드리면, 한신 원수를 만나 설복하여 합전을 그만두게 하려고 제가 여기 온 것인데, 지금 선생의 말씀을 듣고 생각을 바꾸었습니다! 다시 한 번 원수를 만나뵙고 한나라와 우리 연나라와의 사이를 좋게 만들고, 지금부터라도 저 역시 휘하에서 일을 돕게 해주실 수 없겠습니까?"

"대부가 그같이 마음을 결정했다면 작히나 좋겠소! 나와 함께 지금 원수에게 갑시다!"

이좌거는 흔연히 이같이 대답했다. 괴철은 일어나 그를 따라 나흘 만에 밖으로 나왔다.

이좌거는 괴철과 함께 원수의 본진에 들어와 한신에게 경과를 설명하고 이같이 권고했다.

"연왕의 사자 괴철 대부가 자신을 적국의 사자로 생각하지 않고 대단히 후대하신 원수의 인격에 감격한 모양입니다. 그래서 빨리 돌아가 연왕에게 권해 한나라에 항복하도록 하고 자기도 앞으로 휘하에 있으면서 일을 돕겠다고 하니, 아마도 군사행동을 하는 것보다는 항복해오기를 기다리는 편이 좋을 것 같습니다."

"좋습니다! 수고하셨습니다."

한신은 웃는 낯으로 이좌거에게 감사했다. 그리고 조참·번쾌 두 장수를 불러들여 이같이 일렀다.

"지금 즉시 괴철 대부를 동반하고 연나라로 가서 연왕으로부터 항복을 받고 돌아오기 바라네. 알아들었나? 군사는 일만 명만 거느리고 출동하는 것이 좋겠지!"

한편, 연왕 장도는 괴철을 한신에게 보내놓고 돌아올 날이 여러 날 지났건만 소식이 없는지라, 마음이 편안치 못했다. 한신의 군사가 쳐들어오는가? 괴철이 한신을 설복하여 한신이 주저앉았단 말인가? 이렇게 생각이 갈팡질팡하면서 여러 날이 지나갔다.

그런데 하루는 근신이 연왕에게 아뢰었다.

"대부 괴철이 지금 돌아왔사옵니다."

"어서 들어오라 해라."

연왕은 괴철을 불러들였다.

괴철이 들어와서 공손히 예를 했다.

"그래, 그런데 어찌하여 이다지 오래 있다 오는고?"

연왕은 괴철에게 오래 기다리게 한 것을 책망하는 어조였다. 그러나 괴철은,

"황송하옵니다. 그러나 이는 신의 본의가 아니었사옵니다."

이렇게 말하고, 그동안 한신을 찾아갔다가 만나자마자 다짜고짜로 호령을 들었던 일과, 삼사 일 후에 이좌거가 찾아와서 그와 문답하던 일, 자신이 실지로 한신의 진영을 보고 관찰한 바에 의한 감상, 그리고 천하대세에 대한 판단을 세세히 아뢰었다.

"신이 생각하옵건대 한왕은 초패왕을 멸망케 하고 천하를 통일할 것 같사옵니다. 그러므로 한왕에게 항복하는 것이 창생을 도탄에서 구하는 길이요, 또한 만전지책인가 하옵니다. 지금 성 밖에는 조참·번쾌 두 장군이 도착해 있습니다."

"그러기에 당초에 내가 무어라 하던가? 처음부터 항복하려던 것을 그대가 저편의 허실을 알아낸 다음 처신하자기에 지금까지 시일을 천

연시키지 않았나? 속히 성 밖에 와 있는 두 장군을 성중으로 맞이해들이시오!"

연왕은 기쁜 얼굴로 괴철을 보면서 이같이 말했다.

괴철은 즉시 밖으로 나가 성문을 크게 열고 조참·번쾌 두 사람을 맞아들였다.

연왕은 크게 잔치를 베풀었다.

이튿날 연왕은 조참·번쾌 두 사람을 따라 조나라의 서울 정경성으로 갔다.

한신은 연왕을 맞이해 예를 마친 뒤에 이같이 말했다.

"이 사람이 대군을 인솔하여 연나라와 제나라를 공략해 북방 지방을 깨끗이 평정하려 했더니, 뜻밖에 이같이 현왕(賢王)께서 몸을 굽혀 친히 원로에 찾아와주시니 감사합니다."

"내 평소부터 원수의 위덕(威德)을 사모하여 속히 항복하려 하던 터이외다. 그리하여 전일 괴철을 보내 이 뜻을 말씀하라 했는데, 다행히 원수께서 허락해주셨으니 도리어 감사하외다. 청컨대 원수는 이 뜻을 한왕께 아뢰어주십시오. 그리하여 영구히 휘하에서 왕업을 돕게 해주시기 바랍니다."

한신의 말에 연왕은 이같이 대답했다.

한신은 대단히 만족스러워했다.

"그러면 항복하시는 표문(表文)을 적어주십시오."

연왕은 한신의 부탁대로 항복 표문을 적었다. 한신은 그 표문을 영양성으로 보내 한왕께 경과를 보고하는 한편, 장차 제나라를 공략하기 위한 준비를 진행시키기에 분망했다.

반간모략(反間謀略)

서력기원전 이백사년 정유(丁酉)년 십일월, 한신이 정경구에서 조나라의 정복을 완료하자, 그 위엄은 원근 각 지방에 떨쳐 모든 백성들이 두려워하고, 우러러보고, 칭찬하는 소리가 와글와글했다.

천하 정세가 나날이 변동되자 범증·종리매 두 사람은 초패왕에게 실정을 보고하고, 한왕이 뿌리를 깊이 박기 전에 이것을 제거하지 않으면 어려우니, 속히 한왕을 정벌하자고 주장했다. 항우도 이미 한신이 불과 두어 달 동안에 위표를 사로잡고 하열을 죽이고 조나라를 정복하고 연나라의 항복을 받아, 가는 곳마다 이겼다는 사실을 알고 있던 터인지라, 즉시 범증과 종리매의 주장에 찬성하고 영양성을 공략할 준비를 하라고 명령했다. 한왕을 이대로 두었다가는 그 세력이 점점 팽창해질 것을 자신도 부인하기 어려웠던 때문이었다.

한나라의 정보원들은 신속히 초패왕의 이 같은 결정을 탐지하고 영양성에 보고를 올렸다. 한왕은 이 같은 보고를 받고 급히 장량과 진평을 불러들였다.

"지금 한신이 멀리 북방에서 출정 중이어서 아직 돌아오지 못하였는데 이 틈을 타 초패왕이 대군을 출동시켜 쳐들어온다 하니 어찌하겠소? 영포는 이미 구강으로 귀환했고, 왕릉은 모친의 참변을 당한 뒤에 신병이 나서 아직도 쾌차하지 못하고, 기타 모든 대장들이 한신과 함께 북국에 가 있으니 성중에는 초패왕을 대적할 만한 사람이 아무도 없지 않소?"

한왕에게는 진실로 커다란 걱정이었다.

장량도 얼른 대책을 말하지 못하고 있을 즈음 진평이 먼저 의견을 상주했다.

"과히 근심하시지 않아도 좋겠습니다. 신이 한 가지 계교를 생각했사옵니다. 초패왕이 가장 신임하는 신하는 범증·종리매·용저·주은(周殷) 등 오륙 명에 불과합니다. 이번에 이곳으로 침공해오는 것도 근본은 초패왕의 주장이 아닐 것이요, 이 사람들의 주장일 것이옵니다. 그러하므로 이제 반간계(反間計)를 써서 초나라 장수들에게 뇌물을 먹이고 이간, 중상을 퍼뜨리게 하고 범증과 종리매가 초패왕을 배반하려는 음모를 꾸미고 있다는 헛소문을 퍼뜨리면, 초패왕은 본시 단순하고 우직(愚直)한 성품인지라 그것을 믿을 것이옵니다. 이렇게 되면 범증이 제아무리 훌륭한 꾀를 낸다 할지라도 초패왕이 의심하고 쓰지 아니할 것이옵니다. 이때쯤 해서 신이 또 한 가지 계교를 쓰면 초패왕은 범증을 당장에 죽여버릴 것이옵니다. 초나라에 범증만 없어진다면 초패왕이 어떻게 그 용맹을 써볼 수 있겠사옵니까? 그때 대왕께서 급히 치시면 초나라는 당장에 멸망하고야 말 것이옵니다."

진평의 의견을 듣고 한왕은 참으로 기뻐했다.

"과연 합당한 계책인 줄 아는데, 장선생은 어찌 생각하시오?"

장량을 향해 이같이 물었다.

"진평의 말씀대로 하시는 것이 상책일 것 같사옵니다."

장량도 즉석에서 이같이 찬성했다.

한왕은 이에 기운을 얻어 즉시 근신으로 하여금 황금 사만 근을 진평에게 내주도록 명령했다. 사만 근의 황금이면 초패왕의 막료들을 매수

할 수 있으리라고 생각했던 것이다.

이로써 진평은 자신이 필요할 때면 얼마든지 사만 근 한도 내에서 국고에 있는 황금을 꺼내 쓸 수 있게 되었다.

수일 후에 진평은 심복으로 믿는 부하 오륙 명에게 각각 황금을 나누어주고 초나라로 들어가게 했다. 그들을 초나라에 파견하는 목적은, 범증과 종리매가 여러 번 큰 공을 세웠건만 초패왕이 공을 알아주지 않고 아무런 봉작(封爵)이 없자, 두 사람은 이에 원한을 품고 한나라와 내통하여 초나라를 뒤집어엎고 초나라가 망한 뒤에 그 땅을 나누어가지려고 비밀히 음모하고 있다는 선전을 하여 항우로 하여금 범증과 종리매를 의심하게 만드는 사명을 수행하는 데 있었다. 그리고 그들은 이 사명을 교묘한 수단으로 은밀한 가운데 착착 진행했다. 초패왕을 항상 모시고 있는 근신들은 물론이거니와 범증과 종리매에게 불평을 가지고 있는 장수들이 누구누구인지를 조사하여 그들에게 접근한 다음, 황금을 주어 완전히 매수한 뒤에 그 같은 정보가 항우의 귀에 들어가도록 했다.

한나라에서 파견된 진평의 부하들은 불과 십여 일 동안에 그들의 사명을 완전히 수행했다.

항우는 마침내 근신들이 밀고하는 이 같은 정보를 전해받고 대경실색했다.

'큰일 날 뻔했다! 까맣게 모르고 앉아 있다가 이제야 두 놈의 심사를 알았으니 이놈들과는 일을 의논하지 말아야겠다!'

그는 이렇게 결심하고 급히 군사 동원령을 내렸다. 하루바삐 한왕을 격멸시켜 우선 화근을 제거하는 동시에 범증과 종리매는 우자기와 그 외 근신 두 사람으로 하여금 은밀하게 감시하여 확증을 잡도록 했다.

그러고는 범증 이하 모든 막료를 데리고 영양성 오십 리 밖에 도착하여 진영을 설치했다. 이튿날 그는 친히 선봉 부대를 인솔하여 성 밑에 몰려가서 사방을 포위하고 공격했다. 그러나 성안에서는 조금도 반응이 없었다. 이같이 공격하기를 사흘 동안 했건만 한나라 군사는 한 사람도 성 위에 나타나지 않았다. 항우는 조급한 마음으로 부하들에게 호령했다.

"성중에는 아무도 없다! 텅 빈 성이니 어서 깨뜨리고 들어가자!"

그리하여 철포를 성문에 사격하고 불화살을 성중으로 쏘아 떨어뜨리게 했다.

그러자 이때에야 비로소 성 위에서는 큰 돌과 나무토막이 빗살처럼 쏟아졌다. 초나라 군사는 성 밑에 가까이 갈 수도 없고 수많은 사졸들은 부상을 당해 혼란을 일으켰다.

그러나 성중에서는 항우의 공격이 맹렬해져 근심이 더욱 컸으며 나무토막과 돌멩이도 무한량으로 많은 물건은 아니었다. 초나라 군사의 공격이 수일 동안 더 계속된다면 성은 점령당할 것이 뻔했다.

장량은 한왕 앞으로 다가가 의견을 말했다.

"초패왕의 공격이 대단히 급해졌습니다. 지금쯤 사신을 보내시어 거짓말로 싸움을 정지하고 화평하게 지내자 하신 후에 진평에게 한 가지 계교를 쓰도록 분부하시기 바랍니다."

"그러나 우리가 화평하자 해도 초패왕이 응하지 않으면 그때는 어찌할 텐가?"

한왕은 근심스러운 듯 이같이 물었다.

"초패왕은 성질이 조급하옵니다. 패기는 강하나 우직하고 단순한 인물이옵니다. 그간 오륙 일 동안이나 공격을 했건만 우리들이 조금도 약해지지 않자, 초패왕은 지금 초조하고 불안하며 번민하고 있을 것이옵니다. 만일 한나라 사신이 가서 화평을 제의하면 초패왕은 반드시 휴전하고 물러갈 것입니다."

장량은 자신 있게 단언했다. 한왕은 장량의 태도에서 조금도 의심하

는 기색이 없는 것을 보고 안심되는 듯이,

"그러면 수하를 사신으로 보냅시다."

이같이 말하고 수하를 불러들여 장량과 함께 자세히 지시를 내렸다.

명령을 받은 수하는 먼저 성 위에 있는 누각으로 올라가 성 밑에서 멀리 떨어져 있는 초나라 군사를 향해 큰소리로,

"내 말을 들으시오. 나는 지금 한왕의 사신으로 중대한 사건을 가지고 초패왕에게 가는 길이니 여러분은 내가 가는 길을 열어주시오!"

이같이 소리치고 동대문을 나와 말을 달렸다.

초나라 진영에 도착하여 항우 앞으로 인도된 수하는 공손히 예를 하고 항우에게 한왕의 뜻을 고했다.

"한왕께서는 폐하께 이같이 아뢰라 하시옵니다. 본시 회왕의 분부로 형제결의를 맺고 동서 두 길로 진나라를 정벌한 뒤에 한왕은 태산 준령으로 가로막힌 포중 땅에 한왕이 되어 가서 멀리 부모가 계신 고향 산천이 그리운지라 참지 못해 군사를 이끌고 쳐들어왔으나, 본래부터 천하를 얻으려는 뜻은 없었고 지금 와서는 이미 관중 지방을 얻었는지라 평생 소원을 이룬 셈이옵니다. 그러하오니 영양을 경계선으로 하여 동쪽은 초나라, 서쪽은 한나라의 땅으로 해주시면 한왕은 속히 한신을 불러 내부 지방만을 수비하도록 하고 백성들로 하여금 전란의 화를 받지 않도록 한 후, 폐하와 함께 영구히 부귀를 누리고자 한다 하옵니다. 폐하께서는 이 뜻을 널리 살피시고 화목하게 지내주시기 복망하나이다."

수하는 말을 마치고 절을 했다.

항우는 입을 다물고 한참 동안 말이 없었다. 그는 어찌했으면 좋을지 생각이 나지 않았고 한왕의 휴전 제의도 근사한 이야기라고 생각되었다. 부모가 있는 고향으로 나오고 싶었을 뿐이지, 천하를 도모하자는 의도는 없었다는 말도 사실인 것 같았다. 그러나 화목하게 지내는 것이 과연 이롭게 될는지 해롭게 될는지 그것은 판단을 내릴 수가 없었다.

그는 범증과는 일을 의논하지 않겠다고 생각했지만, 이런 때에는 그의 의견을 물어볼 수밖에 없어 범증을 불렀다.

"한왕이 지금 수하를 사신으로 보내왔는데 짐과 화목하자 하오. 짐이 생각건대 일시 화평하고 휴전하는 것이 좋을 것 같기도 하외다마는… 사방의 제후가 짐을 배반하여 한왕이 벌써 그 중 칠팔은 가진 셈이니 영양을 경계로 하여 동을 초나라로 하고 서를 한나라로 하자는 말도 무리한 것 같지 않고…. 과연 그렇게 함이 어떠하오?"

항우는 범증의 얼굴을 건너다보며 이같이 그의 의견을 조심성 있는 태도로 물었다.

범증은 항우가 이같이 조심성 있는 태도로 자신에게 의견을 묻는 것을 처음 보았다.

"결단코 불가하옵니다. 영양성이 공허하온데 폐하께서 격심하게 공격하시니까 어쩔 수 없이 화목하자는 것이옵고, 결코 한왕의 본심이 아니옵니다. 더욱 맹렬히 공격하시면 신 등 진심갈력하여 계교를 꾸며서 영양성이 함락되면 옥석(玉石)을 구분(俱焚)시키겠사옵니다. 한신이 백만 대군을 이끌고 온다 할지라도 이렇게 된 후에는 도리가 없사옵니다. 그러므로 폐하께서는 지금 수하의 한마디에 호기(好機)를 놓치시면 아니 되옵니다."

범증은 충심으로 이같이 말했다.

항우는 또 생각했다. 범증의 말처럼 영양성을 때려부순 뒤에는 한신이 제아무리 백만 대군을 인솔해온다 할지라도 한왕이 이미 없어진 뒤이니 제가 무슨 도리가 있으랴? 그러나 영양성의 공략 작전이 천연되어 시일을 허비하는 동안에 한신이 팽성으로 쳐들어간다든지 또는 영양성으로 회군하여 자신을 전후에서 협공한다든지 하면 이것도 큰 걱정이니 일찍이 화목하는 것만 같지 못하지 않은가? 이렇게도 생각되었다.

"잠시 물러가 있기를 바란다. 짐이 다시 생각해서 마음을 결정한 뒤에 부르리라."

급기야 항우는 범증에게 이같이 말했다.

"폐하께서는 친히 스스로 생각하신 바에 따라 결정하시옵소서! 결단코 신하의 말은 듣지 마시옵소서. 지금 한신이 북극 지방을 평정하고 불원간 돌아오게 되었사옵니다. 폐하께서 오랫동안 여기 나오시어 양식은 부족하고 사졸들은 피곤한데, 후방에서는 한신의 대군이 몰려오고 성중으로부터는 한나라 군사가 몰려나온다면 그때 폐하께서는 어찌 하겠사옵니까? 그때는 폐하께서 화목하자 할지라도 한왕은 이에 응하지 않을 것이옵니다. 그리고 천하 사람들은 조소할 것이옵니다. 신이 지금 비록 한나라에 있사오나 원래 초나라의 신하였습니다. 지금 사뢴 말씀은 심복을 토로한 것이옵니다. 폐하께 신이 어찌 감히 거짓말을 하겠나이까? 속히 성재(聖裁)를 내리시옵소서."

수하가 항우에게 진정을 토로하는 듯이 이같이 말하자 항우는 대단히 기뻐했다.

"그래! 네 말이 과연 합당하다. 짐이 이제는 마음을 결정했으니 너는 먼저 돌아가라. 짐이 추후로 사신을 보내 한왕과 화목을 결정하겠다."

"황송하옵니다. 그럼 신은 먼저 물러가옵니다."

수하는 초패왕의 승낙을 받아가지고 물러갔다.

항우는 수하를 돌려보낸 뒤에 즉시 우자기를 불렀다.

"짐이 한왕의 소청으로 저와 화목하기로 결정했으니 너는 영양성에 들어가서 한왕을 만나보고 앞으로 사흘 안에 친히 나와 짐에게 화목을 맹세하라 말한 뒤에 성중의 허실을 살펴보고 돌아오라."

우자기는 분부를 받고 물러갔다.

한편, 성중으로 돌아온 수하는 초패왕을 만나 꾀하던 바대로 그를 속여 화평의 동의를 얻은 경과를 보고했다.

"예정대로 되었사오니 이제는 속히 진평을 부르시와 꾀를 진행시키게 하옵소서."

수하의 이 같은 보고를 듣고 한왕은 즉시 진평을 불러 물었다.

"초패왕이 과연 수하에게 속아넘어가 사신을 보내 화목하자 하겠다 하니, 이제 사신이 오면 어떠한 계책을 써야 하겠는가?"

진평은 한왕 앞으로 가까이 다가가 가만가만 옆사람이 듣지 못하게 장차 자신이 실행할 계책을 속삭였다.

한왕은 귀를 기울여 진평의 말을 듣더니 무릎을 치며 만족해했다.

"좋소! 과연 그대로만 되면 범증은 없어지는 사람이외다!"

"신은 물러가서 예비하고 기다리겠사옵니다."

진평은 한왕이 기뻐하는 것을 보고 이같이 아뢰고 수하와 함께 물러나왔다.

얼마 지나지 않아서 초패왕의 사신 우자기가 영양성 궁문 밖에 도착했다.

그러나 궁문을 파수하는 위관이 안으로 들어갔다 나오더니, 한왕은 어젯밤에 술을 과히 마신 까닭에 아직 일어나지 못했으니 객실로 들어가서 기다리라 하는 것이었다. 우자기는 위관이 인도하는 대로 들어가서 기다리고 있었다.

얼마 후 장량과 진평이 객실로 찾아오더니,

"오래간만이올시다. 반갑습니다. 저쪽으로 가십시다."

하며 그를 다른 처소로 인도했다. 우자기는 두 사람이 끄는 대로 따라갈 수밖에 없었다.

그다지 넓은 궁궐은 아니나 조그마한 언덕 위에 날아갈 듯이 세워놓은 누각이 있는데, 장량과 진평은 우자기를 그곳으로 데려갔다.

"자, 여기 앉으십시오. 마침 준비해놓았던 술이 있으니 추우신데 우선 한잔 드십시오."

진평은 우자기에게 술병을 내밀고 이같이 권했다. 옥으로 깎아서 만든 술병이요, 우자기 앞에 놓인 술잔은 금으로 만든 것이었다.

"날씨가 대단히 추워졌습니다. 더운 국을 드십시오."

장량도 이같이 음식을 권했다. 산해진미가 상 위에 놓여 있었다.

우자기는 너무나도 융숭한 접대를 받으면서 약간 정신이 얼떨떨해졌다.

"그런데 참 요사이 범아부께서는 안녕하십니까? 오늘은 무슨 일로 갔다 오라 하시던가요?"

진평이 이같이 물었다.

"아니올시다. 나는 범아부의 심부름으로 온 사람이 아니고, 초패왕 폐하의 사신으로 온 사람이외다."

우자기는 그들이 자신을 범증의 사자로 오해하고 있는 것을 불쾌하게 생각하는 표정을 보이며 이같이 대답했다.

그와 동시에 장량과 진평의 표정도 싹 바뀌어졌다. 지금까지 웃고, 기뻐하고, 반겨하던 두 사람의 얼굴빛은 금시에 냉정해졌다.

"아 그래요! 우리는 범아부의 사신으로만 생각했지요!"

그러고는 옆방에 있는 하인들을 향해,

"여봐라, 너희들은 초패왕의 사신으로 오신 이분을 객실로 인도해드리고 접대를 잘해라!"

장량과 진평은 이렇게 분부하고 뒤도 돌아보지 않고 그대로 나가버렸다.

그와 동시에 하인 두 사람이 들어와 우자기에게 말했다.

"그러면 저쪽 객실로 가시기 바랍니다."

그는 하인을 따라 누각에서 내려왔다.

'괴이한 일이로다.'

그는 심중이 불쾌하고 괴상하기 짝이 없었지만 한왕을 만나 화평 체결을 하고 오라는 사명이 있는지라 하인들이 인도하는 대로 객실로 들어갔다.

들어와서 보니 아까와는 딴판이었다. 방 안에 놓인 문방제구로는 오죽잖은 물건이 엉성하게 놓여 있고, 개중에는 이 빠진 깨진 그릇도 있지 않은가. 그리고 심부름 드는 하인은 한 사람밖에 없었다.

'어찌해서 별안간 장량과 진평이 자신이 범증의 심부름으로 온 사람이 아닌 것을 알고는 이렇게도 허술하게 접대하는가? 괴상한 일이로다…'

우자기는 이같이 의심했다.

아무리 생각해보아도 까닭을 알 수 없는 노릇이었다.

불쾌한 마음으로 한식경이나 앉았노라니까 그제야 한왕의 근신이 찾아와서 이같이 통고했다.

"들어오시라는 분부입니다. 대왕께서 지금 일어나 계십니다."

우자기는 얼른 일어나 근신을 따라 밖으로 나왔다.

객실의 마당을 지나 한왕이 앉아 있는 정전을 향해 몇 발자국 걸어가려는데 맞은편에서 수하가 마중을 나왔다.

"어서 오십시오. 이리로 먼저 가십시다."

수하는 우자기를 환영하며 길을 인도했다. 근신은 다른 곳으로 사라지고, 우자기는 수하의 뒤를 따랐다.

수하는 우자기를 인도하여 정전의 한 구석에 있는 비밀실로 안내하더니,

"여기서 잠깐만 기다려주십시오. 내가 먼저 들어가 뵈옵고 나오겠습니다."

이렇게 말하고 우자기를 그 방에 홀로 남겨두고 수하는 나가버렸다.

우자기는 방 안을 둘러보았다. 사방에 책장이 있고 수천 권의 책이 쌓여 있으며, 책장 밑으로 문갑이 놓이고 그 위에는 여러 가지 그릇과 서류가 수두룩하게 쌓여 있었다.

"오! 이 방이 한왕이 쓰고 있는 밀실이로구나!"

우자기는 이렇게 직감하고 얼른 서류를 들추어보았다. 수하가 나가고 아무도 없는 틈에 한나라의 내막을 조사해본다는 호기심이 그의 마음을 자극했다.

한 장 또 한 장 서류를 들추어보다가 우자기는 그 중에서 이름이 적히지 않은 수상한 편지 한 장을 발견했다.

초패왕이 팽성을 지키지 아니하고 군사를 이끌고 멀리 왔으나 인심은 복종하지 아니하며 병력은 불과 삼십 만이오니, 대왕께서는 결단코 항복하지 마시고 속히 한신을 영양으로 소환하소서. 노신은 종리매 등과 내응하겠사오니 초나라가 망할 날은 눈앞에 있사옵니다. 보내주신 황금은 받사옵기 황송하오며 초나라를 격멸하신 후 토지를 떼어주시어 노신으로 하여금 고국에 돌아가 왕작(王爵)에 봉해지도록 처분해주시면, 이보다 더 큰 소원이 없사옵니다.

우자기는 편지를 읽고 깜짝 놀랐다.

'옳거니! 이것은 틀림없는 범증의 편지로구나!'

우자기는 생각했다.

'최근에 팽성에서 군사가 출동하기 직전부터 범증과 종리매가 한나라와 내통하여 초나라를 망치려 한다는 소문이 떠돌고 있으나, 설마 그럴 리가 있으랴 하고 그 소문을 믿지 않았었다. 그렇건만 아까 장량과 진평의 태도는 확실히 이상했다. 범증과 그 두 사람 사이에는 확실히 그 무엇이 숨어 있다. 그렇지 않고서야 그렇게도 나를 대하는 태도가 금시에 달라질 수 있으랴? 그러고 보면 이 편지는 분명 범증의 편지다! 이것을 훔쳐가지고 가야겠다.'

우자기는 혹시 보는 사람이 없나 빈 방을 또 한 번 둘러보고 다행히 인기척도 없음을 확인하고 편지를 품속에 감추었다.

쥐도 새도 모르게 범증의 편지를 훔쳐 넣었다고 우자기는 믿고 있지만, 옆방에 숨어 숨소리도 내지 않고 지켜보던 장량과 진평은 만족한 웃음을 빙그레 웃었다.

'우리들의 계획대로 되었소!'

두 사람의 눈은 서로 이같이 속살거렸다.

우자기는 이런 줄도 모르고 빈 방에 우두커니 앉아, 범증의 편지를 감쪽같이 훔쳐 가진 것만 다행하게 생각하는 표정이었다.

이때 수하가 들어와 아뢰었다.

"대왕께서 방금 소세(梳洗)를 마치시고 접견하시겠다는 분부입니다. 나오십시오."

우자기는 얼른 일어나 수하를 따라 한왕의 처소로 들어갔다. 한왕은 우자기의 인사를 받고 이같이 말했다.

"삼 년 전에 초패왕과 내가 진나라를 공략하기 직전에 회왕으로부터 말씀이 계셔, 먼저 함양에 입성하는 사람이 왕위에 오르도록 상약되었건만 패왕이 상약을 위반하고 나를 험산궁곡으로 몰아보냈기 때문에, 나는 주야로 부모가 계시는 고향이 그리워 결국엔 군사를 일으켜 관중지방을 얻었으니 내 평생 소원을 이룬 셈이오. 그런고로 오랫동안 고전(苦戰)을 했으니 이 이상 백성들을 불행하게 할 까닭이 없다 생각하고 사신을 보내 화목하기를 원했는데, 이렇게 패왕이 허락하시니 다행한 일이오. 지금부터 관서를 한나라 땅으로 하고 관동을 초나라 땅으로 정한 후 각각 군사를 거두고 강토를 지키고자 하니, 그대는 나를 위해 패왕께 이 말씀을 전해주기 바라오."

우자기는 공손하게 인사를 마치고 물러나와 초나라 진영으로 돌아갔다.

그는 항우에게 돌아와, 영양성에 도착한 후에 보고 당한 전후 시종

이야기를 세세히 고해 바치고 훔쳐온 범증의 편지를 올렸다.

항우는 그 편지를 끝까지 읽어보더니 대번에 얼굴빛이 빨개지고, 눈이 화등잔처럼 둥그레졌다.

"무엇이라고! 이 늙은 여우새끼 같은 놈이! 아니다, 이것을 이대로 둘 수 없다! 속히 범증을 끌어내다 고문(拷問)을 해서 그 죄를 자백시켜라!"

항우는 이렇게 호령을 했다.

항우가 이렇게 떠드는 것을 범증은 이웃방에서 듣고 깜짝 놀랐다. 진중에서 거처하는 항우의 처소와 범증의 방은 가까이 있었던 것이다.

범증은 즉시 항우의 처소로 달려들어가 꿇어앉았다.

"폐하께서는 노신의 말씀을 들어주시기 바라옵니다. 신이 삼 년간 폐하를 모시고 국가 대사에 진심갈력해왔사온데, 지금 와서 어찌 두 가지 마음을 품을 수 있겠사옵니까? 이것은 필시 장량과 진평이 폐하로 하여금 의심케 하여 신을 죽여 없애려는 반간지계(反間之計)일 것입니다. 폐하께서는 노하지 마시고 깊이 생각하시옵소서."

범증은 억울한 듯이 이같이 말했다. 그러나 항우는 소리를 높여 호령했다.

"무어라고? 듣기 싫소! 우자기는 짐의 심복이니 거짓말할 사람이 아니오. 또 확실한 증거를 가져왔는데 무슨 잔말이오!"

범증은 꿇어앉아 호령을 들으며 생각했다. 항우의 기색을 살펴도 보았다. 저렇게 성질이 조급하고 의심이 많고, 인자하지 못하고 아는 것이 없고 하면, 결국엔 크게 되지 못할 것이니 차라리 그만두자!

그는 이같이 결심하고 항우를 바라보며 큰소리로 말했다.

"천하의 일이 다 되었습니다! 폐하께서는 만사를 친히 생각하시는 대로 처사하기를 바랍니다. 다만 노신이 폐하를 모시고 삼 년 동안 진심갈력하여 누차 큰 공을 세웠사오니, 불쌍히 여기시옵거든 고향으로 돌아가 와석종신(臥席終身)이나 하게 해주시옵소서! 노신이 죽기 전에 아뢰는 소원이옵니다!"

범증은 하염없이 두 줄기의 눈물을 흘렸다.

항우는 범증의 늙은 얼굴에 눈물이 흐르는 것을 보고 노염이 사그라졌다. 저 노인이 삼 년 동안 자기를 따라다니면서 충성을 다해 부지런히 일해왔구나 하는 생각이 들면서 항우의 마음속에서는 한 움큼쯤 되는 측은한 마음이 우러나왔다.

항우는 차마 범증을 죽이지는 못하겠다고 생각하고,

"여봐라, 저 노인을 고향으로 모셔다드리도록 마련해라!"

이같이 좌우를 보고 명령했다.

범증은 두 사람의 부축을 받으며 항우의 처소에서 물러나왔다.

영양성 오십 리 밖에 있는 초패왕의 처소에서 쫓겨나오다시피 나와 자기 처소로 돌아온 범증은 행장을 수습하여 고향길을 떠났다.

그의 가슴속에서는 오만 가지 생각이 일시에 뭉게뭉게 피어올랐다. 스스로 가슴을 진정시키고 아무 생각도 하지 않으려고 힘써보았다. 그러나 저절로 길게 한숨이 흘러나왔다.

삼 년 전에 기고산(旗鼓山)으로 계포가 폐백을 가지고 찾아온 그날 이후로, 항우를 도와 진나라를 멸하고 천하 제후를 마음대로 임명한 후 작금에 이르기까지의 우여곡절과 천태만상의 가지가지가 눈앞에 떠올랐다.

조금도 사사로운 욕심 없이 오직 초나라만을 위해 애써왔건만, 오늘날 이같이 목숨을 구걸하여 쫓겨나다시피 돌아가는 자신의 신세를 생각하니 또 한 번 한숨이 절로 났다.

'아! 내가 불행하다기보다 초나라의 불행이다!'

그는 결국 이렇게 마음을 고쳐먹고 수레 위에 몸을 실었다. 항우의 근신이 두 사람의 하인을 데리고 와 그를 모시고 가게 했다.

범증은 하인을 앞자리에 앉히고 자신은 뒤에 기대어 앉아 수레에 흔들리면서 추운 밤길을 달렸다.

그는 등허리가 켕기고 아픈 것을 느꼈다. 무엇인지 종기 같은 것이 생겨 쑤시는 것 같았다.

그는 사흘 만에 팽성에 도착했다. 이때는 벌써 등에 생긴 종기가 주먹만큼 불거져 전신을 움직이지 못할 만큼 고통이 심해졌다.

"아야, 내 더 이상 못 살겠다!"

그는 너무도 쑤시고 아파 이같이 슬픈 소리를 했다.

하인들은 전일 팽성에서 범증이 거처하던 집으로 그를 인도하여 몸을 모로 드러눕히고 간호하기 시작했다.

이틀 동안 약을 바르고 약을 마시고 했지만, 그의 등에 생긴 큰 종기는 점점 깊이 고름이 드는 것만 같았다.

범증은 꼼짝 못하고 모로 드러누워 끙끙 앓다 하인을 불러 부탁했다.

"이봐라, 여기서 동쪽으로 백여 리 밖에 가면 와우산(臥牛山)이라는 산이 있다. 이 산 속에 들어가면 양진인(楊眞人)이라는 팔십 노인이 계신데, 옛날 젊었을 때 내 선생님이시다. 너희 두 사람이 찾아가 뵈옵고 내 말을 여쭌 후에 이 종기를 고쳐주십사고 해라. 그러면 반드시 영방(靈方)을 주실 것이다."

하인 두 사람은 범증의 부탁을 받고 즉시 와우산을 찾아갔다.

이튿날, 그들은 가지고 온 황금과 비단을 양진인 노인에게 예물로 드리고 범증의 말을 전갈했다.

양진인은 두 사람의 말을 귀 기울여 가만히 듣더니,

"알아들었다. 그러나 그냥 돌아가거라. 사십 년 전에 범증이 내게 와서 도(道)를 배웠느니라. 그때 오륙 년 동안 내게서 공부하고 떠나갈 때에 내가 저더러 이르기를, '너는 밀모(密謀)와 기계(奇計)를 좋아하니 극히 조심해라! 반드시 명주(明主)를 찾아서 섬기도록 하라'고 경계했건만, 내 말을 듣지 않고 도리어 백성들을 괴롭혀왔기에 하늘이 천벌을 주신 것이다. 천벌은 면하지 못하는 거야! 예물도 받지 않겠다. 도로 가지고 가거라!"

이렇게 냉정하게 거절해버렸다.

"황송하옵니다만 널리 용서하시고 선약을 쓰도록 가르쳐주십시오."

범증의 하인은 이같이 또 한 번 애원했다.

"듣기 싫다! 어서 물러가거라!"

양진인은 백발 된 머리를 흔들며 이같이 한마디 하고 그만 돌아앉아버렸다.

하인들은 한참 동안 그 앞에 꿇어앉아 기다려보았으나, 노인은 움직이지 않고 돌아앉아 있어 하는 수 없이 가지고 갔던 예물 보퉁이를 도로 가지고 와우산을 내려왔다.

팽성으로 돌아온 두 사람은 드러누워 있는 범증에게 양진인을 만나 있었던 전후 경과를 세세히 보고했다.

"도리어 백성을 괴롭혔으므로 범증은 천벌을 받는 것이다. 천벌은 면하지 못한다…."

범증은 양진인 노인이 하인들에게 이같이 말하더라는 말을 듣고 그만 가슴속에서 불덩어리 같은 것이 치밀어오르는 것 같더니 별안간 숨이 콱 막혔다. 천근 무게의 쇠매로 복판을 얻어맞은 것처럼 앞가슴이 무거웠다.

이틀 동안 더 곪은 등의 종기는 한층 더 견딜 수 없을 만큼 쑤시고 아팠다. 그는 눈을 감았다. 정신이 혼몽해졌다.

범증은 이 길로 아무 말도 못하고 벙어리처럼 드러누워 수십 일을 신음했다. 하인들이 미음을 흘려 넣으면 그것을 목구멍에 간신히 꼴깍 넘기기만 했다.

그의 병은 울화로 인해 생긴 심상치 않은 중병이었다. 옛날 선생이었던 양진인 노인의 말처럼 그의 병은 천벌인지도 몰랐다. 범증은 결국 숨을 거두고 말았다. 때는 기원전 이백삼년 무술(戊戌)년 사월, 범증의 나이 칠십일 세였다.

하인들은 즉시 범증의 시체를 안치하고 아직도 팽성으로 돌아오지 않은 항우에게 보고하기 위해 말을 달렸다.

항우는 범증이 고향으로 돌아가다가 중병이 나서 팽성에 머물며 치료 중이라는 것은 알고 있었다. 그는 영양성 밖에서 한왕과 화평을 약속했건만, 한왕과 또 조나라에 주둔하고 있는 한신의 동정을 살펴, 더 확실하게 정세가 안정된 것을 확인한 뒤에 팽성으로 돌아가려고 진중에 주둔하고 있었다.

항우는 진중에서 범증이 죽었다는 보고를 받았다.

"과연 불쌍하구나!"

그는 저절로 이 말이 입 밖에 나왔다.

생각해보면 그의 삼촌 항량이 계포를 보내 산속에 은거하고 있는 범증을 모셔온 뒤로 삼 년 동안, 초나라의 패업을 이룩함에는 범증의 힘이 적지 않았다. 그가 없었다면 과연 누구와 모든 일을 의논하였을까? 이 같은 생각이 불현듯 항우의 가슴을 찌르르하게 했다.

항우는 자신이 잘못했다고 후회하는 마음이 생겨 즉시 근신을 팽성으로 보내 범증의 장례를 정중 성대하게 집행하도록 했다.

이보다 수일이 더 지난 뒤에야 비로소 영양성 내에서는 범증이 죽었다는 사실을 알았다.

"이제야 심복의 화근이 없어졌구나!"

한왕은 기꺼워했다.

그리고 이 모든 일이 진평의 계책으로 성공된 일이라고 그를 칭찬하고 상을 주었으며, 사방을 더욱 견고하게 방어시켰다.

진충보국(盡忠報國)

　　범증의 장례를 거행케 한 뒤로, 항우는 낮이나 밤이나 슬픈 생각을 금할 수 없었다. 범증은 항상 아버지처럼 자신을 지도해왔었다는 추억이 그의 머릿속에서 우러나왔기 때문이었다.

　　'그래서 내가 아부(亞父)라는 존칭을 그에게 바쳤던 것이다!'

　　지나온 삼 년 동안의 일을 회상하니 더욱 측은한 정이 샘솟았다.

　　여러 가지 추억 가운데서도 가장 생생하게 지금도 그의 귀에 남아 있는 것은,

　　'노신이 어찌 두 마음이 있겠사옵니까! 이는 필시 장량·진평이 폐하로 하여금 노신을 의심케 하여 신을 죽이려 하는 '반간지계'일 것이옵니다. 폐하는 깊이 살펴소서.'

　　이같이 말하던 범증의 목소리였다. 항우는 후회했다.

　　'그렇게 고지식하고 부지런하게 노인의 몸으로 진심갈력하던 범아부를 죽게 만든 것은 우자기가 한왕의 밀실에서 훔쳐온 비밀 편지 때문이다. 이 편지가 범아부의 말처럼 장량·진평의 계교인 것을 내가 알지 못했던 것이다.'

　　그는 이렇게 깨닫고 즉시 종리매를 불렀다.

　　항우는 부드러운 음성으로 종리매에게 말했다.

"짐이 그간 오해하고 있었다. 이제 와 생각해보니 적의 간계에 속았던 모양이다. 그러니 너는 마음을 편안히 하여 딴 마음을 품지 말고, 충성을 다하기 바란다."

종리매는 이 말에 감격한 듯, 이마를 조아리며 아뢰었다.

"황송하옵니다. 신이 폐하를 모셔오는 동안 재주 없고 공로 없이 삼년을 지내왔사오나, 일편단심 진충보국의 일념만은 태산과 같사옵니다. 범아부도 진실로 폐하께 정성을 받들어오던 바였사옵니다. 우자기가 한왕의 궁실에서 가져왔다는 서간은 적이 위조한 것이 분명하옵니다. 폐하께서는 앞으로 이와 같은 간계에 속지 마시옵소서."

"짐의 불찰이다!"

항우는 다시 억센 목소리로 이같이 종리매의 간언을 승인하고 그를 물러가게 한 후, 즉시 막료들을 소집하여 한왕과의 화평 체결을 파기해버리고 영양성을 공격할 방침을 세웠다.

항우는 범증 대신으로 그의 숙항이 되는 항백을 군사(軍師)로 임명하여 모든 군무를 관리하게 했다.

팽성에 남아 있던 몇 개의 부대도 공격 작전에 증원 부대로 불러왔다. 이번에는 영양성을 빈틈없이 포위하고 깨강정을 부수듯이 전멸시키겠다는 것이 항우의 결심이었다.

마침내 초나라 군대는 영양성을 완전히 포위하고 공격을 개시했다.

한왕은 일대 공격을 당하면서 이제는 도리가 없다고 생각하는 동시에 겁까지 났다. 지난번에는 임시 방편으로 화평 체결을 했지만, 이제는 항우가 자신에게 속은 것을 깨닫고 쳐들어오는 것이니 무엇으로 이것을 막아야 하나?

한왕은 두려운 생각에 막료들을 소집했다.

"이제는 위태하게 되었소! 한신은 아직 돌아오지 않고 적은 이렇게 맹렬히 공격해오는데, 성중에는 이것을 대적할 만한 용자가 없으니 이 일을 어이한단 말이오?"

한왕은 신하들을 둘러보며 이같이 한탄했다.

"과연 큰 걱정이옵니다. 초패왕은 범증이 죽은 후로 심중이 초조해져 급히 이 성을 함락시키려는 것이옵니다. 그리고 팽성으로부터 증원 부대까지 도착하게 했으므로 좀처럼 물러가지 아니할 것이옵니다. 성중에는 대적할 만한 용장이 없고, 한신이 하루라도 빨리 구원병을 이끌고 돌아오지 않는 한, 또한 적이 영하(滎河)의 물을 흐르지 못하게 막아버리고 성중으로 흘러들게 만든다면, 그때는 저희들도 속수무책이옵니다!"

장량도 걱정스럽게 말했다.

이때 진평이 한왕 앞으로 가까이 나왔다.

"신에게 한 가지 계교가 있사옵니다. 신의 계교대로만 한다면 중중첩첩으로 포위되고 있는 이 성중으로부터 적을 헤치고 대왕을 모시고 탈출할 수 있사옵니다. 그러하오나 지금 저희들 가운데서 대왕을 위해 이 계책을 몸소 실행할 장수가 없사오니 그것이 걱정이옵니다."

진평이 아뢰는 말을 듣고, 주발과 기타 여러 장수들이 입을 열었다.

"대왕을 위해서는 일명을 초개같이 생각하는 저희들입니다."

"선생은 그게 무슨 말씀이십니까? 저희들은 항상 의리는 금보다 중하게 생각하고, 목숨은 티끌같이 가볍게 알고 국가를 위해 충성을 다하는 터인데, 선생의 말씀은 당치 않습니다. 칼날이 목 앞에 오고, 기름 끓는 가마솥이 무릎 앞에 있다 할지라도 우리들은 두려워하지 않습니다."

이같이 두어 사람이 말하는 소리를 듣다가, 진평은 짐짓 껄껄 웃으며 말했다.

"그야 물론 여러분의 말씀과 같이 국가를 위해서는 일명을 초개같이 버리는 것이 인신(人臣)의 상지(常志)일 것입니다. 물론 어렵지 않지요. 그러나 이 사람의 계책을 여러분은 모르시니까 그같이 쉬운 일로 생각하실 것입니다."

한왕은 진평과 막료 장수들 간에 이 같은 말이 오고가는 것을 듣다가, 진평을 가까이 불러 가만히 물었다.

"무슨 계책이오?"

진평은 한왕의 귀에 무어라고 소곤소곤 아뢰었다.

"그럴 것이야! 그러겠지!"

한왕은 그의 말을 듣고 이같이 고개를 끄덕거리더니, 다시 장량을 가까이 불렀다.

"지금 진평의 계책을 들었는데, 과연 비상한 방법 같소. 그러니 선생이 진평과 상의하여 실행해보시오."

이같이 말하고 이날의 회의는 이것으로 끝냈다.

장량은 회의를 끝마친 후 진평으로부터 계책을 듣고 완전히 동감했다. 그같이 하기만 하면 반드시 성공하겠으나 실행시킬 방도가 생각나지 않았다. 그는 일단 처소로 돌아와 곰곰 생각하다가 마침내 한 꾀를 생각해내었다.

이튿날 장량은 자기 처소에서 큰 연회를 개최했다. 여러 장수들에게 하인을 보내 빠짐없이 모두 참석하기 바란다고 전했다.

초나라 군사의 포위 공격을 당하면서도 장량은 고급 장성들을 초대하는 연회를 자기 집에서 열었던 것이다.

모든 장수들이 빠짐없이 참석하자 장량은 그들을 넓고 큰 방으로 인도하고,

"장군은 이리로 앉으십시오."

한 사람은 이쪽으로 앉히고,

"그리고 장군은 여기 앉으십시오."

또 한 사람은 저쪽으로 앉히고, 이렇게 여러 사람을 자리에 앉게 한 후 음식을 가져오게 했다.

자리에 앉은 장수들은 주인의 좌석 뒤 벽 위에 걸린 굉장히 큰 그림

한 폭을 보았다. 너비 다섯 자, 길이 열 자나 되어 보이는 큰 족자였다. 사람들은 그렇게 큰 족자는 처음 보는 듯 유심히 들여다보았다. 화폭의 한가운데에는 두 마리의 말이 끌고 가는 수레가 있었다. 그 뒤에는 수레를 쫓아 급히 달려오는 수십 명의 무장한 기병(騎兵)이 있고, 한옆으로는 나무 수풀이 우거진 곳에 한 사람이 도망해들어가 가만히 숨어 있는 모양을 그린, 그러한 그림이었다. 이 그림을 보고 여러 장수들은 그 뜻을 생각해보았으나 알 수가 없었다.

"저 그림은 무엇을 그린 것입니까?"

여러 장수들은 그림을 알지 못해 궁금했는지 장량에게 그림의 뜻을 물었다.

"이 그림은 제경공(齊景公)을 그린 것입니다. 옛날에 제나라가 진(晋) 나라와 싸웠을 때, 제경공은 참패당해 군사들은 풍비박산하고, 진나라 군사는 추격해와 경공은 어찌할 도리가 없어 위태한 지경에 있었는데, 때마침 밭에서 일하던 영감이 이 광경을 보고 급히 경공 앞으로 와서, '사세가 급하게 되었습니다. 대왕께서는 빨리 수레 속에서 나오시어 저쪽 수풀 속에 몸을 감추시옵소서. 신이 황송하오나 대왕의 의복을 입고 대왕이 앉아 계시던 자리에 앉아 적을 속이겠사옵니다.' 이같이 아뢰었더랍니다. 그러나 경공은 이 영감의 말을 듣지 않고, '내가 네 말대로 해서 화를 면한다 할지라도 너는 적에게 붙들려 반드시 죽고 말 것이니, 내 차마 그러지 못하겠다.' 이랬더랍니다. 그러나 '임금이 있은 연후에 백성이 있지 않습니까? 백성이 임금을 위해 죽는 것은 당연한 일이요, 신이 죽는 것은 큰 나무에서 나뭇잎 한 장이 떨어지는 것밖에 더 되지 않습니다만, 대왕이 살아 계시지 못한다면 아이들이 부모를 잃은 거나 마찬가지입니다. 속히 내려오시기 바랍니다.' 영감이 이같이 재촉하자 경공은 옷을 벗어 영감과 바꾸어 입은 후 수풀 속으로 들어가 숨고, 영감은 경공 모습을 하고 수레에 들어가 앉았습니다. 이때 진나라 군사들이 달려와 수레를 포위하고 영감을 잡아갔습니다. 영감은 '나는 경공이 아니다! 속히 죽여다오! 그러나 너희들이 나를 죽이면 이다음에는 임금을 위해 목숨을 내놓는 사람이 줄어들 것이니 그것을 생각해라.' 이같이 호령했답니다. 결국 진공(晉公)은 그 영감을 죽이지 않고 석방했으며, 그 후에 경공은 진나라를 격파하여 패업을 성취하였고, 이후로 영감의 이름은 청사에 빛나고 있습니다. 지금 우리 한왕께서 옛날의 제경공 같은 경우를 당했건만 경공을 구한 전부(田父)와 같은 사람이 없기에, 내가 옛날 일이 그리운 생각이 들어 이 그림을 걸어놓은 것입니다."

장량은 그림 설명을 이같이 하고 얼굴에 비창한 기색을 띠었다.

장량의 얼굴과 그림을 번갈아보며 설명을 듣고 있던 여러 장수들은 장량의 말이 끝나자마자 모두들 흥분하여 벌떡 일어나 외쳤다.

"아버지가 위태한 때엔 아들이 대신하고, 임금이 난을 당하면 신하가 대신하는 것은 당연한 일이지요. 옛날에는 밭을 가는 영감도 충의(忠義)를 알았는데, 지금 우리들이 옛날의 밭가는 영감만도 못하겠습니까? 지금 우리들은 주상을 위해서는 모두들 죽기를 아까워하지 않습니다!"

"고마운 말씀이외다! 여러분이 그같이 충심을 가졌다면, 주상의 운명은 염려 없을 것입니다. 그러나 외양이 주상의 모습과 방불한 사람이 아니고는 초나라 사람을 속일 수 없습니다. 지금 여러분들 가운데서 외양을 보아하니 기신(紀信) 장군이 오직 주상의 모습과 흡사할 뿐입니다…."

장량이 여러 사람의 얼굴을 둘러보며 이같이 말하자, 기신은 일어나 앞으로 나오며,

"그렇다면 이 사람의 소원이올시다! 끓는 물 속이라도, 타는 불 속이라도 이 사람은 행복으로 알고 편히 들어가겠습니다!"

이같이 말했다.

"과연 장하신 뜻! 감복할 뿐이외다!"

장량은 기신에게 경의를 표하고, 다시 앉기를 권한 후에 술잔을 돌

렸다.

이리하여 술이 서너 차례 돌아간 뒤에 장량은 진평과 함께 자리에서 일어났다.

"사세가 급하니 우리 두 사람은 주상께 들어가 기장군의 뜻을 아뢰고 나오렵니다."

장량이 이같이 말하자 여러 장수들도 따라 일어났다.

"저희들도 물러가겠습니다."

짧은 시간에 연회를 끝마치고 장량과 진평은 기신을 동반하여 한왕 앞에 나아가 그동안의 경과를 자세히 보고했다.

한왕은 그 전날 진평으로부터 비상한 방법을 사용하여 초나라 군사의 포위망을 벗어날 수 있다는 계책을 듣기는 했으나, 이와 같이 기신을 자기 대신 초패왕에게 항복하러 보낸다는 자세한 내용은 몰랐었다. 그는 이제야 비로소 자신과 흡사하게 생긴 기신을 희생시킴으로써 적의 포위망을 탈출한다는 구체적 내용을 알고 너무나 놀랐다.

"안 될 말이오! 기신이 충심을 가지고 난중에 죽겠다고 자원한다 할지라도 사람을 대신 죽이고 짐이 살아난다는 것은 인자(仁者)의 할 일이 아니오! 그러므로 짐은 그리하지 못하겠소."

한왕은 세 사람의 얼굴을 보면서 이같이 반대했다. 성 밖에서는 성을 공격하는 초나라 군사의 철포 소리가 요란하게 울려왔다.

이 소리를 듣고 기신이 한왕 앞으로 가까이 들어서면서 아뢰었다.

"적의 공격이 저같이 맹렬하옵니다. 성이 함락되면 군신(君臣)이 함께 멸망될 것이옵니다. 그때 신이 죽은들 대왕께 이롭고 국가에 이로울 것이 무엇이 있겠나이까? 사태가 시급하옵니다! 오늘날 대왕을 위해 버리는 신의 목숨은 홍모(鴻毛)와 같이 가볍고, 대왕의 운명을 구조했다는 미명(美名)은 천추만세에 이르도록 썩지 않고 태산같이 우뚝할 것 아니옵니까? 그런고로 신으로 하여금 성이 깨진 뒤에 개죽음하지 않고 미명을 천추에 남길 수 있는 기회를 놓치지 않게 해주옵소서."

한왕은 기신이 아뢰는 말을 듣고도 태도를 결정하지 못했다. 영양성의 운명은 눈앞에 보인다. 그렇다고 기신을 죽이고 자신이 피신해야 옳은가? 그러나 달리 적의 포위 속을 헤쳐나갈 방법이 없지 않은가? 한왕의 생각은 복잡해졌다.

"대왕께서는 사태 위급하온데, 신을 의심하시나이까? 유예 미결하시면 신은 때를 놓치는 것이오니, 차라리 지금 자결하여 초지를 관철하겠나이다!"

기신은 이렇게 말하고 돌연히 허리에서 칼을 뽑아 자기 목을 찌르려 했다.

한왕은 급히 일어나 기신의 팔을 붙들었다.

"장군의 충성은 과연 하늘에 뻗치겠소. 이리로 오시오."

한왕은 기신의 손을 잡고 자신이 앉아 있는 자리로 끌어왔다. 기신은 칼을 도로 칼집에 꽂고 왕의 곁으로 갔다.

"장군은 부모가 계시오?"

한왕은 기신을 바라보며 이같이 물었다.

"노모(老母)가 한 분 계실 뿐이옵니다."

대답을 듣고 한왕은,

"그러면 그 부인이 짐의 모친이오! 공손히 받들고 모시리다. 그리고 장군의 아내는 계시오?"

또 이같이 물었다.

"예, 있사옵니다."

"그러면 그 부인은 짐의 누이요! 정녕코 보호하리다. 그리고 자녀는 몇 남매나 두었소?"

"아들이 하나 있을 뿐이옵니다. 아직 나이 어린 것이옵니다."

"그러면 그 아이는 짐의 아들이오! 짐이 양육하겠소. 짐이 일평생 이

세 가지 맹세를 이행할 것이니 장군은 마음을 놓으시오."

기신은 왕이 자신의 손을 잡고 이같이 말하자 머리를 조아리며 감격했다.

"신은 죽어도 영광이겠나이다!"

기신은 이같이 은혜에 사례했다.

장량과 진평이 한왕 앞으로 가 말했다.

"이제는 속히 일을 거행하시기 바라옵니다."

"선생들이 알아서 마련하시오."

한왕은 감개무량하여 모든 일을 두 사람에게 일임했다. 진평은 즉시 항복하는 글을 만들어 사신으로 하여금 초패왕의 진영으로 가지고 가게 했다.

항우는 한왕의 사신이 가져온 항복 표문을 받아보았다.

> 한왕 유방은 초패왕 황제 폐하께 올리나이다. 신이 한왕이 되어 포중에 있었사오나 수토불복으로 고향 생각이 간절하와 동쪽으로 나온 것이었사온데, 뜻밖에 인심이 따르고 장사가 모여들어 마침내 관중 지방을 점거했사옵니다. 그러나 신은 팽성 대전에서 참패를 당한 후 간담이 서늘하와 영양성에 몸을 부치고 구차히 생명을 보존하고자 할 뿐이오며 다른 뜻은 조금도 없사옵니다. 다만 한신이 지금 멀리 동정하고 있사오나 이는 한신 스스로 원정하는 것이옵고, 신이 저를 소환하건만 저는 돌아오지 아니하니 이것은 신의 죄가 아니옵니다. 폐하께서 지금 대군을 거느리고 성을 포위하였사오니 성이 깨지는 날은 눈앞에 있사옵니다. 이제 문·무 제신의 중론에 좇아 두 손을 모으고 폐하께 항복함으로써 목숨을 건지려 하오니 폐하께서는 회왕을 모시고 상약한 것과 옛날의 정을 생각하시어 신의 생명을 불쌍히 보시고 살길을 열어주시기 바라나이다.

"그래, 유방이 어느 때쯤 성 밖으로 나와 항복을 하겠다더냐?"

항복문을 가지고 온 한왕의 사신에게 항우는 이같이 물었다.

"오늘밤에 틀림없이 성 밖으로 나오신다 하옵니다."

항우는 즉시 근신으로 하여금 한왕에게 답장을 쓰게 한 후 그것을 사신에게 주어 성중으로 돌려보냈다.

사신이 물러간 뒤에 항우는 막료 대장들을 소집했다.

"오늘밤에 한왕이 성 밖에 나와 짐에게 항복을 하겠다고 사신을 보내왔다. 너희들은 미리 장막 뒤에 힘센 사졸들을 매복시켰다가 이놈이 북면(北面)하고 짐에게 인사할 그때를 놓치지 말고 뛰어나와 이놈을 분쇄해버려라! 그래야지 짐의 평생의 한(恨)을 씻겠다!"

항우는 이같이 부탁했다. 계포와 종리매 등은 명령을 받고 즉시 군사들을 추려 장막 뒤에 매복시킨 후 모든 준비를 끝내고 때가 오기를 고대고대했다.

한편, 성중에서는 장량과 진평이 한왕을 도망시킬 의논을 하고 있었다.

"어떻게 해야 무사히 탈출하실 수 있을까? 먼저 주상께서 성을 나가신 뒤에, 한참 있다가 기신 장군이 초의 진영으로 나가게 하는 것이 좋지 않을까?"

장량이 진평에게 이같이 물었다.

"아니지요. 초패왕은 성질이 조급해서 만일 때가 늦어지면 또 공격을 할 것입니다. 뿐만 아니라 사면을 초병이 포위하고 있는데 주상께서 어떻게 나가십니까? 내 생각에는 먼저 성중에서 예쁜 계집들을 성문 밖으로 내보낸 뒤에 기신 장군을 내보내면, 이때엔 사방의 포위망이 저절로 헤쳐질 것입니다. 이 틈을 타 주상께서는 급히 탈출하셔야 할 것 같습니다."

진평은 이같이 말했다.

"옳소, 그 꾀가 가장 좋소. 속히 그렇게 합시다."

장량은 즉시 찬성하고 진평과 함께 한왕 앞으로 갔다.

"시각이 급하옵니다. 대왕께서는 의복을 고쳐 입으시옵소서."

장량은 한왕에게 이같이 말했다. 왕은 임금이 입는 곤룡포(袞龍袍)를 벗어 기신에게 주었다. 기신은 왕과 의복을 바꾸어 입었다.

장량은 방 안에 있는 주가(周苛)와 종공(樅公) 두 사람에게 이같이 부탁했다.

"대왕께서 탈출하신 후에는 즉시 성문을 견고히 방비하고 두 분은 영양성을 지키시오!"

"지키고말고! 목숨이 끊어질 때까지 싸우겠습니다."

두 사람은 씩씩한 음성으로 대답했다.

"그러면 나는 여자들을 준비시키고 오겠습니다."

진평은 이같이 말하고 밖으로 나갔다.

얼마 후에 모든 준비가 끝났다. 시각은 황혼 때였다. 진평은 먼저 동대문을 열어젖히고 예쁜 여자 이천 명을 성 밖으로 내보냈다. 여자들은 곱게 단장하고, 새 옷을 입고, 명절날 놀러가는 사람들처럼 쏟아져나갔다. 한왕 대신 용차(龍車)에 앉은 기신은 여자들의 행렬이 풀려 나간 뒤에 동대문을 나갔다.

진평의 계획대로 꽃같이 아름다운 여자들이 성문 밖으로 쏟아져나가자, 성을 포위하고 있던 초나라 군사들은 대장이거나 사졸이거나 누구를 막론하고 서로들 앞을 다투어가며 동대문으로 달려왔다.

"어디 어디, 나도 좀 보자."

"가만 있거라! 내가 먼저 보아야겠다."

"왜 이리 미노! 사람 다치겠다."

"허어, 왜 이러노. 시끄럽다!"

초나라 군사들은 저희들끼리 웅성대고, 지껄이고, 달음박질하느라,

어느새 저절로 행렬도, 대오(隊伍)도 흩어져버려 얼마 지나지 않아 포위 망은 자연히 해산되어버렸다.

"이때 속히 탈출하소서!"

사대문의 정세 보고를 받은 진평이 이같이 아뢰자 한왕은 즉시 말을 타고 장량 이하 모든 막료들을 데리고 서대문으로 탈출했다. 서대문 밖을 포위하고 있던 초나라 군사는 한 놈도 남아 있지 않았다. 한왕 일행은 성고(成皐)를 향해 숨 가쁘게 달아났다.

이처럼 한왕이 서대문으로 탈출한 줄도 모르고 항우는 동대문 밖에서 한왕의 수레기 자기 진영으로 오기만을 기다렸다.

어느덧 밤은 깊어 이경(二更) 때나 되었다.

항우는 조바심이 났다.

'이놈, 유방이란 놈이 왜 빨리 안 오느냐…'

그는 방에 들어앉아 기다릴 수 없어 말을 타고 진영문까지 나갔다.

때마침 한왕이 타고 오는 용차가 초패왕의 진영문 앞으로 천천히 오고 있었다. 그리고 천 명도 더 되어 보이는 젊은 여자들이 좌우에서 한왕의 수레를 모시고 왔다.

'저놈 유방이란 놈은 저렇게도 음탕하구나. 지금이 어느 때라고… 성 중에 갇혀 있으면서도 여태껏 계집질만 하고 있었구나. 저래가지고야 제까짓 것이 천하를 도모할 수 있나!'

항우는 가까이 오고 있는 한왕의 행렬을 바라보며 이같이 생각했다. 그러나 점점 가까이 이르러서도 한왕은 용차에서 내려오지 않고 그대로 앉아 있었다. 자신이 진영문 앞에 나와 있는 것을 번연히 알면서도 차 속에서 내려오지 않는 한왕의 태도에 항우는 크게 노했다.

"유방이 이다지도 무례할 수 있느냐! 짐을 보고도 그대로 앉아 나올 줄을 모르니, 이놈이 차 속에서 취사(醉死)했단 말이냐? 횃불을 비춰 저 놈이 죽었는가 얼굴을 자세히 보아라!"

항우는 이같이 호령했다. 근신들은 한왕이 앉아 있는 용차 앞으로 횃불을 쳐들고 가까이 달려들어 한왕의 얼굴을 똑똑히 비추었다. 그러나 한왕은 조금도 움직이지 않았으며, 한마디 말도 하지 않았다. 그는 마치 나무로 깎아 앉혀놓은 우상처럼 꼼짝도 하지 않았다.

항우의 신하들은 괴상하게 생각했다.

"한왕은 어찌하여 아무 말도 없소이까?"

그들은 차 속을 들여다보며 이같이 물었다.

"나는 한왕이 아니다! 나는 임금을 대신해서 여기 왔다! 내 이름은 기신이다. 우리 임금님께서는 한신·영포·팽월 기타 제후들과 상약하여 급히 팽성을 공략하시고, 초패왕의 가족들을 생포한 뒤에 광무산(廣武山) 아래에서 초패왕과 한번 싸워 자웅을 결판지으려고 벌써 이백 리 밖에 나가셨다! 아까 편지로 항복한다고 말한 것은 모두 거짓말이다. 너희들을 속이려고 한 것이야!"

기신이 이같이 꾸짖듯 대답하자 항우의 근신들은 깜짝 놀랐다.

'이게 웬일인가? 귀신인가? 여우한테 홀렸단 말인가?'

그들은 정신이 얼떨떨해 아무 말도 못하고 돌아서서 초패왕에게로 달려갔다.

"아뢰옵니다. 차 속에 앉아 있는 것은 한왕이 아니옵고 한나라 신하 기신 대장이옵니다."

그들은 이같이 경과를 보고했다.

항우는 보고를 듣고 너무나 놀랐다. 한왕에게 속은 것이 분하고, 제후들과 함께 팽성을 공략한다는 것이 노엽고 이가 갈렸지만, 기신이 한왕을 대신해 목숨을 내놓고 나온 것은 기특하고 하여, 항우는 일변 성내면서 일변 탄식했다.

'유방이 도망하기는 쉬운 일이나 기신이 유방을 대신하기는 어려운 일이다! 짐이 문·무 장사를 수없이 많이 데리고 있건만 기신과 같은 놈

이 한 사람도 없구나!'

그는 입속으로 이같이 탄식하고, 뒤에 서 있는 계포에게 말했다.

"짐은 기신의 충의를 가상하게 생각한다! 네가 기신에게 가 짐에게 항복하라고 권유해보아라."

계포는 항우의 명령을 받들고 즉시 용차 앞으로 달려갔다.

"임금의 목숨을 대신해 여기 나온 너는 진정한 충신이다. 우리 폐하께서는 그 뜻을 가상히 여기시어 너를 죽이지 않는 동시에 도리어 작록(爵祿)을 내리시겠다 하니, 너는 폐하의 성은을 감사히 생각하고 속히 내려와 폐하 앞에 나가 항복을 해라! 깊이 생각하고 폐하의 명령을 어기지 말아라."

계포는 큰소리로 이같이 항우의 뜻을 전했다.

그러나 기신은 도리어 계포를 꾸짖었다.

"무엇이라고! 이놈들 네까짓 것들이 사람이냐? 원숭이 새끼 같은 것들이 예의(禮儀)를 알겠느냐! 대장부 임금님을 섬김에는 충심 하나가 있을 뿐, 결코 두 마음이 없다! 설사 이 목이 땅위에 떨어진다 할지라도 원숭이 새끼에게 항복하지는 않을 것이다. 내가 살아서는 한나라의 신하요, 죽어서는 한나라의 귀신이 되어 너희들 같은 역적들을 전멸시킬 테다!"

기신이 이같이 기염 토하는 소리를 하자 계포는 더 말하지 않고 항우에게 돌아가 그대로 보고했다.

항우는 그만 분해서,

"여봐라! 저놈의 용차 둘레에 나무토막을 쌓아놓고 불을 질러 태워버려라!"

이같이 좌우를 둘러보며 호령했다. 명령이 떨어지자마자 무사들은 제각기 달음질쳐 나무토막을 한아름씩 안고 와서 기신이 타고 있는 용차 주위에 쌓아놓기 시작했다. 이같이 뒤숭숭한 사이에 용차의 좌우를 모시고 오던 젊은 여자들은 뿔뿔이 달아나버렸다.

장작개비 같은 것을 가득 쌓아올린 다음, 항우를 모시고 있던 무사들은 그 나뭇더미에 불을 질렀다. 일시에 용차 주위에서는 나무가 타기 시작하고, 맹렬한 불길에 둘러싸인 용차에 불이 옮겨 붙었다. 금세 새빨간 불덩어리가 된 용차 속에서는,

"이놈들! 역적 놈들…!"

쉴 새 없이 이렇게 부르짖는 소리가 들리더니, 미구에 재만 남았다. 기신은 결국 이렇게 죽었다.

항우는 본진으로 돌아와 날 샐 무렵에 잠시 눈을 붙이고, 이튿날 계포와 용저 두 장수를 불러 명령을 내렸다.

"너희 두 사람은 군사 일만 명을 거느리고 급히 한왕을 추격해라!"

계포와 용저는 즉시 출동했다. 두 장수는 쉬지 않고 이틀 동안 뒤를 쫓아갔으나 한왕의 종적은 알 수가 없었다.

그들은 정촌(鄭村)이라는 마을에 들어가 몸을 쉬고, 선봉 부대만 앞으로 추격 행진을 시켰다. 그날 밤에 선봉 부대에서 연락병의 보고가 왔다. 한왕은 이미 성고에 입성하여 견고히 수비하고 있으며, 영포와 팽월이 한왕을 응원하여 나오고 있다는 정보였다.

"이 같은 형편이면 우리가 진격한댔자 성고를 공략하기 어렵지 않소? 더 추격할 것 없이 영양으로 돌아가 폐하께 정세를 아뢰고 새로 분부를 기다려보는 것이 옳을 것 같습니다."

계포의 말에 용저도 찬동했다.

"그렇지요! 추격해도 소용없겠습니다."

그리하여 두 장수는 즉시 영양을 향해 회군했다.

수일 후에 항우의 본진영으로 돌아온 계포와 용저는 한왕의 정세를 보고하고, 돌아가 팽성을 수비할 것인가, 나아가 성고를 공격할 것인가, 방침을 결정해주십사 아뢰었다.

항우는 보고를 듣고 이같이 방침을 결정했다.

"먼저 영양성에 들어가 성을 빼앗아놓고, 그 후에 팽성으로 돌아가 인마를 정비한 다음 다시 성고로 진격하여 한왕을 격멸시키자!"

계포·용저·종리매 세 장수는 항우의 명령을 받들고 즉시 공성 준비를 했다. 항복하겠노라고 속이고 한왕 대신 기신을 내보낸 후에, 다시 성문을 굳게 닫고 방비하고 있는 영양성을 완전 점령하는 것이 당연한 일이라고, 그들도 항우의 방책이 옳다고 생각했다. 세 장수는 구름 사닥다리[雲梯]를 수없이 많이 제조하여 계포는 남문으로, 용저는 서문으로, 종리매는 북문으로, 그리고 항우는 친히 동문을 공격하기 시작했다.

한왕이 탈출한 뒤에 성을 지키고 있던 주가와 종공은 사졸들로 하여금 큰 돌과 큰 나무토막을 성 위에 쌓아놓고 있다가, 성 밑에 가까이 오는 초나라 군사에게 내던지게 했다. 조나라 군사들이 철포를 쉴 새 없이 쏘아도 성은 무너지지 않고, 불화살을 쏘아도 성안에서는 큰 화재가 생기지 않았다.

영양성은 이처럼 난공불락(難攻不落)이었다.

이렇게 오 일 동안 공격을 받고 있을 때 위표가 돌연히 주가·종공을 찾아왔다. 위표는 지난해 한신에게 잡혔으나 한왕으로부터 특별히 용서를 받아, 성안에서 평민으로 살아오고 있었다.

"한왕은 이미 탈출하고 성은 고립무원하고, 초패왕의 공격 또한 이렇게 맹렬하니 성이 깨질 것은 분명한데, 두 분은 어찌해서 초패왕에게 항복하지 않으시오? 내 생각 같아서는 항복하는 것이 좋을 것 같소이다."

위표는 두 사람에게 이같이 권고했다. 두 사람으로 하여금 성문을 열고 항복하게 하여 초패왕에게 공을 세워보려는 눈치였다.

주가와 종공은 그 꼴을 보고 대번에 호령을 했다.

"무엇이라고? 너 같은 반복소인(反覆小人)은 이 세상에 살아 있을 필요가 없다! 어서 죽어 없어져라."

주가는 달려들어 위표의 머리털을 움켜잡았다. 그와 동시에 종공이 칼을 뽑아 위표의 목을 베어버렸다.

두 사람은 위표의 목을 장대에 매어 궁문 밖에 높이 걸어놓고 군사들을 집합시킨 뒤에 훈시를 내렸다.

"위표가 적군과 내통하고 있어 군법대로 죽였다. 너희들은 충심을 변치 말고 적을 방비해야 한다. 만일 변심하는 놈이 있으면 위표와 같이 사형을 당할 것이다."

그러자 군사들은 일제히 이렇게 맹세했다.

"장군과 함께 죽을 때까지 성을 지키겠습니다!"

성을 지키고 있는 군사들은 위표의 목을 쳐다보고 더욱 사기가 올라간 듯했다.

이리하여 영양성은 좀처럼 함락되지 않고 열흘이 지나갔다.

항우는 성을 포위하고 열흘 이상 공격했건만 성이 깨지지 않자 울화가 터져 견딜 수 없을 지경이었다. 이렇게 해보아도 안 되고, 저렇게 해보아도 안 되고, 성질은 급하고, 어찌했으면 좋을지 계책이 생기지 않자 항백과 종리매를 자기 처소로 불렀다.

"짐이 아무리 생각해도 성을 점령할 수 있는 계책이 생기지 않으니, 어찌하면 좋을꼬?"

항우는 두 사람에게 이같이 물었다.

"그동안 십여 일, 사문을 둘러싸고 공성을 해도 성을 깨치지 못하는 것은 우리편 군사들이 생명을 내놓고 성 위에 기어올라가는 놈이 없기 때문입니다. 만일 결사(決死)를 각오하고 수십 명이 성벽 위로 기어올라가 불을 지르고 그 뒤로 대부대의 군사가 쫓아든다면, 성은 깨지고 말 것입니다. 그렇게 되지 않고 만일 이대로 천연세월하다가 한왕이 성고로부터 제후들과 합세해 다시 나온다면 큰일이옵니다."

항백은 이같이 항우에게 대답했다. 그의 생각으로는 수십 명의 결사대만 있으면 영양성은 점령된다는 것이었다.

항우는 즉시 이 의견대로 결사대를 뽑게 했다. 수십 명의 결사대는 구름 사닥다리를 성벽에 세우고 기어올라가려 했다. 그러나 성 위에서 큰 돌과 나무토막이 빗발같이 떨어져 결사대의 절반은 죽어버렸으며 남은 놈들은 겁이 나서 올라가지 못했다. 이 광경을 보고 항우는 호령을 내렸다.

"뒤로 물러서는 놈은 목을 베어버리겠다."

그러고는 다시 십여 명의 결사대를 사닥다리에 오르게 했다.

이번에도 큰 돌과 나무토막이 쏟아졌지만, 초나라 군사들은 몇 놈만 맞아 죽었을 뿐, 대부분 성 위에 올라가기에 성공했다.

동대문의 성 위에서 군사를 지휘하던 종공은 초나라 군사들이 칼을 휘두르며 성 위에 나타나자, 자기도 칼을 휘둘러 이쪽저쪽을 막으려 했으나 좌우에서 쳐들어오는 적에게 몇 명 안 되는 부하 군사는 죽고 말았다. 초나라 군사들은 좁은 성벽 위에서 쉽사리 종공을 사로잡아놓고 문루에 불을 질렀다.

이것을 보고 항우는 북문과 남문을 공격하는 종리매와 계포를 동문으로 오게 하여 불붙는 동문을 깨뜨리고 대군이 조수같이 밀려들어가도록 했다. 그리고 서문을 공격하던 용저도 이때 서문을 깨치고 밀려들었다. 종공이 이미 적에게 사로잡힌 것을 알고 서문으로 도망하려던 주가는 용저가 치고 들어오는 것을 보고 말머리를 돌려 산속으로 숨어버렸다.

항우는 동문 밖 후진에 있었다.

계포는 사로잡힌 종공을 결박해 후진에 있는 항우에게로 갔다.

항우는 종공을 보자마자 호령을 했다.

"이놈! 너같이 무용 없는 놈이 어찌해서 감히 천병을 항거한단 말이냐? 당장에 죽여 마땅하나 짐이 죽이지 않을 터이니 진심으로 항복해

라. 항복하면 너를 영양 태수(太守)로 봉해주겠다."

항우는 이같이 꾸짖고 달랬다.

"내가 힘이 부족해서 성이 깨지고 적에게 생포되었으니 남은 것은 오직 죽음뿐이다! 속히 내 목을 베어 충절을 빛나게 하여다오!"

종공은 조금도 겁내지 않고 이같이 대답했다.

항우는 종공의 태도에 노하지 않고 도리어 탄복했다. 그는 계포를 가까이 불러 부탁했다.

"짐은 종공의 충심을 기특하게 생각한다. 그를 권유하여 짐에게 항복하도록 하라."

계포는 명령을 듣고 종공에게로 가 이같이 권했다.

"종공! 내 말을 듣거라. 이 세상에 사내자식으로 태어났으면 공을 세우고 이름을 천추만세에 남기는 것이 대장부가 아니냐? 만일 헛되이 목숨을 버리고 쓸쓸하게 이 세상에서 사라져버린다면, 이야말로 아까운 일이다. 그러니 마음을 고쳐먹고 항복을 해라!"

그러나 종공은 천연스럽게 계포를 쳐다보며 대답했다.

"사람의 목숨이 살아 있을 때 올바르게 살아야 죽어서도 마음이 편안한 것이다. 나는 힘을 다해 성을 지켰으나 초나라 군사가 벌떼같이 강했고 내 힘이 부족하여 성이 깨진 것이다. 내가 뜻이 약하고 충심이 부족해 성을 빼앗긴 것이 아니니 나는 내 할 노릇을 다했다. 이제는 마음 편히 죽을 것이니 너는 쓸데없는 말을 마라. 설사, 오늘은 너희들에게 항복한다 할지라도 내일에는 너희들을 배반할 것이다. 나에게는 오직 한나라만 있을 뿐, 초나라는 없다! 이것이 충심이다. 충심에는 두 마음이 없다. 너는 더 말하지 마라!"

계포는 종공을 참으로 변할 줄 모르는 충심을 가진 사람이라고 인정하고, 항우에게 돌아와 고했다.

"종공의 뜻이 철석같사옵니다. 오늘 항복한다 할지라도 내일엔 배반하겠노라고 하니, 도리가 없는 것 같사옵니다.”

“그놈이 항복하지 못하겠다면 속히 죽여버려라!”

항우가 이같이 명령을 내리자, 무사들은 종공을 끌고 진문 밖으로 나갔다. 종공은 얼굴빛이 조금도 변하지 않고 천연스럽게 따라나가 웃는 낯으로 목을 잘렸다. 이 광경을 보고 초나라 군사들도 모두 탄복했다.

한편 서문의 성문 곁 산속 길로 달아나는 주가를 쫓아 용저는 말을 달렸다. 한참 쫓아가노라니 울창한 나무 그늘에 주가가 칼을 비껴들고 말 위에 앉아 있는 모습이 보였다.

용저는 소리를 질렀다.

“주가야! 내 말 듣거라. 한왕은 행방불명되고, 성은 깨진데다 너의 가족들도 사로잡혔으니 항복해라! 공연히 생명을 버려 항거하지 마라!”

그러나 주가는 오히려 용저에게 욕을 퍼부었다.

“이놈, 개 같은 놈! 누구에게 함부로 그따위 말을 한단 말이냐? 너 같은 역적 놈에게 항복을 하다니, 그따위 개 같은 소리를 지껄이지 말고 내 칼을 받아라!”

주가가 급히 용저에게 대들자 용저도 성이 나서 주가를 쳤다. 두 장수는 칼날에서 불이 나도록 합전하기를 이십여 합 했다.

한참 동안 격전을 하다가 주가는 기운이 풀려 급히 말머리를 돌려 도망했다.

그는 수풀 속으로 달아나다가 갑옷 소매가 큰 나뭇가지에 걸리는 바람에 달아날 수 없게 되어 쩔쩔맸다. 그러나 용저가 바로 뒤쫓아오는 탓에 나뭇가지를 칼로 베어버리고 또 달아났다. 하지만 초나라 군사들이 이미 사방에서 그를 포위해버려 꼼짝없이 수풀 속에서 붙들리고 말았다.

용저는 그를 단단히 묶어 후진에 있는 항우에게 돌아갔다.

항우는 잡혀온 주가에게 이렇게 타일렀다.

"주가야, 종공은 이미 짐에게 항복했다. 너도 진심으로 항복하면 만호후(萬戶侯)에 봉하겠다."

그러나 주가는 얼굴을 쳐들고 항우를 똑바로 쳐다보며 큰소리로 말했다.

"종공·기신은 나와 함께 한나라의 신하들이다. 무도한 초나라에 항복해 더럽게 생명을 탐낼 사람들이 아니다. 사람의 탈을 뒤집어쓴 너 같은 원숭이 새끼가 감히 이 주가 장군을 속이려고? 어림도 없다!"

항우는 그만 노해 고함을 쳤다.

"여봐라! 저놈을 당장 끓는 가마솥에 넣어 죽여라!"

무사들은 와락 달려들어 주가를 밖으로 끌고 나갔다. 주가는 이리하여 기름이 끓는 가마솥 속에서 죽었다.

항우는 주가를 죽인 뒤에도 분이 풀리지 않아 어쩔 줄을 몰랐다. 그는 오늘날처럼 심하게 모욕을 당해본 적이 없었다. 더구나 그의 숙부 항량을 따라 회계 땅에서 의병을 일으켜 초패왕이 되기까지 최근 삼사 년 동안은, 그를 욕하기는커녕 천하 만민이 감히 우러러보지도 못하는 지극히 높은 자리에 있었다. 그런데 주가는 그의 얼굴을 버젓이 쳐다보며 욕을 하지 않았는가?

"영양 성중으로 들어가 군(軍)·민(民)을 모조리 도살해버리자!"

항우는 분함을 참다 못해 마침내 이같이 호령했다. 이 소리를 듣고 항백이 급히 고했다.

"고정하시기 바랍니다. 폐하께서 지금 대적해 싸우는 사람은 한왕일 뿐이외다. 영양성의 백성들은 역시 폐하의 백성도 되지 않사옵니까? 죄 없는 백성을 도살하신다면 천하의 인심을 잃어버리십니다. 백성을 어루만져 그 마음을 안심하도록 하고 잠시 성중에 머무르신 후 성고를 공략하시면, 한나라 군사는 빠져나갈 길이 끊길 것이옵니다. 그렇게 되면 유방도 항복하겠고, 그 후에 제나라를 구원하시면 초나라가 고립하게 되지 않고 족히 천하를 도모할 수 있을 것이옵니다."

항우는 항백이 간하는 말을 듣고 간신히 분한 마음을 진정했다. 한참 후에 항우는 인마를 점검시킨 다음 성중으로 들어갔다.

이때 한왕은 성고에서 장량·진평과 함께 앞일을 의논하고 있었다.

"한신과 장이가 조나라에 주둔하고 있으면서 짐이 영양성에서 포위당하고 있을 때 급히 사신을 보냈건만 소식이 없지 않은가? 지금 벌써 영양성은 깨지고 주가와 종공은 죽었다니, 초패왕이 승승장구하여 또 이리로 쳐들어오면 이 일을 장차 어찌하면 좋을꼬? 무슨 계책이 없을까?"

한왕이 이같이 물었다.

"영포·팽월에게 사신을 보낸 것이 한 달 가까이 되었사옵니다. 두 사람은 지금쯤 거진 왔을 것이옵니다. 그러니 이때쯤 한왕께서는 속히 대장 한 사람을 팽성에 보내시어 성을 공격하게 하시기 바랍니다. 이렇게 하면 초패왕은 팽성으로 돌아갈 것이옵니다."

장량의 대답을 듣고 한왕은 고개를 끄떡거렸다.

"그래, 성동격서(聲東擊西)라더니, 격피구차(擊彼救此)하란 말이지? 과연 선생의 계책이 좋겠소이다."

한왕은 이같이 말하고 즉시 왕릉을 불렀다.

"장군은 정병 오천 명을 인솔하여 즉시 팽성으로 쳐들어가오. 그리하여 초패왕이 팽성으로 돌아오게 되거든 장군도 팽성 공격을 그만두고 회군해버리시오."

한왕은 이같이 분부했다.

왕릉은 즉시 명령대로 오천 명의 군사를 거느리고 출동했다.

그는 그의 모친이 항우에게 잡혀왔다가 무참하게 자살해버린 뒤에 오랫동안 병들어 앓고 있었으나 이제는 완전히 건강해진 상태였다.

한왕은 왕릉이 군사를 거느리고 출동한 뒤에 항우가 반드시 공격해올 줄로 믿고 그전에 한신이 제조했던 수많은 전차를 성 주위에 배치하고 엄중히 경계하고 있었다.

이때 항우는 영양성에 대장 오단(吳丹)을 주둔시키고 자신이 직접 대군을 거느리고 성고를 향해 진격했다. 그리하여 성고에서 이십 리 떨어진 곳에 진을 치고 군마를 정돈한 뒤에, 이튿날 성 밑으로 가까이 들어가 공격하려 했으나 사방에 많은 전차가 배열되어 있고 기치가 엄정한 것을 보고 놀랐다.

'허어, 잘못하다간 큰일 나겠다! 적은 벌써부터 알고 방비하고 있구나! 경솔히 쳐들어가서는 안 되겠다.'

항우는 이렇게 생각하고 자기 진영을 다시 십리 밖으로 후퇴시켰다. 그리고 날마다 북을 치고 고함을 지르고 깃발을 휘둘러 금세 대공격을 단행할 것처럼 허세를 올렸다.

며칠 동안 항우는 이러기만 할 뿐, 한 번도 한나라 군사와 싸워본 일이 없었다.

그러던 중, 하루는 팽성으로부터 급한 연락이 왔다.

"한나라 대장 왕릉이 좁은 길로 군사를 거느리고 와서 팽성을 매우 급하게 공격한다 하옵니다."

계포가 이같이 연락병의 보고를 아뢰자 항우는 깜짝 놀랐다.

그런데 얼마 후 또 보고가 들어왔다.

"지금 팽월이 외황(外黃)의 십칠 현(縣)을 공략했기 때문에 초나라의 양도(糧道)가 끊겼사옵니다."

항우는 또 한 번 놀랐다. 그런데 두 번째의 보고를 마치고 계포가 물러가기 전에 종리매가 들어와 항우에게 보고를 했다.

"지금 영포가 대군을 거느리고 성고에 있는 한왕을 구원하려고, 벌써 남계구(南溪口)까지 도착했다 하옵니다. 남계구는 여기서 그다지 멀지 않은 땅이옵니다."

항우는 종리매의 보고를 듣고 얼굴빛이 변했다. 이같이 한꺼번에 세 가지의 걱정스러운 보고를 들어본 일이 그전에는 없었던 까닭이었다.

그는 눈을 크게 뜨고 천장을 바라보다가 항백을 불러 물었다.

"성고에는 방비가 있어 공략하기 힘든데다 영포의 구원병이 도착했고, 팽월은 아군의 양도를 단절했고, 뿐만 아니라 왕릉은 팽성을 공격하고 있으니, 짐이 어찌하면 좋겠소이까?"

항백은 머리를 숙이고 한참 생각하다가 이같이 대답했다.

"오늘 저녁에 우선 여기서 퇴각해 돌아가고, 그 뒤에 군사를 나누어 팽월을 외황에서 죽이고, 영포를 남계구에서 무찌르고, 왕릉을 방어하여 팽성을 견고히 지키도록 하는 것이 임시로 시급한 대책인가 하옵니다."

"그리할밖에 도리가 없군!"

항우는 이같이 내뱉듯 말하고 대장 조구(曹咎)를 불러 명령을 내렸다.

"짐은 오늘 저녁에 여기서 퇴각하겠다. 너는 정병 일만 명을 인솔하고 성고의 서쪽에 매복해 있다가 짐이 퇴각한 것을 알고 한왕이 성을 나와 도망하거든 네가 성중에 들어가 성을 점령해버리고, 한왕이 다시 돌아오더라도 결코 응전하지 말고 짐이 다시 대군을 거느리고 오기를 기다려라."

"그리하겠습니다."

조구는 명령을 받고 물러갔다. 항우는 즉시 퇴각 준비를 시키고 날이 어둡기 시작할 때 삼군을 점검한 뒤, 최후 부대를 인솔하고 그 밤중으로 떠났다.

한나라의 탐색병은 이 사실을 보고했다.

한왕은 이 소식을 듣고 즉시 장량과 진평을 불러 걱정스런 표정으로 물었다.

"초패왕이 오륙 일 동안 한 번도 접전해보지 않고 별안간 퇴각해버렸다 하니, 이 무슨 연고일까?"

"그것은 영포가 이미 남계구까지 와 있고 팽월이 외황을 공격하여 초의 양도가 단절되었고, 왕릉이 팽성을 공격하기 때문이옵니다. 대왕께서는 속히 이 성에서 떠나 한신과 회합하여 다시 영양성에 들어가 인마를 조정한 후, 때가 오거든 그때 초를 멸하시옵소서!"

장량이 이같이 아뢰었다.

"선생의 말대로 하리다."

한왕은 기쁜 얼굴로 대답했다.

"그러하오나 대왕께서는 경솔히 나가시면 아니 되옵니다. 만일에 적이 복병을 하고 있다가 대왕의 행차가 절반쯤 지나간 뒤에 나타난다 하오면, 아군은 방비할 수 없게 되옵니다."

장량은 또 이같이 아뢨다.

"과연 옳은 말씀이오!"

한왕은 장량의 말에 탄복하고 즉시 주발과 시무 두 사람에게 오천 명의 군사를 주어 성고의 서문 밖에 나가 성을 방비하도록 했다. 그런 다음 한왕은 대군을 거느리고 남문으로 나갔다.

초나라의 대장 조구는 이 사실을 알고 급히 쫓아나가 한왕을 습격하려 했다. 그러나 선봉에서 연락병의 보고가 들어오기를, 성고의 서문 밖에 한나라 대장 주발과 시무의 깃발이 나부끼고 있으며, 군사의 수효는 알 수 없으나 수많은 사졸들이 수비하고 있다고 했다. 조구는 한나라 군사의 방비가 있음을 알고 습격작전을 정지했다.

이리해서 한왕의 대군은 하루 낮 하룻밤 사이에 무사히 퇴각했다. 최후로 주발과 시무도 한왕을 따라 퇴각했다.

이튿날 조구는 성중에 한나라 군사가 없어진 것을 알고 들어가 성문을 꼭 닫고 주둔했다.

소년 세객(說客)

한왕은 성고에서 탈출하여 주야 불문하고 원정 중에 있는 한신을 만나려고 조나라를 향해 말을 달렸다.

여러 날 만에 한왕의 일행은 조나라 서울 정경구의 성 밖 오십 리쯤 떨어진 곳에 도착했다.

한왕은 그곳에 진영을 설치하도록 하고, 자신은 아침 일찍이 수십 명의 호위 군사만 거느리고 성중에 있는 한신의 진영으로 찾아갔다.

이때 한신과 장이는 어제 저녁 술이 아직도 깨지 않아 아침 해가 솟았건만 코를 골고 자리 속에 드러누워 있었다. 아침때를 밤중으로 알고 잠들어 있는 한신·장이 두 사람은 한왕이 진중에 들어온 줄을 물론 모르고 있었다.

한왕은 진영의 사방을 돌아다니면서 살펴본 뒤에 한신이 잠자고 있는 방 안으로 들어갔다. 들어서서 보니 한신은 상 위에서 이불을 덮고 코를 골았다. 방 안을 휘둘러보니 탁자 위에 술병이 빈 병으로 놓여 있고, 그 곁에 원수의 인장이 놓여 있었다.

한왕은 한신의 꼴을 보고 마음에 실망낙담하였는지라 아무 말도 아니하고 탁자 위에 있는 원수의 인장만 집어 주머니 속에 넣고 도로 나오려 했다.

이때 한신은 인기척에 잠이 깨어 벌떡 일어났다. 그는 눈앞에 한왕이 서 있는 것을 보고 황급하게 뛰어내려 마루 위에 꿇어 엎드렸다.

"황송하옵니다! 대왕께오서 영내에 들어오심을 신이 전혀 알지 못하옵고, 멀리 나가 봉영하지 못하였사오니 그 죄는 만사무석이옵나이다."

한신은 엎드려 죄를 빌었다.

한왕은 한숨을 쉬었다. 그리고 조금 있다가 입을 열었다.

"짐이 수십 명을 데리고 진중에 들어와 사방을 둘러보고 난 뒤에 이 방에 들어올 때까지 너는 전혀 모르고 깊이 잠들어 있었으며, 원수의 인장을 집어가도 모르고 있으니, 이래가지고는 적이 한나라의 사신이라고 속이고 진중에 들어와 너의 모가지를 가져가기도 용이할 것이다! 너는 이 나라를 평정하는 동시에 진수하고 있는 터인데, 새로 항복받은 땅에 와서 이렇게 소루하고서야 어떻게 천하를 도모한단 말이냐?"

한왕은 처음으로 한신을 꾸짖었다. 한신은 부끄럽고 후회막급해 엎드린 채 아무 말도 못하고 있었다. 이때 옆방에서 놀라 잠이 깬 장이가 들어와 한왕 앞에 무릎을 꿇고 엎드렸다. 한왕은 호령을 했다.

"너는 원수의 부장(副將)으로서 마땅히 군무에 정근하고 적의 허실을 쉴 새 없이 살펴 주야를 불문하고 비상한 일이 생기지 않게 경계해야 하겠거늘, 지금 진중을 살펴보니 기치 부정하고 방비 엄밀치 못하며, 분주히 왕래하는 사람이 있건만 아무도 이것을 검문코자 아니하니, 진영이라는 것이 마치 어린아이들 소꿉장난 같단 말이다! 군법대로 한다면 한신은 축출하고 너는 참형에 처해야 하지만, 천하에 일이 많고 장수 부족한 때라 죄로써 다스리지 않겠다. 이후에 또 이 같은 일이 있으면 그때는 용서 없다."

한왕은 이같이 두 사람을 꾸짖고는 성 밖에 있는 본진으로 돌아가버렸다.

한신과 장이는 한왕의 뒤를 쫓아갔다. 왕이 본진에 돌아와 앉은 뒤에 두 사람은 백배 사죄했다. 그러나 왕은 두 사람을 본 체 만 체하고 즉시 신하들을 불러들였다. 한신과 장이는 다른 방으로 물러갔다.

여러 신하들을 모아놓고 한왕은 입을 열었다.

"짐이 아까 한신의 진영에 찾아가 중군에 들어가도록 이것을 아는 사람이 없고, 방에 들어가 인장을 가지고 나오도록 원수라는 사람이 모르고 있으니, 이렇게 군에 규율이 없고 사졸들에게 절제가 없고서야 어떻게 하겠소? 적이 만일 이 틈을 타서 잠입한다면 무엇으로써 방어하겠소? 그래서 짐은 재주 있고 능한 사람을 택해 원수를 새로 임명하려 하오."

한왕이 이같이 말하자 장량이 앞으로 나와 아뢰었다.

"불가한 줄로 아뢰옵니다. 지금 여러 장수들 가운데서 한신의 재주를 당할 만한 사람이 없사옵니다. 물론 한신에게 죄는 있사오나 그 죄가 작은 것이오니, 작은 것을 어떻게 큰 것과 바꾸시겠나이까? 옛날 위(衛)나라에 순변(荀變)이라는 대장이 있었습니다. 이 사람이 어느 날 백성의 집에 들어가 닭의 알 두 개를 먹은 일이 있었습니다. 위후(衛侯)가 나중에 이것을 알게 되어 순변을 파면시키고 대장으로 쓰지 않으려 했더니 자사(子思)가 위후에게 간하기를 '큰 성인(聖人)은 사람 쓰기를 재목을 쓰는 것과 같이 합니다. 그 좋은 것만 취하고 그 나쁜 것은 버립니다. 지금 대왕께오서는 전국지세(戰國之世)를 당하시어 조아(爪牙)와 같은 신하를 채용해야 하실 때인데, 어찌 닭의 알 두 개로 인해 간성(干城)과 같은 양장(良將)을 버리실 수 있겠사옵니까? 만일 이웃 나라에서 이 일을 알게 되면 반드시 쳐들어올 것이오니 중대 사변이 아니겠습니까?' 이렇게 아뢰었더니 위후는 즉시 깨닫고 순변을 다시 중용했다 하옵니다. 이와 같이, 지금 한신에게 비록 잘못이 있다 할지라도 어찌 오늘날까지 쌓아온 그 사람의 큰 공을 버리시겠나이까?"

한왕은 장량의 말을 듣고 즉시 깨달았다.

"잘 알았소이다."

한왕은 즉시 옆방에 있는 한신과 장이를 불러들였다. 두 사람은 들어와 한왕 앞에 국궁하고 섰다.

"짐이 영양·성고 두 곳에서 적에게 포위되어 곤욕을 치를 때 형세가 매우 위태로웠건만, 어찌해서 구원하러 오지 아니했던고?"

한왕은 한신에게 이렇게 문책했다.

"연(燕)·제(齊) 두 나라는 전부터 변화무쌍한 지방이옵니다. 신의 대군이 이동한다 하오면 필경 변사가 생길 것 같사옵고, 또 영양성이 포위되었다는 소문은 들었사오나 사실의 진부(眞否)를 알지 못하여 경솔히 군사를 이끌고 움직이지 못했던 것이옵니다."

한신은 이같이 아뢨다.

"그러면 그동안 조나라를 평정한 지가 오래되었는데 지금까지 제(齊)나라를 정복하지 못하고 있는 것은 무슨 까닭인가?"

한왕은 연거푸 이같이 문책했다.

"사졸은 오랫동안 시일이 경과하면 신체가 피곤해지고, 대장은 오랫동안 지키고만 있으면 게을러지고, 나라는 오랫동안 포위당하면 피폐해지고, 적이 오랫동안 항거하면 아군은 패하는 것이옵니다. 신이 수십만의 군사를 거느리고 여러 번 싸워 이겼사오나 제나라와 위나라 사이의 수천 리를 왕래하였사옵니다. 만일 사람이나 말을 휴식시키지 않고 경솔히 움직이면 적은 편안히 있다가 피곤한 우리를 맞아 승리를 얻기 쉬운 것입니다. 그러면 우리는 대패하는 것이 아니옵니까? 이 까닭으로 신이 잠시 이곳에 주둔하면서 삼군의 사기를 양성하는 중이옵고, 근일 중에 제나라를 정벌하려던 차에 뜻밖에 대왕께오서 행림(行臨)하셨사옵니다. 신이 불일간 제나라를 정벌하기 위해 출군하겠사오니 대왕께서는 수무(修武)에 주둔하고 계시기 바라옵니다."

한신은 이같이 아뢨다.

한왕은 그의 말을 듣고 이때까지 노엽던 마음이 봄눈 녹듯이 스르르 풀어졌다.

"그래! 그러면 그렇게 하오. 물러가오."

한신은 물러나와 자기 본진으로 돌아갔다.

한왕은 한신을 돌려보내고 장량과 기타 신하들과 더불어 앞일을 의논한 뒤에 흩어지게 했다.

이튿날 광야군 역이기 노인이 한왕 앞에 나와 의견을 아뢨다.

"옛날 성탕(成湯)께서 걸(桀)을 내쫓으시고 무왕(武王)께서 주(紂)를 치신 후 그 손자들을 봉하시었기에 다 각기 수백 년씩 기초가 튼튼했던 것이옵니다. 그러하온데 진나라는 육국을 멸하고 그 자손을 봉하지 않았기에 사직(社稷)을 보존하지 못했사옵니다. 대왕께오서 육국의 후손을 세워 봉작(封爵)을 내리시면 군신과 백성이 반드시 성덕을 받들고 의(義)를 사모하여 한나라의 신하가 되려고 할 것이옵니다. 그때 대왕께서 남면(南面)하시어 황제 되심을 선포하시면 초나라도 무릎을 굽혀 복종할 것이옵니다."

한왕은 광야군의 이 말이 어제 하루 동안 토의했던 장래 대책에 관한 여러 신하의 의견보다도 더 마음에 들었다.

"과연 훌륭한 생각이외다. 그같이 하리다!"

한왕은 곧 근신을 불러 육국의 인장을 공장(工匠)에게 명하여 조각하라 하고, 광야군 역이기로 하여금 육국의 자손을 찾아서 봉하게 하라고 명령했다.

위에서 명령이 이같이 내렸기 때문에 근신들이 분주히 왔다 갔다 하자 그 이튿날에야 장량은 소문을 듣고 깜짝 놀랐다.

'이것이 웬 말인가!'

장량은 즉시 한왕의 처소로 찾아갔다. 육국의 후손을 찾아 왕으로 봉한다는 것은 한왕으로서 지금 해야 할 일이 절대로 아니라고 생각했다.

한왕은 장량이 들어오는 것을 보더니 기뻐하는 얼굴로 육국의 후손들을 찾아보기로 한 것과, 인장을 조각시키고 있는 이야기를 했다. 장량은 왕의 이야기를 듣고 얼굴빛을 정색하며 입을 열었다.

"이 같은 계책을 어떤 사람이 대왕께 아뢰었는지 신은 알지 못하옵니다마는, 신이 고사(故事)를 인용하여 대왕께 아뢰겠습니다. 옛날에 탕(湯)·무(武)께서 걸(桀)·주(紂)의 뒤를 이어 봉하신 것은 능히 그 사생(死生)의 명(命)을 제압하실 수 있었던 까닭이옵니다. 지금 대왕께서는 능히 항우의 사·생을 제압하실 수 있사옵니까? 주무왕(周武王)께서 은(殷)을 멸하고 들어가 쌀을 뿌리시고 돈을 뿌리시고, 말을 매어두시고 소를 매어두시고, 다시는 이런 것들을 남용하지 않으실 태도를 보이셨습니다. 지금 대왕께서는 능히 이같이 하실 수 있사옵니까? 지금 천하의 유사(遊士)들이 가족을 버리고 부조의 산소를 떠나 대왕을 모시고 다니는 것은 그 까닭이 다른 데 있는 것이 아니옵고, 오로지 공을 세워 봉작(封爵)을 받고자 함에 있는 것이옵니다. 만일 지금 육국의 후손을 찾아 세우신다면 한나라의 장사들은 모두 제 고향으로 돌아가 각각 그 임금을 섬길 것이옵니다. 그렇게 되면 대왕께서는 누구를 데리고 천하를 도모하시겠습니까? 황차 육국 가운데 지금 초나라보다 강한 나라가 없사옵니다. 그러하온데 만일 그전의 초나라 임금의 후손을 찾아 항우 대신 그 사람을 초나라 임금으로 봉하신다면 그 사람이 어떻게 대왕의 신하가 되어 대왕을 섬길 수 있겠사옵니까? 진실로 이 같은 계책을 채용하신다면 대사(大事)를 그르치게 됩니다!"

한왕은 장량의 말을 듣고서야 광야군 역이기의 말을 채용한 것을 후회했다.

"과연 선생의 고견이 옳은 말이외다! 하마터면 대사를 그르칠 뻔했소."

한왕은 이렇게 말하고 근신을 불러 새로 조각시킨 육국의 인장을 가져오라 하여 손수 때려부수었다.

장량은 물러나왔다.

광야군 역이기는 부끄러웠다. 모처럼 천하를 도모하는 계책을 임금님에게 아뢰어 그것이 실행되려고 할 즈음에 장량의 말 한마디로 깨지고 말았으니 부끄러운 일이 아닐 수 없었다. 그는 너무도 무안해서 며칠 동안 진중에서 열리는 조정에 나가지 않고, 방 안에만 들어앉아 있었다.

장량은 역이기가 이와 같이 수일 동안 조정에 나오지 않는 것을 보고,

'응, 그러니까 육국의 후손을 봉하자는 계책을 역노인이 주상께 아뢰었던 것이로구나!'

이렇게 짐작하고 즉시 역이기를 찾아갔다.

"주상께 헌책한 계책이 선생께서 아뢴 것인 줄 모르고, 다만 국가를 위하는 마음에서 기탄없이 공격하는 뜻으로 반대하여 주상으로 하여금 그 계책을 폐기하시도록 했습니다. 이제 선생의 헌책인 것을 알고 보니 진심으로 미안한 마음입니다. 용서해주시기 바랍니다."

장량은 역이기에게 이같이 인사의 말을 했다.

"천만의 말씀이외다!"

역이기는 겸연쩍은 얼굴로 어쩔 줄을 모르는 것처럼 대답했다.

"그런데 정사를 평론할 때는 먼저 시세의 강약을 관찰해야 할 것이 아니겠습니까? 선생께서 주상께 아뢴 계책은 시세를 모르고 하신 말씀이 아니었던가요? 지금 우리 한나라가 초나라의 절반 이상을 빼앗기는 했습니다만, 초패왕은 아직도 장수가 많고 군사가 많은데다 형세도 강합니다. 그런데 어떻게 육국을 봉해 자립시킬 수 있겠습니까? 선생께서는 대체로 우리 한나라가 옛날의 탕·무와 같은 길로 나가는 것만 아시고 그 자세한 것을 모르시지 않았습니까?"

장량은 또 이같이 물었다.

역이기는 그만 자리에서 내려앉아 장량에게 경의를 표했다.

"과연 선생의 말씀이 옳습니다. 제가 잘 알지도 못하면서 주상께 아뢰었던 것입니다. 지금 선생의 말씀을 들으니 더욱 부끄럽습니다. 조금도 개의치 마시기 바랍니다."

역이기는 사과하는 뜻으로 이렇게 말했다.

"감사합니다, 저를 용서해주시니. 선생께서는 더욱 좋은 계책을 헌책해주십시오."

장량은 자리를 고쳐앉으며 말했다.

"그런데 초패왕이 요사이 영양성을 빼앗았지만 고창을 버리고 수비하지 않으니, 우리가 다시 영양성을 찾는 것이 어떠할까요?"

역이기는 이같이 물었다.

"그거 좋은 말씀이외다. 선생께서 속히 주상께 아뢰어주십시오."

장량은 찬성했다.

"그러면 두 사람이 함께 주상께 나가십시다."

이리해서 역이기는 장량과 함께 한왕의 처소로 들어갔다. 두 사람은 왕에게 인사를 드리고 역이기가 먼저 입을 열었다.

"옛날부터 임금님은 백성을 근본으로 하였사옵니다. 그리고 백성은 먹는 것을 근본으로 하옵니다. 고창 지방은 천하의 쌀이 모여드는 중심지인데 초패왕이 이 땅을 버리고 동쪽으로 가서 팽성에 도읍하였으니, 이것은 하늘이 한나라를 도와주신 것이옵니다. 대왕께서는 군사를 보내시어 다시 영양성을 탈환하신 다음 고창 지방을 장악하시고, 성고 지방의 험준한 지세를 방비하신 후 태행(太行) 지방의 통로를 단절하시고, 비호(蜚狐) 지방의 통로를 막으신 후 백마(白馬)의 나루를 수비하시면, 앉아 계시면서 자연히 천하 제후를 호령하시게 될 줄로 아뢰옵니다. 대사를 이처럼 하시기 바라옵니다."

한왕은 역이기의 말을 듣고, 그 말이 합당한 것인지 아닌지 알지 못하겠던지 곁에 서 있는 장량에게 물었다.

"저 말이 어떠하오? 옳은 말인 것 같소?"

장량은 서슴지 않고 대답했다.

"예, 확실히 그러하옵니다."

한왕은 즉시 삼군을 점검하고 영양을 향해 출동하라는 명령을 내리고, 한신은 정경구에 주둔해 있으면서 조나라를 다스리라고 명령했다.

한편 십여 일 전부터 팽성을 에워싸고 공격하던 왕릉은, 성을 공격하면서도 사방으로 탐색병을 시켜 초패왕의 동정을 살폈다. 그런데 하루는 초패왕이 성고로부터 회군하여 급히 돌아오고 있는 중이라는 보고가 들어왔다.

왕릉은 백 리 밖에 항우가 돌아왔다는 것을 알고, 인솔해온 군사들을 거두어 북쪽 좁은 길로 빠져 영양성을 향해 퇴각해버렸다.

항우는 팽성에 들어와 우선 가족들을 위안시키고, 잔치를 베풀어 장수들을 위로했다. 항백·계포·종리매·용저 기타 모든 장수들이 술과 고기를 먹으면서 즐기려 할 때, 근신이 항우 앞에 와 급한 보고를 했다.

"팽월이 이미 양(梁)의 십칠 성을 공략해버리고, 지금 외황에 진을 치고 백성들을 괴롭히고 있으며, 이웃 군현(郡縣)이 서로 다투어 팽월에게 항복한다 하옵니다. 양나라의 소동이 대단해졌사옵니다."

근신의 이 같은 보고를 듣고 항우는 노했다.

"무엇이라고? 짐이 성고에서 한왕을 멸해버릴 것이었는데, 이놈이 아군의 양도를 단절한지라 짐이 부득이 기회를 놓치고 회군하였다. 이놈을 토벌해야겠는데 짐의 부하 중에 한왕의 기신·주가·종공 같은 충신이 없는 것이 한이로다!"

항우는 이렇게 탄식하고 입을 다물고 있다가 다시 열었다.

"지금 짐이 군사를 거느리고 외황을 탈환한 후, 성중 군민들을 도살해 이 한을 풀겠다!"

항우가 큰소리로 이같이 호령하자 항백과 종리매가 간했다.

"생각하옵건대 팽월은 일개 용부(勇夫)에 불과하옵니다. 그가 어찌 천하 대사를 이루겠사옵니까? 폐하께서는 오랫동안 원정하시다가 이제야 환궁하셨사온데 성체(聖體)를 괴롭히지 마시고, 용저를 파견하시어 팽월을 무찌르게 하시옵소서. 그리고 폐하께서는 잠시 휴양하오소서."

"아니다! 영포가 한왕을 도와 작란을 하고, 한신은 제나라를 침범하여 사태 위급하게 되었기에 제왕 전광(田廣)이 짐에게 구원을 청해오지 아니했더냐? 그러므로 먼저 용저로 하여금 제왕을 구하게 하고, 짐은 친히 팽월을 토벌하겠다."

항우는 두 사람의 의견에 반대했다. 두 사람도 항우의 주장이 옳은 것처럼 생각되어 물러나왔다.

항우는 즉시 용저를 불러 제나라로 출군할 것을 명령했다.

이튿날 항우는 삼군을 정돈하여 팽성을 떠나 양나라 지방으로 출동했다.

이때 양나라 지방의 십칠 현을 점령하고 외황에 주둔하고 있던 팽월은 부하로부터 항우가 진격해온다는 보고를 받았다.

"초패왕의 대군이 지금 외황으로 진격 중인데, 도중의 군·현들은 모조리 다시 초패왕에게 항복하여 그 형세가 대단히 강대해져 좀처럼 대항할 수 없다 합니다."

팽월은 너무나 놀라 모든 부하를 소집했다.

"이 일을 장차 어찌하면 좋은가?"

팽월은 부하들에게 정보를 알리고 이같이 걱정했다.

팽월의 부하 대장 중에 난포라는 사람이 팽월 앞으로 나와 의견을 말했다.

"초패왕이 직접 치고 들어온다면 도저히 대항할 수 없을 것입니다. 제게 세 가지 계책이 있습니다. 북쪽으로 들어가서 곡성(穀城)을 점령하고, 또 창읍(昌邑)을 점령한 다음, 초패왕이 돌아간 뒤에 다시 나와 양나라 지방을 점령하지요. 이것이 상책입니다. 만일 세력이 부족해서 싸울 수 없다고 생각되시거든 오로지 한나라를 섬기기로 작정하고 한나라와 합세하여 초패왕을 대적하시지요. 이것이 중책입니다. 만일 무용이 족히 초패왕을 대적할 수 있다고 자신하시거든 단연코 초패왕과 더불어 자웅을 결판해보시지요. 그러면 삽시간에 초패왕한테 망하고 말 것입니다. 이것이 하책입니다. 이 세 가지 계책 중에서 장군은 하나를 선택하시기 바랍니다."

난포의 말을 듣고 팽월은 한참 생각하더니 이같이 말했다.

"상책이 내 마음에 합당하다."

팽월은 즉시 대장 구명(仇明)과 주동(周同)을 가까이 불렀다.

"곡성으로 퇴각할 것이니 두 사람은 외황을 수비하고 있으면서 사문을 굳게 닫고 기치를 엄정히 벌여놓도록 하라. 그래서 내가 멀리 달아난 것을 적이 알지 못하게 해야 한다. 그러는 동안에 나는 창읍을 공략하고 이 땅에서 근본을 이루도록 하겠다."

팽월은 두 사람에게 이같이 명령했다.

"장군께서는 매우 훌륭히 처단하셨습니다. 초나라 군사가 오기 전에 오늘 저녁으로 이 성을 탈출하십시오. 인근 지방에서도 장군께서 퇴각하신 것을 알지 못하게 하셔야 할 것입니다."

난포가 두 사람 곁에 섰다가 또 이같이 주의를 주었다.

"그런데 장군께서 멀리 퇴각하실지라도 고립된 이 성이 깨질 것은 물론이오니, 이렇게 되면 외황 땅의 백성들이 초패왕한테 도살당할 것이 아닙니까? 어떻게든지 이에 대한 대책을 마련해주십시오."

외황성의 수비 책임을 맡은 구명이 이같이 탄원했다.

이때 여러 사람 틈에 끼어 있던 나이 열두어 살 되어 보이는 동자가 앞으로 나서며 큰소리로 말했다.

"여러분께서는 그다지 걱정 마십시오! 제가 초패왕에게 이야기를 잘해서 초패왕이 칼이나 창을 휘두르지 못하도록 하여 외황성 백성들에게 조금도 해를 못 끼치게 하겠습니다."

팽월은 깜짝 놀랐다.

"이게 웬 아이냐? 너는 누구의 아들이냐?"

그는 아이에게 물었다.

"제 큰아들놈입니다. 어미가 태몽을 꾸고 잉태한 후 출산했는데, 다섯 살에 글을 알고 일곱 살부터 책을 읽어, 재주가 있다 하여 여러 사람이 기동(奇童)이라 부르지요. 오늘도 아까 저를 따라 이 자리에 들어왔던 것입니다."

대장 구명이 팽월에게 이같이 설명했다.

팽월은 동자를 내려다보고 물었다.

"너는 몇 살이냐?"

"열세 살입니다."

"그래, 네가 초패왕을 만나 무슨 말을 하겠단 말이냐?"

동자는 서슴지 않고 팽월이 앉아 있는 자리로 올라오더니 팽월의 귀에 입을 대고 무엇이라고 한참 속살거렸다.

팽월은 탄복했다.

"과연 너는 신통하구나! 훗날 너는 큰 인물이 되겠다. 그렇게 해다오!"

그는 이같이 칭찬하고 부하들에게 말했다.

"그러면 구명·주동 두 사람이 성을 지키고, 나는 오늘 저녁때 퇴각하기로 한다."

부하들은 급히 나갔다.

저녁때 팽월은 삼군을 인솔하고 성의 북문으로 나가 곡성으로 향했다. 그의 군사가 이르는 곳마다 성문을 열고 항복하여 며칠 동안에 곡성·창읍 기타 이십여 성을 점령하고서, 군량을 계속해서 영양과 성고로 수송했다.

이로 인해 한왕은 군량의 부족을 느끼지 않았다.

한편 항우는 팽성을 출발한 지 십여 일 만에 외황에 도착했다. 성 위에는 기치 엄정하고, 성문은 굳게 닫혀 있고, 팽월의 군사는 한 놈도 보이지 않았다. 항우는 이 성에 무슨 방비가 있는 것으로 짐작하고 동정을 살피기 위해 성 밑에 진을 쳤다. 그러나 사흘 동안 두고 보아도 성중에서는 아무런 기척이 없었다.

'이놈이 혹시 도망해버린 것이 아닐까?'

항우가 이렇게 의심하고 있을 때 항백이 들어와 아뢰었다.

"이 성은 공성입니다. 사람을 속이기 위해 기치만 꽂아놓은 것입니다. 폐하는 급히 공격 명령을 내리십시오."

항우는 드디어 공격을 시작했다. 철포와 화살이 비처럼 쏟아졌다.

성중의 백성들은 들끓었다. 백성들은 성을 수비하기로 한 대장 구명에게 탄원했다.

구명은 부장 주동과 상의한 결과, 네 개의 문에 항복하는 깃발을 꽂고 향을 피워 성문을 열기로 했다.

마침내 성문을 열고 백성들은 문 앞에 나와 환영을 했다.

"외황 지방은 본시 초나라 땅이었습니다. 일시 팽월에게 항복했습니다마는 부득이해서 그리된 것이옵고 지금 폐하께서 행림하셨으니 속히 어가(御駕)를 모시기 바랍니다."

그들은 성문에 서서 이같이 말했다.

항우는 즉시 대군을 인솔하고 성중으로 들어갔다.

그는 성중의 관아를 중군으로 정하고 자리에 좌정한 뒤에 항백을 불렸다.

"성중의 백성들이 이미 팽월에게 항복하고 지내오다가 짐이 다급하게 공격하자, 수삼 일간 항복하지 않고 있던 것들이 그제야 부득이 항복한 것일 뿐, 결코 본심이 아니야. 짐은 이 백성들을 그대로 둘 수 없으니, 남자 십오 세 이상 되는 놈을 모조리 잡아 땅에 묻어 죽임으로써 짐의 한을 풀겠소!"

항우는 얼굴에 노기를 띠고 이같이 말했다.

"그것은 너무 가혹합니다. 폐하는 재고하십시오."

항백은 반대 의사를 보였다.

"아니다! 짐은 그렇게 해야만 한이 풀리겠다."

항우는 듣지 않았다. 항백은 물러나와 계포·종리매 등과 상의하여 이 일을 중지시킬 방법을 연구했다. 그러자 이 같은 중대 사변이 일어나게 된 소문은 한 입 두 입 거쳐 바로 성중에 퍼졌다. 이런 소문을 들은 백성들은 울며불며 허둥지둥 야단법석이었다.

이럴 때 조그만 동자 하나가 항우가 거처하는 중군의 진문을 찾아와 말했다.

"폐하를 뵈오려고 왔습니다."

진문을 파수 보던 사졸들은 괴상하게 생각했지만 일단 안으로 들어가 이 뜻을 보고했다.

"알 수 없는 동자가 짐을 만나고 싶다고?"

항우는 이상히 생각하고 그 아이를 쫓아내라 하려다가, 마침 심심하던 차에 잘됐다는 생각도 들었다.

"그 아이를 불러들여라."

잠시 후 얼굴이 잘생긴 어린아이가 들어오는데, 눈썹이 새까맣고 눈동자는 샛별같이 반짝거렸다. 동자는 들어와 항우에게 절하고 반듯하게 일어서서 바라보았다.

"동자야! 너는 무슨 일이기에 군중(軍中)의 위엄이 무서운 것도 모르고 찾아왔느냐?"

항우는 깜찍하게 마주보고 섰는 어린아이를 내려다보며 이같이 입을 열었다.

"신은 폐하의 적자(赤子)이옵고 폐하는 신의 부모이십니다. 아들이 아버님을 뵈옵고 싶은 정이 어디 간들 다르겠습니까? 가슴속에 끓고, 뼈에 사무치는 정성이 있사온데 군사들의 위엄쯤이야 두려워하겠습니까?"

동자는 항우를 바라보고 이같이 대답했다.

항우는 기쁜 마음이 생겼다.

"기특하다! 그래, 그런데 너는 짐에게 무슨 청을 하려고 왔단 말이냐? 그리고 너의 이름은 무엇이냐?"

"신의 이름은 구숙(仇叔)이라고 부릅니다. 폐하께서는 덕(德)이 탕·무와 같으시고, 공(功)이 요·순과 같으시어 천지의 조화를 만민에게 베푸시니 사해가 일가를 이루고 만민이 경축할 따름이옵니다. 신이 어찌 감히 폐하께 나와 청을 아뢰겠습니까?"

구숙의 대답을 듣고 항우는 정색을 하더니 또 이같이 물었다.

"그래, 그러면 네가 세객(說客)으로 안 왔단 말이로구나! 짐이 지금 외황 성민 중에 십오 세 이상 된 남자를 모조리 성동에다 매살(埋殺)하려고 한다. 네가 짐을 보러 온 것은 이 까닭이 아니냐?"

"신이 듣자오니 천하를 사랑하는 사람은 천하도 그를 사랑하고, 천하를 미워하는 사람은 천하도 그를 미워한다 하오며, 천하를 이롭게 하는 사람은 천하도 그를 이롭게 하고, 천하를 해롭게 하는 사람은 천하도 그를 해친다 하옵니다. 팽월의 대군이 치고 들어온 까닭에 외황 백성들이 살기 위해 항복하긴 했으나 마음은 폐하께 기울이고 있었습니다. 마침내 폐하께서 지금 들어오시어 백성들은 부모를 다시 만난 것처럼 진심으로 기뻐하는데, 폐하께서는 이 백성들을 죽이신다 하오니 그러면 백성들은 어디로 향해야 하겠습니까? 외황 백성들뿐 아니라 양나라 전체의 백성들이 이 소문을 듣고 모두 도망해버리면 폐하는 백성을 모조리 잃고 어떻게 천하의 황제가 되시겠습니까?"

항우는 열세 살밖에 안 된 구숙이 이같이 대답하는 소리를 듣고 금세 또 기쁜 얼굴이 되었다.

"오! 그래 그래, 네 말이 옳다!"

그는 어린아이의 등을 어루만지며 칭찬했다. 그러고는 계포를 불러 명령을 내렸다.

"짐이 외황 백성들을 애무하려 한다. 삼군에 포고를 내려라. 백성을 해치는 놈은 대장이나 사졸을 막론하고 참형에 처하겠다."

계포는 즉시 부하들에게 포고를 지시하려고 밖으로 나갔다.

"폐하의 성덕을 성중 백성들은 천추만세까지 감사할 것입니다. 신은 물러가겠습니다."

구숙은 조그만 머리를 마루 위에 굽히고 이같이 인사를 했다.

"기특하다. 잘 가거라."

항우는 웃는 낯으로 구숙을 보냈다.

얼마 후 성중 백성들은 항우가 삼군에 포고를 내린 사실을 알고 모두들 기뻐했다. 죽을 뻔하다가 다시 살아난 백성들이 기쁜 것도 당연했다. 더구나 열세 살밖에 안 된 구숙이 무섭기 한량없는 초패왕을 찾아가 이야기한 까닭으로 이 같은 포고가 내리게 된 것을 알고 백성들은 감탄했다.

"참말 희한한 일이로다! 삼 년 전에 항우가 진나라의 항졸 이십만 명을 신안(新安) 땅에서 묻어 죽였을 때, 이 같은 아이가 있었다면 그들은 죽지 않았을 것이다. 범증이 한왕을 죽일 꾀만 생각하느라고 그때 그 죄를 막지 못하더니 결국 저 자신도 진평의 꾀에 떨어져 죽고 말았다.

그러니 칠십 노인이 열세 살밖에 안 된 동자만도 못하지 않은가?"

성중 노인들은 이같이 구숙을 칭찬했다.

백성들이 이같이 슬픔이 변해 기뻐하는 것을 보고, 항우가 성중에 들어올 때 몸을 숨기고 있던 수비 대장 구명은 부장 주동과 함께 항우를 찾아갔다.

중군을 통해 안으로 들어간 두 사람은 항우 앞에 나가 엎드렸다.

"신 등이 복죄(伏罪)하러 왔사옵니다!"

구명이 이같이 아뢰었다.

항우는 팽월에게 붙어 외황을 지키고 있던 그들이건만, 두 사람을 물끄러미 내려다보기만 하다가 뜻밖에 너그러이 용서했다.

"그래라, 너희들도 용서한다! 물러가거라!"

"황송하옵니다!"

두 사람은 항우의 은혜에 감사하며 물러나왔다.

그날 이후 죽을 뻔하다가 다시 살아난 외황 백성들의 인심도 안정되자 항우는 막료들을 모으고 회의를 열었다.

"급히 팽월을 추격하여 토벌하자!"

항우는 여러 장수에게 이같이 말을 시작했다.

"팽월은 옴쟁이옵고 걱정거리가 못 됩니다. 지금 두통거리는 한왕이옵니다. 한왕은 요사이 성고를 빼앗고 영양을 도로 빼앗으려고 하옵니다. 폐하께서는 먼저 성고를 도로 찾으시고 이어서 관동 지방을 회복하시옵소서. 대사마(大司馬) 조구가 성고의 땅을 완전히 수비하지 못할 것이옵니다."

종리매가 이같이 의견을 아뢨다.

"짐이 조구한테 이르기를, 짐의 대군이 돌아오기까지는 성고의 성문을 견폐하여 지키고만 있고 출정하지 말라 하였으니, 한왕이 성고에 가까이 들어갔을 때 짐이 쫓아가 내외 일시에 공격하면 한왕은 패주할 것이 아니냐?"

항우는 이같이 주장했다.

"그러하시는 것보다 신이 먼저 일군을 거느리고 영양으로 가옵고, 폐하께서는 대군을 거느리고 성고로 가시옵소서. 이 두 지방을 수복하시고 그 후에 관동 지방을 평정하신 다음 팽성으로 귀환하시면, 대세가 결정될 것 같사옵니다."

종리매도 자기 의견을 주장했다.

항우는 잠깐 생각하더니, 종리매의 주장대로 그에게 일만 명의 군사를 주어 영양을 향해 출동케 하고, 자신은 직접 삼군을 점검하고 성고를 향해 진발하기로 결정을 내렸다.

이때 한왕은 조나라를 벌써 떠나 성고에 도착했다. 성 밖에 가까이 도착한 한왕은 왕릉으로 하여금 성을 공격하게 했다.

그러나 항우가 돌아올 때까지는 한왕이 올지라도 출전하지 말라는 명령을 받고, 성고를 수비하고 있던 대장 조구는 꼼짝하지 않았다.

왕릉은 연 사흘 동안 맹렬히 공성했다. 그러나 초나라 군사는 성 위에 나타나지 않았다.

한왕은 왕릉을 불렀다.

"이렇게 사흘 동안을 공격하건만 아무 반응이 없으니, 이것은 분명 어떤 명령이 있었던 까닭이다. 짐이 들으니 대사마 조구는 성질이 조급하다 하니, 저놈의 골을 올리면 참지 못하고 쫓아나올 것이다."

왕릉은 한왕이 시키는 대로 사졸로 하여금 조구를 욕하게 했다.

한나라 군사는 성 밑에서 어떤 놈은 땅 위에 번듯이 드러눕고, 어떤 놈은 발가벗고 드러눕고, 또 여러 놈들은 성 위까지 들리도록 큰소리로 욕질을 했다.

"개자식 조구야!"

"돼지새끼 조구야!"

또 어떤 놈들은 헝겊에 조구의 이름을 커다랗게 쓴 다음 그 위에 욕을 써서 높이 꽂아놓았다.

이와 같이 닷새 동안 조구를 욕했다.

성중에서 꼼짝도 안 하던 조구는 마침내 분통이 터졌다. 그는 더 이상 참을 수 없어 일만 명의 군사를 거느리고 성문을 열어젖히고 풍우처럼 달려나갔다.

한나라 군사는 거짓으로 패주하는 체하며 모두들 깃발이나 마필·병기 따위를 그대로 내던지고 달아났다. 조구가 열심히 추격하자 그들은 성고의 성 밖으로 흘러내리는 사수(汜水)의 강물을 건너 달아나기만 했다. 조구도 사수를 건너 추격했다. 일만 명의 조구의 군사가 절반쯤 사수를 건넜을 즈음 별안간 강 건너 언덕 좌우에서 한나라 군사의 복병이 고함을 지르고 벌떼같이 일어났다.

주발·주창·관영·여마통 네 사람의 대장이 인솔한 한나라 군사는 사방으로 초나라 군사를 포위했다.

초나라 군사는 절반이나 상했다. 별안간 당한 일이라 조구는 어쩔 줄을 모르고 언덕 위에서 이쪽저쪽을 방어하기에 바빴다.

주발은 더욱 정신이 초롱초롱하여 초나라 군사들을 황야에서 갈대 베어버리듯 이리저리 치면서 조구에게로 달려들었다.

조구는 주발과 접전을 했다. 두 번 세 번 합전을 하다가 조구는 기운이 파했다. 말을 돌려 도망하려고도 생각해보았으나 한나라 군사가 철통같이 사방을 에워싸고 있으니 어떻게 도망할 수 있으리요! 언덕 아래 흐르는 강물을 내려다보다가 조구는 마침내 칼로 제 목을 찌르고 말았다. 그의 몸은 말 위에서 떨어져 언덕 아래 강물 속으로 굴러들어가버렸다.

왕릉은 징을 쳐서 군사들을 거두었다.

승리를 얻은 한왕은 즉시 왕릉 이하 모든 막료를 인솔하고 성고에 입성했다. 성고의 백성들도 한왕이 다시 돌아오는 것이 몹시 기뻐 술과 떡과 차를 가지고 길거리에서 향을 피우면서 환영했다.

"그동안 수고들 했다. 잘들 있었느냐?"

그는 백성들을 둘러보며 이같이 말했다. 백성들은 모두 한왕에게 인사를 올렸다.

한왕은 즉시 성중으로 들어갔다. 성중의 관아와 창고에는 초나라에서 가져온 각종 병기와 재물이 굉장히 많았다.

한왕은 만족했다. 그는 한 달 전에 탈출하기까지 거처하던 처소에 들어가 잔치를 베풀고 장수들을 위로했다.

이튿날 근신이 들어와 아뢰었다.

"지금 구강왕 영포와 진류(陳留)의 태수 진동(陳同)이 삼만의 군사를 인솔하고 성중에 들어왔다고 아뢰오."

한왕은 기뻤다.

"오, 잘되었다. 짐이 이제 영양을 공략하고자 하나 성고를 수비시킬 사람이 없어 걱정했었는데, 영포가 찾아왔으니 때마침 잘되었다!"

한왕은 즉시 영포와 진동을 불러들이라 했다.

잠시 후 두 사람은 한왕 앞에 나와 공손히 인사를 올렸다.

한왕은 먼저 진동에게 말했다.

"짐이 전일 진류 지방을 통과했을 때 경이 다량의 군량을 보내주어 대단히 도움이 되었소. 또 지금 영포와 함께 짐을 도우니 그 공이 가히 금석(金石)에 남을 만하오."

그리고 다시 영포에게 말했다.

"짐이 이제는 영양을 공략하려던 차요. 때마침 잘되었으니 장군은 진동과 함께 이 성을 지키고 있기 바라오."

"황공하옵니다. 그리하겠습니다."

영포는 대답했다.

한왕은 만족하여 즉시 연회를 베풀고 그들을 위로한 뒤 이튿날 성고를 출발하기로 했다.

날이 밝자 한왕은 군사를 인솔하고 출동했다.

사오 일 후에 한왕은 영양성 밖에 도착했다. 그는 즉시 왕릉에게 성중의 상황을 탐색하여 보고하라고 명령했다.

이때 성중에서는 항우의 명령을 받고 수비하던 초나라의 대장 오단이 한왕의 군사가 성 밖에 도착하여 공격 준비를 하고 있다는 보고를 받고, 즉시 성중 백성들 가운데서 저명한 노인들을 청해 회의를 열었다.

"여러분들을 모이시게 한 것은 다름이 아니라, 한왕의 군사가 이 성 가까이 와 있어 철포·칼·창·화살을 가지고 싸울 것인가, 아니면 항복할 것인가, 그것을 의논하자는 것입니다. 그런데 이 사람의 생각으로는 항복하는 것이 좋겠습니다. 한왕은 장자(長者)입니다. 결코 항거해서는 안 될 줄로 생각하는데, 여러분께서는 어떻게 생각하십니까?"

영양성 수비 대장 오단은 성중의 유지들에게 먼저 자기 의사를 이같이 말했다. 오단에게 불려왔던 노인들은 전부터 한왕을 앙모하던 터인지라, 뜻밖에 초패왕 항우의 신하가 이같이 말하자 모두들 감탄하고 찬성하는 말을 했다.

"옳습니다! 지당하다뿐이겠습니까!"

"과연 뜻밖에 좋은 말씀이외다."

"어서 항복하시고 한왕을 맞아들이시기 바랍니다."

여러 사람들은 극구 찬성했다.

오단은 즉시 노인들과 함께 항복하기 위해 성에 항기를 꽂고, 성문을 크게 열고 향불을 피웠다.

한왕은 기쁜 얼굴로 왕릉 이하 막료들을 데리고 입성했다.

백성들에게 위로의 말을 하고 한왕이 먼저 자신이 거처하던 궁으로 들어가 자리에 좌정하자마자 근신이 보고를 올렸다.

"초나라의 대장 종리매가 일만 명의 군사를 거느리고 지금 성 밖 삼십 리 떨어진 곳에 진을 치고 있다고 아뢰오."

한왕은 즉시 왕릉을 불렀다.

"종리매가 원로에 여기까지 행군해왔으니 피곤할 것이야. 아직 방비할 준비도 못하고 있을 터이니 이때를 놓치지 말고 급히 공격하기 바라오."

한왕은 이같이 분부했다.

왕릉은 왕의 지시대로 즉시 주발·주창·관영과 함께 각각 삼천 명씩 군사를 인솔하고 성 밖으로 쫓아나갔다.

이때 종리매는 외황에서 천리길을 행군해온지라 사졸들이 피곤하여 진영만 벌여놓고 아직 진문도 설치하지 못하고 있을 때였다. 별안간 철포 소리가 이쪽저쪽에서 요란스럽게 터지고, 고함지르는 소리가 땅을 흔들어 종리매는 적군이 급습해온 것을 깨닫고, 급히 말을 잡아타고 창을 들고 뛰어나갔다.

그러나 좌편에서는 왕릉, 우편에서는 주발, 앞에서는 관영, 뒤에서는 주창이 각각 대군을 거느리고 쳐들어왔다. 사방으로 에워싸고 이같이 쳐들어오는 것을 보고 종리매는 크게 놀랐다. 그는 잠시 동안 부하 군사들과 함께 대적해보았으나, 형세가 글러져버린 것을 깨닫고 진을 버리고 도망했다.

대장이 도망하는 것을 본 초나라 군사들은 갑자기 싸우고 싶은 생각이 없어져버렸다. 대장이 도망가니 나도 빨리 도망가자 하는 생각이 모든 사졸들의 마음속에 생겼는지라 서로 앞을 다투어 도망하기에 바빴다. 이같이 혼란을 일으키고 도망가는 초나라 군사를 한나라 군사는 숨가쁘게 추격하면서 사로잡고, 찔러 죽여 그 수효를 알 수 없을 만큼 손해를 입혔다. 종리매는 인솔하고 온 군사의 절반이나 잃고 멀리멀리 달아났다.

왕릉·주발·관영·주창 네 장수는 종리매가 이미 멀리 달아나버려 추격하던 군사를 거두어 영양으로 돌아왔다.

"장군, 수고가 컸소!"

한왕은 네 사람의 장수에게 중상을 내리고, 또 군사들에게는 잔치를 베풀어 술과 고기를 나누어주게 했다. 네 사람은 왕의 은혜에 사례하고 물러나왔다.

한편, 항우는 외황 땅을 떠나 며칠 만에 군사를 거느리고 성고 가까이 도착했다. 그런데 뜻밖에 계포가 거느리고 앞서서 달리던 선봉 부대로부터 보고가 올라왔다.

"대사마 조구는 성을 지키고 있다가 한왕과 싸우지 않으려 했으나 적의 꾀에 빠져 접전하다가 자살했으며, 한왕은 이미 성고성을 수복하고 영포·진동 두 사람으로 하여금 수십만의 군사를 거느리고 성을 엄중히 방비하게 하고 있습니다."

항우는 이 같은 보고를 받고 크게 낙담했다.

'하아! 조금만 더 일찍 왔다면 좋았을 걸!'

그는 성고의 성으로부터 오십 리 떨어진 곳에 진을 치고 군사들을 휴식하라고 명령했다.

군사들이 진영을 설치하고 정돈도 되기 전에 또 놀라운 보고가 들어왔다.

"종리매가 영양성 밖에 도착하여 아직 진영을 설치하기도 전에 한왕은 총대장 왕릉으로 하여금 수만의 군사를 거느리고 네 사람의 장수로 별안간 습격하게 한 까닭으로, 아무런 방비도 못하고 있던 초나라 군사는 참혹하게 패전을 당했으며, 사졸들은 절반이나 살상당하고 마필은 절반 이상 없어지고, 종리매는 간신히 도망해 살아났습니다."

'허어, 큰일이로다! 이런 일이 있을 수 있느냐!'

항우는 이를 깨물었다. 분통이 터지는 것만 같았다.

'이놈, 유방이란 놈이!'

그는 눈을 부릅뜨고 이를 갈았다. 주먹은 저절로 단단히 쥐어졌다.

그러나 어찌해볼 도리가 없었다.

'이 일을 어찌하면 좋은고!'

그는 스스로 물어보았다. 성고를 도로 빼앗기고, 영양도 도로 빼앗기고, 생각하면 생각할수록 분했다. 발을 굴러보아도, 주먹으로 안상을 쳐보아도 아무런 소용이 없었다.

그는 하는 수 없이 군사를 거두어 광무산(廣武山) 아래로 퇴각하기로 작정하고 막료들에게 명령을 내렸다.

한편, 한신은 한왕이 정경구에서 떠난 뒤에 제나라로 쳐들어가려고 출동 준비를 하다가 항우가 대군을 거느리고 종리매와 군대를 나누어 성고와 영양을 공격한다는 소식을 듣고 제나라 공격을 중지하고 형세를 관망하고 있었다. 만일 성고나 영양에서 한왕이 위태롭다고만 한다면, 한신은 제나라를 공격하기에 앞서 급히 한왕을 구원해야겠다는 생각이었다.

이처럼 한신이 출동 중지를 하고 있건만, 제나라에서는 사태가 위급하게 된 줄로 알고 제왕 전광 이하 상하가 야단법석이었다. 시국은 참말로 어수선하기 짝이 없었다.

독 틈에 쥐

제나라의 국내 정세가 뒤숭숭하다는 정보는 영양성에도 알려졌다.

광야군 역이기 노인은 이 소식을 듣고 곰곰 생각해보았다. 조나라를 정복하고 연나라를 항복받았으므로 제나라의 임금은 줄 위에 앉은 새처럼 위태함을 느낄 것이다. 이런 때 제왕 전광을 설득하여 한나라에 항복해오게 한다면, 제나라의 칠십여 성이 고스란히 품 안에 들어오는 것이 아닌가? 이렇게 되면 그 공훈이 한신보다 더 클 것이고, 수십만의 대군을 동원하여 정복하는 것보다 국비(國費)를 절약한다는 의미에서도 반드시 이러해야 할 것이다.

그는 마침내 이렇게 결정하고 한왕을 찾아갔다.

"아뢰옵니다. 한의 원수 조·연을 평정했사오나 제나라가 아직 항복하지 않고 있사옵니다. 원래 전씨의 일족이 심히 강대하여 초패왕으로서도 이를 우대하는 터이옵니다. 아군 수십만이 진격한다 할지라도 그다지 속히 격파하기 곤란할 것이옵니다. 대왕께오서 조칙을 내리시면 신이 비록 재주 없사오나 한 뼘도 못 되는 혓바닥 하나만 움직여, 제왕으로 하여금 한나라에 항복케 하겠사옵니다. 이야말로 싸우지 않고 적을 항복케 하는 가장 좋은 계책이 아니겠사오니까?"

한왕은 매우 만족해했다.

294

"그야 이를 데 없이 좋은 일이지요. 선생의 말처럼 제왕을 달래 항복해오게 한다면 백세의 복, 무궁한 이익이 아니겠소이까. 지금 다행히 한신의 군마가 출동하지 않았으니 선생은 속히 떠나보시오."

역이기는 즉시 물러나와 행장을 수습하여 하인 한 사람을 데리고 제나라로 향해 출발했다.

며칠 후 제왕은, 궁문 밖에서 한나라 사신 역이기가 자신을 뵙고자 한다는 보고를 받고 즉시 맞아들이라 했다.

역이기는 중문까지 와서, 거기서부터는 허리를 꼿꼿하게 가슴을 펴고 자기 위에 사람이 없는 것처럼 거만한 태도로 걸어들어갔다. 제왕은 이 모습을 내려다보고 노해 호령을 했다.

"너는 무엇이기에 그렇게 무례하냐? 네가 이 땅에 찾아온 것은 세객으로 온 모양인데, 이 나라에는 조금도 힘이 없는 줄로 아느냐?"

"한왕께서 대갑(帶甲)은 백만, 무위(武威)는 중외에 떨치시고 한신은 대군을 조나라에 주둔케 하고 있어 서북 지방을 석권하는 터이니, 제나라 백성들은 가마솥 속에 들어 있는 고기떼와 같아 위태한 목숨이 조석에 걸려 있고, 대왕 또한 제왕의 지위를 보전하기 어렵습니다. 제가 지금 온 것은 첫째는 만민의 생명을 구하고자 함이요, 둘째는 대왕을 보호하여 영구히 제왕의 부귀를 누리게 함이니, 말하자면 이 사람은 제국의 맹주(盟主)요, 상국(上國)의 사신일 뿐 대왕에게 구하는 것이 없거늘, 어찌해서 예를 굴복시켜 대왕을 보겠습니까? 대왕은 제국을 보전하기 싫거든 나를 죽여 신하의 예를 바르게 하고, 만일 백성을 도탄에서 구하고 사직을 보전하시려거든 내 말을 들으셔야 하겠지요!"

역이기는 의기당당하게 이같이 응대했다.

"내 나라의 지방은 수천 리, 서쪽으로 위·조가 있고, 동으론 바다, 남으론 초, 북으론 연나라, 이처럼 국세는 부강하고 문신(文臣)과 무장(武將)이 많은데, 네가 감히 나에게 위태롭다니 그게 무슨 말이냐?"

제왕은 또 호령했다. 그러나 역이기는 얼굴을 쳐들고 하늘을 바라보며 탄식하고 나서 제왕에게 말했다.

"대왕은 이 사람을 속이지 마십시오. 대왕은 자신을 초패왕과 비교해서 어느 쪽이 더 강하다고 생각하십니까? 항우가 관중을 얻은 후에 이것을 지키지 못하고 팽성으로 옮긴 후, 한왕을 당하지 못해 위·조·연·양, 제나라 하나를 제쳐놓고는 모두 다 빼앗겼습니다. 지금 대왕은 겨우 제나라 천리 지방을 가지셨을 뿐인데 완전히 이기고 앉아 있는 한나라에 항거하려 하시니, 이것이 잘못이 아닙니까?"

역이기가 묻는 말에 제왕은 아무 말 못하고 입을 다물고 있었다.

"그러나 대왕은 그다지 고심하지 마십시오! 먼저 천하가 어떻게 돌아가고 있는가를 보시고서 흥망을 알아야 합니다. 대왕은 천하가 지금 어디로 돌아가고 있는지 알고 계십니까?"

역이기는 또 제왕을 바라보며 이같이 물었다.

"모른다!"

제왕은 내던지듯 대답했다.

"대왕이 지금 천하가 어디로 돌아가고 있음을 알지 못하니, 이 사람을 가리켜 예를 모르는 사람이라 하는 것도 무리는 아니올시다. 그러면 이 사람이 천하 형세를 말씀드리겠습니다. 초나라는 강한 것 같지만 실상은 약합니다. 한나라는 약한 것 같지만 사실은 강합니다. 천하의 강토를 가지고 볼지라도 전 강토의 칠팔 부가 한왕의 것이요, 초나라의 것은 불과 이삼 부밖에 안 됩니다. 그러하건만 초패왕은 잔인무도할 줄만 알고 덕은 모릅니다. 한왕은 의제의 몽상을 입고 인의의 군사를 일으켜 덕을 사해에 베푸시므로, 이르는 곳마다 굴복하지 아니하는 곳이 없습니다. 지금 영양을 수복하고 고창 지방의 곡창(穀倉)을 장악했으며, 성고의 험준을 수비하고, 비호 지방의 출입구를 막고, 태행 지방의 통로를 단절하고, 백마의 나루를 수비하면서 백성들을 보호하고 있으므로,

광명은 일월과 같고 덕은 요순과 같으니 천하가 한나라에 돌아가고 있음이 명백합니다. 대왕은 병기를 버리시고 성문을 크게 열어 항복하십시오. 이리해야만 일국의 생명을 도탄 중에서 구하실 수 있을 것입니다. 그러므로 이 사람이 여기 온 것은 제국을 위해 온 것이지 결코 한나라를 위해 온 것이 아닙니다. 대왕은 깊이 생각해보십시오!"

역이기가 천하 대세를 도도히 설명하는 소리를 듣고 제왕은 자리에서 선뜻 일어나 뜰아래로 내려갔다.

"과연 선생의 말이 옳습니다. 내가 우둔해서 알지 못하고 조금 전에는 무례한 말을 한 것이나 용서하시오! 올라가십시다."

이리해서 역이기는 제왕과 함께 전상에 올라갔다. 제왕은 자리에 앉아 역이기를 마주보며 겸손한 태도로 입을 열었다.

"나는 지금부터 한나라에 귀속하려 합니다."

제왕은 굳은 결심을 보이며 이같이 말했다.

"결심하셨습니까? 그러면 대왕께서 먼저 항표(降表)를 작성하여 사신을 한왕께 속히 보내십시오."

"그리하리다."

"그리하시면 저는 잠시 이곳에 체류하다가 한왕이 이곳으로 오시면 대왕을 모시고 나가 한왕을 봉영하겠습니다."

이때 제왕의 친척 되는 전횡(田橫)이 곁에 있다가 가로막았다.

"대왕께서는 일을 경솔히 하지 마십시오! 한신의 대군이 지금 조나라에 주둔하고 있으면서 제를 침공하려 하지 않습니까? 만일 불의에 침공해오면 무엇으로 방비하시렵니까?"

그러나 역이기는 전횡의 말을 눌러버렸다.

"아니, 그것은 말이 되지 않지요! 이 사람이 지금 이곳에 온 것은 나한 사람의 뜻으로 찾아온 것이 아닙니다. 명백히 한왕의 조칙을 받들고 온 것입니다! 조칙을 받들고 내가 와 있는 이상, 한신이 어찌 제 맘대로 할 수 있나요!"

"그러면 선생이 한신에게 편지를 보내 진격해오지 않도록 결정을 짓게 해주시오. 그래야 내가 안심할 것이 아니겠소이까?"

제왕은 이렇게 부탁했다.

"그렇게 하지요! 어렵지 않습니다."

역이기는 즉시 붓을 들어 편지를 썼다.

제왕은 사신을 불렀다.

역이기는 편지를 사신에게 건네주며, 한신에게 가서 자기 사명을 말한 후 한신으로 하여금 회군하도록 전달할 것을 부탁했다.

이때 한신은 그동안 조나라에 주둔하면서 사기를 기르고 있었으며 한왕도 이미 성고와 영양을 완전히 수복하고 있음을 알았는지라, 제나라를 정벌하기 위해 출동 준비를 하고 있었다.

그런데 뜻밖에 광야군 역이기로부터 사신이 왔다는 보고가 올라왔다. 한신은 즉시 사신을 불러들였다. 사신은 한신에게 역이기의 편지를 올리며 말했다.

"광야군께서 한왕의 조칙을 받들고 제나라에 도착하여 이해를 설명한 까닭으로 제왕께서는 이미 한나라에 항복하기로 하시고, 사신이 항표를 가지고 벌써 영양성으로 갔습니다. 이리해서 제나라의 칠십여 성이 이제는 한나라 땅이 되었습니다. 광야군께서 원수에게 보내시는 서간이 여기 있습니다."

한신은 편지를 펴보았다.

한나라 대부 역이기는 한신 원수 휘하에 머리를 숙이고 글월을 올리나이다. 생이 조칙을 받들고 제국에 이르러 군사를 헤치고 싸움을 그침으로써 천명에 순응하게 된 것은, 다름 아니라 한왕의 성명(聖明)하심과 원수의 위덕(威德)에 의지된 바이옵니다. 힘들이지 아니하고 칠십여 성을 평정해버림은 삼군으로 하여금 수고를 없게 함이요, 일국의 생명을 도탄에서 구하고자 함이었으므로, 이제 원수께 이 뜻을 고하는 바이옵니다. 잠시 휴양하신 후 원수가 초나라를 정벌하시면 육국이 공손히 따를 것이옵고 대사는 성공될 것이니 이는 원수의 공훈이옵니다. 생은 아무런 다른 마음이 없나이다.

한신은 대단히 기뻐했다.

"잘되었다! 그렇지 않아도 지금 제나라를 정벌하려던 터인데, 역대부가 싸우지 않고 제국을 평정했으니 이렇게 기쁜 일이 없다. 나는 군사를 거두어 영양성으로 돌아가 한왕을 모시고 초나라를 정벌할 테니, 너는 속히 돌아가 제왕께 이런 사유를 말씀올리고 한나라 군이 서주(徐州) 가까이 도착하거든 즉시 군사를 인솔하고 나와서 한나라 군과 합세하여 초나라를 정벌하도록 말씀을 올려라."

한신은 사신에게 이같이 말하고 답장을 써서 그에게 주었다. 사신은 답장을 가지고 즉시 제나라로 돌아갔다.

수일 후 역이기는 한신의 답장을 받아보았다. 그는 제왕에게 가서 사신이 조나라에 다녀온 경과를 이야기하고 한신의 답장을 보였다. 제왕은 대단히 기뻐 역이기와 함께 술을 마시고 노래를 들으며 즐거워했다.

한신은 역이기의 편지를 받은 후 제나라의 정벌을 포기하고 영양으로 회군하기로 방침을 결정했다. 그는 부장 장이와 함께 의논을 마치고 즉시 부하 장수들을 집합시킨 후 회군할 것을 명령했다.

한신과 부장 장이가 단상에서 이 같은 방침을 설명하고 지시하기를 마치고 내려오려니까,

"불가합니다! 역대부의 말을 듣고 회군하시다가는 원수의 일생에 큰 실패를 가져오게 됩니다. 이 사람이 한 계책을 생각했는데, 제나라의 칠십여 성이 원수의 공훈으로 귀속되게 할 수 있습니다."

이같이 커다란 목소리로 반대 의견을 내는 사람이 있었다.

한신이 깜짝 놀라 내려다보니 다른 사람이 아닌 연나라에서 연왕의 모사로 있던 문통이었다.

"그대는 무슨 소견으로 회군하는 것을 반대하는 것인가?"

한신이 물었다.

"원수께서 수십만의 군사를 거느리고 그동안 벌써 일 년 가까이 원정하셨으나 불과 오십여 성밖에 얻지 못했는데, 지금 역대부는 한 뼘도 못 되는 혓바닥 하나로 제나라의 칠십여 성을 얻었습니다. 원수의 위덕이 일개 선비만도 못하게 된 것이 아닙니까? 지금 군사를 거두어 영양으로 돌아가신다니, 무슨 면목으로 한왕을 뵈옵겠습니까? 제 생각 같아서는 지금 제나라에 방비 없음을 틈타 급히 공격하면 반드시 속히 점령될 줄로 생각합니다."

"아니 아니, 역대부가 제국에 간 것은 자기 혼자 의사로 간 것이 아니고 왕의 조칙을 받고 간 것이니, 만일 내가 제국을 진격한다면 왕명을 거스르는 것이 되고 또 역대부에게도 불리할 것인데 그렇게 할 수 있는가?"

한신은 이같이 대답했다.

"원수께서는 그같이 생각하시나, 일이란 그렇지 않습니다. 한왕께오서 처음에 원수에게 하명하시어 제국을 평정하라 하셨습니다. 그런고로 한왕의 마음은 이미 결정되셨던 것입니다. 역대부를 따로 보내실 생각은 없었던 것입니다. 그런데 나중에 역대부가 원수의 공훈을 빼앗아 가려고 교묘한 말로 한왕을 설득했던 모양입니다. 결코 한왕의 본심이 아닐 것입니다. 그런데 지금 원수께서 별안간 회군하시고 보면 사람들이 모두 원수를 무능한 사람이라고 말할 것이며, 한왕께서도 장래에는 역대부를 중히 아시고 원수를 가볍게 생각하실 것이니, 가령 초패왕을 격멸하실지라도 원수의 광채가 빛나지 못할 것입니다. 원수께서는 이

점을 깊이 생각하십시오!"

문통의 말을 듣고 한신이 단하에 내려서지도 못하고 얼른 대답도 못하고 있을 때, 그의 곁에 섰던 부장 장이가 입을 열었다.

"문통의 말이 옳사옵니다! 원수께서 이미 곤외의 권세를 장악하신 이상 어찌해서 왕명에 구애를 받으시겠습니까?"

한신은 두 사람의 말이 합당하다고 생각했다.

그는 돌아서서 장이를 바라보며 말했다.

"그러면 영양성으로 회군하는 것을 폐지하고 제나라로 진군합시다!"

장이는 즉시 방침을 변경하고 부하 장수들에게 제나라로 진격할 것을 지시했다.

이리해서 한신과 장이는 문통의 의견대로 실행했다. 그들은 수십 만의 군사를 인솔하고 조나라를 출발하여 북쪽 황하(黃河)를 건너 큰길로 제나라를 향해 진군하기 시작했다. 한신의 군사가 이르는 곳마다 백성들은 혼비백산해서 모두들 도망쳤다.

한편, 제왕은 역이기와 함께 매일 술을 마시며 노래를 즐기고 있었는데, 하루는 근신이 들어와 보고를 올렸다.

"한신의 대군이 이미 제나라의 국경에 침입해 들어오고 있습니다."

제왕은 깜짝 놀라 신하들을 불러 대책을 강구하도록 했다.

여러 신하들 가운데서 먼저 전횡이 의견을 말했다.

"한신의 대군은 삼십만이나 됩니다. 오랫동안 휴양하고 있던 군사이므로 사기는 왕성할 것입니다. 나가 싸우려 하다가는 도저히 당하지 못할 것입니다. 그러니까 도랑을 깊이 파고 성을 높이 올려쌓아, 대적하지 말고 급히 구원병을 초패왕께 청하시는 것이 좋을 것입니다. 그러면 패왕께서는 미구에 이리로 오실 것입니다. 그때 성중에서 쫓아나가 좌우 협공하면 한신은 패주할 것입니다. 그렇지 않고는 한신의 꾀에 빠지기

쉬울 줄로 생각합니다."

"그러면 초패왕께 구원을 청하는 일은 그렇게 한다 하고, 당장에 한
왕의 사신으로 와 있는 역이기는 어떻게 할까?"

제왕이 물었다.

"역대부는 아직 그대로 두십시오. 만일 한나라 군이 성 밑까지 가까
이 오거든 또 한 번 역대부로 하여금 한신에게 편지를 보내게 하시어
한신이 군사를 거두고 물러가거든 처음처럼 한나라에 복종하시고, 만
일 그렇게 되지 않고 한신이 물러가지 아니하거든 역이기를 죽여버리
십시오!"

전횡은 또 이같이 의견을 말했다.

"내가 역이기의 말을 듣고 이미 한나라에 항복했단 말이야… 그런데
지금 와서 생각해보니, 이것은 역이기가 나를 속여 나로 하여금 방비함
이 없도록 만든 후에 불시에 한신이 나를 공략하게끔 꾸민 교묘한 술책
인 것 같단 말이지! 내가 저놈의 꾀에 떨어지다니!"

"그렇지만, 지금 한신이 침공해온다고 해도 그 허실은 알지 못합니
다. 한나라 군이 성 아래 가까이 오거든 그때 역이기의 거동을 보아 방
침을 결정하시는 것이 좋지 않을까요?"

"글쎄…."

제왕이 어떻게 해야 좋을지 알 수 없어 신하들과 의논하고 있을 때
또 근신이 들어와 보고를 올렸다.

"한신이 벌써 삼십 리 밖에까지 들어와 진을 치고 있으며, 기치 삼엄
하고 대오 엄정하여 그 형세가 당하기 어려운 상대라고 아룁니다."

제왕은 즉시 역이기를 불러 물었다.

"선생이 전번에 한신에게 편지를 보내 군사를 거두어 영양으로 회군
하도록 했다 하더니, 한신이 지금 군사를 인솔하고 이리로 침공하니, 이
어찌된 일이지요? 이것은 아마도 선생이 나를 속여 방비를 허술하게 만

든 후에 한신이 갑자기 나를 공격하도록 꾸민 계책이 아닙니까?"

제왕의 말이 끝나기도 전에 역이기는 분개했다.

"그게 될 말입니까! 역이기가 대왕께 찾아온 것은 저 한 사람의 생각으로 온 것이 아니고 명백히 왕명을 받들고 온 것입니다! 그런데도 불구하고 한신이 배약(背約)을 하고 침공하는 것이니, 이것은 이 사람을 팔아먹는 것이 될 뿐 아니라 임금님을 속이는 것입니다!"

"선생이 이미 나를 권해 한왕께 항복하게 했으니, 지금 와서 나를 속일 리는 없을 줄로 압니다. 그러나 이처럼 한신의 대군이 성 밑에까지 쳐들어오고 있는 것이 사실인 바에야 나도 의심하지 않을 수가 없습니다. 그러니 선생은 다시 한 번 편지를 보내 한신으로 하여금 물러가게 하십시오! 그렇게 되면 선생이 진실로 나를 속이지 않은 것이 되고, 한신이 물러가지 않는다면 선생이 나를 속인 것밖에 안 되니, 그때는 또 달리 생각을 해야겠습니다."

역이기는 제왕의 말대로 편지만 보내는 것으로는 마음이 시원치 않을 것 같아 고개를 갸웃거리며 어떻게 해야 좋을지 대책을 생각하다가,

"아니올시다. 편지로는 할 말을 피차에 곡진하게 하지 못합니다. 내가 대왕의 사신과 함께 한신에게 가서 상세히 설명을 해야겠습니다. 그러면 한신이 반드시 물러갈 것입니다."

이렇게 말하고 얼른 자리에서 일어섰다.

그러자 제왕이 그를 꽉 붙들었다.

"선생! 왜 일어나시오? 못 나가십니다! 선생이 이야기를 잘해서 한신이 물러간다면 이리로 다시 오실는지 모르지만, 물러가지 않는다면 선생이 어찌 돌아올 수 있겠소이까? 호랑이를 산속으로 돌려보내는 거나 마찬가지니 나는 선생을 인질로 삼으렵니다. 여기 앉아서 한신이 물러가도록 해놓으시오!"

역이기는 한숨을 길게 쉬고 어쩔 수 없이 도로 자리에 앉았다.

"아아! 대왕께서 나를 의심하십니다그려. 무리도 아니지요. 이미 일이 이렇게 되었으니 이 사람의 목숨이 위태하게 되었을 뿐입니다…"

그는 또 한숨을 쉬고 붓을 들어 한신에게 편지를 썼다. 그는 다 쓴 후에 전번에 갔던 사신을 불러오게 했다.

"그대가 원수에게 가서, 내가 왕명을 받들고 제왕으로 하여금 한나라에 귀속케 했는데, 원수는 어찌해서 속히 회군하지 않느냐? 나 한 사람의 목숨은 비록 아깝지 않다 할지라도 임금님의 명령은 중한 것이 아니냐고 자세히 이야기하고, 이 서간을 전해주기 바라네."

역이기는 사신에게 이같이 부탁했다. 사신은 편지를 들고 즉시 제왕의 궁전을 나왔다.

그는 말을 달려 한참 만에 한신의 진영에 도착했다.

한신은 사신으로부터 역이기의 편지를 받았다.

역이기는 한신 원수 휘하에 두 번 절하옵나이다. 전번에 원수가 군사를 거두어 영양으로 회군하시겠다는 서간을 주시어 제왕은 대단히 기뻐 즉시 한왕께 항표를 올렸는데, 이제 원수가 또다시 군사를 이끌고 제나라를 침입하시니 이는 전번 서간과는 판이한 소행인지라, 제나라의 신민(臣民)들은 이 사람이 자기들을 속인 것이라 분개하여 저를 죽임으로써 분풀이를 하려 하나이다. 이처럼 생의 목숨은 바야흐로 풍전등화같이 되었사오며, 왕명의 소중함이 천하에서 그 위신을 잃게 되었나이다. 이같이 되오면 장군이 어떻게 혼자 마음이 편하시겠나이까? 이제 생명이 조석에 걸려 있는 이 사람을 바르게 구해주실 분은 이 세상에서 오직 원수 한 사람뿐이오니, 원수는 살펴주소서. 생은 눈물을 흘리면서 이 글을 쓰나이다.

한신은 편지를 읽고 나서 입맛을 다시며 괴로워하는 표정이었다.

이를 곁에서 지켜보던 문통이 물었다.

"원수께서는 그 편지에 무어라 쓰였기에 그렇게 괴로워하십니까?"

"역대부가 왕명을 받들고 제왕을 찾아와 항복을 받은 것인데, 만일 내가 공격을 가한다면 제왕은 필시 역대부를 살해할 것이요, 뿐만 아니라 나 역시 왕명을 거역했다는 죄를 짓고야 마는 것이 되기 때문에 마음이 불안하오그려."

한신은 문통에게 이같이 대답했다.

"한왕께서 이미 원수에게 조칙을 내리시어 제나라를 정벌하게 하시고는 또다시 역대부에게 조칙을 주시어 제왕을 설복(說服)시키시다니, 어떻게 방침이 이다지도 불일(不一)할 수 있겠습니까? 잘못하신 허물은 주상께 있는 것이지 원수에게는 없습니다."

"그렇지만 내 눈앞에서 역이기 노인이 죽음을 당하는 것을 어떻게 차마 보고 있으란 말인가!"

"그러나 한 사람의 목숨은 아깝지 않으나 일국을 평정하는 공은 한 번 놓친 후엔 다시 얻기 어렵습니다. 일에는 대소와 경중이 있지 않습니까? 부인네들처럼 인정에 끌려서는 안 될 것입니다."

한신은 문통의 말을 듣고 또 마음이 흔들렸다.

"그래! 그대의 말에도 일리가 있어…."

그는 즉시 붓을 들어 역이기에게 보내는 편지를 썼다.

편지를 다 쓴 후에 한신은 역이기의 사신을 불러 말했다.

"이 서간을 역대부에게 전하면서 내 말도 전해라. 역대부가 전일 제나라로 갈 때에 먼저 내게로 와서 한왕께서 내리신 조서를 보여 군사를 움직이지 않게 한 후 제왕에게로 가서, 제왕이 과연 항복을 하면 또 사신을 내게 보내 알려주었어야 내가 영양으로 회군할 수 있는 것이었는데, 이렇게 해야 할 것을 역대부가 나 몰래 제왕을 항복시켜 내 공을 빼앗으려고 했으니, 이것이 도리에 옳은 일이냐? 지금 제왕이 항복했다

하지만 그것은 본심이 아니고 내가 대군을 거느리고 조나라에 주둔하고 있는 것을 겁내고 항복한 것에 불과하다. 그런고로 오늘 항복했을지라도 내가 돌아가면 내일 배반할는지도 모른다. 만일 그같이 된 뒤에는 다시 군사를 이끌고 원정을 와야 하지 않겠느냐? 그러니 긴말 할 것 없이 공략 방침을 취하겠으니 돌아가 역대부더러 나를 원망하지 마시라고 해라! 후일 논공행상이 있을 때 역대부의 자손은 반드시 열후(列侯)에 봉하도록 내가 주선하겠노라고 말씀해라!”

제나라에서 온 사신은 한신의 답장을 쥐고 부리나케 성중으로 돌아왔다.

역이기는 사신으로부터 경과 보고를 듣고 한신의 답장을 읽어보니 기가 막혔다.

‘한신이란 놈이 나를 팔아먹었구나!’

그는 장탄식을 했다.

제왕은 이 결과를 알고 크게 노했다.

“역이기 이 늙은 놈이, 감히 나를 업신여기고 속여왔구나! 그 늙은 놈을 잡아다가 가마솥에 끓여 죽여라!”

제왕의 명령이 떨어지자 무사들은 역이기에게 달려들어 그의 얼굴에 보자기를 씌워 결박한 후, 장거리로 끌고 나가 가마솥에 기름을 끓인 다음 그 속에 집어넣어버렸다.

그는 이처럼 비참한 제물(祭物)이 되었던 것이다.

낭사(囊砂)의 계(計)

역이기를 기름 가마에 끓여 죽였다는 소문은 그 이튿날 성 밖에 있는 한신의 진영에도 알려졌다.

"지체하지 말고 즉시 공성 작전을 단행하라!"

한신은 크게 노해 부장 장이에게 이같이 명령하고 자신이 선봉이 되어 제나라 서울, 임치(臨淄)성을 공격하기 시작했다.

한신의 포위 공격을 당한 제왕은 황급했다.

그는 전횡을 불러 물었다.

"팽성으로부터 아직 구원병은 오지 않고 한신의 공격은 다급해졌으니 이 일을 장차 어찌하면 좋은가?"

전횡은 한참 생각하더니 의견을 말했다.

"구원병이 도착하기를 가만히 앉아 기다리고 있다가 모조리 사로잡히는 것보다는 오늘 밤에 나가 한번 싸워 승부를 결정하는 편이 좋겠습니다."

"내 생각과 같소!"

제왕은 찬성하고 즉시 군사를 정돈하여 저녁때가 되기를 기다렸다.

날이 어두워진 뒤에 제왕과 전횡은 대군을 인솔하여 성의 동문을 열고 한나라 진영으로 쳐들어갔다.

그곳은 한나라 대장 조참이 본부 군사를 데리고 수비하고 있는 지점이었다. 제나라 군사가 습격해온다는 보고를 받은 조참은 즉시 군사를 이끌고 마주 나갔다.

전횡은 창을 쳐들고 달려들며 고함을 쳤다.

"한신이란 놈이 조금 성공했다고 의기양양해져 무례하기 짝이 없다. 이놈아, 너는 목을 길게 빼고 내 창을 받아라."

조참은 아무 말 않고 칼을 휘두르며 달려들어, 두 사람은 한데 어우러져 삼십여 합을 접전했다. 그러나 승부는 결정나지 않았다.

이때 한신이 대군을 인솔하여 나타나 사방으로 제나라 군사를 포위하기 시작했다.

전횡은 이것을 보고 조참과 접전할 생각이 없어졌다.

그는 한나라 군사의 포위망을 간신히 뚫고 제왕을 모시고 도망해버렸다. 이때 밤은 벌써 깊었는지라, 한신은 부하 장수들로 하여금 적을 추격하지 말라 하고 군사를 거두었다.

한나라 군사들이 추격해오지 않아 전횡은 제왕을 모시고 무사히 고밀현(高密縣)으로 들어갔다.

한신은 그 이튿날 임치성에 입성하여 백성을 안무하고 다시 제왕을 추격할 준비를 했다.

제왕은 고밀현에 안정한 후 즉시 팽성으로 사신을 파견했다.

수일 후에 팽성에 도착한 제왕의 사신은 항우에게 표문을 올렸다.

제왕의 표문은, '삼진(三秦)을 상실한 지 오래고, 이위(二魏)가 패망하고, 연(燕)·조(趙)가 또한 항복하여 이같이 오후(五侯)가 와해되었으니, 하나 남아 있는 제나라를 구하시지 않으면 초나라는 고립하게 됩니다. 고립해서는 오래가지 못하오니 제나라를 구해주십시오.' 이 같은 호소문이었다.

항우는 표문을 읽고 나서 즉시 용저와 주란(周蘭)을 불러 지시를 내렸다.

"한신이 지금 제나라를 침공하여 사태 위급하게 된 모양이다. 제왕으로부터 여러 차례 파발이 왔었다. 두 사람이 삼만 명만 인솔하고 속히 임치·고밀 두 곳으로 달려가 한나라 군을 격멸하고 제나라를 구한 뒤에 속히 개가(凱歌)를 올리도록 하여라."

"그리하겠사옵니다."

두 장수는 공손히 대답했다.

"그리고 만일 속히 개가를 올리고 돌아오지 못할 만큼 일이 어렵거든, 즉시 파발을 보내 짐에게 알려라. 짐이 대군을 인솔하여 쫓아가 구원하겠다."

"폐하께오서는 안심하시기 바랍니다. 신이 이번에는 맹세코 한신의 목을 잘라다가 궐하(闕下)에 봉정하겠사옵니다."

"하아, 좋아… 좋아."

항우는 기뻐하면서 이같이 용저를 칭찬하고 자신이 입고 있던 여우털로 만든 웃저고리를 벗어 그에게 주었다.

용저는 절하고 두 손으로 여우털 저고리를 받았다.

항우는 또 술병을 들고 친히 큰 잔에 술을 따라 용저에게 주었다. 용저는 두 손으로 잔을 받아 머리를 숙이고 마셨다.

용저와 주란은 이처럼 초패왕 황제로부터 다정한 대우를 받고 물러나왔다.

두 사람이 군사를 거느리고 성문을 나설 때, 항우는 성문 밖에까지 나와 배웅해주었다. 용저와 주란은 이 같은 황은에 감사하며 팽성을 출발했다. 군사들은 사기왕성하고, 칼과 창은 햇볕에 번뜩이며 깃발과 깃발은 하늘을 덮었다. 제왕 전씨의 일족을 구원하고, 가랑이 밑으로 기어다닌 한신을 당장에 죽여버리겠다는 위풍을 떨치면서 그들은 행군을 계속했다.

한편, 한신은 제왕이 숨어 있는 고밀현의 성을 그동안 삼사 일간 계속해서 공격하다가 팽성으로부터 용저와 주란의 구원병이 가까이 왔다는 보고를 받았다.

한신은 급히 진영을 오 리쯤 뒤로 물렸다. 그리고 모든 대장들을 소집했다.

"지금 초패왕의 구원병이 왔는데 초의 대장 용저는 무용이 비상한 명장이란 말이오. 이 사람을 힘만 가지고 대적하기는 어려울 것이니, 그대들은 내가 시키는 대로 하기 바라오."

한신은 조참·하후영 등 여러 장수를 한 사람 한 사람씩 가까이 불러 이렇게 이렇게 하라고 지시를 내렸다. 그들은 각각 한신의 지시를 받고 차례차례로 물러갔다.

한편, 용저는 고밀현으로부터 삼십 리가량 떨어진 곳에 진영을 설치하고 제왕(齊王)의 소식을 알아보았다. 제왕은 지금 연 사흘 동안 한신의 공격을 받음으로써 운명이 조석에 달려 있다고 보고가 올라왔다.

용저는 이 보고를 듣고 주란에게 말했다.

"그대는 한신이란 위인을 아시오? 내가 들으니 이는 회음 땅에서 낚시질하면서 표모에게 밥이나 빌어먹고, 저자바닥에서 싸움패를 만나 가랑이 밑으로 기어나갔다는구려. 상대가 안 되는 하잘것없는 위인이 아니겠소?"

"아니지요! 한신이 삼진을 격파한 이래 가는 곳마다 도처에서 승리하고, 패왕께서도 지난번에 한신의 차전(車戰)에 참패당하시고 팽성으로 돌아오지 않으셨습니까? 원래 지혜가 많고 계교가 무궁하고 변사난측한 사람인 모양이니, 장군께서는 한신을 업신여기지 마십시오. 그 사람이 밥을 빌어먹고 가랑이 밑으로 기어나간 일이 있다는 것은, 그가 오늘날 와서 큰 공훈을 세울 자신이 있었던 까닭일 것입니다. 만일 그때 가랑이 밑으로 기어나가지 않고 싸움패에게 개죽음을 당했더라면,

지금 와서 누가 그 사람의 이름이나 알겠습니까? 이것은 한신의 지능이 우수한 까닭이겠지요."

주란은 이같이 대답했다.

"그야 물론 그대의 말처럼 그동안 한신이 가는 곳마다 공격해서는 빼앗았고, 싸워서는 이겨왔지! 그러나 그것은 모두 지나간 일, 한신이 지금까지 강적을 만나지 못했던 까닭이란 말이오. 만일 나 같은 지용(智勇)을 겸비한 대장을 만났다면 제가 감히 계교를 써볼 수 있었을라구! 어림도 없지. 내가 먼저 전서(戰書)를 보내 내일 나와 한번 싸워보자 할 것이니 그대는 그리 알고 있으시오."

용저는 자신만만하게 이같이 말하고 한신에게 보내는 전서를 썼다. 주란은 더 할 말이 없어 입을 다물었다.

얼마 후 한신은 보초병이 데리고 들어온 용저의 사자(使者)로부터 전서를 받았다.

> 초나라 대장군 용저는 한나라 제장에게 이 글을 보낸다. 한신이 군사를 쓰되 지금까지 강적을 만나지 못하여 이겼을 뿐이다. 위표는 주숙의 간함을 듣지 않은 까닭으로 패망했고, 진여는 이좌거의 계책을 채용하지 않은 까닭으로 지수(泜水)의 싸움에서 전사했으며, 연왕은 성세에 놀라 잠시 항복했을 뿐 결코 본심에서 항복한 것이 아니며, 삼진의 땅은 싸우지 않고 잃어버렸을 뿐이다. 내가 지금 명을 받들고 제나라를 구하기 위해 한신과 결전하고자 왔으니, 그전처럼 생각하지 말고 너희들은 목을 길게 빼고 칼을 기다려라. 후회하지 말지어다.

한신은 전서를 읽고 나서 크게 노해 호령했다.

"저 사신놈을 당장에 목을 베어 죽여버려라."

"아니 되옵니다! 아니 되옵니다!"

"장군께서는 고정하시기 바랍니다."

막료 장수들은 한신을 위로하고 제지시켰다.

한신은 분한 것을 간신히 참고 무사들에게 명령했다.

"네 저놈을 곤장으로 볼기를 삼십 장 후려갈겨라!"

전서를 가지고 온 사자는 무사들의 손에 살가죽이 찢어지도록 볼기를 맞아 엉엉 울었다. 무사들이 볼기를 때린 뒤에 한신은 또 명령을 내렸다.

"네 그놈의 이마빼기에다가 붉은 먹으로 '내일결전(來日決戰)'이라고 넉 자를 써넣어 내쫓아라!"

사자는 볼기를 맞고 이마빼기에 주서(朱書)를 붙이고, 도망하다시피 용저의 진영으로 돌아왔다.

용저는 전서를 가지고 간 사자가 엉금엉금 기는 것처럼 걸어들어오는 것을 보고 놀라 물었다.

"도대체 어떻게 된 것이냐?"

그러자 사자는 엉엉 울었다.

그리고 그는 한신에게 전서를 전달하고 나서 하마터면 목이 잘릴 뻔했던 순간과, 볼기를 서른 번 맞고 이마빼기에 주서를 받아가지고 온 경과를 울음 섞인 목소리로 보고했다.

용저는 사자의 이마에 쓰인 글자를 보고 더욱 분이 났다.

"이놈을 당장에 쫓아가 모가지를 베어버려야지! 참을 수 없다."

그는 숨을 가쁘게 쉬며 무기를 들고 밖에 나와 말을 잡아타려고 했다. 이때 부장 주란이 달려와 말고삐를 붙들고 제지했다.

"고정하시고 내려오십시오."

용저는 한참 만에 분한 마음을 진정하고 말에서 내려왔다.

이튿날, 용저는 삼군의 대오를 정연하게 하고 위풍을 날리며 자신이 선봉이 되어 한신의 진영을 향해 진격했다.

한나라 진영에서는 진문을 열고 한신이 먼저 말을 타고 마주 나왔다. 용저는 한신에게 호령을 했다.

"너는 본래 초나라의 신하였는데, 어찌해서 배반하고 한나라로 달아났느냐? 네 이놈, 관중에 들어와 여러 지방을 약탈하고서도 그것도 모자라 여기까지 침입하여 감히 천병을 항거하겠단 말이냐? 네가 만일 용맹이 있거든 나와서 승부를 결정하자! 그러나 싸울 용기가 없거든 속히 항복을 해라. 목숨을 불쌍히 생각하고 내 부하로 써주마!"

그러자 한신은 하늘을 쳐다보고 껄껄 웃었다.

"너는 벌써 죽은 사람이다. 그런데도 너는 네가 죽은 것도 모르고 함부로 입술을 놀리니 불쌍하구나!"

용저는 두말하지 않고 칼을 휘두르며 덤벼들었다.

한신은 창을 치켜들고 칼을 받았다. 한 번 나아가고 한 번 물러나고, 피차에 갖은 꾀를 다해가며 이십여 합 접전을 하는 동안 용저의 정신은 점점 총명해지고 조금도 기운이 약해지지 않았다. 한신은 이때 기운이 약해진 것처럼 동남을 향해 도망하기 시작했다.

용저는 그 모습을 보고 껄껄 웃었다.

"나는 네가 본래부터 비겁한 놈인 줄 알고 있었다. 지금 너를 사로잡지 않으면 언제 또다시 붙들겠느냐!"

그는 이렇게 소리치고 쏜살같이 쫓아갔다. 부장 주란도 군사를 휘동하여 따라갔다.

한참 동안 추격하다가 용저와 주란은 유수(濰水)의 강가에 이르렀다. 유수는 큰 강물인지라 배나 뗏목이 없이는 건너다니지 못하는 강이었다. 그렇건만 지금은 물이 실낱같이 한 가닥 잔잔하게 흐를 뿐이었고 한나라 군사들은 벌써 건너편 언덕 위에 도망해 있었다.

주란은 이것을 보고 급히 용저의 말고삐를 붙들고 간했다.

"가지 마십시오! 이 큰 강물이 이렇게 적을 리가 없는데, 이는 필시 강물을 위에서 막고 있어 우리 군사가 절반이나 건너가려고 할 때 끊어 버려 우리를 함몰시키려는 한신의 흉계인 것 같습니다."

"그게 무슨 소리, 당치도 않은 말이지! 한신이 싸우다가 내게 지고 달아나는 판인데 언제 그럴 새가 있는가? 또 강물이라는 것은 불 때도 있고 마를 때도 있고 그런 것이지, 황차 지금은 동짓달 겨울이 깊은 때이니 물이 말랐을 거야! 조금도 이상한 일이 아니지!"

용저는 이같이 말하며 말을 채찍질하여 달렸다. 해는 이미 서산에 지고 사방은 점점 어두워왔다.

이때 사졸 한 명이 달려오더니 보고했다.

"한신이 지금 저 앞에 서 있는 것이 보입니다."

"그러냐? 어서 쫓아가자!"

용저는 신이 나서 채찍질하며 부장 주란으로 하여금 대군을 휘동하여 강바닥으로 달려오게 했다. 삼만 명의 초나라 군사가 절반이나 강바닥으로 내려와서 용저의 뒤를 따라 한나라 군사들을 추격했다.

용저는 선두에서 채찍질을 하며 강바닥을 다 건너 언덕에 가까이 닿았다. 언덕에는 커다란 등롱이 말뚝 위에 서 있었다.

용저는 말을 멈추고 바라보았다. 등롱 곁에 커다란 글자를 쓴 간판이 붙어 있었다.

이 자리에서 용저의 목을 베어 등불로 조상한다(吊燈毯斬龍沮).

간판에는 이렇게 쓰여 있었다.

용저는 분통이 터져 뒤를 돌아다보고 부하 장수들에게 말했다.

"이거 보란 말이야. 한신이란 놈이 내가 대군을 인솔하고 너무도 급히 추격해오니까 이따위 장난을 여기다가 해놓고 우리 군사들의 마음을 흐트리려는 것일세. 우리가 의심하고 주저하는 동안에 제가 멀리 도망가겠다는 얕은꾀거든!"

"아니지요! 그렇게 생각하지 말아야 좋을 것 같습니다. 지금 밤이 어두웠고, 또 달아나던 사람이 어느 겨를에 이 같은 꾀를 베풀어놓고 도망하겠습니까? 이것은 미리부터 우리가 여기에 오기를 기다리고 설치한 등불입니다. 이 근처에는 반드시 복병이 숨어 있을 것입니다. 그래서 우리 군사가 등불 앞에 나타나는 것을 신호로 삼아 우리를 역습하려는 것이겠지요. 속히 저 등불을 떨어뜨려 꺼버리시면 적에게 자중지란이 생겨 혼란해질 것입니다."

이것은 부장 주란의 의견이었다.

용저는 그 말이 옳다 생각하고, 칼을 뽑아 등롱을 세워놓은 말뚝을 뎅겅 잘라버렸다. 등불이 떨어지자 사방은 금세 캄캄해졌다.

이와 동시에 별안간 요란스러운 고함 소리가 일어나며 한나라 군사들이 좌우에서 벌떼처럼 일어나고, 또 갑자기 강 위에서 세차게 흐르는 물결이 집채같이 높은 파도를 일으키면서 쏜살같이 흘러내렸다.

초나라 군사들은 기급 질색하여 서로서로 제가 먼저 언덕 위로 피신하려고 떠다밀고 넘어지고 갈팡질팡하는 동안에 벌써 집채같은 파도는 흘러 내려와서 강바닥에 들어 있던 초나라 군사들을 한 놈도 남기지 않고 모조리 쓸어가버렸다.

용저는 파도가 흘러올 때 채찍을 높이 들어 말을 쳤다. 용저의 말은 원체 좋은 말인지라 껑충 뛰어 한숨에 북쪽 언덕 위에 올라갔다.

용저는 언덕에 안전하게 피신하여 도도히 흐르는 강 건너편의 후속 부대가 어떻게 되었는가, 어둠을 뚫고 바라보았다.

이때 꽝 하고 요란스럽게 철포 소리가 울리더니, 한나라 대장 조참과 하후영이 무수히 많은 군사를 거느리고 용저를 에워싸고 들어왔다. 캄캄한 밤인지라 전후좌우가 잘 보이지 않았다. 용저는 칼날에 부딪치는 것이 있으면 적인 줄 알고 후려갈기고, 내리치고, 썽둥 베어버리기를 여러 차례 했건만, 적은 원체 수효가 많았다. 그는 아무리 전후좌우로 좌충우돌해보아도 포위망을 뚫을 길이 없었다. 죽을힘을 다해가며 어떻게든 빠져나가려고 애를 쓰던 용저는 어느 틈에 한나라 대장 조참의 칼에 목이 뎅겅 끊어지고 말았다. 항우의 부하들 가운데서 가장 용맹무쌍하던 대장 용저는 마침내 이렇게 전사하고 말았다.

이것은 한신이 미리 용저라는 사람이 기막히게 사납고 무예가 출중하고 성질이 조급한 것을 알고 먼저 시무로 하여금 수만 개의 모래주머니를 크게 만들게 하여 유하의 강물을 상류에서 흘러내리지 못하게 방죽을 쌓게 하고, 하류의 언덕에다가는 등롱을 달아놓게 하여 이 등롱이 떨어지거든 상류에서 방죽으로 쌓아놓았던 모래주머니를 일시에 허물어지게 만들어 내려가지 못하고 있던 강물이 급히 파도치며 흘러내리게 하였던 까닭이요, 또 용저를 격분시켜 등롱을 떨어뜨리게 하기 위해, '이 자리에서 용저의 목을 벤다.' 하고 일부러 간판에 글을 써서 걸어놓았던 것이다. 이와 같은 한신의 계책은 예상했던 것과 하나도 다르지 않았다. 과연 용저는 간판을 보고 말뚝을 잘라버리는 바람에 등롱은 땅에 떨어져 사방은 캄캄해지고, 모래주머니의 방죽은 끊어져 큰 강물이 한꺼번에 흘러내려 초나라 군사는 전멸당하고 말았던 것이다.

유하의 강물이 방죽을 허물어뜨린 뒤에 도도히 흘러내릴 때 용저의 부장 주란은 언덕 위로 뛰어올라 캄캄한 밤중에 정처없이 도망해버렸다. 한나라 대장 하후영은 주란의 행방을 찾아 추격했다.

이때 고밀현의 성중에서는 벌써 초패왕의 구원병이 전멸되었다는 소식을 들었다. 피신해 있던 제왕은 이것을 알고 좌불안석이었다.

'큰일 났다! 큰일 났다!'

그는 바늘방석에 앉은 것처럼 어쩔 줄을 몰라 쩔쩔매다가 자기 조카뻘이 되는 전광(田光)과 전횡을 불렀다.

"여봐! 어찌하면 좋은가? 용저는 이 세상에서 둘도 없는 용맹무쌍한 장수 아닌가? 그런데도 한신이 목을 베어버렸다네! 나는 어떻게 하면 좋겠는가? 세력도 없는데 용맹도 없고 성만 지키고 있는댔자 오래갈 수 있나! 차라리 한신에게 완전히 포위되기 전에 남아 있는 군사들을 데리고 몰래 해도(海島)로 건너가 피난하고 있다가, 초·한 승부를 끝까지 보아 천하가 태평해지거든 그때 방침을 정하는 것이 어떠할까? 지금 설령 내가 항복한대도 한왕이 들어주지 아니할 게 아닌가."

제왕은 이렇게 자기 심중을 털어놓았다.

"글쎄요. 그럴 수밖에 도리가 없는 것 같습니다…."

그들은 밤새도록 의논했다.

임금과 신하, 숙질 간의 세 사람은 이튿날 아침 일찍이 인마를 점검하고 고밀현의 동문을 나와 탈출하기 시작했다.

해안을 향해 큰길로 한동안 가노라니까 맞은편에서 한 사람의 장수가 수백 명의 군사를 거느리고 달려오는 것이 보였다. 어느 나라의 장수인지 분간할 겨를도 없이 마주 오던 장수는 군사를 이리저리 휘몰아 흩어버리고 제왕이 타고 있는 수레에 달려들더니, 제왕을 사로잡아버렸다. 실로 순식간의 일이었다.

제왕을 모시고 탈출하던 전광과 전횡은 혼비백산하여, 이같이 무섭게 날랜 장수와 접전해볼 용기가 없어 그만 도망하기 시작했다. 제왕을 사로잡은 장수는 한나라 대장 하후영이었다. 그는 용저가 조참의 손에 죽은 뒤에 용저의 부장 주란의 행방을 찾아 밤을 새워 추격했으나 결국 실패하고 한신의 본영으로 돌아오는 길이었다. 그런데 뜻밖에 달아나는 제왕과 마주쳤던 것이다. 그는 실망하고 돌아오는 길에 다시금 용기를 얻어, 제왕의 군사 수십 명을 죽이고 길을 가로막아 제왕을 사로잡은 것이다.

한편, 한신은 용저가 조참의 손에 죽고 초나라 군사가 강물에 떠내려간 그 이튿날 식전에 제왕이 고밀현에서 도주한 것을 알고, 즉시 대군을 인솔하여 추격하기 시작해 벌써 이십 리가량이나 달려오고 있었다.

하후영이 이때 제왕을 사로잡아 돌아오다가 뜻밖에 멀리서 달려오는 한신을 발견하고 채찍질을 하여 한신 앞으로 갔다.

"제가 제왕을 사로잡았습니다. 주란을 밤새도록 추격해보았으나 어디로 달아났는지 도무지 행방을 알 수 없어 부득이 회군하는 길이었는데, 뜻밖에 도주하는 제왕과 마주치게 되었습니다. 그래서 제왕은 생포했지만 전횡은 도망해버렸습니다."

한신은 하후영의 보고를 듣고 만족하게 웃었다.

"수고했소! 주란을 놓친 것은 어쩔 수 없다지만, 전횡과 전광을 그대로 도망하게 한 것은 조금 안타까운 일이로군."

한신은 이같이 말하고 즉시 방향을 돌려 하후영과 함께 고밀현의 성중으로 들어갔다.

한신은 제왕이 이미 사로잡히고 전횡과 전광이 자취를 감추었다는 사실을 기록하여 격문을 써서 사방에 게시했다. 그리고 그는 백성들을 위로했다.

이 소식을 안 각처 주·현의 태수들이 모두 한신에게 항복하여 제나라의 전 국토가 완전히 평정되었다.

한신은 그제야 진영을 옮겨 대군을 임치성에 주둔시키고 제왕의 궁전에 올라가보았다. 높은 누각과 화려한 궁실에는 금·은·구슬·옥이 여기저기 틈틈이 박혀 있고 비단 방석과 화류 탁자와 안석은 아름다운 조각으로 이루어져 있었다.

삼층 궁전의 정원에는 아름드리 잣나무가 들어서 있어 겨울이건만 겨울 같지 않았다.

한신은 제왕의 궁전에서 그 화려함에 만족하고 빙그레 웃었다.

제왕이 되다

이때 곁에서 모시고 섰던 문통이 한신의 만족해하는 낯빛을 보고 비위를 맞추는 듯 간사스런 어조로 말했다.

"제나라는 산을 등지고, 바다를 앞에 두고, 도회지가 널려 있는 웅장한 지방입니다. 원수께서 지금 이 같은 나라를 평정하시어 모든 군현이 복종하는 터이니, 속히 사신을 한왕께 보내 제왕의 인(印)을 받으시고 이 나라를 다스리십시오. 이것이 근본을 세우는 일입니다."

이때 대장 조참이 급히 한신에게 보고를 올렸다.

"지금 사신이 영양으로부터 칙서를 가지고 왔답니다."

"즉시 본진으로 돌아가 칙사를 맞을 준비를 합시다. 모두들 돌아갑시다."

한신은 이같이 지시하고, 궁전에 따라왔던 부하들을 데리고 본영으로 돌아왔다.

그는 부하 장수들을 배석시키고 칙사를 맞이한 후, 칙서를 두 손으로 받았다.

과인(寡人)이 장군의 계책으로써 초나라의 여러 지방을 얻고 세력이 조금 강대해졌으나, 초패왕은 아직도 태공을 억류하고 있어 과인의 흉

중이 억색하고, 간장이 끊어지는 것 같은 때가 많아 차마 견딜 수 없도다. 더욱이 초패왕은 성고 지방으로 군사를 인솔하고 나와 과인과 더불어 자웅을 결판지으려 하는 모양인데, 상거하여 겨누어온 지 오래이므로 사졸과 군마가 모두 피곤한지라 접전해서 승리하기 어려우니 어찌하면 좋은고? 이제 사신을 보내 급히 모든 장수들을 불러 상의하고자 하는 바이니, 생각건대 장군은 제나라를 공략하여 승리한 늠름한 사기로써 초패왕을 무찌르기에 넉넉할 것이요, 더욱이 장군의 기이한 꾀와 신통한 비책에 기대함이 크도다. 장군은 속히 와서 과인으로 하여금 안타까운 생각을 덜게 하라.

한신은 한왕의 칙서를 읽고 나서 즉시 부장 장이에게 삼군을 정돈하여 성고를 향해 진발하라는 지시를 내렸다.

이때 문통이 또 한신에게 다가와 말했다.

"원수께서는 지금 표문을 작성하여 주숙에게 주어 한왕께서 보낸 사신과 함께 영양으로 가게 하여 제왕의 인을 받아오게 하십시오. 그리하여 속히 왕위에 오르시기 바랍니다. 이 기회를 놓치시면 뒤에 후회하셔도 때는 늦어집니다!"

한신은 만족해하며 말했다.

"그러면 물러가 계시오."

한신은 칙사를 객사로 보내고 막료들을 해산시킨 뒤에 한왕에게 올리는 표문을 작성했다.

이튿날 한신은 한왕의 사신을 불렀다.

"지금 제나라가 평정되기는 했지만 이 지방의 국풍(國風)이 변화무쌍해서 만일 내가 이 지방을 떠나면 무슨 변괴가 생길지 알 수 없단 말이오! 그러니 잠시 제왕의 인을 받아 군·민을 심복시킨 후에 초패왕을 공격하려 하오. 주상께 표문을 올리고자 사신을 보내겠으니 그대가 나의 사신과 함께 오늘 영양으로 돌아가기를 바라오."

"그리하겠습니다."

칙사는 두말하지 않고 승낙했다.

한신은 대단히 기뻐하며 금과 비단을 내오라 하여 칙사에게 진정하고 즉시 주숙과 함께 영양으로 출발하게 했다.

이틀 후에 영양에 도착한 주숙과 칙사는 한왕에게 한신의 표문을 올렸다.

한왕은 표문을 펴보았다.

한나라 대상국(大相國) 신 한신은 돈수상언(頓首上言)하옵나니, 나라에 임금이 없으면 백성을 인도하지 못하옵고 백성들에게 법령의 권위가 없으면 무엇으로써 그 백성들을 복종케 하겠나이까. 신이 천위(天威)에 의지하와 용저를 죽이고 전광을 사로잡아 위엄을 떨쳤사오나 민심은 미정이옵나이다. 고래로 제나라는 반복무쌍하옵는 지방이므로 혹시 변란이 생기지 않을까 두려워하는 터이오니, 엎드려 바라옵건대 제왕의 인을 내리시어 신이 잠시 가왕(假王)이 되어 이 땅을 진정한 후에 군사를 통솔하여 어가(御駕)를 모시고 초패왕을 공략하겠사옵니다. 이같이 하면 강토는 통일되고 백성은 편안함을 얻을 것이옵니다. 신이 감히 표문을 올려이 뜻을 사뢰는 바이옵나이다.

한신의 표문을 다 읽고 나서 한왕은 발연변색하며 호령을 했다.

"한신이 짐을 속였구나. 짐이 이곳에서 오랫동안 곤욕을 당하고 있는데도 와서 구할 생각은 않고 도리어 제왕이 되고 싶다 하다니 이 어찌된 연고이냐?"

그러자 멀찍이 서 있던 장량과 진평이 급히 한왕 앞으로 가까이 들어섰다.

장량은 한왕의 발등을 넌지시 밟고 한왕의 주의를 다른 곳으로 끈 뒤에 귀에 자기 입을 가까이 대고 속삭거렸다.

"대왕께서 지금 초나라의 군·현을 십 중 칠팔 얻으셨지만, 항우는 아직도 군사를 광무산 아래 주둔시키고 한나라를 침략하려 하지 않습니까? 대왕께서 만일 한신이 제왕이 되고 싶어하는 것을 억제하신다면 우리측에 불리하옵니다. 차라리 한신의 뜻대로 제왕이 되는 것을 쾌히 허락하시면 한신은 기뻐할 것이요, 대왕을 위해 더욱 분발할 것이옵니다. 만일 허락하지 않으시면 우리측에 불리할 뿐만 아니라, 한 가지 우환을 더하는 것뿐이옵니다."

한왕은 즉시 그의 말을 알아듣고 자신이 진중하지 못하게 발연변색하고 호령한 것을 진실로 뉘우쳤다.

"옳아! 옳아! 경들의 말은 모두 합당한 말이야. 대장부 천하를 평정하고 제후를 복종케 하려면 마땅히 명백하게 왕위에 즉위하여 진왕(眞王)이 될 일이지 어찌 가왕이 될 것인가!"

한왕은 주숙을 내려다보고 이와 같이 말한 뒤에 장량에게 지시를 내렸다.

"선생은 지금 즉시 한신을 제왕에 봉하는 절차를 마련하시오."

장량은 진평과 함께 밖으로 나갔다.

"그래, 한신이 제나라를 어떻게 평정했는지 그 이야기를 상세히 들려주기 바라오."

한왕은 두 사람이 나간 뒤에 주숙을 가까이 불러 이같이 물었다.

주숙은 역이기가 제왕한테 있으면서 한신에게 두 번이나 편지를 보내온 사실과, 한신이 임치성을 공격하자 제왕이 역이기를 기름 가마에 끓여 죽인 일, 한신이 등롱을 걸어 용저를 죽인 일과 제왕을 사로잡은 일 등, 전후 경과를 상세히 아뢰었다.

다 듣고 난 한왕은 길게 한숨을 내쉬며 말했다.

"역대부 고양(高陽) 땅에서 처음 만난 이래 오 년 동안 충심을 다해 짐을 도와 공훈이 뚜렷했건만, 짐의 대업(大業)이 아직 이루어지지 아니한 까닭으로 그의 공덕을 보답하지 못하던 중이었는데, 그같이 제왕한테 참살당했구나! 아아, 가련하다! 짐이 천하를 통일한 후 논공행상을 할 때에는 역대부의 자손에게 하나도 빼놓지 않고 작록을 가하도록 해야겠다."

한왕은 즉시 기록관(記錄官)을 불렀다. 그리고 그는 진이세(秦二世)가 즉위한 후 자신이 강소성(江蘇省) 패현으로부터 진시황의 여산릉(驪山陵) 역사의 부역꾼을 인솔해가다가 의병을 일으킨 뒤에 고양 땅에서 역이기를 만나, 그의 추천으로 장량을 한나라에 가서 빌려오던 때부터 지금까지 오륙 년 동안의 공적을 세세히 기록해두게 했다. 기록관은 명령을 받들고 물러갔다.

한왕은 다시 붓을 들고 친히 칙서를 쓰기 시작했다. 한신을 동제왕(東齊王)에 봉하기 위함이었다.

이튿날 장량은 한왕의 칙서와 제왕의 인을 가지고 임치성을 향해 출발했다. 수일 후에 그는 한신의 본영에 도착했다. 그는 한신을 만나 인사를 마친 후 칙서를 전하면서 말했다.

"장군이 표문을 올리고 잠시 가짜로 제왕이 되기를 구하셨는데, 주상께선 장군이 초나라를 공략하고 제나라를 평정한 그 공훈이 심대한데 가짜라니 될 수 있는 말이냐 하시며 적당히 제왕에 봉하게 하시고, 제왕의 인을 나로 하여금 장군에게 가져가라 하셨습니다. 장군은 위에 올라 삼제(三齊)를 진무하며 제후를 제복시킨 후, 군마를 정돈하여 성고를 곤경에서 구원하는 동시에 초나라를 정벌하여 한나라의 천하통일을 속히 이루게 하시기 바랍니다."

한신은 매우 기뻐하며 칙서를 펴보았다.

나라를 세우고 제후와 친함은 천하를 거두어 통일하여 다스리기 위함이니 삼대(三代)의 제도인지라, 이제 상국 한신이 누차 기공을 세우고 강토를 넓게 했으니 이는 천하에 없는 큰 공훈으로서 마땅히 종정(鐘鼎)이 명기되리로다. 새로이 제나라를 평정했으나 백성을 제복시키기 곤란하여 융작중권(隆爵重權)이 아니고는 군하(群下)에 호령을 하기 어려울 것이므로 이제 한신을 제왕에 봉하여 제나라를 다스리게 하는 바이니, 동방이 안정되거든 즉시 본부의 병마를 합하여 힘을 다해 초를 멸할지라, 이 아니 흔쾌하지 아니하랴. 부탁하노라.

한신은 칙서를 두 손으로 높이 받들고 남쪽을 향해 허리를 굽혀 은혜가 깊은 것을 감사했다.

그런 다음 그는 크게 잔치를 베풀었다. 이처럼 수일 동안 잔치를 베풀고 한신은 제왕의 위(位)에 오른 후에 모든 부하들로부터 배하(拜賀)의 예를 받았다. 이로써 한신은 이날부터 제나라의 임금이 되었다.

배하의 예가 끝난 뒤에 장량은 한신과 작별 인사를 했다.

"나는 지금 떠나렵니다. 그런데 주상께서 영양에 주둔하고 계시면서 낮이나 밤이나 초나라에 붙들려 계신 태공을 생각하고 슬퍼하십니다. 이즈음 초패왕이 성고 지방으로 또 공격해온다는 풍설을 들으시고 더욱 초조히 지내시는 터이니, 장군은 속히 군사를 거느리고 주상과 함께 초나라를 정벌하고 태공을 구하십시오. 너무 지체되면 안 되겠습니다."

"염려 마십시오! 격문을 군·현에 보내 군사를 더 모아서 앞으로 열흘 이내에 반드시 이곳을 출발하겠습니다. 선생이 먼저 돌아가시어 주상께 이같이 아뢰시기 바랍니다. 그리고 이 사람이 주숙을 사신으로 하여 또다시 주상께 사은(謝恩)코자 하오니, 함께 가시기 바랍니다."

한신은 주숙을 불러 장량과 함께 영양으로 가게 했다. 그리고 그는 즉시 각 지방에 장정을 소집하는 격문을 보낼 것을 부하들에게 지시했다.

지금까지 한신은 지혜와 계책이 누구보다도 훌륭하고 꾀가 많던 사람이었다. 그런데 제나라를 얻어 제왕의 궁전에 들어가보던 때부터 마음에 변화가 생겼고, 문통의 간사스러운 망언(妄言)에 더욱 유혹되고 말았던 것이다. 꾀 많고 지혜 높은 사람이 어찌 자기 임금에게 강요하다시피 해서 왕이 될 수 있는 것이랴?

한왕은 지금 자신이 항우와 상대하여 천하를 쟁탈하는 중이어서 마음에 괘씸해도 부득이 한신을 제왕에 봉하기는 했으나 진정으로 불쾌했다.

'한신은 목전의 부귀를 탐하는 놈이다! 내가 곤란한 때라 들을 수밖에 없다는 걸 짐작하고 제 스스로 제왕이 되겠다고…'

한왕은 곰곰 생각해보았다. 이같이 마음을 쓰는 자가 충신이 될 수 있을까? 내가 최초에 팽성에서 항우와 싸우다가 참패당했을 때, 한신은 함양에서 꼼짝도 아니하고 가만히 있지 않았던가? 또 그 후 내가 성고에서 포위당하여 위태로웠을 때도 한신은 조나라 정경구에 가만히 앉아서 보고만 있지 않았던가? 지금 천하가 두 개로 나뉘어 서로 싸우는 이때, 제가 감히 스스로 임금이 되겠다고 하다니 이것이 용서할 수 있는 일인가? 이같이 생각하니 한왕의 마음은 무거웠다.

한편, 유하의 강물에서 절반 이상 떠내려가고 겨우 살아남은 초나라 군사는 팽성으로 돌아가 한나라 군사와의 전투 경과를 상세히 보고했다. 한신이 용저를 죽이고 주란이 행방불명되고, 초나라 군사를 강물에 떠위버리고 제왕을 사로잡고 전횡을 쫓아버리고, 벌써 제나라의 칠십여 성을 평정하고 대군을 임치성에 주둔시킨 후, 미구에 한왕과 합세하여 팽성으로 침공할 모양이라는 보고를 받고 항우는 깜짝 놀라 간담이 서늘해졌다.

그는 즉시 항백과 종리매를 불렀다.

"한신이 포중 땅에서 나온 이후로 지금까지 여러 번 싸워 이겨오기는 했지만 그다지 염려하지 않았는데 이번에 용저를 죽이는 것을 보니 진정 보통 사람이 아니다! 한왕이 대군을 영양과 성고 사이에 주둔하고 그 형세가 대단히 왕성하니, 짐이 두 군데를 한꺼번에 방비하기 곤란하다. 지금 말을 잘하는 사람을 보내 한신을 설복시켜 다시 한나라를 배반하고 초나라로 돌아오게 했으면 좋겠는데, 짐의 신하 중에 이런 심부름을 할 사람이 없으니 어찌하면 좋은고?"

항우는 걱정스러운 듯 이렇게 말했다.

"신이 벌써부터 그 같은 생각을 하고 있었으나 상주할 겨를이 없었사온데, 지금 존명(尊命)을 듣자오니 다행한 일이옵니다. 만일 이같이 되오면 사직(社稷)을 위해 크게 복이 될까 하옵니다. 한신이 지금은 비록 한나라의 신하이지만 본래는 초나라의 신하이니, 다시 마음을 고치고 돌아온다면 이치에 합당하옵니다. 대부(大夫) 무섭(武涉)은 지혜가 소진(蘇秦)보다 낫고 변설은 자공(子貢)보다도 훌륭하옵니다. 폐하께서는 이 사람을 사신으로 한신에게 보내시어 그를 설복시키기 바라옵니다."

종리매가 이같이 아뢰자 항우는 매우 기뻐했다.

"오오, 그래? 그러면 무섭을 불러라."

조금 있다가 무섭이 들어와서 항우 황제로부터 명령을 듣고, 금과 비단을 받아가지고 팽성을 출발했다.

무섭은 수일 후에 임치성에 도착했다. 그는 즉시 제왕의 궁문으로 가서 궁문을 파수 보는 위관에게 자신이 온 뜻을 말했다. 한신은 궁실에서 신하의 보고를 들었다.

'초나라의 무섭이 나를 찾아오다니? 흠, 무섭이 나를 달래려고 왔을 것이다….'

그는 이렇게 짐작하고 명령했다.

"불러들여라."

무섭이 들어와 한신을 보고 공손히 인사하고, 금과 비단을 바치면서 제왕에 즉위하신 것을 축하합니다 하고 치사를 올렸다. 한신은 무섭의 인사를 받고,

"내가 지난날에는 대부와 함께 초나라를 섬긴 일국의 신하이었으나 지금은 각각 상감을 모시고 적대하고 있으니 피차에 원수가 되었는데, 어떻게 이 같은 예물을 받을 수 있소이까? 도로 가져가기 바랍니다."

하며 정색을 하고 거절했다.

"천만의 말씀이옵니다. 대왕께서는 지금 백만의 군사를 거느리고 제나라를 세우신 고로 위풍이 사해에 떨치고 원근의 각 지방이 모두 복종하는 터이니, 어찌 옛날에 초나라에서 신하 노릇을 하던 때와 비교해서 말할 수 있겠습니까? 지금 저로 하여금 금과 비단을 가지고 대왕을 찾아뵈옵게 하는 것은 초패왕 폐하께서 대왕의 용명을 사모하고 지난날의 잘못을 사과하는 동시에 두 나라 사이의 국교를 열고 대왕과 함께 무궁한 부귀를 누리고자 함이올시다."

"무릇 사람의 몸으로서 가장 높은 것은 한 나라의 임금일 것이외다. 내가 이미 제나라의 임금이 되었으니 인생으로서는 그 지위가 끝까지 갔다 할 것이거늘, 지금 다시 더 무엇을 바라겠소?"

한신이 말을 마치자 무섭은 너털웃음을 웃었다.

"허허허, 죄송한 말씀이나, 지금 대왕께서 이 사람의 말씀을 들으면 제왕의 지위를 영구히 보존하실 것이요, 만일 그렇지 아니하면 오늘 초나라를 멸망시키실지라도 내일은 제왕의 지위를 보존하지 못할 것입니다."

"그건 무슨 까닭이오?"

한신은 괴이하게 생각하고 물었다.

"초패왕 폐하께서 이 사람을 여기 보내신 것은 대왕과 우호관계를 맺으시고 한왕과 세 사람이 천하를 삼분(三分)해가지고 정족(鼎足)의 세

(勢)를 이루어 각각 강토를 지키고자 함이올시다. 대왕의 기계묘책(奇計妙策)은 본시 초패왕과 한왕보다도 위에 있으므로 영구히 부귀를 누리실 것입니다."

"대부의 말이 모두 일리가 있는 듯하나, 내 진심으로 생각건대, 내가 그 전날 항왕을 모시고 초나라에 있을 때 관(官)은 낭관(郎官)에 불과했고, 위(位)는 집극(執戟)에 불과했소. 게다가 항왕은 말은 듣지 않고 계책은 채용하지 않으므로, 이 때문에 내가 항왕을 배반하고 한왕에게 복종했던 것이외다. 한왕은 나에게 대원수의 인을 주고 백만의 군사를 일임하고 자기의 옷을 입히고 음식을 나누어 먹고, 말하면 듣고 계책을 올리면 반드시 이에 따르니, 내가 이리해서 오늘날 제왕이 된 것이외다. 한왕께서 나를 대하기를 이같이 신(信)으로써 하시거늘 만일 이를 배반해버리고 다시 초패왕에게 돌아간다면 이것 또한 대단히 상서롭지 못한 일이외다. 내가 설령 분골쇄신될지라도 이 마음만은 변하지 않을 것이오! 대부는 나를 위해서 깊이 양해하고 돌아가시어 초패왕께 말씀을 잘하시기 바라오."

한신은 말을 마치자 금과 비단을 무섭의 앞으로 밀어놓았다.

무섭은 한신의 마음을 요동시키지 못할 것을 깨닫고 예물을 도로 거두어가지고 팽성으로 돌아갔다.

이때 문통은 한신을 모시고 있다가 이 광경을 보았다. 무섭이 한신에게 작별 인사를 올리고 물러간 뒤에 문통은 한신 앞으로 가까이 가서 은근히 아뢰었다.

"신이 옛날 한 사람의 이인을 만나서 상법(相法)을 잘 배웠습니다. 신이 항상 대왕의 관상을 보아왔사온데 그전까지는 지위가 봉후(封侯)에서 더 지나지 아니했습니다. 그런데 오늘 대왕의 등허리를 보고 비로소 그 존귀하심을 알았습니다."

한신은 뜻밖의 말을 듣고 조금 놀랐다.

"그대가 지금 무슨 의사로 그런 말을 꺼내는가?"

한신은 문통의 얼굴을 물끄러미 바라보았다.

문통은 고개를 숙이고, 그러나 유창한 어조로,

"옛날에 진나라의 정사는 잔인무도해, 천하의 백성들이 이 때문에 도탄 중에 지내다가 그 뒤에 또 한나라와 초나라가 서로 대립해서 간과(干戈)가 쉴 날이 없으므로 천하 백성들은 여러 해 동안 간담이 썩고, 광야에 가득한 시체는 몇 천만 명임을 알지 못합니다. 초패왕은 역발산·기개세의 위풍으로써 다섯 나라를 석권(席捲)한 터이나 이미 서산낙일의 비운에 빠져서 그동안 삼 년이 되건만 다시 일어나지 못하는 형세이고, 한왕은 포중 땅에서 나온 이후로 낮이나 밤이나 고전역투(苦戰力鬪)하건만, 이 역시 이렇다 할 공을 세우지 못했습니다. 이것은 모두 한왕이나 초패왕이나 한가지로 지혜와 용맹이 부족한 까닭이옵니다. 지금은 형세가 오직 대왕께 달려 있습니다. 그러므로 신은 생각하기를 대왕께서는 천하를 삼분해가지고 강제(強齊)를 기반으로 하고 연·조 두 나라를 이끌고, 중인이 소원하는 대로 서쪽으로 치고 나아가면 천하는 그림자와 같이 따라오고야 말 것이옵니다. 하늘이 주시는 것을 받지 않는다면 도리어 괴로움을 받을 것이요, 때가 이르렀음에도 행하지 않는다면 도리어 재앙을 받는다는 옛말이 있지 않사옵니까? 대왕께서는 깊이 생각하시고 기회를 놓치지 마시기 바라옵니다."

이같이 한신의 마음을 유혹했다. 그러나 한신은 넘어가지 않았다.

"그게 무슨 말인가! 한왕께서 나에게 예로써 후하게 대우하시는데, 내 어찌 이(利)를 탐해 의(義)를 저버리겠는가!"

"그러하오나 그 전날 장이와 진여는 피차에 문경(刎頸)의 두터운 사이였건만 아시다시피 장이는 지수의 접전에서 진여를 죽이지 않았습니까? 대왕과 한왕과의 사이가 반드시 장이와 진여와의 사이처럼 되리라는 것은 아니옵니다마는, 옛말에 이르기를, 짐승의 씨가 말라버리면 사냥개로 개장국을 만들어 먹을 수도 있다고 했습니다. 용맹과 지혜가 주인으로 하여금 두려움을 느끼게 하는 자는 몸이 위태로운 법이요, 공훈이 천하를 덮는 사람은 상 주지 않는 법이옵니다. 대왕께서는 한왕이 두려워할 만한 위엄을 가지고, 상 주기 어려울 만큼 큰 공을 세우셨으니 일신이 안전하실 수 있다고 생각하십니까? 바라건대 깊이 생각하시옵소서."

한신은 그 말을 듣고 잠시 침묵했다.

"그대는 물러가시오. 나는 좀 더 깊이 생각해보겠소."

그리고 문통을 내보냈다.

이 일이 있은 후 사흘이 지났다. 사흘 동안 한신은 자신의 처신할 바를 생각해보았으나 결정을 짓지 못했다.

이날 문통은 한신 앞으로 찾아와 예를 한 뒤에 물었다.

"대왕께서는 생각을 정하셨사옵니까?"

"생각을 하고 있지만, 아직도 미결이오. 더 기다려보시오."

"아직까지 존의를 결정지으시지 못했다 하면 불행하옵니다. 무릇 일에는 때가 있으니 그 때를 놓치면 오곡을 땅에 심어도 되지 않는 것이요, 일에는 또 계책이 있어야 하는 것이니 계책이 없고는 익은 과실도 나무에서 따지 못하는 까닭입니다. 그런고로 지혜는 결단을 내리는 힘이고, 의심은 일을 해치는 독이 되는 것이며, 호리(毫釐)의 작은 일을 따지다가 천하의 대수(大數)를 놓치는 것을 지혜가 있어서 능히 안다 할지라도 확실히 행하지 못할 때엔 백사에 화근이 되는 법입니다. 그런고로 공을 이루기는 어렵고 패하기는 쉬우며, 때는 얻기 어렵고 잃어버리기는 쉽습니다. 때는 한 번 지나가면 두 번 다시 오지 않는 것입니다."

문통은 다시 한신에게 권했다.

한신은 고개를 숙이고 아무 말도 못했다. 그의 마음속에서는 문통의 말도 이치 있는 말이로되, 한왕이 자신의 공훈을 인정해주고 제왕에까지 봉해주었음을 생각하면 한왕을 배반하는 것이 도리가 아니라는 두 갈래의 생각이 서로 싸우고 있었다.

이때 돌연 뜰아래에서 커다란 목소리로 진언하는 사람이 있었다.

"대왕께서는 문통의 말을 결단코 듣지 마십시오. 그것은 도리에 어긋나는 말입니다. 제가 문통을 데리고 한왕께 나아가서 명백하게 시비를 가리겠습니다."

문통은 깜짝 놀라 문을 열고 내다보니, 그 사람은 대중대부 육가(大中大夫 陸賈)였다. 문통의 낯빛은 질렸다.

육가는 문통 앞으로 가까이 들어섰다.

"문선생! 내 말을 들어보시오. 능히 사물을 평론하려면 먼저 그 형세를 살피고 다음에 그 형상을 관찰해야 할 것입니다. 형세는 강하건만 형상은 약해 보이는 것은 실상 약한 것이 아니며, 형상은 강하건만 형세는 약한 것이야말로 진실로 약한 것입니다. 지금 천하의 대세를 가지고 말하자면, 초나라는 이기고 있는 것 같으나 형상으로만 이기고 있는 것입니다. 한나라는 약한 것 같지만 형상으로만 약하게 보이는 것입니다. 강약성쇠(強弱盛衰)가 아직 미정이지만, 한왕은 잠시 불리해서 기운을 펴지 못하고 있으나 이미 천하의 팔구(八九)를 얻었으며 인심은 한왕에게 돌아가고 있습니다. 소하는 재상으로서 충성을 하고 장량과 진평은 손(孫)·오(吳)의 지혜가 있고, 그 위에 영포·팽월·번쾌의 용맹과 주발·왕릉·관영 같은 만부부당의 대장들은 그 수효를 알 수 없을 만큼 많아 복과 덕은 만세불발(萬世不拔)의 기초를 이루고 있는데, 선생은 이 같은 형세를 살피지 못하고 함부로 입을 놀리고 미친 소리를 토했으니, 만일 원수께서 문선생의 말을 들으시고 한왕을 배반하신다면 그야말로 호랑이를 그리다가 도리어 개를 그린다는 것과 무엇이 다르겠소이까. 크게 잘못하지 않았습니까?"

육가는 문통의 얼굴을 쏘아보면서 말했다.

문통은 육가가 꾸짖는 말을 듣고 얼굴이 화끈 달았다. 입속의 침이 말랐다.

'내가 앞으로 공을 세운다 할지라도 한신에게 배반하라고 권했다는 사실을 한왕에게 밀고하는 자가 생기면 나는 죽은 목숨이다.'

문통은 이같이 깨닫고,

"물러가겠습니다."

한마디 하고는 한신 앞을 떠났다. 그는 그길로 제왕의 궁전을 나와 거리로 돌아다니며 미친 사람의 흉내를 내기 시작했다.

한신은 문통이 미쳐버렸다는 보고를 듣고 문통의 마음을 짐작했다. 그리고 그는 즉시 삼군에 출동 명령을 내렸다. 영양으로 가서 한왕과 합세해 초패왕을 공격하겠다는 결심을 세운 것이다.

위기일발

이때 한왕은 영양에 머물러 있으면서 주야로 팽성에 인질로 잡혀 있는 태공을 생각하기에 침식이 불안했다. 가족들이 무고하게 있는지, 어떻게 하면 항우로부터 가족들을 구출해올 수 있을는지, 그의 마음은 점점 초조해졌다.

그는 장량과 진평을 불렀다.

"태공께서 일족과 더불어 팽성에 붙들려 계신 지 오래이므로 짐의 마음이 아프기 한량없소! 만일 이대로 있다가는 천하를 모두 얻는다 할지라도 짐은 하루도 더 살지 못할 것 같소이다. 선생께서 무슨 계책이 있어서 태공으로 하여금 환국하시게 마련한다면, 이것이 불세(不世)의 대공훈이 되겠는데….."

한왕이 말끝을 맺지 못하고 있을 때 장량이 먼저 입을 열었다.

"초패왕이 태공을 인질로 삼고 있사온데 어찌 석방되어 돌아오실 수 있겠나이까? 그대로 돌아오시게 할 방법은 전혀 없습니다. 다만 지금 대군을 휘동하고 숨 가쁘게 공격을 가해 항왕으로 하여금 힘이 파하고 마음을 괴롭게 만든 후 그때 사신을 보내어 화평 교섭을 한다면, 태공께서 환국하시게 될 것 같습니다."

장량이 의견을 아뢰고 있을 때 근신이 한왕 앞에 들어왔다.

"지금 소상국이 북번(北蕃)의 인마와 한 사람의 번장(蕃將)을 데리고 관중으로부터 달려왔사옵니다."

"허어, 북국의 인마가 먼 곳에서 잘 왔다! 좋은 징조일 것이다. 속히 불러들여라."

한왕은 만면에 희색을 띠었다. 근신은 물러나갔다.

"혹은 초패왕을 격파할 만한 용맹을 가진 맹장일지도 모르옵니다. 북국인들은 사격을 잘하옵니다."

진평은 한왕이 기뻐하는 것을 보고 치하의 말을 올렸다.

잠시 후 소하가 한 사람의 장수를 데리고 들어왔다.

한왕은 그들로부터 예를 받고 물었다.

"번장은 어디에서 온 사람인고?"

"번장의 성은 누(婁), 이름은 번(煩), 북학연인(北狢燕人)이온데, 대왕께 복종하고자 함양으로 찾아왔사옵니다. 진심갈력해 초를 멸하고 싶다고 하옵니다. 신이 이 사람의 실적을 상세히 조사해보고 동반해왔사옵니다. 이 사람은 기사(騎射)를 능숙히 하며, 만부부당(萬夫不當)의 용맹이 있사옵니다."

한왕은 소하의 말을 듣고 누번을 내려다보았다. 키는 십 척이요, 얼굴은 사자와 같이 생기고, 눈알에서는 광채가 영특하게 빛나고 있었다.

한왕은 기뻤다. 그는 근신을 불러 어의(御衣) 일습과 황금 백 냥을 누번에게 내리도록 분부했다. 그리고 누번을 그날부터 본부 진영 안에서 거처하게 했다.

한편 초패왕 항우는 무섭을 사신으로 제나라에 보내어 한신의 호감을 사보려고 했으나, 도리어 한신으로부터 거절을 당한 고로 자신의 부하 맹장 용저를 전사시킨 원한이 다시금 북받쳐올랐다. 그래서 그는 분함을 설욕하고자 십만 명의 대군을 인솔하고 급히 한왕을 공격하려고 영양으로 몰려왔다. 한나라 탐색병은 항우의 대부대가 가까이 도착한 것을 즉시 상부에 보고했다.

한왕은 이 보고를 받고 크게 놀랐다. 그는 즉시 신하들을 모으고 회의를 열었다.

"초패왕이 갑자기 대군을 거느리고 침공하니 어찌하면 좋은고?"

한왕은 여러 신하들을 둘러보면서 물었다.

"신이 데리고 온 번장 누번으로 하여금 초패왕을 대적하게 하시고, 그 외 대장들로 하여금 누번을 도와 협력해 방어하게 하옵소서. 얼마 동안만 이같이 방비하면 그동안에 한신 원수도 도착할 것이 아니오니까? 그때 한신과 함께 좌우협공하게 될 것이니 이렇게 되면 초패왕이 어떻게 견딜 수 있겠사옵니까?"

소하가 의견을 아뢰었다.

"그럴 수밖에 없소이다. 그러면 누번을 선봉으로 하고, 왕릉과 주발이 좌우에서 협력하도록 하시오."

한왕은 소하의 의견에 찬동하고 즉시 누번·왕릉·주발 그 외 모든 장수들을 불러들여 항우의 대군을 방비하라고 명령했다.

이때 항우는 영양성 삼십 리 밖에 도착해 진영을 설치하고 즉시 사신을 한왕에게 보냈다.

한왕이 소하·장량·진평 등 여러 신하들과 회의를 끝마치고 난 뒤에 항우의 사신이 들어왔다.

> 천하의 인심이 흉흉하고 편안한 날이 없으니 이것은 너와 내가 서로 상대해 싸우는 까닭이라. 오늘은 너와 내가 직접 만나 한 번 싸워서 자웅을 결판지어, 천하만민을 편안하게 해주기 바란다.

항우의 사신은 이와 같은 항우의 글발을 가져왔다.

한왕은 전서를 보고,

"나는 힘으로써 싸우려고 하지 않는다. 정신으로써 싸우려 한다."

하고는 항우의 전서를 찢어 내던지고, 사신을 그대로 돌려보냈다.

항우는 한왕에게 보냈던 사신이 돌아와서 보고하는 것을 듣고 크게 노했다.

"안 되겠다. 즉시 공격을 해라!"

항우는 정공·옹치·환초·우자기 네 사람으로 하여금 말을 달려 한나라 진영으로 돌진하게 했다.

이때 한나라 진영에서 누번이 칼을 휘두르며 뛰어나와 아무 말도 서로 문답하지 않고, 단지 네 사람의 장수를 상대해 오륙십 합 접전을 계속했다. 그렇건만 누번은 지쳐 보이지 않았다. 초나라의 네 장수는 이것을 보고, 도저히 자신들이 대적할 수 있는 상대가 아니라 생각하고 말머리를 돌려 도망하려 했다.

이때 초나라 진영에서는 계포·이번·장월·항앙, 네 사람의 장수가 창을 쳐들고 달려나왔다.

누번은 초나라의 응원대장들이 뛰어나왔건만, 조금도 겁내지 않고 고함을 지르면서 이리 뛰고 저리 뛰면서 용감하게 싸웠다.

한나라 진영에서는 왕릉과 주발이 군사를 거느리고 급히 응원 나왔다. 별안간의 한나라 습격으로 초나라 군사들은 크게 혼란을 일으켜 서로 앞을 다투어가며 도주하기 시작했다.

이것을 보고 누번은, 옳다! 잘 되었다 싶은 듯이, 한 손에 들었던 칼을 땅 위에 내던진 후, 허리에서 활을 떼어 화살을 쏘았다.

이번과 장월 두 사람의 초나라 장수는 누번의 화살을 맞고 말 위에서 떨어져버렸다.

계포는 두 장수가 화살에 맞아 떨어져 죽는 것을 보고, 간담이 서늘해서 본진을 향해 도망했다.

항앙은 이번과 장월 두 사람을 구원해보려고 급히 말을 달려 들어오다가 또 한 번 누번이 쏜 화살이 그의 뺨에 꽂혔다. 그는 혼비백산해서 화살을 뽑아던지고 얼굴에서 흐르는 피를 수건으로 닦느라고 허둥지 둥하는데 한나라 대장 왕릉이 그의 뒤로 달려와서 한칼로 목을 찍어 떨 어뜨리고 말았다. 초나라 군사는 이 같은 접전 통에 형편없이 무너져버 렸다.

항우는 멀리 본진에서 이때까지 바라보고만 있다가 이 광경에 분통 이 터졌다.

누번은 항우를 향해 또 한 번 활을 잡아당겼다. 이때 항우는 눈을 부 릅뜨고 벽력같은 고함을 질렀다.

누번은 넋을 잃었다. 눈앞이 안 보였다. 손에 들었던 화살을 쏠 수도 없었다. 누번이 타고 있는 말도 어찌나 놀랐던지 십여 간이나 물러나왔 다.

한숨을 돌린 후에 누번은 그만 본진을 향해 도망해버렸다.

이것을 보고 항우는 대군을 휘동해 추격했다. 한나라 군사는 수없이 칼에 다치고 창에 찔렸다.

이때 한왕은 본진에서 쌍방의 장수들이 접전하는 것을 바라보고 있 다가 이 광경을 보고 좌우를 돌아보며 물었다.

"지금 누번을 추격하는 적장이 누구냐?"

"저 장수가 바로 초패왕이옵니다!"

좌우에서 대답하는 소리를 듣고 한왕은 놀랐다.

한왕이 어찌할 바를 알지 못해 주저하는 동안에 벌써 항우는 한나라 본진 문 앞에까지 침입했다.

한왕은 급히 진영의 후방으로 자기 몸을 감추려고 말머리를 돌렸다.

"어디로 피하느냐? 내 말 한마디만 들어라! 한왕은 거기서 내 말을 듣거라!"

한왕이 피신하려는 순간, 항우는 외치며 불렀다.

피신하려던 한왕도 그 소리를 듣고는 다시 말머리를 돌려 수하 장수들을 전후좌우에 거느리고, 갑옷을 단단히 입은 후, 진문 앞으로 말을 전진시켰다.

　항우는 한왕이 진문 앞으로 나타나는 것을 바라보고는 큰소리로 청했다.

　"한왕은 내 말을 들어라! 네가 내게 항거해 군사를 일으킨 후, 초한이 상쟁하기를 어언 삼 년간이다. 그런데 그동안 내가 너와 더불어 직접 접전을 해보지 못했다. 그러니 속히 나와서 나와 더불어 승부를 결판하기 바란다. 종일 상대해서 쌍방이 서로 삼군을 괴롭히는 것보다는, 단둘이 승부를 결정짓는 것이 좋겠다. 나오너라!"

　"나는 너와 더불어 천하를 쟁탈하자는 것이 아니다. 다만 너의 죄악이 관일(貫日)해서 신인공노(神人共怒)하는 터이므로 나는 천하제후들과 함께 무도한 것을 징벌해 백성들의 해물을 제거하고자 할 뿐이다. 지금 네 죄를 말할 것이니 들어보아라! 쌍방의 장병들도 들어보아라! 너는 회왕과의 약속을 배반하고 나를 한중 지방으로 좌천시켰으니 그 죄가 하나요, 그전에 거짓 회왕의 명령이라 하고 경자관군 송의를 죽였으니 그 죄가 둘이요, 조나라를 구원하고 그 후에 돌보지 않고 마음대로 관중에 들어왔으니 그 죄가 셋이요, 진나라의 궁실을 소각하고 시황의 묘를 발굴하고 재물을 도둑질해냈으니 그 죄가 넷이요, 항복한 진 삼세 자영을 죽였으니 그 죄 다섯이요, 진나라의 자제 이십오만 명을 신안 땅에서 죽였으니 그 죄 여섯이요, 여러 장수들을 왕작에 봉하고 그 지방의 고주(故主)들을 축출해버렸으니 그 죄 일곱이요, 제 마음대로 의제를 내쫓고 팽성에 도읍하고 한·양(韓梁) 지방을 탈취하고 자립해 패왕이 되었으니 그 죄 여덟이요, 강중에 복병했다가 의제를 시(弑)했으니 그 죄 아홉이요, 정사를 공평히 하지 못하고 백성들에게 신용을 지키지 않으며 잔인무도해서 천하를 해치니 그 죄가 열 가지에 달한다. 그런고로 내가 의병을 일으켜 제후들을 따라서 역적을 토벌할 따름이다. 내 어찌 너와 더불어 접전하기를 좋아하겠느냐!"

한왕이 조금도 서슴지 않고 열 가지 죄목을 열거하는 소리를 듣고 항우는 분함을 못 견디어 창을 쳐들고 쏜살같이 쳐들어갔다.

한왕은 그만 달아났다.

항우는 뒤를 쫓았다. 형세가 매우 위급하게 되었다.

한나라의 여러 대장들이 항우를 가로막고 접전을 시작했다.

그동안에 한왕은 후방의 진영을 향해 도망했다.

종리매는 미리부터 항우의 명령으로 한나라의 본진과 후진 사이에 한왕이 돌아갈 도로의 좌우에 있는 언덕과 수풀 속에 수백 명의 사수(射手)를 매복해두었다가 한왕이 지나가거든 일제히 화살을 쏘아서 한왕을 죽이려고 하고 있었다. 이런 줄을 모르고 한왕은 이 길로 달아났다.

한왕의 모습이 보이자 철포 한 방이 꽝 터지더니, 별안간 길 좌우에서 수천 개의 화살이 빗발처럼 쏟아졌다. 혼비백산한 한왕은 채찍질을 하면서 달리다가 불행히 화살 한 개가 가슴 복판에 꽂혔다. 갑옷을 뚫고 화살촉은 피부에 박혔다.

한왕은 급히 화살촉을 뽑아 던졌다. 피는 흐르고, 고통이 심했다. 그러나 막료와 신하들의 사기를 생각하고 그는 급히 옷소매로 상처를 감추고 한 손으로 발을 만지면서 외쳤다.

"지금 적이 쏜 화살에 발가락을 다쳤다. 그러나 다행히 크게 다치지는 않았다."

수종해 따라오던 여러 대장들은 한왕이 부상당한 것을 알고 모두들 전의(戰意)를 잃었다.

항우는 삼군을 휘동해 한나라 진영을 모조리 돌격하게 했다. 추풍낙엽과 같이 한나라 군사의 대부분이 쓰러졌다.

한나라의 형세가 대단히 위태로웠을 때, 별안간 동남방으로부터 초나라의 파발이 뛰어오더니 항우 앞에 와서 아뢰었다.

"아뢰옵니다. 한신의 대부대가 벌써 성고까지 왔으며, 팽월이 또 아군의 양도를 단절해버렸사옵니다."

항우의 좌우에서 급보를 들은 장수들은 질겁을 해 벌써부터 겁을 집어먹고 이리갔다 저리갔다 하며 혼동하기 시작했다.

"가만히들 있거라!"

항우는 호령을 했다. 그러나 혼동하기 시작한 부하들은 항우의 제지를 듣지 않고 사병들에까지 질서가 문란해지므로 항우는, 안 되겠다! 본진으로 회군해야겠다! 이같이 생각하고 장졸들을 거느리고 돌아가버렸다.

한왕은 다행히 후진에 도착해 침상에 드러누워버렸다. 가슴에 찔린 화살촉으로 말미암아 부상당한 상처는 몹시 쑤시고 저렸다. 그가 견디기 어려운 고통을 느끼면서 자리에서 일어나지 못하고 있을 때, 장량과 진평이 방 안으로 찾아들어왔다.

"고통이 심하시옵니까?"

장량이 물었다.

"통증을 견딜 수 없소!"

한왕은 신음하듯 말했다.

"그러하오나 초나라 군사가 지금 한풀이 꺾여 본진으로 후퇴했고, 한신은 이미 대군을 거느리고 성고까지 나와 있으니, 대왕께서는 성고로 들어가시어 한신과 회동하고 급히 초패왕을 공격하셔야 하겠사옵니다. 약간 고통이 심하실지라도 참으시고 속히 일어나 삼군의 사기를 고무하기 바라옵니다. 지금이 중대한 시기니 화살 끝에 조금 당한 상처 때문에 누워 계실 때가 아니옵니다. 대사를 경륜할 중대한 시기이옵니다."

장량이 말을 마치자, 한왕은 자리에서 벌떡 일어났다.

"선생의 가르치는 말씀, 잘 알아들었소이다. 밖으로 나갑시다."

한왕은 고통을 참으면서 장량의 말을 순종하고 장량·진평과 함께 여러 장수들이 모여 있는 장막 속으로 찾아갔다. 장수들은 한왕의 태평해보이는 얼굴을 보고 모두들 기꺼워했다.

장량은 여러 장수들이 기뻐하는 것을 둘러보고 나서 말했다.

"지금 초나라 군사들이 팽월로 말미암아 양도가 단절된 고로 더 오래 주둔하고 있지 못할 것같이 생각됩니다. 오늘내일 중에 반드시 도망해버릴 것입니다. 그러니 여러분은 조용조용히 천천히 출발해 성고로 들어가서 원수와 회동해 초패왕을 격파하기 바랍니다."

"네! 선생의 명령대로 이행하겠습니다."

여러 장수들이 일제히 대답했다. 장량은 장수들의 기운을 돋우어놓고, 한왕을 모시고 다시 왕의 장막으로 돌아가서, 한왕으로 하여금 성고를 향해 출발할 준비를 갖추기에 바빴다.

한편, 항우는 본진으로 돌아와서 여러 장수들을 모아놓고 회의를 열었다.

"지금 팽월이 아군의 양도를 단절해 우리의 군량미를 수송할 길이 막혔고, 한신이 또 성고에 있으면서 한왕을 응원하게 되니, 영양성을 공략하기는 곤란하게 되었다. 잠시 광무산 아래로 후퇴했다가 군량미를 수송해놓고 나서, 그 후에 다시 진격하는 것이 어떠한가?"

항우는 막료들을 둘러보면서 의견을 물었다.

"폐하의 성견(聖見)이 지당하옵니다. 오늘밤으로 살그머니 퇴각하는 것이 좋겠습니다. 폐하께서는 친히 후진을 인솔하시고 만일 적이 추격해오거든 방비하기 바라옵니다. 신 등은 제군을 독려해 큰길을 버리고 남쪽 작은 길로 산등을 넘어 한신의 간계(奸計)를 피하려 하옵니다. 만일 앞길을 적이 막아버릴 때는 수미상응(首尾相應)하기 곤란할 것이옵니다."

종리매가 의견을 진술했다.

"그래, 그 말대로 하자!"

항우는 즉시 결정을 내리고 부하들에게 퇴각 준비를 시켰다. 그날 밤중에 한나라의 탐색병은 각각 순서를 정해가지고 초나라 군사가 모조리 퇴각한 것을 탐지하고 즉시 보고했다.

장량은 보고를 받고, 내가 예상한 대로 되었구나! 이렇게 느꼈다. 그리고 그는 즉시 한왕을 수레 속에 드러눕게 해 천천히 어가를 모시고 진발하도록 하는 동시에 다른 장수들은 뒤떨어져 성고로 오게 했다.

하루 동안을 어가가 성고를 향해 행진하고 있을 때, 어가의 전위대에서 보고가 올라왔다.

"하후영과 주숙이 대왕을 봉영하려고 왔습니다."

한왕은 수레를 멈추고 두 사람을 가까이 불렀다.

하후영과 주숙은 수레 앞으로 와서 땅 위에 절하고 엎드렸다.

"한원수 이미 성고에 입성하여 대왕의 군사와 합세해 초나라를 정벌하고자, 신 두 사람에게 일만 명의 군사를 데리고 와서 어가를 봉영하게 하는 것이옵니다."

두 사람이 아뢰자 한왕은 무한히 기뻤다. 그는 두 사람에게 속히 일어나서 길을 빨리 가도록 하라고 분부하고, 자신의 수레도 조금 빨리 움직이라고 했다.

이튿날 한왕이 성고에 도착하자 한신은 여러 장수와 함께 멀리 성 밖에 나와 한왕을 마중했다. 한왕은 성내에 들어와 백관의 조배(朝拜)를 받은 후 한신에게 말했다.

"원수는 오랫동안 원정을 거듭해 누차 기공을 세웠으니 감사하오. 그러나 짐은 항왕으로 말미암아 곤욕을 당해 그동안 칠십여 번 접전하기에 백성들은 편한 날이 없었고, 장사들은 갑옷을 끄르지 못했소이다. 이제 원수가 대군을 이끌고 짐을 도우니 초는 패망할 것이오. 그러나

단지 태공께서 오랫동안 적에게 붙들려 계신 고로 짐은 주야로 침식이 불안하외다. 원수가 무슨 계책으로든지 짐으로 하여금 부자 상면을 하게 만든다면 그 공훈은 만세대공일 것이오!"

"초패왕이 어찌 까닭 없이 태공을 귀환시키겠사옵니까? 신이 대왕의 군사와 합세해 급히 항왕을 공격해 심신을 피로하게 만든 후, 그때 계책을 쓰겠으니 대왕께서는 안심하시기 바라옵니다."

"짐은 원수에게 일임하오! 속히 개가를 올려주기 바라오."

한신은 한왕에게 예를 마치고 대군을 인솔해 성 밖으로 나갔다. 그는 불일간 광무산 아래로 초패왕을 쳐들어갈 결심을 했다.

(3권 계속)

〈초한지 2권 주요인물〉

유방(BC 247(?)~BC 195)

강소성 패(沛) 땅에서 농부의 아들로 태어나 오래도록 건달생활을 하다 정장이라는 말단벼슬을 지냈다. 항량 밑에서 항우와 함께 진나라를 없애기 위한 전쟁을 시작하지만 그다지 성과를 드러내지 못하다 소하와 장량 등의 도움으로 항우보다 관중에 먼저 진입해 진왕 자영의 항복을 받는다. 하지만 항우의 기세에 밀려 한왕으로 봉해지고, 그 뒤 4년간에 걸친 항우와의 쟁패전에서 한신, 장량, 소하 등 유능한 신하와 장수들의 보좌를 받아 마침내 해하 결전에서 항우를 대파하고 한의 황제 고조가 되면서 중국 통일의 대업을 이룬다. 유방은 대담하면서도 치밀하고 포용력 있는 성격으로 부하를 적재적소에 잘 활용함으로써 최후의 승리를 거머쥔 것이다.

항우(BC 232~BC 202)

본래 이름은 항적(項籍), 우(羽)는 자(字). 항씨족의 초나라 장군으로 숙부 항량을 도와 거병을 하다 항량이 죽자 전권을 쥐고 진군을 무찌르며 관중으로 들어가 아무 지지기반 없이 군사를 일으킨 지 3년 반 만에 진나라를 멸망시키고 초패왕이 된다. '역발산기개세(力拔山氣蓋世)', 즉 힘은 산을 뽑고 기개는 세상을 뒤덮을 정도의 능력을 지녔지만, 전략에 능통한 영리함은 부족하고 오직 자신의 초인적 힘만 믿고 온몸으로 부딪쳐 싸우는 순수 무인형에 가깝다. 진나라가 멸망시킨 육국(제·초·연·조·한·위)을 부활시키며 한때 천하를 차지하는 듯했지만, 자신의 것으로 여겼던 천하를 놓고 또다시 한나라 유방과 경쟁하여 사면초가의 형국을 맞으며 31세 나이로 스스로 목숨을 끊는다.

관영

유방을 따라 탕(碭)에서 일어나서 입관한 뒤 창문후(昌文侯)로 불렸다. 장군으로 제(齊)를 평정하고 항적을 죽였다.

계포

항우 휘하의 무장으로 여러 싸움에서 유방을 괴롭게 했다. 항우가 죽은 뒤 유방이 낭중벼슬로써 그를 포섭한다.

괴철

한신 휘하의 모사. 한신이 제나라를 정벌한 이후 그에게 유방을 떠나 독자 세력을 구축할 것을 건의하나 받아들여지지 않자 일부러 미친 사람 행세를 하면서 천하를 떠돈다.

번쾌

유방과는 동서지간으로 항우와 비견될 만한 엄청난 힘의 소유자. 원래 개고기를 파는 미천한 신분이었으나 유방의 거병 뒤에 그를 따라 무장으로서 용맹을 떨쳐 공을 세운다. 홍문의 연회에서 항우에게 모살될 위기에 처한 유방을 극적으로 구해냈다.

범증

칠순의 나이에도 지략과 비범함을 갖추고 있었던 항우의 책사. 한신에 버금갈 만한 뛰어난 모사로 선견지명이 있어 유방이 장차 항우를 위협하는 위험한 인물임을 알고 그를 죽이려 하지만 결국 실패하고, 오히려 유방 쪽의 장량과 진평의 꾀로 인해 유방과 내통한다는 오해를 받고 쫓겨나 고향으로 돌아가 실의에 빠져 죽는다.

사마흔

진나라의 장사로 항우에게 항복하여 장한, 동예와 함께 삼진왕으로 봉해졌다. 이로써 한왕 유방을 견제하는 임무를 맡지만 유방에게 공격받아 항복한다.

소하

장량, 한신과 함께 한나라의 3대 지략가로, 모사로써 만사에 통달한 인물. 관중에 머물면서 군량 및 모든 군용을 조달하며 행정적 능력을 발휘함으로써 유방의 천하통일에 일등공신이 된다.

여마통

항우의 고향친구로 유방의 장수가 되어 항우의 최후를 본다. 항우는 그에게 자신의 목을 주는 것으로 생을 마감한다.

역이기

유방의 참모이자 세객. 제에 들어가 한과 합병하라는 설득으로 굴복하게 만들지만 한신이 제에 쳐들어오면서 제왕에게 죽임을 당한다.

영포

항우 휘하 최고의 맹장이었으나 유방의 계략으로 항우를 버리고 유방에게 투항하여 회남왕에 봉해지고, 유방을 따라 해하 전투에서 항우를 격파한다.

왕릉

한신의 뒤를 잇는 문무겸장으로 창술의 대가. 수천 명의 사람을 모아 유방에게 귀의하여 유방을 따라 각지에서 전투를 벌였다.

용저

제나라 맹장으로 소(小)항우라 불릴 정도의 용맹을 지닌 무장. 한신과의 싸움에서 낭사의 계에 휘말려 전사한다.

우희

항우의 애첩. 속칭은 우미인으로, 경극 '패왕별희'의 주인공이다. 사면초가 상태에서 초나라의 멸망을 예감한 항우가 우미인에게 이별의 노래를 부르게 하자 우미인은 이에 응하고 자살한다.

육가

유방의 세객. 초한 전쟁 시대를 직접 살았던 인물로 유일하게 당대를 기록한 『초한춘추』를 발간했고, 사마천은 이를 자료로 『사기』를 썼다고 한다.

위표

유방 휘하에 있던 장수로 겉만 요란하고 내실은 없는 인물. 훗날 반란을 일으키지만 패가망신만 당하게 된다.

이좌거

조나라의 군사이자 한신의 참모. 구리산 십면매복 계략을 꾸며 항우를 곤경에 빠뜨린다.

장량

한나라 귀족의 아들로 태어나 한을 멸망시킨 진시황을 시해하고자 했으나 실패하여 은둔한다. 그러다 어느 노인에게 병서 세 권을 전수받아 공부하고 유방 아래로 들어가 뛰어난 선견지명을 가진 책사로 재능을 발휘하여 유방이 천하통일하는 데 큰 공을 세운다. 한신·소하와 함께 한나라 창업의 3걸 중 한 사람.

장한

원래 진나라의 명장으로 농민반란 진압에 공이 컸으나 환관 조고의 박해로 항우에게 투항한다. 이후 한군과의 전투에서 한신에게 패배한 후 목숨을 끊는다.

조참

원래 진나라의 옥리(獄吏)였던 것을 소하가 주리(主吏, 군·현 소속 관리)로 삼았다. 유방이 거병하자 그를 따라 한신과 함께 주로 군사 면에서 활약했다.

종리매

항우 휘하의 용맹한 대장군. 지략과 병법에 뛰어난 항우의 참모로서 유방에게 큰 상처를 입혔다. 용맹하고 박식하여 화술로 적을 굴복시키는 재주를 지녔던 종리매는 항우가 죽자 초왕 한신에게 의탁하였다가 사망한다.

주란·환초

항우의 군사. 다른 모든 장수들이 항우 곁을 떠날 때 주란과 환초만이 끝까지 남아 항우를 보좌한다.

주발

유방을 도와 천하를 평정하였고, 이후 여씨 일족이 난을 일으키자 진평과 함께 이를 수습하고 한실(漢室)을 편안케 하였으며, 이로써 벼슬이 승상에까지 올랐다.

진평

원래 항우 휘하에 있던 모사였지만 항우의 인물됨에 실망하고 유방에게 가서 한나라의 개국공신이 된다. 여씨의 난 때 주발과 더불어 이를 평정한다.

척희

유방이 도망하던 때 척가촌에서 얻은 척씨 노인의 딸로 그가 가장 총애하던 애첩. 아들 여의(如意)를 낳았다.

팽월

본래 항우의 군사였으나 자신의 공을 인정받지 못하자 반란을 일으켜 유방에게 투항한 인물. 한에 귀속된 후 게릴라 작전으로 초나라의 군량보급을 차단하는 등 유방에게 큰 승리를 안겨준다. 이후 산동의 양왕으로 등극하지만 유방의 군사 협조를 거부했다는 이유로 모함을 받아 죽임을 당한다.

하후영

패현의 하급 관리로 유방이 처음 세력을 다질 때부터 함께했던 맹장. 말을 다루는 재주가 특별하여 유방이 처음 거병했을 때부터 황제가 되어 죽을 때까지 유방의 수레를 모는 마부로 직을 하며 그를 수없이 구해준다.

한신

한나라의 파초 대원수로 백전백승의 문무겸장. 원래 초나라의 항량·항우를 섬겼으나 그들이 자신의 재능을 알아보지 못하자 실망하고 한왕 유방의 대장군이 되어 교묘한 계략으로 항우를 멸망시킨다. 하지만 그의 세력이 너무 커지는 것을 경계하던 유방에게 결국 제거당하고 만다.

항량

초나라 명장 항연의 아들로 항우의 숙부. 진시황의 죽음으로 천하가 혼란해진 틈에 회왕을 옹립하여 초(楚)를 다시 세우지만 정도에서 진나라 군의 기습을 받아 전사한다.

항백

항우의 백부. 장량의 도움으로 목숨을 구한 일이 있어 홍문의 연회에서 유방을 구함으로써 장량에 대한 의리를 지키지만, 결국 항우를 멸망시키는 데 기여하고 유방 편에 선다.